O HOMEM MAIS PROCURADO

Outras obras do autor publicadas pela Editora Record

O canto da missão
O espião que sabia demais
O espião que saiu do frio
Nosso fiel traidor
O jardineiro fiel
Uma verdade delicada

O HOMEM MAIS PROCURADO
JOHN LE CARRÉ

Tradução de
MARCELO SCHILD

3ª edição

EDITORA RECORD
RIO DE JANEIRO • SÃO PAULO
2014

CIP-BRASIL. CATALOGAÇÃO NA FONTE
SINDICATO NACIONAL DOS EDITORES DE LIVROS, RJ

L467h
3ª ed.
   Le Carré, John, 1931-
   O homem mais procurado / John Le Carré; tradução Marcelo Schild. – 3ª edição –
Rio de Janeiro: Record, 2014.

   Tradução de: A most wanted man
   ISBN 978-85-01-08550-4

   1. Romance inglês. I. Schild, Marcelo. II. Título.

10-0624
                        CDD: 843
                        CDU: 821.133.1-3

Título original em inglês:
A MOST WANTED MAN

Copyright © 2008 by John Le Carré

Texto revisado segundo o novo Acordo Ortográfico da Língua Portuguesa.

Todos os direitos reservados. Proibida a reprodução, no todo ou em parte, através de quaisquer meios.

Direitos exclusivos de publicação em língua portuguesa somente para o Brasil adquiridos pela EDITORA RECORD LTDA.
Rua Argentina 171 – Rio de Janeiro, RJ – 20921-380 – Tel.: 2585-2000
que se reserva a propriedade literária desta tradução.

Impresso no Brasil

ISBN 978-85-01-08550-4

Seja um leitor preferencial Record.
Cadastre-se e receba informações sobre nossos lançamentos
e nossas promoções

EDITORA AFILIADA

Atendimento e venda direta ao leitor:
mdireto@record.com.br ou (21) 2585-2002.

Para meus netos,
nascidos ou não.

A regra de ouro é ajudar aqueles que
amamos a escapar de nós.

Friedrich von Hügel

1

Caminhando pelas ruas de Hamburgo, de braço dado com a mãe, um turco campeão de boxe peso-pesado não pode ser culpado por deixar de reparar que está sendo seguido por um garoto magrelo de sobretudo preto.

Grande Melik, como era conhecido por seus admiradores na vizinhança, era um cara enorme, peludo, desgrenhado e gentil, com um sorriso espontâneo, o cabelo preto amarrado em um rabo de cavalo e um passo suave e despreocupado que, mesmo desacompanhado, ocupava metade da calçada. Aos 20 anos, já era uma celebridade em seu mundinho, e não somente pelas proezas no ringue: foi eleito representante juvenil de seu grupo islâmico de esportes, foi três vezes finalista nos 100 metros borboleta no Campeonato do Norte da Alemanha e, como se isso já não bastasse, também era um astro no gol do time de futebol em que jogava aos sábados.

Como a maioria das pessoas muito grandes, estava mais acostumado a ser olhado do que a olhar para os outros, outro motivo pelo qual o garoto magrelo conseguiu segui-lo durante três dias e três noites consecutivas.

Os dois fizeram contato visual pela primeira vez quando Melik e sua mãe, Leyla, saíam da Agência de Viagens al-Umma, onde tinham acabado de comprar passagens de avião para o casamento da irmã de Melik na cidade natal da família, nos arredores de Ancara. Sentindo que alguém o observava fixamente, Melik olhou em volta e se deparou com um garoto alto e assustadoramente magro, da mesma altura que ele, barba por fazer, olhos avermelhados e fundos e um longo sobretudo negro de mágico no qual caberiam três pessoas. Tinha um *keffiyeh* preto e branco ao redor do pescoço e um alforje de pele de camelo pendurado no ombro. Ele olhou para Melik e depois para Leyla. Sem piscar, voltou a olhar parar Melik, dessa vez chamando sua atenção com os olhos ferozes e profundos.

Mas o ar de desespero do rapaz não deveria perturbar tanto Melik, pois a agência de viagens ficava à margem do saguão da principal estação ferroviária, na qual toda sorte de almas perdidas — andarilhos alemães, asiáticos, árabes, africanos, ou turcos como ele mas menos afortunados — passava o dia. Sem falar nos homens sem pernas em carrinhos elétricos, traficantes de drogas e seus clientes, mendigos e seus cachorros e um cowboy de 70 anos em uma calça de couro coberta de tachinhas prateadas. Poucos tinham trabalho, e um grupo como aquele não deveria estar em solo alemão, mas todos eram, na melhor das hipóteses, tolerados sob uma política deliberada de destituição, e aguardavam a deportação iminente, que em geral era efetuada ao amanhecer. Somente os recém-chegados ou os realmente ousados se arriscavam. Imigrantes ilegais sorrateiros transformavam a estação em moradia.

Outra boa razão para ignorar o garoto era a música clássica que as autoridades tocavam a todo volume naquela parte do saguão por meio de uma barreira de caixas de som bem posicionadas. O propósito, longe de ser espalhar sentimentos de paz e de bem-estar entre os ouvintes, era expulsá-los o quanto antes do local.

Apesar de tudo isso, o rosto do garoto ficou gravado na mente de Melik e, por um breve instante, ele se sentiu constrangido por sua própria felicidade. Mas por que deveria? Algo maravilhoso tinha acabado de acontecer e ele mal conseguia esperar para ligar para a irmã e contar que a mãe deles, Leyla, depois de seis meses cuidando do marido moribundo e de um ano com o coração em luto por ele, estava fervilhando de alegria com a perspectiva de comparecer ao casamento da filha, falando sobre o que vestiria, se o dote era grande o bastante e se o noivo era tão bonito quanto todos, incluindo a irmã de Melik, diziam.

Assim, por que Melik não deveria conversar com a própria mãe? — e foi o que fez, entusiasmado, até a casa. Foi a calma do garoto, ele pensou mais tarde. Aquelas rugas de envelhecimento em um rosto tão novo quanto o seu. Uma visão de inverno em um lindo dia de primavera.

* * *

Isso foi na quinta-feira.

Na noite de sexta-feira, quando Melik e Leyla saíam juntos da mesquita, lá estava ele de novo, o mesmo garoto, o mesmo *keffiyeh* e o casaco grande demais, encolhido nas sombras de uma porta sebenta. Dessa vez, Melik percebeu uma inclinação no corpo magro, como se ele tivesse perdido o equilíbrio e permanecido na mesma posição até que alguém lhe dissesse que podia ajeitar-se. E o olhar feroz brilhava ainda mais intensamente do que no dia anterior. Melik encarou-o e desejou não ter feito isso e desviou o olhar.

O segundo encontro foi ainda menos provável porque Leyla e Melik raramente iam à mesquita, nem mesmo a uma moderada na qual se falasse turco. Desde o 11 de Setembro, as mesquitas de Hamburgo haviam se tornado locais perigosos. Vá à mesquita errada, ou então à certa e pegue o imã errado, e você e sua família podem parar na lista de vigilância da polícia para o resto de suas vidas. Ninguém duvidava de que praticamente cada fileira de orações contivesse um informante trabalhando para as autoridades. Era improvável que alguém, muçulmano, espião ou ambos, pudesse esquecer que a cidade-estado de Hamburgo tenha sido inconscientemente a anfitriã de três dos sequestradores do 11 de Setembro, sem falar em seus colegas membros da célula e planejadores, ou que Mohammed Atta, piloto do primeiro avião a acertar as Torres Gêmeas, tenha adorado seu deus furioso em uma humilde mesquita de Hamburgo.

Também era verdade que, desde a morte do marido, Leyla e o filho tornaram-se menos praticantes de sua fé. Sim, é claro que o velho era muçulmano, além de laico. Mas era um militante dos direitos trabalhistas, motivo pelo qual tinha sido expulso de sua terra natal. A única razão para terem ido à mesquita foi que Leyla, com seu jeito impulsivo, sentira uma necessidade repentina. Estava feliz. O peso da dor estava diminuindo. Mas o primeiro aniversário da morte do marido se aproximava. Ela precisava conversar com ele e compartilhar as novidades. Eles já haviam perdido a oração principal de sexta-feira e poderiam muito bem ter orado em casa. Mas o desejo de Leyla era a lei. Argumentando corretamente que invocações pessoais têm mais chance de ser ouvidas quando oferecidas à noite, ela tinha insistido em comparecer à ultima oração do dia, o que, por acaso, significava que a mes- quita estaria praticamente vazia.

Portanto, estava claro que o segundo encontro de Melik com o garoto magrelo, assim como o primeiro, tinha sida uma coincidência. Pois o que mais poderia ser? Ou, pelo menos, a seu modo simples, foi como o bondoso Melik raciocinou.

* * *

Como o dia seguinte seria sábado, Melik pegou um ônibus e atravessou a cidade para visitar seu influente tio paterno na fábrica de velas da família. A relação entre o tio e o pai tinha sofrido alguns desgastes mas, desde a morte do pai, ele vinha aprendendo a respeitar a amizade do tio. Subindo no ônibus, quem ele viu se não o garoto magrelo sentado no ponto, observando-o partir? E, seis horas depois, quando retornou, o rapaz permanecia lá, enrolado no *keffiyeh* e no sobretudo de mágico, esperando, agachado no mesmo canto do abrigo de vidro.

Ao vê-lo, Melik, que jurara como regra de vida amar igualmente toda a humanidade, foi acometido por uma aversão nada caridosa. Ele percebeu que o garoto o acusava de algo e ficou magoado. Pior, apesar de seu estado miserável, havia um ar de superioridade nele. O que, afinal de contas, ele pensava que estava conseguindo com aquele casaco preto ridículo? Que ele o tornava invisível ou alguma coisa assim? Ou estaria tentando insinuar que era tão pouco familiarizado com o modo de vida ocidental que nem tinha ideia da imagem que criara?

De qualquer jeito, Melik decidiu deixá-lo de lado. Assim, em vez de ir até ele e perguntar se precisava de ajuda ou se estava doente, o que poderia ter feito em outras circunstâncias, seguiu para casa com o passo acelerado, confiante de que o rapaz não teria condições de acompanhá-lo.

Estava quente demais para um dia de primavera e o sol aquecia a calçada movimentada. Mas, por algum milagre, o garoto deu um jeito de acompanhar o passo de Melik, mancando, arfando e suando, saltando às vezes como se sentisse dor, mas ainda conseguindo arrastar-se a seu lado pelas faixas de pedestres.

Quando Melik entrou na pequena casa de tijolos que, depois de décadas de economias, pertencia quase sem dívidas a sua mãe, só precisou aguardar poucos segundos antes que a campainha da porta da frente soasse. E, quando retornou para o primeiro andar, lá estava o garoto magrelo, os olhos ardendo do esforço da caminhada, o suor escorrendo pelo rosto como chuva de verão. Em sua mão trêmula, ele segurava um pedaço de papelão no qual estava escrito em turco: *Sou um estudante de medicina muçulmano. Estou cansado e quero ficar em sua casa. Issa.* E como que para confirmar a mensagem, trazia em torno do pulso um fino bracelete de ouro, do qual pendia uma réplica também em ouro do Alcorão.

Mas Melik estava com a mente cheia de raiva. Tudo bem, ele não era o maior intelecto que sua escola jamais vira, mas se recusava a se sentir culpado e inferior e a ser seguido e caçado por um mendigo cheio de atitude. Quando o pai morreu, Melik assumira orgulhosamente o papel de homem da casa e protetor de sua mãe e, como confirmação adicional de sua autoridade, fez o que o pai não tinha tido sucesso antes de morrer: como residente turco de segunda geração, lançou a si mesmo e à mãe no longo caminho rumo à cidadania alemã, no qual todos os aspectos do estilo de vida da família eram examinados meticulosamente, e oito anos de comportamento imaculado eram o primeiro pré-requisito. A última coisa da qual ele ou a mãe precisavam era de um andarilho perturbado alegando ser estudante de medicina e mendigando na porta de sua casa.

— Saia agora daqui — ordenou rudemente em turco ao garoto magrelo, colocando-se diante dele na porta. — Saia daqui. Pare de nos perseguir e não volte.

Sem obter uma reação do rosto perturbado exceto um franzir, como se tivesse levado um golpe, Melik repetiu a instrução em alemão. Mas, quando começou a se mover para bater a porta, viu Leyla de pé no degrau atrás dele, olhando sobre seu ombro para o garoto e para o bilhete de papelão tremendo incontrolavelmente em sua mão.

E viu que ela já tinha lágrimas de pena nos olhos.

* * *

O domingo passou e, na manhã de segunda-feira, Melik inventou desculpas para não ir ao mercado de hortifrutigranjeiros do primo, em Wellingsbüttel. Disse à mãe que precisava ficar em casa e treinar para o Campeonato Aberto de Boxe Amador. Precisava exercitar-se na academia e na piscina olímpica. Mas, na verdade, ele havia decidido que não era seguro deixá-la sozinha com um psicopata comprido e com delírios de grandeza que, quando não estava rezando ou olhando para a parede, esgueirava-se pela casa, tocando com gosto todas as coisas, como se recordasse delas de muito tempo atrás. O filho julgava Leyla uma mulher incomparável, mas, desde a morte do marido, ela estava um tanto inconstante, orientando-se somente pelas emoções. Os que escolhia amar tornavam-se incapazes de cometer erros. A suavidade nos modos de Issa, a timidez e os rompantes repentinos de alegria transformaram-no em um membro instantâneo desse grupo seleto.

Na segunda e novamente na terça-feira, Issa fez pouco mais do que dormir, rezar e tomar banho. Para se comunicar, falava um turco truncado com um sotaque peculiar e gutural, furtivamente, em rajadas, como se falar fosse proibido mas, ainda assim, de um modo incompreensivelmente didático para os ouvidos de Melik. Fora isso, comia. Para onde ia tanta comida? A qualquer hora do dia, Melik entrava na cozinha e lá estava ele, com a cabeça debruçada sobre uma tigela de cordeiro, arroz e legumes, a colher em atividade, os olhos movendo-se de um lado para o outro como que para evitar que alguém lhe roubasse a comida. Quando terminava, limpava a tigela com um pedaço de pão, comia o pão e, murmurando "graças a Deus" com um leve sorriso no rosto, como se tivesse um segredo bom demais para ser compartilhado com eles, levava a tigela para a pia e a lavava sob a torneira, algo que Leyla, sob nenhuma circunstância, teria permitido que o próprio marido ou o filho fizessem. A cozinha era domínio dela. Os homens ficavam de fora.

— Então, quando você acha que começará o curso de medicina, Issa? — perguntou Melik casualmente, ao alcance dos ouvidos da mãe.

— Se Deus permitir, será logo. Preciso ser forte. E preciso deixar de ser mendigo.

— Você sabe que precisará de um visto de residência. E de uma identidade de estudante. Sem falar nos mais ou menos cem mil euros para casa e comida. E um carro bacana de dois lugares para levar as namoradas para passear.

— Deus é infinitamente piedoso. Quando não for mais mendigo, ele moverá.

Para Melik, tal autoconfiança ia além da simples devoção.

— Ele nos custa dinheiro de verdade, mãe — declarou, invadindo a cozinha quando Issa já estava escondido no sótão. — O quanto ele come. Todos esses banhos.

— Não mais do que você, Melik

— Não, mas ele não sou eu, ou é? Não sabemos quem é.

— Issa é nosso convidado. Quando tiver recuperado a saúde, com a ajuda de Alá, avaliaremos seu futuro — respondeu a mãe altivamente.

Os esforços implausíveis de Issa para passar despercebido somente o tornavam mais suspeito aos olhos de Melik. Deslizando pelo corredor apertado ou preparando-se para subir a escada para o sótão, onde Leyla havia lhe preparado uma cama, ele empregava o que Melik considerava uma circunspecção exagerada, pedindo permissão com os olhos semelhantes aos de um cervo e encostando-se contra a parede quando Melik ou Leyla precisavam passar.

— Issa esteve na prisão — anunciou Leyla com complacência certa manhã.

Melik ficou chocado.

— Você tem certeza? Estamos abrigando um criminoso? A polícia sabe disso? Ele *contou* isso a você?

— Ele disse que na prisão em Istambul dão apenas um pedaço de pão e uma tigela de arroz por dia — disse Leyla, e, antes que Melik pudesse protestar mais, completou com uma das panaceias favoritas do marido falecido: — Honramos o convidado e oferecemos assistência aos necessitados. Nenhum trabalho de caridade deixará de ser recompensado no Paraíso — entoou. — Seu próprio pai não esteve na prisão na Turquia, Melik? Nem todos que vão para a prisão são criminosos. Para pessoas como Issa e seu pai, a prisão é um emblema de honra.

Mas Melik sabia que ela tinha outros pensamentos em mente, os quais não estava inclinada a revelar. Alá respondera às suas preces. Enviara a ela um segundo filho para compensar o marido que perdera. Ela parecia não se importar que ele fosse um criminoso meio louco, ilegal e com delírios a respeito de si mesmo.

* * *

Ele era da Chechênia.

Essa foi a conclusão a que eles chegaram quando, na terceira noite, Leyla surpreendeu os dois ao falar umas duas frases em checheno, algo que Melik jamais a ouvira fazer. O rosto desajeitado de Issa iluminou-se com um sorriso repentino e surpreso que desapareceu tão rapidamente quanto surgiu, e logo depois, o rapaz pareceu emudecer. A explicação de Leyla para seus dotes linguísticos foi simples. Quando menina, na Turquia, ela brincara com crianças chechenas em sua aldeia e havia aprendido algumas coisas da língua delas. Ela adivinhou que Issa era checheno no momento em que colocou os olhos nele, mas manteve o segredo porque, com chechenos, nunca se sabe.

Ele era da Chechênia, a mãe estava morta e tudo que guardava como recordação dela era o bracelete de ouro com o Alcorão, colocado por ela em seu pulso antes de morrer. Mas quando e como ela morreu e quantos anos ele tinha quando herdou o bracelete eram perguntas que Issa não conseguia ou não queria entender.

— Os chechenos são odiados em todos os lugares — explicou Leyla para Melik, enquanto Issa mantinha a cabeça abaixada e continuava a comer. — Mas não por nós. Você está me ouvindo, Melik?

— É claro que estou, mãe.

— Todos perseguem os chechenos, menos nós — prosseguiu. — É normal em toda a Rússia e no mundo. Não apenas os chechenos, mas também os muçulmanos russos. São perseguidos por Putin, que tem o apoio do senhor Bush. Enquanto Putin chamar isso de sua guerra ao terror, poderá fazer o que quiser com os chechenos e ninguém o impedirá. Não é assim, Issa?

Mas o breve momento de prazer de Issa passara havia muito tempo. As sombras haviam retornado a seu rosto arruinado, a fagulha de sofrimento aos olhos semelhantes aos de um cervo, e a mão debilitada fechava-se protetoramente sobre o bracelete. *Fale*, desgraçado, exigia Melik com indignação, mas não em voz alta. Se alguém me surpreende falando turco, eu respondo em turco, é apenas uma questão de educação. Então por que não responde à minha mãe com algumas palavras gentis em checheno, ou está ocupado demais comendo o que ela lhe dá de graça?

Ele tinha outras preocupações. Executando uma inspeção de segurança no sótão que Issa passara a tratar como seu território soberano — ardilosamente, Issa estava na cozinha, como sempre conversando com sua mãe —, fez algumas descobertas reveladoras: comida escondida, como se Issa planejasse fugir; um 3x4 de sua irmã comprometida de quando tinha 18 anos, emoldurado em ouro e furtado da amada coleção de retratos da família da mãe de Melik, que ficava guardada na sala de estar; e a lente de aumento do pai, largada sobre uma cópia das Páginas Amarelas de Hamburgo, aberta na seção dedicada aos bancos da cidade.

— Deus deu à sua irmã um sorriso terno — comentou Leyla, em resposta aos protestos irados de Melik de que estavam abrigando um pervertido sexual além de imigrante ilegal. — O sorriso dela iluminará o coração de Issa.

* * *

Então Issa era da Chechênia, falasse ou não a língua. Os pais estavam mortos, mas, quando perguntavam-no sobre eles, ficava tão intrigado quanto os anfitriões, olhando docemente para um canto da sala com as sobrancelhas levantadas. Ele não tinha país, não tinha lar, era ex-prisioneiro e imigrante ilegal, mas Alá proveria a ele os meios para estudar medicina quando não deixasse de ser um mendigo.

Bem, Melik também sonhara um dia em ser médico e até extraíra do pai e dos tios um apoio compartilhado para financiar os estudos, algo que envolveria a família em um grande sacrifício. E, se tivesse se saído um pouco melhor nas provas e talvez jogado menos, poderia estar lá hoje: na escola de medicina, um aluno do primeiro ano matando-se de trabalhar pela honra da família. Portanto, era compreensível que a premissa ilusória de Issa de que Alá, de algum jeito, tornaria possível a ele o que Melik fracassara em conquistar o levasse a desconsiderar os avisos de Leyla, e, da melhor maneira que seu coração generoso permitia, Melik decidiu revistar o hóspede indesejado.

A casa era dele. Leyla saíra para fazer compras e não retornaria até o meio da tarde;

— Então quer dizer que estudou medicina, não é mesmo? — insinuou, sentando-se ao lado de Issa para maior intimidade, considerando-se o interrogador mais esperto do mundo. — Legal.

— Estive em hospitais, senhor.

— Como estudante?

— Estava doente, senhor.

Por que tantos senhores? Vieram da prisão também?

— Mas ser paciente não é o mesmo que ser médico, ou é? Um médico precisa saber o que há de errado com as pessoas. Um paciente fica sentado e espera até que o médico resolva o problema.

Issa considerou a afirmação do mesmo modo com que considerava todas as afirmações, não importava qual: sorrindo para o nada, coçando a barba com os dedos de aranha e, finalmente, sorrindo sem responder.

— Quantos anos você tem? — perguntou Melik mais diretamente do que planejara. — Se não se importar que eu pergunte — acrescentou sarcasticamente.

— Vinte e três, senhor. — Issa respondeu, mas apenas após uma longa deliberação.

— Então você é bastante velho, não é mesmo? Mesmo que obtenha um visto de residência amanhã, não se tornaria um médico qualificado antes dos 35 anos, mais ou menos. Fora aprender alemão. Você também precisaria pagar por isso.

— Se Deus quiser, também me casarei com uma boa esposa e terei muitos filhos, dois meninos e duas meninas.

— Mas não com a minha irmã. Ela vai se casar no mês que vem.

— Se Deus quiser, terá muitos filhos, senhor.

Melik considerou a técnica de ataque seguinte e foi em frente:

— Como você chegou a Hamburgo, para começo de conversa? — perguntou.

— Isso é irrelevante.

Irrelevante? De onde ele tirou *essa* palavra? E em turco?

— Você não sabe que nesta cidade tratam refugiados pior do que em qualquer outro lugar na Alemanha?

— Hamburgo será meu lar, senhor. Foi para onde eles me trouxeram. É a ordem divina de Alá.

— *Quem* trouxe você pra cá? Quem são *eles?*

— Foi uma combinação, senhor.

— Combinação de quê?

— Talvez turcos. Talvez chechenos. Pagamos a eles. Eles nos levam ao barco. Nos colocam em um contêiner. O contêiner tinha pouco ar.

Issa estava começando a suar, mas Melik fora longe demais para parar agora.

— *Nós?* Nós quem?

— Um grupo, senhor. De Istambul. Grupo ruim. Homens maus. Não respeito aqueles homens. — O tom superior novamente, mesmo em turco falho.

— Quantos eram?

— Talvez vinte. O contêiner era frio. Depois de algumas horas, muito frio. O navio iria para a Dinamarca. Eu estava feliz.

— Você quer dizer Copenhague, certo? Copenhague na Dinamarca, a capital.

— Sim — iluminando-se como se Copenhague fosse uma boa ideia —, para *Copenhague*. Lá, eu estaria resolvido. Estaria livre dos homens maus. Mas o navio não foi direto para Copenhague. Ele precisava ir antes para a Suécia. Para *Gotemburgo*. Sim?

— Acho que tem um porto sueco chamado Gotemburgo — concordou Melik.

— Em Gotemburgo, navio vai atracar, pegar carga e depois vai para Copenhague. Quando navio chega em Gotemburgo, estamos muito doentes, muito famintos. No navio, dizem para nós: "Não façam barulho. Suecos maus. Suecos matam vocês." Não fizemos barulho. Mas suecos não gostam do nosso contêiner. Suecos têm cachorro. — Ele pensa por um momento: — "Qual o seu nome, por favor?" — grita, alto o bastante para fazer Melik levantar. — "Que documentos, por favor? Você vem da prisão? Que crimes, por favor? Fugiu da prisão? Como, por favor?" Médicos são eficientes. Admiro aqueles médicos. Nos deixam dormir. Sou grato aos médicos. Um dia, serei um médico assim. Mas, com a vontade de Alá, preciso escapar. Não dá para entrar na Suécia. Tem arame da OTAN. Muitos guardas. Mas também tem banheiro. No banheiro, tem janela. Depois da janela tem o portão para o porto. Meu amigo pode abrir o portão. Meu amigo é do barco. Volto para o barco. O barco me leva para Copenhague. Finalmente. Em Copenhague, tinha caminhão para Hamburgo. Senhor, amo a Alá. Mas também amo o Ocidente. No Ocidente, serei livre para adorá-lo.

— Um *caminhão* trouxe você para Hamburgo?

— Foi providenciado.

— Um caminhão *checheno*?

— Meu amigo precisou me levar para a estrada primeiro.

— Seu amigo da tripulação. Aquele amigo? O mesmo cara?

— Não, senhor. Amigo diferente. Alcançar estrada foi difícil. Antes do caminhão, precisamos dormir uma noite no campo — olhou para cima e uma expressão de puro prazer inundou momentaneamente suas feições desgrenhadas. — Tinha estrelas. Deus é piedoso. Que seja louvado.

Lutando contra as improbabilidades da história, humilhado por seu fervor mas igualmente enfurecido pelas omissões e pela própria incapacidade de superá-las, Melik sentiu a frustração se espalhar por seus braços e punhos, e os nervos de lutador se contraíram em seu abdome.

— Então, onde o caminhão mágico que surgiu do nada deixou você? Onde você ficou?

Mas Issa não estava mais prestando atenção, se é que estava sequer escutando. De repente — ou pelo menos aos olhos honestos e confusos de Melik —, o que quer que estivesse se acumulando nele entrou em erupção. Issa levantou-se como que bêbado e, cobrindo a boca com uma das mãos, mancou inclinado em direção à porta, lutou para abri-la, apesar de não estar trancada, e arrastou-se pelo corredor até o banheiro. Momentos depois, a casa foi preenchida pelo som de uivos e de ânsias de vômito, do tipo que Melik não ouvira desde a morte do pai. Gradualmente, o barulho cessou e foi seguido pelo som de água, a porta do banheiro sendo aberta e fechada, e pelo ranger dos degraus até o sótão conforme Issa subia a escada. Depois, um silêncio profundo e perturbador tomou conta da casa, interrompido a cada 15 minutos pelos pios do relógio eletrônico em forma de passarinho de Leyla.

* * *

Na mesma tarde, às 16 horas, Leyla retornou carregada de compras e, captando a atmosfera, repreendeu severamente Melik por transgredir as obrigações de anfitrião e desonrar o nome do pai. Em seguida, também se recolheu ao próprio quarto, onde permaneceu em um isolamento exagerado até que chegasse a hora de preparar o jantar. Em pouco tempo, os aromas da cozinha impregnaram a casa, mas Melik permaneceu na cama. Às 20h30 ela tocou o gongo de cobre que anunciava o jantar, um precioso presente de casamento que, para Melik, sempre tivera um tom de reprovação. Sabendo que a mãe não tolerava atrasos, retirou-se furtivamente para a cozinha, evitando seu olhar.

— Issa, querido, desça, por favor! — gritou Leyla que, não obtendo resposta, agarrou a bengala do marido falecido e bateu no teto com a base de borracha, os olhos focados acusadoramente em Melik, que, sob o olhar gelado da mãe, enfrentou a subida até o sótão.

Issa estava deitado no colchão com as roupas de baixo, coberto de suor e encolhido de lado. Ele havia retirado o bracelete da mãe do pulso e o apertava com a mão suada. Ao redor do pescoço, usava uma bolsa de camurça sebenta amarrada com um lenço. Seus olhos estavam arregalados, mas ainda assim parecia alheio à presença de Melik. Ao esticar a mão para tocar em seu ombro, Melik recuou em desespero. O tronco de Issa era uma crosta de ferimentos azuis e alaranjados. Alguns pareciam chicotadas; outros, marcas de cassetete. Nas solas dos pés — os mesmos pés que haviam pisado com firmeza as calçadas de Hamburgo —, Melik percebeu buracos supurantes do tamanho de queimaduras de cigarro. Colocando os braços em torno de Issa e prendendo um lençol ao redor de sua cintura por uma questão de decoro, Melik levantou-o com ternura e levou pela porta do sótão o passivo Issa para os braços de Leyla.

— Ponha-o em minha cama — suspirou Melik em meio às lágrimas. — Dormirei no chão. Não me importo. Até lhe darei minha irmã para que sorria para ele — acrescentou, recordando do retrato emoldurado no sótão, e subiu novamente a escada para pegá-lo.

* * *

O corpo espancado de Issa permaneceu enrolado no robe de banho de Melik, as pernas feridas esticando-se além da cama de seu anfitrião, a corrente de ouro ainda agarrada na mão, seu olhar imóvel e fixo resolutamente na parede da fama de Melik: recortes de jornal sobre o campeão, cinturões e luvas de vitórias. No chão, a seu lado, o próprio Melik estava agachado. Ele queria chamar um médico por conta própria, mas Leyla o proibira de chamar qualquer pessoa. Perigoso demais. Para Issa, mas também para nós. E a nossa inscrição para a obtenção da cidadania? Pela manhã, sua temperatura cairá e ele começará a se recuperar.

Mas a temperatura não caiu.

Enrolada em um lenço enorme e fazendo parte da viagem de táxi para desencorajar seus perseguidores imaginários, Leyla fez uma visita não anunciada a uma mesquita do outro lado da cidade na qual, diziam, um novo médico turco orava. Três horas mais tarde, voltou para casa enfurecida. O novo e jovem médico era um tolo e uma fraude. Não sabia de nada. Carecia das qualificações mais elementares. E não tinha a menor noção de suas responsabilidades religiosas. Muito provavelmente, nem mesmo era médico.

Enquanto isso, durante a ausência de Leyla, a temperatura de Issa finalmente tinha caído um pouco, e ela foi capaz de utilizar os conhecimentos rudimentares de enfermeira que havia adquirido durante o período em que a família ainda não podia chamar um médico ou ousar visitar um. Se Issa tivesse sofrido ferimentos internos, anunciou, jamais teria conseguido engolir tanta comida, de modo que não teve medo de dar a ele aspirina contra a febre que já diminuía, nem de preparar uma de suas canjas feitas com água de arroz temperada com condimentos turcos.

Sabendo que Issa, tanto na saúde quanto na doença, jamais permitiria que ela tocasse seu corpo nu, Leyla deu a Melik toalhas, compressas para a testa e uma bacia de água gelada com uma esponja para lavá-lo a cada hora. Para fazer isso, Melik, acometido pelo remorso, sentiu-se obrigado a desatar a bolsa de camurça do pescoço de Issa.

Após muita hesitação, estritamente nos melhores interesses do hóspede doente — pelo menos foi o que afirmou a si próprio — e somente depois que Issa havia virado o rosto para a parede e caíra em um quase sono interrompido por murmúrios em russo, Melik desamarrou o lenço e afrouxou a bolsa ao redor da garganta.

A primeira descoberta foi um monte de recortes de jornais russos, enrolados e presos com um elástico. Retirando o elástico, Melik espalhou-os no chão. Todos continham a fotografia de um oficial uniformizado do Exército Vermelho. Tinha a aparência bruta, a testa grande, a mandíbula pronunciada e aparentava ter 60 e poucos anos. Dois recortes eram anúncios memoriais, decorados com cruzes ortodoxas e insígnias regimentais.

A segunda descoberta de Melik foi um maço de notas de cinquenta dólares, novas em folha, dez no total, presas por um clipe. Ao vê-las, todas as suspeitas voltaram como uma inundação. Um fugitivo faminto, desabrigado, sem um centavo e vítima de espancamento tinha *quinhentos dólares intocados* na bolsa? Será que os tinha roubado? Ou falsificado? Será que era por isso que tinha sido preso? Seria o dinheiro tudo que restava após pagar a todos os traficantes de pessoas de Istambul, ao solícito tripulante que o escondera e ao motorista do caminhão que o trouxera de Copenhague a Hamburgo? Se ainda lhe restam quinhentos dólares, quanto tivera no início? Talvez as fantasias de estudar medicina não fossem tão equivocadas, afinal de contas.

A terceira foi um envelope branco e sujo, amassado em uma bola, como se alguém tivesse pensado em jogá-lo fora e depois mudado de ideia: sem selos, sem endereço e com a aba aberta, rasgada. Desamassando o envelope, Melik retirou dele uma carta de uma página datilografada em cirílico. No topo da página, em grandes letras, havia um endereço, uma data e o nome do remetente — pelo menos, era o que presumia. Abaixo do texto ilegível, havia uma assinatura também ilegível em tinta azul, seguida por um número de seis dígitos, mas escritos muito cuidadosamente, cada número marcado várias vezes, como que para dizer *lembre-se disto*.

A última descoberta foi uma chave, comprida e pequena, menor do que o nó dos dedos de sua mão de boxeador. Era torneada e tinha dentes complexos em três lados: pequena demais para uma porta de cadeia, raciocinou, pequena demais para o portão de Gotemburgo que levava de volta ao navio. Mas perfeita para algemas.

Recolocando na bolsa os pertences de Issa, Melik colocou-a delicadamente sob o travesseiro encharcado de suor para que ele a descobrisse quando acordasse. Mas, pela manhã, o sentimento de culpa que havia tomado conta dele ainda o assombrava. Durante toda a vigília noturna, esticado no chão com Issa logo acima dele, na cama, Melik foi atormentado por imagens dos membros torturados de seu hóspede e pela percepção da própria inadequação.

Como lutador, conhecia a dor, ou achava que conhecia. E, como garoto de rua na Turquia, apanhara e também dera suas sovas. Em uma luta recente no campeonato, uma série de socos mandara-o rodopiando para o escuro avermelhado do qual os boxeadores temem não retornar. Nadando contra alemães nativos, testara os extremos da própria resistência, ou pelo menos era o que acreditava.

Mas comparado a Issa, não tinha experiência alguma.

Issa é um homem e ainda sou um garoto. Sempre quis um irmão e aqui está ele, entregue à minha porta, e eu o rejeitei. Ele sofreu como um defensor verdadeiro de suas crenças enquanto eu cortejava a glória barata do ringue de boxe.

* * *

Nas primeiras horas da manhã, a respiração errática que mantivera Melik angustiado durante toda a noite acalmou-se, tornando-se um ronco constante. Substituindo a compressa, Melik ficou aliviado ao perceber que a febre de Issa havia cedido. No meio da manhã, ele estava recostado em uma posição semivertical, como um paxá em meio a uma pilha de almofadas douradas e de mau gosto da sala de estar de Leyla. Ela o alimentava com uma papa revigorante preparada por ela mesma e o bracelete da mãe estava de volta ao pulso de Issa.

Doente de vergonha, Melik esperou até que Leyla fechasse a porta ao sair. Ajoelhando-se ao lado de Issa, abaixou a cabeça.

— Olhei dentro de sua bolsa — disse. — Estou profundamente envergonhado do que fiz. Que o piedoso Alá me perdoe.

Issa entrou em um de seus silêncios eternos; depois, colocou uma mão magra no ombro de Melik.

— Jamais confesse, amigo — aconselhou letargicamente, segurando a mão de Melik. — Se confessar, manterão você lá para sempre.

2

Eram 18 horas da sexta-feira seguinte quando o banco privado Brue Frères PLC — anteriormente de Glasgow, Rio de Janeiro e Viena e, atualmente, de Hamburgo — encerrou o expediente.

Às 17h30, um zelador musculoso fechara o portão de entrada da bela *villa* avarandada ao lado do lago Binnen Alster. Em minutos, a caixa-chefe havia trancado a casa-forte e ligado o alarme, a secretária-chefe havia dispensado a última das meninas e conferido seus computadores e latas de lixo e a funcionária mais antiga do banco, Frau Ellenberger, havia desligado os telefones, colocado sua boina, destrancado a bicicleta do aro de metal no pátio e pedalado para buscar a sobrinha-neta na aula de dança.

Mas não antes de parar por um instante e brincar com o patrão, o senhor Tommy Brue, último sócio vivo do banco e portador de seu famoso nome:

— Sr. Tommy, o senhor é pior do que nós, alemães — enfiando a cabeça pela porta do santuário do patrão, protestou em um inglês perfeito. — Por que o senhor se tortura com o trabalho? A primavera está aí. Não reparou que já estão aparecendo as primeiras flores? O senhor está com 60 anos, lembre-se disso. Deveria estar em casa, tomando uma taça de vinho com a senhora Brue em seu jardim! Do contrário, vai se *desgastar até desfiar* — avisou, mais para exibir seu amor por Beatrix Potter do que por qualquer esperança de corrigir o jeito do patrão.

Brue levantou a mão direita e girou-a em uma excelente paródia da bênção papal.

— Fique bem, Frau Elli — respondeu, em uma resignação irônica. — Se meus empregados se recusam a trabalhar para mim durante a semana, não tenho outra escolha além de trabalhar por eles nos fins de semana. *Tschüss* — acrescentou, soprando-lhe um beijo.

— *Tschüss* para o senhor também, Sr. Tommy, e lembranças à sua esposa.

— Serão transmitidas.

A realidade, como ambos sabiam, era diferente. Com os telefones e corredores em silêncio, sem clientes clamando por atenção e com a esposa, Mitzi, em sua noite de bridge com os Von Essen, o reino de Brue era só dele. Ele podia analisar a semana que chegava ao fim e dar início à seguinte. Podia também consultar, se estivesse disposto, sua própria alma imortal.

* * *

Em deferência ao clima quente demais para a época do ano, Brue vestia uma camisa social e um suspensório. O paletó do terno feito sob medida estava dobrado cuidadosamente sobre um antigo cabideiro de madeira ao lado da porta: *Randall's de Glasgow,* alfaiates dos Brue há quatro gerações. A escrivaninha em que trabalhava era a mesma que Duncan Brue, fundador do banco, trouxera consigo a bordo do navio no qual, em 1908, viera da Escócia com nada além de esperança no coração e cinquenta soberanos de ouro no bolso.

A enorme estante de mogno que ocupava toda uma parede também fazia parte do legado familiar. Atrás do vidro ornamentado jaziam fileiras e mais fileiras de obras-primas da cultura mundial encadernadas em couro: Dante, Goethe, Platão, Tolstói, Dickens, Shakespeare e, um pouco misteriosamente, Jack London. A estante fora aceita pelo avô de Brue como parte de um mau empréstimo, assim como os livros. Será que se sentira obrigado a ler todos eles? A lenda dizia que não. Eram apenas um depósito bancário.

E na parede diretamente oposta a Brue, como uma placa de trânsito eternamente em seu caminho, ficava pendurada a árvore genealógica da família, pintada a mão e emoldurada em ouro. As raízes do antigo carvalho penetravam profundamente nas margens do prateado rio Tay. Os ramos espalhavam-se para o leste, rumo à Europa Antiga, e para o oeste, rumo ao Novo Mundo. Marcadores dourados indicavam as cidades nas quais casamentos com estrangeiros haviam enriquecido a linhagem dos Brue, para não falar de seu patrimônio.

E o próprio Brue era um descendente digno dessa linhagem nobre, mesmo sendo o último. No fundo do coração, ele sabia que o Frères, como apenas a família se referia ao banco, era um oásis de práticas ultrapassadas. O Frères testemunharia seus últimos dias, mas havia percorrido seu curso natural. É claro que ainda havia Georgie, sua filha com a primeira mulher, Sue, mas o endereço conhecido mais recente dela era um *ashram* perto de São Francisco. Ser banqueira nunca esteve entre seus objetivos.

Contudo, na aparência, Brue era tudo menos obsoleto. Era bem constituído e cuidadosamente alinhado, com uma fronte ampla e coberta de sardas e um emaranhado bem escocês de cabelos ruivos com tons castanhos, o qual de algum modo conseguira domar e dividir ao meio. Ele tinha a segurança da riqueza, mas nenhuma arrogância. Os traços de seu rosto, quando não estavam franzidos pela inescrutabilidade profissional, eram afáveis e, apesar de uma vida inteira como banqueiro, ou por causa dela, não traziam marcas. Quando os alemães diziam que era tipicamente inglês, ele dava uma grande gargalhada e prometia aceitar o insulto com a audácia própria dos escoceses. Se era uma espécie em extinção, também estava secretamente bastante satisfeito consigo mesmo por causa disso: Tommy Brue, pessoa admirável, um homem bom em uma noite escura, nada ambicioso mas ainda melhor por causa disso, esposa de primeira, excelente companhia à mesa de jantar e bom jogador de golfe. Ou era o que diziam, acreditava, e devia ser mesmo verdade.

* * *

Depois de dar uma última olhada no fechamento dos mercados e de calcular o impacto sobre os recursos do banco — o desânimo usual das sextas-feiras, nada com que esquentar a cabeça —, Brue desligou o computador e correu os olhos sobre a pilha de pastas que Frau Ellenberger marcara com uma dobra para chamar sua atenção.

Durante toda a semana, ele lutou contra as complexidades quase incompreensíveis do mundo do banqueiro moderno, no qual conhecer para quem emprestava dinheiro era praticamente tão provável quanto conhecer o homem que o imprimira. Em contraste, as prioridades dessas seções das sextas-feiras eram determinadas tanto pelo humor quanto pela necessidade. Se Brue estivesse se sentindo bondoso, poderia passar a noite reorganizando de graça um fundo de caridade de algum cliente; caso estivesse caprichoso, um haras, um spa ou uma cadeia de cassinos. Ou, se fosse a época do ano de fazer contas, habilidade que adquirira por meio de trabalho duro, e não pelos genes da família, ouvia um pouco de Mahler enquanto ponderava os prospectos dos corretores, das casas de capital de risco e de fundos de pensão concorrentes.

Mas hoje ele não desfrutava de tal liberdade de escolha. Um cliente valioso tornara-se alvo de uma investigação da Bolsa de Valores de Hamburgo e, apesar de Brue ter sido assegurado por Haug von Westerheim, presidente do comitê, de que nenhuma intimação seria feita, sentiu-se obrigado a mergulhar nas últimas reviravoltas do caso. Mas, antes disso, recostado na cadeira, reviveu o momento improvável no qual o velho Haug quebrou as próprias regras ferrenhas de confidencialidade.

No esplendor marmorizado do Clube Anglo-Germânico, um jantar de gala suntuoso está no auge. Os melhores e mais inteligentes membros da comunidade financeira de Hamburgo celebram um dos seus. Tommy Brue completa 60 anos nesta noite, e era melhor que acreditasse nisso, pois seu pai, Edward Amadeus, gostava de dizer: *Tommy, meu filho, a aritmética é a única parte que não mente em nosso negócio*. O clima é eufórico, a comida boa, o vinho melhor, os ricos estão felizes e Haug von Westerheim, um septuagenário dono de uma frota naval, corretor poderoso, anglófilo e espirituoso, faz um brinde à saúde de Brue.

— Tommy, querido rapaz, decidimos que anda lendo Oscar Wilde demais — disse esganiçadamente em inglês, taça de champanhe na mão, enquanto ficava de pé diante de um retrato da rainha quando jovem. — Talvez tenha ouvido falar em Dorian Gray? Acreditamos que sim. Achamos que seguiu o exemplo do livro sobre Dorian Gray. Achamos que, nos cofres de seu banco, existe o retrato horrendo de Tommy em sua idade real. Enquanto isso, diferentemente de sua querida rainha, você se recusa a envelhecer graciosamente e fica sentado sorrindo para nós como um elfo de 25 anos de idade, exatamente como sorriu para nós quando chegou aqui vindo de Viena, há sete anos, para nos privar de nossas riquezas conquistadas tão arduamente.

O aplauso continua enquanto Westerheim pega a mão elegante de Mitzi, mulher de Brue, e, com galanteios adicionais por ela ser vienense, beija-a e informa ao grupo que a beleza dela, diferentemente da de Brue, é realmente eterna. Acometido por uma emoção honesta, Brue levanta da cadeira com a intenção de, em reposta, apertar a mão de Westerheim, mas o velho, inebriado tanto pelo triunfo quanto pelo vinho, envolve-o em um abraço de urso e sussurra roucamente em seu ouvido:

— *Tommy, meu filho... aquela pergunta sobre um certo cliente seu... ela deverá ser julgada... primeiro adiamos por razões técnicas... depois a largamos na Elbe... feliz aniversário, Tommy, meu amigo... você é um camarada honesto...*

Puxando os óculos meia-lua, Brue estudou novamente as acusações contra o cliente. Àquela altura, supunha, qualquer outro banqueiro teria agradecido Westerheim pela discrição, o que o obrigaria a manter sua palavra. Mas Brue não fizera isso. Não conseguira se convencer de que o velho poderia manter uma promessa rouca feita na excitação de seu sexagésimo aniversário.

Pegando uma caneta, rabiscou um bilhete para Frau Ellenberger: "*Faça a gentileza de, como primeira coisa na segunda-feira, ligar para o Secretariado do Comitê de Ética e perguntar se alguma data foi agendada. Obrigado! TB.*"

Pronto, pensou. Agora o velho camarada pode escolher em paz se quer ir em frente com a audiência ou cancelá-la.

A segunda obrigação da noite era Marianne, a Louca, como Brue a chamava, mas somente diante de Frau Ellenberger. Viúva de um próspero mercador de madeira de Hamburgo, Marianne era a novela mais antiga de Brue Frères, a cliente que torna realidade todos os clichês sobre bancos. No episódio de hoje, ela acaba de passar repentinamente por uma conversão religiosa nas mãos de um pastor luterano holandês de 30 anos, e está prestes a abrir mão de todos os bens materiais — mais exatamente, um trigésimo das reservas do banco — em prol de uma misteriosa fundação não governamental controlada pelo pastor.

Os resultados de uma pesquisa encomendada por Brue por iniciativa própria estão diante dele, e não são encorajadores. O pastor tinha sido recentemente acusado de fraude, mas acabara absolvido pois as testemunhas não se apresentaram. Tinha filhos com várias mulheres. Mas como o pobre banqueiro Brue poderia revelar isso à cliente inebriada sem perder sua conta? Marianne, a Louca, nos melhores momentos, tem uma tolerância mínima a notícias ruins, o que Brue descobriu mais de uma vez à própria custa. Fora preciso todo o seu charme — o máximo, ele asseguraria! — para impedi-la de levar a conta para alguma criança de fala doce no concorrente Goldman Sachs. Existe um filho que corre o risco de perder uma fortuna, e Marianne tem momentos nos quais o adora, mas — outra reviravolta! — ele está em uma clínica de recuperação para viciados nas colinas Taunus. Uma viagem discreta a Frankfurt poderia ser a resposta...

Brue rabisca uma segunda nota para a sempre leal Frau Ellenberger: *"Por favor, contate o diretor da clínica e descubra se o garoto está em condições de receber um visitante (eu!)"*

Distraído pelo toque do telefone ao lado da escrivaninha, Brue olha para as luzinhas do aparelho. Se a chamada estivesse em sua linha direta, ele atenderia. Não estava. Então, voltou para o rascunho do relatório semestral do Frères, o qual, apesar de positivo, precisava de brilho. Não passou muito tempo envolvido com o rascunho até voltar a ser distraído pelo telefone.

Seria uma nova mensagem, ou será que o toque da chamada anterior, de algum modo, havia impregnado sua memória? Às 19 horas de uma sexta-feira? A linha aberta? Deve ser engano. Cedendo à curiosidade, apertou o botão para ouvir os recados. Primeiro veio o bipe eletrônico, interrompido por Frau Ellenberger instruindo a pessoa do outro lado da linha, primeiro em alemão e depois em inglês, a deixar uma mensagem ou a telefonar novamente em horário comercial.

E em seguida a voz de uma mulher jovem, alemã, pura como a de uma corista.

* * *

A essência da vida de banqueiro, Brue gostava de destacar depois de um ou dois uísques em companhia amigável, não era, como se pode esperar razoavelmente, dinheiro. Não eram os altos e baixos do mercado de ações, fundos de risco nem derivativos. Era a confusão. Era o som persistente, e ele chegaria ao extremo de dizer *permanente*, para não impor um limite muito tênue de excremento atingindo o ventilador proverbial. Portanto, se por acaso você não gostasse de viver em um estado de sítio incessante, seria provável que ser banqueiro não fosse para você. Ele defendera o mesmo ponto com algum sucesso no discurso preparado em resposta ao velho Westerheim.

E, como veterano das confusões, com o passar dos anos, Brue desenvolveu duas respostas distintas ao momento de impacto. Se estivesse em uma reunião de diretoria com os olhos do mundo sobre ele, levantava-se, colocava os polegares na cintura e caminhava sinuosamente pela sala com uma expressão de calma exemplar.

Quando não estava sendo observado, ficava mais inclinado à segunda opção, que era a de congelar na posição em que estava quando era atingido por uma notícia, mexendo no lábio inferior com o dedo indicador, como fazia agora, enquanto ouvia a mensagem pela segunda vez e depois pela terceira, começando pelo bipe inicial.

— Boa noite. Meu nome é Annabel Richter, sou advogada e desejo falar pessoalmente com o senhor Tommy Brue o mais rápido possível a respeito de um cliente a quem represento.

Representa mas não diz o nome, observa Brue metodicamente pela terceira vez. Um tom de voz claro, mas do sul da Alemanha, educado e sem rodeios.

— Meu cliente instruiu-me a transmitir os melhores votos ao senhor — pausa, como que consultando um roteiro —, ao senhor *Lipizzaner*. Repito. O nome é *Lipizzaner*. Como os cavalos, certo, Sr. Brue? Aqueles famosos cavalos brancos da Escola de Montaria Espanhola em Viena, onde seu banco era sediado? Acho que seu banco conhece Lipizzaners muito bem.

O tom dela se eleva. Uma mensagem factual sobre cavalos transforma-se em uma corista desesperada.

— Sr. Brue, meu cliente possui *muito* pouco tempo disponível. Naturalmente, não desejo falar mais ao telefone. É também possível que esteja mais familiarizado com a posição dele do que eu, o que acelerará as questões. Portanto, ficaria grata se o senhor retornasse a ligação para o meu celular ao receber esta mensagem para que possamos marcar um encontro.

Ela poderia ter parado ali, mas não. A canção da corista adquire um lado mais aguçado:

— Pode ser tarde da noite, Sr. Brue. Mesmo *muito* tarde. Acabei de ver uma luz ao passar por seu escritório. Talvez o senhor não esteja mais pessoalmente no trabalho, mas outra pessoa está. Se for esse o caso, por favor faça a gentileza de transmitir a mensagem ao Sr. Tommy Brue com urgência, porque ninguém exceto Tommy Brue tem poder para agir nessa questão. Obrigada pela atenção.

E obrigado por *sua* atenção, Frau Annabel Richter, pensou Brue, levantando-se e, com o polegar e o indicador ainda presos ao lábio inferior, voltando-se para a sacada como se fosse o caminho de fuga mais próximo.

Sim, senhora, meu banco conhece Lipizzaners *muito* bem, se por *banco* estiver se referindo a mim e a minha única confidente, Frau Elli, e a nenhuma outra alma viva. Meu *banco* pagaria muito dinheiro para ver o último dos Lipizzaners sobreviventes galopar para além do horizonte, de volta para Viena, de onde vieram, para nunca mais voltar. Talvez a senhora também saiba disso.

Um pensamento repulsivo ocorreu a ele. Ou será que talvez o pensamento o tivesse acompanhado durante todos aqueles sete anos e somente agora tivesse decidido sair das sombras. Seria *muito dinheiro* o que a senhora quer, Frau Annabel Richter? — a senhora e seu cliente santificado, cujo tempo é tão limitado?

Existe alguma possibilidade remota de que esteja me chantageando?

E será que, com sua pureza de corista e ar de propósitos profissionais altivos, está me dando uma dica — a senhora e seu cúmplice, perdão, cliente — de que cavalos Lipizzaners possuem a propriedade curiosa de nascerem pretos como piche e de só ficarem brancos com a idade? — motivo pelo qual vieram a atribuir seu nome a um certo tipo de conta bancária exótica criada em Viena por meu amado e falecido pai, o eminente Edward Amadeus Brue OBE, portador do título de oficial da Ordem do Império Britânico, a quem em todos os outros aspectos continuo a reverenciar como o próprio alicerce da correção bancária, no final de sua mocidade, quando dinheiro negro sangrava do Império do Mal em colapso, atravessando em caminhões a cortina de ferro, totalmente destruída?

* * *

Brue caminhou lentamente pela sala.

Mas por que motivo você fez isso, querido pai?

Por quê?, quando durante toda a vida você havia negociado em seu bom nome e no de seus antepassados e vivido de acordo com isso tanto na esfera privada quanto na pública, nas melhores tradições da cautela escocesa, astúcia e confiabilidade. Por que colocar tudo em risco por causa de um monte de vigaristas e vendedores de tapetes orientais cuja única conquista fora saquear o patrimônio de seu país no momento em que mais precisava deles?

Por que escancarar o banco para eles? — seu amado banco, seu bem mais precioso? *Por que* oferecer um porto seguro para as fortunas obtidas de maneira escusa, além de condições sem precedentes de sigilo e de proteção?

Por que forçar todas as normas e regras quase a ponto de rompê-las em uma tentativa desesperada — como percebeu Brue, mesmo na época — de se estabelecer como o banqueiro preferido de um monte de gângsteres russos?

Tudo bem, você odiava o comunismo e o comunismo estava no leito de morte. Você mal podia esperar pelo funeral. Mas os vigaristas com os quais você estava sendo tão gentil faziam parte do regime!

Não há necessidade de nomes, camaradas! Simplesmente nos deem o dinheiro durante cinco anos e daremos um número a vocês! E na próxima vez que nos visitarem, as Lipizzaners serão investimentos brancos como lírios e estarão plenamente desenvolvidas! Fazemos como os suíços, mas somos ingleses, logo fazemos melhor!

Só que não fazemos, pensou Brue tristemente, as mãos unidas atrás das costas enquanto parava para olhar pela janela da sacada.

Não fazemos, porque grandes homens que perdem os parafusos na velhice morrem; porque o dinheiro muda de lugar, assim como os bancos; e porque pessoas estranhas chamadas regulamentadores entram em cena e o passado vai embora. Só que ele nunca vai de verdade, não é mesmo? Algumas palavras em uma voz de corista e tudo volta galopando.

* * *

Vinte e sete metros abaixo dele, a cavalaria da cidade mais rica da Europa seguia ruidosamente para casa para abraçar os filhos, comer, assistir televisão, fazer amor e ir dormir. No lago, esquifes e pequenos iates deslizavam pelo crepúsculo vermelho.

Ela está aqui, ele pensou. Ela viu a janela acesa.

Ela está aqui praticando escalas musicais com o suposto cliente enquanto discutem a respeito da facada que me darão para não revelarem as contas Lipizzaners.

É também possível que esteja mais familiarizado com a posição de meu cliente do que eu.

Bem, também é possível que não esteja, Frau Annabel Richter. E, para ser sincero, não quero estar, apesar de parecer que devo.

E como a senhora não está disposta a me dizer mais nada sobre seu cliente pelo telefone — reticência que aprecio —, e como não possuo poderes extrassensoriais e, portanto, sou incapaz de identificá-lo entre a meia dúzia de Lipizzaners sobreviventes — presumindo que ainda haja algum — que não foram mortos, presos ou simplesmente esqueceram em que raio de lugar haviam escondido aqueles poucos milhões, não tenho outra alternativa, na melhor tradição da chantagem, que não a de ceder à sua exigência.

Ele discou o número.

— Richter.

— Aqui é Tommy Brue do Banco Brue. Boa-noite, Frau Richter.

— Boa-noite, Sr. Brue. Eu gostaria de conversar com o senhor assim que lhe for conveniente, por favor.

Como agora, por exemplo. Com um pouco menos de melodia, e um pouco mais aguçada, do que quando implorara pela atenção dele.

* * *

O Hotel Atlantic ficava a dez minutos de caminhada do banco, por um caminho de pedestres coberto de cascalho que contornava o lago. Ao lado dele, a ciclovia estalava e zunia com os palavrões dos ciclistas que seguiam para casa. Havia uma brisa gelada e o céu adquirira um tom entre o azul e o preto. Longas gotas de chuva começavam a cair. Em Hamburgo, elas são chamadas de novelos de linha. Sete anos antes, quando Brue era novo na cidade, seu avanço entre os outros teria sido retardado pelo que restava de sua reserva britânica. Agora, ele cava o próprio caminho de olho nos guarda-chuvas predatórios.

Na entrada do hotel, um porteiro de casaco vermelho levantou-lhe a cartola. No saguão, Herr Schwarz, o *concierge*, deslizou para seu lado e o conduziu à mesa escolhida por Brue para clientes que preferiam falar sobre negócios fora do banco. Ela ficava no canto mais afastado entre uma coluna de mármore e pinturas a óleo de navios hanseáticos, sob o olhar belicoso do segundo Kaiser Wilhelm, retratado em pequenos ladrilhos azuis como o mar.

— Estou aguardando uma senhora a quem ainda não tive o prazer de conhecer, Peter — confidenciou Brue, com um sorriso de cumplicidade masculina. — Uma certa Frau Richter. Suspeito que seja jovem. Por gentileza, assegure-se de que também seja bonita.

— Farei o melhor possível — prometeu gravemente Herr Schwarz, vinte euros mais rico.

De repente, Brue se lembrou de uma conversa dolorosa que havia tido com a filha, Georgie, quando ela tinha 9 anos. Ele estava explicando que mamãe e papai ainda se amavam, mas iriam morar em lugares separados. Era melhor que vivessem separados em uma relação de amor do que brigar, foi o que disse a ela, seguindo o conselho de um psiquiatra de quem tinha nojo. E que duas casas felizes eram melhores do que uma triste. E que Georgie poderia ver mamãe e papai sempre que quisesse, só que não juntos, como antes. Mas Georgie estava mais interessada em seu novo cachorrinho.

— Se tudo que tivesse no mundo fosse apenas um *Schilling* austríaco, o que faria com ele? — ela perguntou, coçando pensativamente a barriga do filhote.

— Bem, eu o investiria, obviamente, querida. O que *você* faria?

— Daria de gorjeta para alguém — respondeu.

Mais impressionado consigo mesmo do que com Georgie, Brue tentou entender por que estava se punindo agora com a história. Deveria ser a similaridade das vozes das duas, decidiu, com um olho nas portas de vaivém. Será que ela virá com um gravador? Será que seu "cliente", se o trouxer, estará com um gravador? Bem, se for esse o caso, não terão sorte.

Ele lembrou a si mesmo da última vez em que havia encontrado um chantagista: outro hotel, outra mulher, uma britânica que morava em Viena. Convencido por um cliente do Frères que não confiava seus problemas a mais ninguém, Brue a encontrara para um chá no discreto pavilhão do Sacher. Ela era uma mulher imponente, vestida de luto. Sua filha se chamava Sophie.

— Ela é uma das minhas melhores, Sophie, tão natural que me envergonha — explicara sob a aba do chapéu preto. — Só que está pensando em ir aos jornais, entende? Eu disse para não fazer isso, mas, sendo tão nova, ela não me dá ouvidos. Ele tem um jeito duro com ela, esse amigo, nem sempre gentil. Bem, ninguém quer ler sobre si próprio, não é mesmo? Não nos jornais. Não quando são diretores administrativos de uma grande companhia pública. É prejudicial.

Mas Brue aconselhara-se previamente com o chefe de polícia de Viena, que por acaso também era cliente do Frères. Seguindo o conselho do policial, concordou humildemente em pagar uma boa quantia de dinheiro para que ficassem caladas enquanto detetives vienenses à paisana gravavam a conversa de uma mesa próxima.

Desta vez, no entanto, não havia um chefe de polícia ao seu lado. O alvo não era um cliente, mas ele próprio.

* * *

No grande saguão do Atlantic, assim como lá fora, nas ruas, era a hora do rush. De onde estava, Brue podia observar supostamente à vontade o ir e vir dos hóspedes. Algumas mulheres usavam casacos de pele e de couro de cobra, alguns homens o uniforme fúnebre do executivo moderno e outros os jeans rasgados dos milionários errantes.

Uma procissão de senhores idosos em fraques e mulheres em vestidos de baile com lantejoulas emergiram de um corredor interno, conduzidos por um cicerone que empurrava um carrinho de buquês envoltos em celofane. Alguém rico e velho estava fazendo aniversário, pensou Brue, e perguntou-se por um momento se poderia ser algum de seus clientes e se Frau Elli lhe havia enviado uma garrafa de bebida como presente. Provavelmente, não está mais velho do que eu, pensou com bravura.

Será que as pessoas realmente pensavam nele como um velho? Provavelmente, sim. Sua primeira esposa, Sue, costumava reclamar que ele *nascera* velho. Bem, 60 sempre estivera no contrato, se você tivesse sorte o bastante para chegar até lá. Fora Georgie que lhe dissera certa vez, quando começou a abraçar o budismo? "A causa da morte é o nascimento."

Brue olhou para seu relógio de ouro, presente de Edward Amadeus quando completou 21 anos. Em dois minutos, ela estará atrasada, mas advogados e banqueiros nunca se atrasam. Tampouco, presumiu, chantagistas.

Do outro lado das portas de vaivém, um vento mistral rajava pela rua. O casaco do porteiro de cartola batia como asas inúteis enquanto ele corria de uma limusine para outra. Um forte temporal começou a cair e tanto os carros quanto as pessoas começaram a sumir em uma névoa leitosa. Da névoa, como a única sobrevivente de uma avalanche, adentrou uma figura pequena e forte vestindo roupas disformes e um lenço em torno da cabeça e do pescoço. Durante um momento de choque, Brue achou que tivesse uma criança pendurada nos ombros, até perceber que era uma mochila pesada.

Ela subiu os degraus, adentrou as portas de vaivém, entrou no saguão e parou. Estava impedindo a passagem das pessoas atrás dela, mas, se sabia disso, não deu importância. Retirou os óculos respingados de chuva, puxou uma ponta do lenço das profundezas de seu anoraque, poliu os óculos e recolocou-os sobre o nariz. Herr Schwarz abordou-a, e ela respondeu com um curto abanar da cabeça. Os dois olharam na direção de Brue. Herr Schwarz começou a conduzi-la, mas ela balançou a cabeça. Trocando a mochila de ombro, avançou na direção dele por entre as mesas, olhando fixamente para a frente, ignorando os outros hóspedes no caminho.

Nenhuma maquiagem, nenhum centímetro de pele abaixo da garganta, registrou Brue enquanto se levantava para cumprimentá-la. O movimento fluido e firme de um corpo pequeno e capaz dentro de roupas desalinhadas. Um pouco belicosa, mas as mulheres de hoje eram assim. Óculos redondos, sem armação, refletindo os candelabros. Praticamente não piscava. Pele de menina. Cerca de trinta anos mais nova do que eu e 30 centímetros mais baixa, mas chantagistas vêm em todos os tamanhos e ficam um pouco mais jovens a cada dia. Um rosto de corista para combinar com a voz de corista.

Nenhum cúmplice visível. Jeans azul-escuros, coturnos. Uma beleza em miniatura disfarçada. Forte mas vulnerável, absolutamente determinada a ocultar seu calor feminino e fracassando. Georgie.

— Frau Richter? Maravilhoso! Sou Tommy Brue. O que posso lhe oferecer?

Uma mão tão pequena que ele, instintivamente, apertou-a com menos força.

— Eles têm água aqui? — ela perguntou, olhando furiosamente para ele através dos óculos.

— É claro.

Chamou um garçom.

— A senhora veio a pé?

— De bicicleta. Sem gás, por favor. Sem lima. Temperatura ambiente.

* * *

Sentou-se diante dele, empostada no centro de seu trono de couro, as mãos presas contra os braços, joelhos apertados com força e a mochila a seus pés enquanto o estudava: primeiro as mãos, depois o relógio de ouro e os sapatos e em seguida os olhos, mas apenas brevemente. Parecia não ver nada que a surpreendesse. E Brue, em retorno, submetendo-a a uma inspeção igualmente inquisitiva, mas um pouco mais furtiva: o modo tutoreado pelo qual bebia a água, cotovelo para dentro, antebraço cruzando a parte superior do corpo; a autoconfiança que demonstrava no ambiente rico o qual parecia determinada a reprovar; o ar disfarçado de uma boa educação; a estilista oculta que não consegue se esconder de verdade.

Ela removeu o lenço e revelou uma boina de lã. Uma mecha errante de cabelo castanho e dourado cruzava sua testa. A jovem recolocou-a no cativeiro antes de tomar um gole d'água e voltar a inspecionar Brue. Os olhos, ampliados pelos óculos, eram firmes e de um tom verde-acinzentado. *Salpicados de mel*, ele lembrou: onde tinha lido aquilo? Em um dos 12 romances sempre na cabeceira de Mitzi. Seios pequenos e altos, deliberadamente indecifráveis.

Brue extraiu um cartão de visitas de um bolso na costura de seda azul de seu paletó da Randall's e, com um sorriso cortês, entregou-o a ela do outro lado da mesa.

— Por que *Frères*? — perguntou. Sem anéis, unhas curtas como as de uma criança.

— Foi ideia de meu avô.

— Ele era francês?

— Não. Apenas gostaria de ter sido — respondeu Brue, dando a resposta padrão. — Era escocês. Muitos escoceses se sentem mais próximos da França do que da Inglaterra.

— Ele tinha irmãos?

— Não. Eu tampouco.

Ela agachou para alcançar a mochila, abriu o zíper de um compartimento e depois outro. Sobre seu ombro, Brue percebeu em ordem rápida: lenços de papel, uma garrafa de solução para lentes de contato, um telefone celular, chaves, um bloco de anotações, cartões de crédito e uma gorda pasta de advogado, marcada e numerada. Nenhum gravador identificável ou microfone, mas com a tecnologia de hoje, como ter certeza? E, além do mais, sob aquela roupa, ela poderia estar vestindo um cinto com 12 quilos de bombas.

Ela entregou um cartão a ele.

SANTUÁRIO NORTE, leu Brue. *Uma fundação cristã de caridade para a proteção de pessoas sem nacionalidade na Região Norte da Alemanha.* Escritórios no leste da cidade. Telefones e números de fax, e-mail. Número da conta no Commerzbank. Trocarei umas palavras com o gerente local deles na segunda-feira se for necessário e checarei sua categoria de crédito. *Annabel Richter, advogada.* As palavras do pai, voltando para assombrá-lo: *Jamais acredite em uma mulher bonita, Tommy. São uma classe de criminosas, a melhor que existe.*

— É melhor o senhor dar uma olhada nisto aqui também — ela disse, jogando uma carteira de identidade para ele.

— Ora, qual é a necessidade disso? — ele protestou, apesar do mesmo pensamento ter lhe ocorrido.

— Talvez eu não seja quem diga que sou.

— É mesmo? Quem mais poderia ser?

— Alguns de meus clientes são procurados por pessoas que dizem ser advogados mas não são.

— Que horror! Meu Deus. Espero honestamente que isso nunca aconteça comigo. Bem, obviamente, pode acontecer, não é mesmo? E eu não saberia. Que pensamento horrível — declarou com falsa frivolidade, mas, se esperava que ela se juntasse a ele, ficou decepcionado.

Na fotografia, ela aparecia de cabelo solto, óculos mais antigos e o mesmo rosto, sem o olhar furioso. Annabel Richter havia nascido em 1977, em Freiburg im Breisgau, o que fazia dela o mais jovem possível para poder ser advogada na Alemanha, se é que era uma. Ela tinha se afundado na cadeira como um boxeador relaxando entre rounds enquanto continuava a observá-lo através dos óculos de avó, com seu pequeno corpo aumentado pelas roupas, coberto e belo.

— Já ouviu sobre nós? — ela perguntou.

— Perdão?

— Santuário Norte. Já ouviu falar sobre nosso trabalho? Nenhuma informação chegou ao senhor?

— Creio que não.

Abanando a cabeça lentamente, ela olhou ao redor do saguão em descrença. Para os casais de idosos em sua elegância. Para os jovens ricos barulhentos no bar. Para o pianista da casa tocando canções de amor nas quais ninguém estava prestando atenção.

* * *

— E quem financia sua instituição de caridade? — perguntou Brue em seu tom mais prático.

Ela encolheu os ombros.

— Algumas igrejas. O Estado de Hamburgo, quando está se sentindo generoso. Nós nos viramos.

— E há quanto tempo está no negócio? Sua organização, quero dizer.

— Não estamos no negócio. Não temos fins lucrativos. Cinco anos.

— E a senhora?

— Dois. Mais ou menos.

— Em tempo integral? Trabalha em mais alguma área? — querendo, na verdade, dizer: "Está fazendo um bico?, chantagens por fora?"

Ela estava cansada de perguntas.

— Tenho um cliente, Sr. Brue. Oficialmente, ele é representado pelo Santuário Norte. Contudo, há pouco tempo, contratou-me como advogada pessoal para todas as questões relacionadas a seu banco e deu-me o consentimento para entrar em contato com o senhor. É o que estou fazendo agora.

— Consentimento? — seu sorriso falso abria-se cada vez mais.

— Instruções. Qual a diferença? Como indiquei ao senhor pelo telefone, a situação de meu cliente em Hamburgo é delicada. Existem limites em relação ao que está disposto a me contar, além de limites em relação ao que posso dizer ao senhor. Acredito, depois de horas na companhia dele, que o pouco que me diz seja verdade. Não toda a verdade, mas talvez uma pequena parte, editada para meu consumo, mas ainda assim verdadeira. É um julgamento que precisamos fazer em minha organização. Precisamos nos satisfazer com o pouco que temos e trabalhar com isso. Preferimos ser enganados a sermos cínicos. Somos assim. É o que defendemos — acrescentou desafiadoramente, deixando Brue com a acusação não manifesta de que ele acharia melhor que as coisas fossem ao contrário.

— Entendo — assegurou-lhe. — E respeito — ele estava em uma luta de esgrima. Sabia como proceder.

— Nossos clientes não são o que consideraria clientes *normais*, Sr. Brue.

— É mesmo? Não acredito que já tenha conhecido um cliente normal — piada da qual ela também se recusou a compartilhar.

— Nossos clientes são, basicamente, mais parecidos com o que Frantz Fanon chamou de Condenados da Terra. Conhece o livro?

— Já ouvi falar, mas não cheguei a ler, infelizmente.

— Efetivamente, eles não têm nacionalidade. Com frequência, estão traumatizados. Têm tanto medo de nós quanto do mundo no qual entraram e do mundo que deixaram para trás.

— Entendo. — Não era verdade.

— Meu cliente acredita, esteja certo ou errado, que o senhor é sua salvação, Sr. Brue. Ele veio a Hamburgo por sua causa. Graças ao senhor, ele poderá permanecer na Alemanha legalmente e estudar. Sem o senhor, retornará ao inferno.

Brue avaliou dizer um "oh, céus" ou "mas que triste". Contudo, quando encontrou o olhar imóvel dela, pensou melhor.

— Ele acredita que precisa apenas mencionar *Sr. Lipizanner* e lhe dar um certo número de referência, não sei a que ou a quem ele se refere, e acho que nem ele, e, abracadabra, todas as portas se abrirão para ele.

— Posso perguntar há quanto tempo ele está aqui?

— Digamos que há cerca de duas semanas.

— E precisou de tanto tempo para entrar em contato comigo, apesar de eu ter sido a razão para sua vinda, supostamente? Acho um pouco difícil de entender.

— Ele chegou aqui em más condições e aterrorizado, sem conhecer um único ser humano. É a primeira vez que vem ao Ocidente. Não fala uma palavra em alemão.

Ele começou novamente a dizer "percebo", mas mudou de ideia.

— Além disso, por razões que nem consigo começar a decifrar, ele detesta o fato de que abordar o senhor seja de algum modo necessário. Pelo menos metade do tempo, preferiria permanecer em negação e morrer de fome. Infelizmente, considerando sua situação aqui, o senhor é a única chance dele.

* * *

Era a vez de Brue, mas de fazer o quê? *Quando estiver em um buraco, não cave, Tommy, apenas construa mais defesas.* O pai outra vez.

— Perdoe-me, Frau Richter — começou respeitosamente, apesar de não considerar, de forma alguma, ter feito algo que exigisse perdão —, quem ou o que, precisamente, passou a seu cliente a informação, a *impressão*, prefiro dizer, de que meu banco poderia realizar tal milagre por ele?

— Não é apenas o banco, Sr. Brue. Trata-se do senhor, pessoalmente.

— Receio estar um pouco intrigado em relação a como isso poderia ser verdade. Eu estava lhe perguntando sobre a fonte da informação.

— Talvez um advogado tenha dito a ele. Algum de *nós*. — Acrescentou, com autodepreciação.

Ele escolheu outra abordagem.

— E em que *língua*, posso perguntar, obteve tal informação de seu cliente?

— Sobre o Sr. Lipizzaner?

— Sobre outras coisas também. Meu nome, por exemplo.

O rosto da jovem era duro como uma rocha.

— Meu cliente diria que essa pergunta é irrelevante.

— Posso perguntar se havia intermediários presentes quando ele lhe passou as instruções? Um intérprete qualificado, por exemplo? Ou consegue se comunicar diretamente com ele?

A mecha de cabelo escapou novamente da boina, mas dessa vez ela a segurou e enrolou com a mão enquanto olhava furiosa ao redor.

— Russo — disse. E, com um surto súbito de interesse nele: — *O senhor fala russo?*

— Aceitavelmente. Bastante bem, na verdade — ele respondeu.

A admissão pareceu disparar nela alguma espécie de autoconsciência feminina, pois sorriu e, pela primeira vez, encarou-o diretamente.

— Onde aprendeu?

— Eu? Ah, em Paris. Muito decadente.

— *Paris!* Por que Paris?

— Fui mandado para lá pelo meu pai. Era algo em que ele insistia. Três anos na Sorbonne e muitos poetas barbudos exilados. E a senhora?

O momento de conexão havia terminado. Ela estava revirando a mochila.

— Ele me deu uma referência — disse. — Algum número especial que reavivará a memória do Sr. Lipizanner. Talvez reavive a sua também.

Ela rasgou uma página do bloco de notas e entregou-a a ele. Seis dígitos, escritos a mão, ele presumiu que por ela. Começando com 77, como as Lipizzaners.

— Faz sentido? — ela perguntou, desafiando-o com o olhar impiedoso.

— O quê?

— O número que acabo de lhe dar é uma referência em uso no Banco Brue Frères? Ou não? — como que falando com uma criança teimosa.

Brue avaliou a pergunta — ou, mais precisamente, como evitá-la.

— Bem, Frau Richter, a senhora deposita grande ênfase na confidencialidade em relação ao cliente, tanto quanto eu — começou com suavidade. — Meu banco não divulga a identidade dos clientes nem a natureza de suas transações. Estou certo de que respeita isso. Não revelamos nada que não sejamos obrigados por lei. Se me disser *Sr. Lipizzaner*, eu escutarei. Se citar um número de referência, consultarei nossos arquivos. — Ele pausou para permitir algum reconhecimento, mas o rosto dela estava firme em oposição determinada. — A senhora mesma, tenho certeza, é absolutamente honesta — continuou. — É claro que sim. Contudo, ficaria surpresa com quantos vigaristas existem no mundo.

Fez sinal para o garçom.

— Ele não é um vigarista, Sr. Brue.

— Claro que não. É seu cliente.

Estavam de pé. Quem levantara primeiro? Ele não sabia. Provavelmente, ela. Ele não esperava que o encontro fosse tão curto e, apesar do caos em fúria dentro dele, Brue percebeu que desejava que tivesse durado mais.

— Telefonarei quando concluir a pesquisa. O que acha?

— Quando?

— Depende. Se eu não encontrar nada, então em muito pouco tempo.

— Hoje à noite.

— Possivelmente.

— O senhor está voltando agora para seu banco?

— Por que não? Se for uma situação piedosa, como parece sugerir, faremos o possível. Obviamente. Todos nós.

— Ele está afogando. Tudo que precisa fazer é esticar a mão.

— Sim, bem, lamento que seja um apelo que ouço com muita frequência em minha profissão.

Seu tom despertou a fúria nela.

— Ele *confia* no senhor — disse.

— Como poderia, se nunca nos conhecemos?

— Tudo bem, ele *não* confia no senhor. Mas o pai dele confiava. E o senhor é tudo o que ele tem.

— Bem, é muito confuso. Para nós dois, tenho certeza.

Colocando a mochila no ombro, ela marchou pelo saguão em direção às portas de vaivém. Do lado de fora, o porteiro de cartola aguardava por ela com sua bicicleta. Ela tirou um capacete de ciclista da caixa de madeira amarrada ao guidão, colocou-o na cabeça, afivelou-o e depois vestiu um par de calças impermeáveis. Sem um olhar nem um aceno, partiu.

* * *

A casa-forte do Frères ficava em uma espécie de porão nos fundos do prédio. Media 3,70 metros por 2,60 e seu arquiteto havia sido alvo de piadas de mau gosto sobre quantos devedores inadimplentes caberiam lá — daí o apelido no banco de *oubliette*, ou masmorra. Com o avanço da tecnologia moderna, outros bancos podem ter se livrado completamente de arquivos e até mesmo de casas-fortes, mas o Frères sustentava sua história e aquilo era o que restava. Enviada de Viena em um caminhão protegido e colocada para descansar em um mausoléu de tijolos pintados de branco cheio de desumidificadores e que era guardado pelos consoles de luzes e números que exigiam um código, uma impressão digital e um par de palavras tranquilizantes. A seguradora também tinha exigido reconhecimento de íris, mas algo em Brue se revoltara.

Uma vez lá dentro, Brue seguiu por um beco de cofres empoeirados até um armário de metal encostado contra a parede do fundo. Digitando um código, abriu-o e procurou entre os arquivos até, consultando a página rasgada do bloco de notas de Annabel Richter, encontrar o que procurava. Era de um laranja desbotado e estava fechada com clipes de metal. Uma aba na lateral apresentava a referência, mas nenhum nome. Sob o brilho amarelado das luzes no teto, folheou as páginas em uma velocidade constante, não as lendo propriamente, mas sim as sondando. Esticando o braço novamente para dentro do armário, tirou uma caixa de sapatos cheia de cartões com as pontas amassadas pelo desgaste. Olhou rapidamente um a um e extraiu o cartão que continha a mesma referência que a pasta.

KARPOV, leu. *Grigori Borisovich, coronel do Exército Vermelho. 1982. Membro Fundador.*

O ano de sua safra, pensou. Meu cálice envenenado. Nunca ouvi falar em Karpov, mas não teria ouvido, teria? As Lipizzaners eram seu estábulo particular.

"Toda movimentação nesta conta e todas as instruções do cliente devem ser relatadas imediatamente a EAB antes que qualquer ação seja tomada, assinado Edward Amadeus Brue", leu.

Pessoalmente, para você. Bandidos russos como reserva pessoal. Vigaristas menores — gerentes de investimentos, corretores de seguros, colegas banqueiros — podem ficar sentados durante meia hora na sala de espera e se dar por satisfeitos ao serem atendidos pelo caixa-chefe, mas bandidos russos, por ordens pessoais suas, procuram diretamente EAB.

O bilhete não tinha sido impresso. Não trazia o carimbo de Frau Elli — na época sua jovem secretária, dedicada e muito particular —, mas sim sua caligrafia nos traçados azuis e finos de sua onipresente caneta-tinteiro, e concluído com sua assinatura completa, na hipótese de um leitor casual — não que, sabe Deus, jamais tenha existido um — não saber que EAB representava Edward Amadeus Brue OBE, o banqueiro que, durante toda a vida, nunca violara as regras — até o final, quando quebrou todas.

Trancando o armário e depois a casa-forte, Brue colocou a pasta sob o braço e subiu a escadaria elegante até a sala onde, duas horas antes, sua paz de fim de semana fora tão brutalmente perturbada. Os detritos de Marianne, a Louca, espalhados pela escrivaninha pareciam algo de um ano atrás, as preocupações éticas da Bolsa de Valores de Hamburgo irrelevantes.

Mas, outra vez: *por quê?*

Você não precisava do dinheiro, meu querido pai, nenhum de nós precisava. Tudo que precisava fazer era ficar onde estava: o diplomata decano do mundo bancário vienense, cuja palavra de cautela era lucidez.

E, quando invadi seu escritório certa noite, pedindo a Frau Ellenberger que nos deixasse a sós — Fräulein, como era na época, e uma Fräulein bastante bonita — e fechei propositadamente a porta quando saiu, servi um uísque grande para cada um e disse que não aguentava mais ouvir se referirem a nós como Mafia Frères, o que fez?

Você atarraxou no rosto seu sorriso de banqueiro — tudo bem, uma versão dolorosa dele, reconheço —, deu palmadinhas em meu ombro e me disse que havia segredos no mundo que até mesmo um filho amado era melhor sem conhecer.

Suas palavras. Uma verdadeira cantada. Até Fräulein Ellenberger sabia mais do que eu, mas você a fizera jurar manter silêncio desde o primeiro dia como estagiária.

E você também riu por último, não foi? Estava morrendo na época, mas era mais um dos segredos dos quais eu não tinha o direito de compartilhar. Justamente quando começava a parecer que a corrida entre o Ceifador e as autoridades vienenses para pegá-lo primeiro teria um final apertado, surge a velha amada de Westerheim, a rainha da Inglaterra, que do nada decidira, por motivo conhecido por nenhum mortal, enviá-lo para a Embaixada Britânica, onde seu leal embaixador iria, com toda a pompa, nomeá-lo Membro da Ordem do Império Britânico — uma honraria que, me informaram, apesar de você jamais ter me dito *pessoalmente*, desejara durante toda a vida.

E, na cerimônia de nomeação, você chorou.

E eu também.

E sua esposa, minha mãe, também teria chorado se estivesse entre nós, mas no caso dela o Ceifador vencera havia muito tempo.

E quando se juntou a ela no Banco Feliz no Céu, o que, de volta à sua famosa prudência, conseguiu realizar dois meses depois, a mudança para Hamburgo tornou-se mais atraente do que nunca.

* * *

Nossos clientes não são o que consideraria clientes normais, Sr. Brue.

Com o queixo apoiado na mão, Brue folheou para a frente e para trás a pasta taciturna e concisa. O índice fora alterado e papéis haviam sido removidos para preservar a identidade do titular. Um relatório de encontros — somente as Lipizzaners os possuíam — registrava a hora e o local de reuniões entre cliente desonesto e banqueiro desonesto, mas não o assunto discutido.

O capital do proprietário da conta estava investido em um fundo administrativo *offshore* nas Bahamas, prática padrão para as Lipizzaners.

O fundo administrativo pertencia a uma fundação de Liechtenstein.

A participação do titular da conta na organização de Liechtenstein estava na forma de títulos ao portador guardados com o Frères.

Os títulos deveriam ser entregues *ao solicitador aprovado* diante da apresentação *do número relevante da conta, documentos de identidade satisfatórios* e o que era eufemisticamente definido como *instrumento necessário para acesso.*

Para detalhes adicionais, ver a pasta pessoal do proprietário da conta, só que não é possível porque ela evaporou no mesmo dia em que Edward Amadeus Brue OBE entregou formalmente as chaves do banco ao filho.

Resumindo, nenhuma transferência formal e, até onde fosse possível, sem o devido procedimento: bastava apenas um "olá, sou eu" do afortunado dono do número de referência, uma carteira de motorista e o dito *instrumento* para que um volume não declarado de títulos podres trocasse de uma mão suja para outra — o cenário dos sonhos para quem quisesse lavar dinheiro.

* * *

Exceto — murmurou Brue em voz alta.

Exceto que, no caso do coronel Grigori Borisovich Karpov, ex-membro do Exército Vermelho, o *solicitador aprovado* — se for mesmo ele — é um dos Condenados da Terra que detestam a necessidade de tal aproximação e, metade do tempo, prefeririam morrer de fome. Ele também está se afogando, e tudo que preciso fazer é esticar a mão. Ele acredita que eu seja sua salvação e que, sem mim, retornará ao inferno.

Mas era da mão de Annabel Richter que estava se lembrando: sem anéis, unhas curtas como as de uma criança.

O engarrafamento havia passado. Sexta-feira. A noite de bridge de Mitzi. Brue olhou para o relógio. Meu bom Deus, para onde fora o tempo? Como ficara até tão tarde? Mas o que é tarde? Às vezes, as partidas duravam quase até o amanhecer. Ele esperava que ela estivesse ganhando. Era importante para ela. Não o dinheiro, mas vencer. A filha, Georgie, era exatamente o oposto. Uma frouxa, isso é o que Georgie era. Nunca ficava feliz, a menos que estivesse perdendo. Jogue-a com os olhos vendados em um quarto cheio de homens e, se houver um que, com certeza, não tenha esperanças, pode apostar as botas que ela ficará amiga dele em minutos.

E Annabel Richter do Santuário Norte, qual das duas você é? Uma vencedora ou uma perdedora? Se estiver salvando o mundo, provavelmente a segunda opção. Mas você atacará com todas as armas que tiver, isso é certo. Edward Amadeus adoraria você.

Sem pensar mais, Brue voltou a ligar para o celular dela.

3

A primeira notificação da presença de Issa na cidade chegou à apertada sede da Unidade de Aquisições Internacionais do grandiosamente nomeado Gabinete para a Proteção da Constituição de Hamburgo — em outras palavras, serviço de inteligência interna — no final da tarde do quarto dia em que ele vagara pela cidade, mais ou menos quando tremia e suava à porta de Leyla, implorando para entrar.

A Unidade, como era debochadamente conhecida por seus anfitriões relutantes, não ficava no corpo do complexo principal de proteção, fora da cidade, mas sim no ponto mais afastado dele, do outro lado do pátio, tão perto da cerca de arame farpado quanto era possível chegar sem efetivamente se cortar. O lar desagradável da equipe de 16 membros, e seu parco complemento de pesquisadores, observadores, ouvintes e motoristas, era um estábulo da SS desativado, com uma torre e um relógio parado e vista desobstruída para os pneus e utensílios de jardinagem espalhados ao redor.

Impingida aos protetores pelo recém-formado Comitê Conjunto de Administração, o qual clamava para si a missão de remodelar a esplendidamente inepta comunidade de inteligência da Alemanha, a Unidade era vista como a precursora de um plano para eliminar demarcações preciosas em nome de uma organização eficiente e integrada. Apesar de, no papel, estarem sob comando local e carecerem dos poderes concedidos à Polícia Federal, não respondiam ao complexo de proteção em Hamburgo nem ao quartel-general em Colônia, e sim ao próprio corpo todo-poderoso e nebuloso em Berlim que os impingira aos protetores.

E quem, ou o que, formava o corpo onipotente em Berlim? Sua própria existência despertava o medo no coração da espiocracia entrincheirada da Alemanha. É verdade que, aparentemente, o Comitê Conjunto de Administração não passava de um grupo de pesos-pesados recrutados de cada um dos serviços principais e incumbidos de melhorar a cooperação entre eles após uma série de planos terroristas em solo alemão que haviam falhado por pouco. Depois de um período de gestação de seis meses — segundo a versão oficial —, suas recomendações seriam avaliadas pelos poderes centrais gêmeos da inteligência alemã, o Ministério do Interior e o Gabinete do primeiro-ministro, e seria basicamente isso.

Ou não.

Pois, na verdade, a avaliação do Comitê tinha um significado de extrema importância: nada menos do que a criação de um sistema totalmente novo de comando e controle cobrindo todos os serviços de inteligência principais e secundários e, de modo atípico até então para o sistema federal alemão, presidida por um novo estilo de coordenador de inteligência — o tsar —, com poderes sem precedentes.

Sendo assim, quem deveria ser o novo e incrível coordenador?

Ninguém duvidava de que ele seria escolhido entre as fileiras sombrias do próprio Comitê Conjunto. Mas de qual facção? Com a estabilidade política alemã presa no limbo de uma coalizão caprichosa, para qual lado ele se inclinaria? Quais alianças, quais objetivos seriam trazidos pelo coordenador para sua missão formidável? Que promessas precisaria manter? E à voz de quem, exatamente, estaria ouvindo quando usasse sua nova vassoura?

Será que a Polícia Federal, por exemplo, continuaria à frente dos anfitriões sitiados na longa batalha pela primazia no campo da inteligência interna? Será que o Serviço Federal de Inteligência Externa continuaria sendo o único corpo autorizado a operar secretamente no exterior? E, se fosse esse o caso, será que ele finalmente se livraria do peso morto de ex-soldados e semidiplomatas que entulhavam suas estações no exterior? — todos homens bons na hora de defender as embaixadas alemãs em períodos de revoltas civis, sem dúvida, mas muito menos adeptos ao negócio cheio de nuanças do recrutamento e da administração de redes secretas.

Desse modo, ninguém ficaria surpreso se, infectadas pelo clima de suspeição e de ansiedade que havia tomado conta de toda a comunidade de inteligência da Alemanha, as relações entre os interlocutores misteriosos de Berlim e seus anfitriões relutantes em Hamburgo fossem no máximo geladas, afetando até mesmo os menores aspectos da interação cotidiana; ou que interesses despertados pelo surgimento de Issa em um lado do quintal não necessariamente fossem recíprocos no outro. Realmente, sem o olho imaginativo — *exageradamente* imaginativo, alguns diziam — do inconstante Günther Bachmann, membro da Unidade, a chegada clandestina do homem que dizia se chamar Issa poderia nunca ter sido notada.

* * *

E esse tal Günther Bachmann de Berlim — quem *ele* era, exatamente, quando estava em casa?

Se existem pessoas no mundo para quem a espionagem sempre tenha sido o único chamado possível, Bachmann era uma delas. Poliglota, nascido depois de uma série de casamentos de uma exuberante alemã-ucraniana, e com a reputação de ser o único oficial em seu serviço que não possuía qualificação acadêmica além da expulsão sumária da escola secundária. Aos 30 anos, já havia fugido pelo mar, trilhado o Kush hindu, sido preso na Colômbia e escrito um romance impublicável de mil páginas.

Contudo, de algum modo, ao ligar todas essas experiências improváveis, ele descobrira tanto sua nacionalidade quanto seu talento natural: inicialmente, como agente ocasional de um distante posto alemão no exterior, depois como agente secreto no exterior, fora do corpo diplomático; em Varsóvia por falar polonês, em Aden, Beirute, Bagdá e Mogadishu por falar árabe e em Berlim por seus pecados, enquanto esfriava a cabeça após desencadear um escândalo quase épico, do qual apenas as descrições mais vagas chegaram ao moinho dos boatos; excesso de zelo, diziam os rumores; uma tentativa de chantagem que fora longe demais; um suicídio, lembrou apressadamente um embaixador alemão.

Depois, cuidadosamente, sob mais um nome diferente, de volta a Beirute, para fazer de novo o que sempre fizera melhor do que ninguém, mesmo que não necessariamente respeitasse todas as regras — mas desde quando "regras" eram necessárias em Beirute? —, especificamente procurar, recrutar e coordenar, não importa como, agentes ativos em campo, o que representa o padrão de ouro da inteligência real. Por fim, até mesmo Beirute se tornou perigosa demais para ele, e uma escrivaninha em Hamburgo, de repente, passou a parecer o lugar mais seguro — se não para Bachmann, pelo menos para seus chefes em Berlim.

Mas Bachmann nunca seria aposentado à força. Quem dizia que o posto em Hamburgo era uma punição não sabia o que estava dizendo. Preso agora em seus 40 e poucos anos, era como um vira-latas explosivo e desgastado, com ombros fortes e, frequentemente, com cinzas no paletó, até que fossem tiradas por Erna Frey, sua parceira de trabalho e assistente de longa data. Ele era motivado, carismático e vigoroso, um *workaholic* com um sorriso estonteante. Seus cabelos louros eram de tal forma revoltos que pareciam jovens demais para as rugas entrecruzadas em sua testa. Como um ator, era capaz de lisonjear, de cativar e de intimidar. Podia combinar doçura e palavrões na mesma frase.

— Quero mantê-lo livre e andando — disse Bachmann a Erna Frey quando estavam lado a lado no úmido covil dos pesquisadores no estábulo da SS, observando Maximilian, o hacker estelar do grupo, conjurar imagens sucessivas de Issa nos monitores. — Quero que diga a quem quer que precise dizer o que lhe mandaram falar, que reze onde precise rezar e que durma onde quer que o tenham mandado dormir. Não quero que ninguém interfira nele antes de nós. Muito menos os babacas do outro lado do pátio.

* * *

A primeira informação que receberam sobre Issa não despertou o interesse de ninguém. Fora um mandado de busca emitido pelo quartel-general da polícia sueca em Estocolmo de acordo com um tratado europeu, avisando a todos os signatários que um imigrante ilegal russo, cujos nome, fotografia e detalhes foram fornecidos, fugira quando sob custódia sueca e que agora se encontrava em paradeiro desconhecido. Em um único dia, podia surgir meia dúzia de avisos como aquele. No centro de operações dos protetores, do outro lado do pátio, o aviso foi devidamente registrado, baixado para os computadores, acrescentado às fileiras de avisos similares que adornavam as paredes da sala de recreações e ignorado.

Mas, provavelmente, os traços de Issa se fixaram na retina do olho interior de Maximilian, pois nas horas seguintes, à medida que a atmosfera no covil de pesquisa de Bachmann ficava mais pesada, membros da equipe de outros cantos do estábulo começaram a se aglomerar para compartilhar da empolgação. Aos 27 anos, Maximilian era quase completamente gago, mas tinha a memória de um léxico de 12 volumes e intuição para juntar trechos independentes de informação. A hora do jantar já passara havia muito tempo quando se recostou na cadeira e uniu os dedos cobertos de sardas sob os cabelos ruivos.

— *Play it again, please*, Maximilian — ordenou Bachmann, quebrando o silêncio de igreja com uma rara expressão em inglês.

Maximilian ruborizou e recomeçou:

A fotografia de Issa tirada quando fora preso pela polícia sueca: de rosto inteiro, os dois perfis, com a palavra PROCURADO impressa logo acima e seu nome em letras maiúsculas, como um aviso: KARPOV, Issa.

Um texto de dez linhas em letras espessas descrevia-o como um militante muçulmano fugitivo, nascido há 23 anos em Grozny, Chechênia, e recomendava que fosse abordado com cuidado.

Lábios apertados. Nenhum sorriso oferecido ou permitido.

Olhos esbugalhados de dor após dias e noites na escuridão fétida do contêiner. Barba por fazer, magro e desesperado.

— Como podemos saber se ele deu o nome verdadeiro? — perguntou Bachmann.

— Ele não deu — agora era Erna Frey quem falava, enquanto Maximilian continuava se esforçando para responder. — Ele deu um nome checheno mas seus colegas no contêiner o denunciaram. "Ele é Issa Karpov", disseram. "O aristocrata russo fugitivo."

— *Aristocrata?*

— Está no relatório. Os colegas acharam-no esnobe. Especial, de alguma maneira. Ainda precisamos descobrir o segredo de como ser esnobe em um contêiner.

Maximilian venceu a gagueira:

— A polícia sueca acredita que ele tenha retornado ao navio e dado dinheiro à tripulação — disparou. — E o último porto onde o navio parou foi *Copenhague* — a palavra saiu como um triunfo vitorioso da força de vontade sobre a natureza.

A filmagem turva de um homem magro, de barba, em um grande sobretudo escuro, usando um *keffiyeh* e um gorro listrado, saltando da traseira de um caminhão no meio da madrugada.

O condutor do caminhão acena.

O passageiro não acena de volta.

Imagens da plataforma da principal estação de Hamburgo, filas e mais filas de táxis amarelos.

A mesma figura magra deitada em um banco da estação.

A mesma figura magra sentando-se, falando com um homem gordo que gesticula, aceitando dele um copo de papel com alguma bebida e dando um pequeno gole.

Comparações entre o retrato de Issa tirado pela polícia e fotografias ampliadas do homem magro e barbado no banco da estação.

Outra fotografia do mesmo homem magro e barbado de pé na rua.

— Os suecos mediram a altura dele — disse Maximilian, depois de um par de tentativas. — Ele é alto. Quase 2 metros.

No monitor, surge um medidor ao lado do homem barbado deitado, e depois sentado. O medidor calcula 1,93 metro.

— O que, em nome de Deus, fez você pegar as imagens da estação de trens de Hamburgo? — protestou Bachmann. — Alguém dá a você uma fotografia tirada pela polícia sueca de um homem que foi para a Dinamarca e você localiza o bêbado na estação de trens de Hamburgo? Acho que deveria prendê-lo por ser psíquico!

Ruborizado de prazer, Maximilian levantou desnecessariamente a mão chamando a atenção e voltou a clicar no monitor com a outra mão.

Imagem ampliada do mesmo caminhão na plataforma da estação de trem, visto de lado, sem marcações.

Imagem ampliada do mesmo caminhão, visto por trás. Maximilian deu um zoom na placa de registro do veículo. Parte dela estava coberta por um laço feito com um pano preto. Podia-se ver metade de um emblema da União Europeia e os primeiros dois números de um registro dinamarquês. Maximilian lutou para falar, mas fracassou. Sua bela namorada, a meio-árabe Niki, do setor de áudio, falou por ele:

— Os suecos interrogaram os outros fugitivos a respeito dele — ela disse enquanto Maximilian concordava abanando a cabeça. — Ele estava a caminho de Hamburgo. Nenhum outro lugar serviria. Tudo daria certo para ele em Hamburgo.

— Ele mencionou *como*?

— Não. Era fechado e misterioso. Os companheiros acharam que era maluco.

— Quando saíram do contêiner, todos tinham ficado malucos. Quais línguas ele fala?

— Russo.

— Só russo? Não fala checheno?

— De acordo com os suecos, não. Mas talvez nem tenham tentado descobrir.

— Mas *Issa* é o primeiro nome dele. Que significa *Jesus*. Jesus Karpov. Ele tem um sobrenome russo e um nome muçulmano. Como conseguiu isso?

— Niki não o batizou, querido — murmurou Erna Frey.

— E não tem patrônimo — reclamou Bachmann. — O que aconteceu com o patrônimo russo? Será que deixou na prisão?

Em vez de responder, Niki contou a história em nome do namorado:

— Maximilian teve um lampejo, Günther. Se o porto seguinte do navio era Copenhague e o destino do garoto era Hamburgo, ele pensou: que tal conferir as imagens da plataforma da estação sempre que um trem chegasse de Copenhague?

Econômico nos elogios, como sempre, Bachmann fingiu que não a escutara.

— Issa Sem Patrônimo Karpov foi o único a saltar do caminhão dinamarquês com a placa oculta?

— Ele estava sozinho. Certo, Maximilian? *Solo* — Maximilian concordou abanando a cabeça com entusiasmo. — Ninguém mais saltou do caminhão dinamarquês e o condutor permaneceu dentro da cabine.

— Então me diga quem é o velho gordo maldito.

— Gordo maldito? — Niki ficou desconcertada por um instante.

— O gordo maldito com o copo de papel. Um velho falou com nosso garoto na plataforma. Com um chapéu preto de marinheiro. Sou o único aqui que viu o filho da mãe? Não. O garoto *respondeu* a ele. E em que língua falaram? Russo? Checheno? Árabe? Latim? Grego antigo? Ou será que nosso garoto fala alemão e não sabemos disso?

Maximilian levantou o braço novamente. Com a outra mão, clicou nas imagens do velho gordo maldito, aproximando-o. Ele reproduziu a imagem em tempo real e depois em câmera lenta: um velho careca e corpulento com porte militar e botas de cavalaria oferece cerimoniosamente um copo de isopor ou de papel ao garoto. Havia algo singularmente dignificado em seus gestos, quase como os de um padre. E sim, o velho e o garoto estão definitivamente conversando.

— Agora me mostre o pulso dele.

— Pulso?

— Do garoto — Bachmann falou rispidamente. — O pulso direito do garoto, por Cristo, quando pega o café. Mostre-me de perto.

Um bracelete fino, de ouro ou prata, do qual se pendura um pequeno livro aberto.

— Onde está Karl? Preciso de Karl — gritou Bachmann, virando-se e abrindo os braços como se tivesse sido roubado. Mas Karl está bem à sua frente: Karl, que um dia fora garoto de rua em Dresden, fora condenado três vezes quando menor de idade e era formado em estudos sociais. Karl do sorriso tímido que dizia "ajude-me".

— Vá até a estação de trens para mim, por favor, Karl. Talvez o encontro casual entre o gordo maldito e nosso garoto não tenha sido por acaso. Talvez estivesse recebendo ordens ou encontrando seu contato. Ou talvez estejamos olhando para um cara velho e triste cuja melhor coisa na vida seja dar copos de café para mendigos jovens e bonitos em estações de trem às 2 horas da manhã. Fale com as pessoas boas que dirigem a missão local em busca de desprovidos. Pergunte a elas se sabem quem deu ao nosso garoto aquele copo com alguma coisa no meio da madrugada. Talvez ele seja um frequentador habitual. Não mostre fotos, ou ficarão com medo. Use sua fala doce e evite a polícia da estação. Tenha na ponta da língua um singelo conto de fadas. Talvez o velho seja seu tio desaparecido há muito tempo. Talvez você lhe deva dinheiro. Apenas não faça barulho. Seja tranquilo, invisível, como sabe ser. Certo?

— Certo.

Bachmann falou para todos: Niki, sua amiga Laura, um par de vigilantes das ruas que seguiram Karl para o andar superior, Maximilian e Erna Frey:

— Bem, esta é a nossa situação, amigos. Estamos procurando um homem que não possui patrônimo nem qualquer relação com a normalidade. Sua ficha diz que é um militante checheno-russo que comete crimes violentos, foge de uma prisão turca por meio de suborno, e, diga-se de passagem, que diabos estava fazendo lá?, foge da polícia portuária sueca, paga para voltar ao navio do qual desembarcara, entra ilegalmente no porto de Copenhague, aluga um caminhão de Copenhague para Hamburgo, aceita um copo de bebida de um velho gordo maldito com quem conversa em só Deus sabe que língua e usa um bracelete de ouro com o Alcorão. Esse homem merece um respeito considerável. Amém?

Em seguida, Bachmann retornou para seu escritório, seguido de perto por Erna Frey, como sempre.

* * *

Será que eram casados?

Sob todos os aspectos conhecidos, Bachmann e Erna Frey eram opostos, e talvez fossem. Enquanto Bachmann detestava exercícios, fumava, tinha a boca suja, bebia uísque demais e não se ajustava a nada que não fosse trabalho, Erna Frey era alta, em forma e frugal, com um cabelo curto e delicado e um caminhar determinado. Carregava o nome cristão de uma tia solteirona e tinha sido enviada pelos pais ricos para o colégio de freiras de elite de Hamburgo no qual estudavam as filhas dos eminentes locais e do qual emergiu carregando o fardo das rígidas virtudes alemãs de castidade, dedicação ao trabalho, piedade, sinceridade e honra: até serem apagadas por um senso de humor mordaz e um ceticismo saudável. Outras mulheres poderiam ter trocado o nome antiquado por um mais moderno. Mas não Erna. Nos campeonatos de tênis, ela cortava e voleava rumo à vitória contra adversários de ambos os sexos. Em excursões de montanhismo, saía-se melhor do que homens com metade de sua idade. Mas sua grande paixão era velejar sozinha, e todos sabiam que estava economizando cada centavo que recebia para comprar um iate com o qual pudesse dar a volta ao mundo.

Ainda assim, no trabalho, a dupla de poucas afinidades era como marido e mulher, dividindo a mesma sala, telefones, arquivos, computadores e os odores e os hábitos do outro. Quando Bachmann, desafiando o regulamento, acendia um de seus detestáveis cigarros russos, Erna Frey tossia ostensivamente e abria as janelas. Mas os protestos terminavam ali. Bachmann podia continuar com as baforadas até a sala ficar impregnada como se estivesse cheia de fumaça de peixe defumado e ela não dizia mais nada. Será que dormiam juntos? Segundo boatos, tentaram fazer sexo uma vez e declararam que era uma área desastrosa. Contudo, nas noites em que ficavam até tarde no trabalho, não hesitavam em deitar juntos no apertado quarto de descanso que ficava no final do corredor.

E quando o novo time se reuniu pela primeira vez em seu novo lar, na galeria superior do estábulo, redecorada às pressas para as boas-vindas, com o vinho Baden favorito de Bachmann e o javali assado em casa por Erna Frey com framboesas, os dois estavam tão cheios de carinho, interagindo tão intuitivamente e bem, que não foi surpresa para os convidados vê-los de mãos dadas: ou melhor, até o momento em que Bachmann assumiu a tarefa de explicar aos soldados recém-reunidos justamente para que diabos haviam sido postos na terra. O discurso, cujo tom se alternava entre o grosseiro e o messiânico, foi em parte uma aula idiossincrática de história e em parte um chamado às armas. Inevitavelmente, passou a ser conhecido como Cantata de Bachmann. Assim foi o discurso:

* * -

— Quando ocorreu o atentado de 11 de Setembro, havia dois marcos zero — anunciou, dirigindo-se ao grupo primeiro de um lado da galeria e depois dos fundos, antes de surgir como um gênio da lâmpada por debaixo das vigas diante deles, socando as palavras conforme falava. — Um deles ficava em Nova York. O outro, sobre o qual não se ouve muita coisa, ficava bem aqui, em Hamburgo.

Simulou um soco contra a janela.

— Aquele pátio lá fora tinha 30 metros de lixo, tudo papel. E nossos barões patéticos da comunidade de inteligência alemã estavam revirando tudo tentando descobrir onde tinham cometido um erro tão terrível. Trouxemos de avião gênios de todo o hemisfério para dar conselhos e proteger suas cabeças. Grandes protetores de nossa sagrada constituição de Colônia, que Deus nos proteja de nossos protetores — gargalhadas, as quais ignorou —; espiocratas de nosso próprio e distinto serviço de inteligência externa; importantes senhoras e cavalheiros do comitê de supervisão de inteligência Bundestag; norte-americanos de mais agências do que jamais ouvi falar, eram 16 na última vez em que contei; todos caindo uns sobre os outros para largar a merda na porta de qualquer pessoa que não na deles próprios. Digo uma coisa a vocês: tantos babacas inteligentes dedicaram a própria sabedoria naquelas semanas, mas os pobres-diabos que estavam tentando administrar a casa e varrer o lixo não conseguiam evitar desejar que tivessem aparecido por aqui algumas semanas antes. Assim, não teria havido Mohammed Atta nem os macacos da mídia gritando sobre eles.

Bachmann circulou pela galeria, cotovelos para fora e punhos cerrados.

— Hamburgo pisou na bola. Todo mundo pisou na bola, mas quem caiu foi Hamburgo.

E, interpretando os dois lados de uma entrevista coletiva imaginária:

— *Senhor, por favor, poderia nos dizer: atualmente, quantos falantes de árabe integram sua operação aqui na cidade?* — grasnou, saltitando para a esquerda.

— Na última contagem, um e meio — saltitando para a direita.

— *Senhor, exatamente quem vocês estavam grampeando e seguindo pela cidade nos meses que antecederam o Armagedom?*

Outro salto curto.

— Bem, madame, pensando agora... um par de cavalheiros chineses suspeitos de roubar nossos preciosos segredos industriais... adolescentes neonazistas que pintam suásticas em lápides judaicas... a última geração da Fraktion do Exército Vermelho... Ah, e 28 geriátricos ex-comunistas que querem restaurar a querida e velha RDA.

Bachmann sumiu de vista para reaparecer em uma extremidade da galeria, com ar sombrio.

— Hamburgo é uma cidade culpada — anunciou calmamente. — Consciente e inconscientemente. Talvez Hamburgo até tenha *atraído* os sequestradores. Será que eles nos escolheram? Ou fomos nós que os escolhemos? Que sinais Hamburgo transmite para o terrorista islâmico antissionista médio determinado a ferrar com o mundo ocidental? Séculos de antissemitismo? Hamburgo os tem. Campos de concentração nos arredores da cidade? Hamburgo os teve. Tudo bem, devo reconhecer: Hitler não nasceu em

Blankenese. Mas não achem que não poderia ter nascido lá. A gangue de Baader-Meinhof? Ulrike Meinhof, nascida perto daqui, era a filha adotiva orgulhosa de Hamburgo. Ela até aprendeu a falar árabe. Uniu-se aos malucos dos árabes e participou de sequestros com eles. Talvez Ulrike tenha sido uma espécie de sinal. Árabes demais amam os alemães pelas razões erradas. Talvez nossos sequestradores também amassem. Jamais perguntamos a eles. E, agora, jamais poderemos perguntar.

Ele deixou que o silêncio durasse algum tempo e depois pareceu se empolgar.

— E existem as *boas* notícias a respeito de Hamburgo — resumiu com otimismo. — Somos pessoas do mar. Somos uma cidade-estado totalmente aberta, esquerdista-liberal e com conhecimento do mundo. Somos comerciantes de primeira classe com um porto de primeira classe e um faro de primeira classe para lucros. Para nós, os estrangeiros não são estranhos. Não somos uma cidade do interior com um só cavalo na qual os estrangeiros parecem marcianos. Eles fazem parte da nossa paisagem. Durante séculos, milhões de caras como Mohammed Atta ficaram bêbados com cerveja, comeram nossas putas e retornaram para seus navios. E não dissemos olá nem adeus para eles, nem perguntamos a eles o que estavam fazendo aqui, porque não os levávamos em consideração. Estamos na Alemanha, mas estamos *à parte* da Alemanha. Somos *melhores* do que a Alemanha. Somos Hamburgo, mas também Nova York. Tudo bem, não temos torres gêmeas. Mas, até aí, Nova York também não tem mais. Mas ainda somos *atraentes*. Ainda temos o *cheiro* certo para as pessoas erradas.

Outro silêncio enquanto Bachmann pesava o que tinha acabado de dizer.

— Mas, se estamos falando sobre *sinais*, acho que eu culparia nossa recém-descoberta e bajuladora tolerância à diversidade religiosa e étnica. Pois uma cidade em processo de redenção pelos pecados cometidos no passado, demonstrando sua tolerância incansável, impressionante e indiscriminada, bem, também é uma espécie de sinal. É praticamente um convite para que venham nos testar.

Ele estava se aproximando de seu tema preferido, aquele pelo qual todos estavam esperando, a razão pela qual haviam sido arrastados de Berlim ou de Munique e relegados a um estábulo decrépito da SS em Hamburgo. Ele estava descarregando a raiva contra o fracasso desanimador dos serviços de inteligência ocidentais — e, acima de tudo, do serviço alemão — em recrutar uma única fonte viva decente contra o alvo islâmico.

— Vocês acham que tudo mudou depois do 11 de Setembro? — perguntou, furioso com eles, ou com si próprio. — Vocês acham que em 12 de setembro nosso excelente serviço de inteligência externa, disparado por uma visão global da ameaça terrorista, fez os agentes vestirem *keffiyehs* e irem para os *souks* de Aden, Mogadishu, Cairo, Bagdá e Kandahar comprar um pouco de informação sobre quando e onde a próxima bomba explodiria e quem estaria apertando o botão? Tudo bem, todos conhecemos aquela piada sem graça: não é possível comprar um árabe, mas pode-se alugar um. Mas não conseguimos nem mesmo *alugar* um árabe, cacete! Havia umas duas exceções nobres, mas não vou chatear vocês com elas. Fora elas, não tínhamos *merda nenhuma* em termos de fontes vivas. E não temos *merda nenhuma* em termos de fontes vivas agora.

"Ah, é claro, tínhamos alguns bravos jornalistas, homens de negócios e ajudantes alemães em nossa folha de pagamento, incluindo até mesmo alguns que não eram alemães mas que estavam felizes em vender seu lixo industrial em troca de uma segunda renda não tributável. Mas não são *fontes vivas*. Não são imãs radicais, desencantados e venais, nem jovens islâmicos já na metade do caminho rumo ao cinto de explosivos. Não são os homens principais de Osama nem seus caça-talentos, tampouco seus mensageiros, intendentes ou os responsáveis por seus pagamentos, nem a cinquenta graus de distância. São apenas visitas agradáveis para o jantar.

Ele esperou até que as gargalhadas cessassem.

— E, quando percebemos o que não tínhamos, não conseguimos encontrá-lo.

Nós, eles perceberam. *Nós* em Beirute. *Nós* em Mogadishu e em Aden. O *nós* real de Bachmann. Bachmann havia encontrado fontes vivas, verdadeiras e boas, era o que todo o mundo secreto dizia. Ele as comprava ou alugava, quem se importava? Mas, talvez, também os tivesse perdido. Ou talvez, por segurança, tivesse sido obrigado a renunciar a elas.

— Pensamos que poderíamos *seduzi-los* para que viessem para o nosso lado. Pensamos que poderíamos *atraí-los* com nossos rostos bondosos e carteiras gordas. Ficávamos sentados a porra da noite toda em estacionamentos, esperando que desertores de alto escalão sentassem no banco de trás e fechassem um acordo conosco. Ninguém apareceu. Vasculhamos as ondas de rádio para decifrar seus códigos. Eles não *tinham* nenhuma merda de código. Por que não? Porque não estávamos mais na Guerra Fria. Estávamos lutando contra os remanescentes de uma nação chamada Islã com uma população de 1,5 bilhão de pessoas e uma infraestrutura passiva para combinar. Achamos que poderíamos agir como antes, e estávamos simples, estupidamente *errados*.

A raiva passou à medida que Bachmann se permitiu divergir.

— Ouçam, eu estive lá — confidenciou. — Antes de trabalhar com o alvo árabe, joguei com meus oponentes soviéticos. Eu comprava e vendia pessoas. Eu dobrava e redobrava os caras até não poder mais ver minha própria bunda. Mas ninguém decepou minha cabeça. Ninguém explodiu minha esposa e meus filhos quando estavam tomando banho de sol em Bali ou indo para a escola de trem em Madri ou em Londres. As regras haviam mudado. O problema era que *nós* não... — Bachmann interrompeu a frase bruscamente e andou até outra parte da galeria para anunciar mais uma mudança de humor.

"E, mesmo *depois* do 11 de Setembro, nossa amada pátria, perdão, *Heimat*, estava *imune*, é claro! — declarou com uma gargalhada estridente e amarga. — Nós, alemães, podíamos ir *pelados* para qualquer lugar. *Ainda assim!* Ninguém nos tocaria porque éramos tão maravilhosamente *alemães* e imunes. Tudo bem, demos abrigo a alguns terroristas islâmicos e um trio deles foi lá e explodiu as Torres Gêmeas e o Pentágono. E daí? Foi para isso que haviam vindo aqui, e foi o que fizeram. Problema resolvido. Eles tinham atingido o coração do Grande Satã, e se mataram no processo. Nós éramos sua *base de lançamentos*, por Deus, e não o alvo! Por que motivo *nós* deveríamos nos preocupar? Assim, acendemos velas pelos pobres norte-americanos. E *rezamos* pelos pobres norte-americanos. E demonstramos muita *solidariedade gratuita*. Mas não preciso dizer a vocês que havia muitos babacas neste país que não se importavam muito que a Fortaleza América recebesse uma dose do próprio remédio. Alguns daqueles babacas ocupavam postos bastante elevados em Berlim, e permanecem neles. E quando veio a guerra do Iraque e nós, bons alemães, permanecemos alheios a ela, ficamos ainda *mais* imunes. Aconteceu o atentado em Madri. Tudo certo. Aconteceu outro em Londres. Tudo certo. Mas não em Berlim, não em Munique, não em Hamburgo. Éramos simplesmente imunes a *tudo* aquilo.

Escolhendo um canto da galeria, dirigiu-se diagonalmente ao grupo em um tom de voz mais confidente.

— Mas havia dois pequenos problemas, amigos. O primeiro era que a Alemanha estava fornecendo aos Estados Unidos bases militares cinco estrelas a partir de tratados remanescentes do período em que eles eram nossos donos porque tinham nos derrotado. Lembram-se da bela bandeira negra hasteada por nossos governantes eleitos no Portal de Brandemburgo? *Compartilhamos do luto de vocês.* Ela não foi parar lá por acaso. O segundo pequeno problema era nosso apoio irredutível, desqualificado e culpado ao Estado de Israel. Nós os apoiamos contra os egípcios, os sírios e os palestinos. Contra o Hamas e o Hezbollah. E, quando Israel bombardeou impiedosamente o Líbano, nós alemães apenas consultamos devidamente nossas consciências irrequietas e só falamos sobre como o pequeno e heroico Estado de Israel poderia ser defendido. E enviamos nossos jovens e corajosos rapazes uniformizados para o Líbano para que fizessem justamente isso: o que não agradou muito os libaneses e os árabes que achavam que havíamos corrido para proteger um valentão covarde e furioso que agia com a permissão e o estímulo dos senhores Bush e Blair e de vários outros bravos chefes de Estado que, por questões de modéstia, preferiram não ter seus nomes incluídos no hall da fama.

"E, então, a primeira coisa que descobrimos foram duas bombas libanesas no sistema ferroviário alemão que, se tivessem explodido, tornariam os atentados de Londres e de Madri em meros ensaios. Depois disso, até os nossos políticos reconheceram que havia um preço a ser pago por mandar publicamente os Estados Unidos ao inferno e, privadamente, puxar o saco deles. As cidades alemãs eram vítimas aguardando seus algozes. E é assim que se encontram na noite de hoje.

Bachmann olhou ao redor, estudando os rostos das pessoas, um a um. Maximilian ergueu uma mão, registrando uma objeção. Niki, a seu lado, fez o mesmo. Outras mãos foram levantadas. Isso agradava a Bachmann, que abriu um grande sorriso.

— Tudo bem, não se deem o trabalho de dizer. Vocês estão me dizendo que os libaneses que colocaram as bombas nem mesmo *sabiam* a respeito do último desastre no Líbano quando começaram a planejar o atentado, estou certo?

As mãos foram abaixadas. Ele estava certo.

— Eles ficaram irados com um par de charges dinamarquesas muito ruins do profeta Maomé que haviam sido reimpressas por alguns jornais alemães que achavam que estavam sendo corajosos e nos libertando, certo? Certo.

— Então, estou errado? Não, eu *não* estou errado! Não tem a menor importância o que os fez puxar o gatilho. O que *realmente* importa é que a ameaça contra a qual estamos lidando não vê diferença entre culpa pessoal e coletiva. Ela não diz: "*Você* é bom e *eu* sou bom, mas Erna não presta para nada." Ela diz: "Somos todos um monte de apóstatas, blasfemadores, assassinos, pervertidos sem valor que odeiam Deus, então, que se fodam." Para esses caras, e para todos os caras que gostaríamos de conhecer que compartilham da mesma visão, é o Ocidente contra o Islã, sem escalas.

Em seguida, Bachmann foi ao cerne da questão.

— As fontes que nós, párias recém-reunidos aqui em Hamburgo, vamos buscar precisam ser trazidas à vida. Elas não sabem que existem até que lhes digamos. Elas não nos procurarão. Nós as encontramos. Permaneceremos pequenos. Permaneceremos nas ruas. Nosso interesse é pelos detalhes, e não pela visão geral. Não possuímos um alvo preconcebido. Encontramos um homem, o desenvolvemos, vemos o que tem a oferecer e o fazemos ir o mais longe possível. Ou mulher. Nós trabalhamos as pessoas que ninguém alcança. Os caras gorduchos das mesquitas que só falam três palavras em alemão. Ficamos amigos deles e de seus amigos. Ficamos atentos para detectarmos o recém-chegado irrequieto, o nômade invisível a caminho de um lugar que é levado de uma casa para outra e de uma mesquita para outra.

"Passaremos um pente-fino nos arquivos ressuscitados de Herr Arni Mohr e de seus colegas protetores do outro lado do pátio, revisitaremos casos antigos que começaram com um floreio e se dissiparam quando o candidato ficou com medo ou se mudou para alguma cidade cujo posto de inteligência fosse tão idiota que não quisesse nem soubesse como lidar com ele. Ignoraremos os protestos de nossos anfitriões e localizaremos nossos candidatos. Mediremos novamente a temperatura deles. Nós criamos o clima.

Ele tinha uma última palavra de cautela, apesar de também tipicamente anárquica.

— E lembrem-se, por favor, de que somos ilegais. Não sei realmente dizer o quanto somos ilegais, não sendo um bom advogado como tantos colegas augustos. Mas pelo que me dizem, não podemos nem mesmo limpar a bunda sem o consentimento prévio e por escrito de uma junta de juízes de alto escalão, da Santa Sé, da administração conjunta em Berlim e de nossa amada Polícia Federal, que não sabe diferenciar espionagem de um monte de bosta, mas temos todos os poderes dos quais os serviços de inteligência são apropriadamente privados para que não nos transformemos por engano na Gestapo. Agora, façamos um pouco de trabalho de verdade. Preciso de uma bebida.

* * *

O bar, que ficava aberto a noite toda, era chamado Hampelmanns e se situava em uma pequena rua de paralelepípedos próxima da estação de trens. Com chapéu pontiagudo e pendurado sobre o alpendre mal iluminado, um dançarino de ferro batido era, na noite de hoje, como na maioria das noites, o anfitrião do cavalheiro conhecido inicialmente pela equipe de Günther Bachmann como o velho gordo maldito.

O sobrenome nada espetacular do cavalheiro, que já haviam descoberto, era Müller, mas entre os amigos frequentadores do Hampelmanns era conhecido apenas como o Almirante. Ele tinha voltado depois de passar dez anos preso na União Soviética como recompensa pela carreira de tripulante de submarino na Frota do Norte de Hitler. Karl, o garoto de rua de Dresden reformado, o havia localizado e, tendo transmitido por telefone seu nome e paradeiro, observava-o silenciosamente de uma mesa próxima. Maximilian, o gênio gago dos computadores, descobrira como que por mágica sua data de nascimento, sua história pessoal e sua ficha policial, tudo em questão de minutos. E agora o próprio Bachmann estava galgando a escada que descia para o bar no porão. Enquanto descia, Karl, o garoto de rua, passou por ele e sumiu na noite. Eram 3 horas da madrugada.

Inicialmente, Bachmann só conseguia ver as pessoas que estavam sentadas perto da luz que vinha da escadaria. Depois, ele percebeu que havia uma vela elétrica em cada mesa e, gradualmente, os rostos ao redor delas. Dois homens esqueléticos vestindo paletós e gravatas pretas jogavam xadrez. No bar, uma mulher solitária convidou-o a lhe comprar uma bebida. Obrigado, querida, deixe para a próxima, respondeu Bachmann. Em uma alcova, quatro garotos sem camisa jogavam sinuca, observados por duas garotas com olhares mortos. Uma segunda alcova fora cedida a raposas empalhadas, escudos de prata e bandeiras em miniatura com rifles cruzados. E em uma terceira, cercados por modelos de navios de guerra em caixas de vidro empoeirado, nós de marinheiro, fitas de chapéu esfarrapadas e fotografias estampadas de submarinos no auge, estavam sentados três homens muito velhos em uma mesa redonda na qual caberiam 12 pessoas. Dois deles eram magros e frágeis, o que deveria ter transmitido autoridade ao terceiro, cuja careca reluzente, peito e barriga de barril tornavam-no do tamanho dos dois companheiros somados. Mas autoridade, à primeira vista, não era o que importava para o Almirante. Suas mãos gigantescas e imóveis, repousando diante dele sobre a mesa, pareciam incapazes de compreender as memórias que o assombravam. Os olhos pequenos, que há tempos haviam recuado para dentro de sua cabeça lisa, pareciam ter se virado para dentro.

Com um aceno de cabeça para os três homens, Bachmann sentou-se tranquilamente ao lado do Almirante e tirou do bolso de trás da calça uma carteira que exibia sua fotografia e o endereço de uma agência fictícia de pessoas desaparecidas baseada em Kiel. Era uma das diversas identidades comuns que Bachmann gostava de ter em mãos para uma eventual casualidade.

— Nós estamos procurando aquele pobre garoto russo com quem esbarrou na estação de trem uma noite dessas — explicou. — Jovem, alto e faminto. Um rapaz digno. Usava um gorro. Lembra-se dele?

O Almirante despertou de seus devaneios o suficiente para virar a cabeça gigantesca e examinar Bachmann enquanto o resto de seu corpo permanecia rígido como pedra.

— Nós, quem? — perguntou finalmente, depois de avaliar o humilde casaco de couro, a camisa e a gravata de Bachmann e seu ar de preocupação decente, quase legítima, como sua moeda de troca.

— O garoto não está bem — explicou Bachmann. — Tememos que venha a se ferir. Ou outras pessoas. Os médicos em meu escritório estão muito preocupados com ele. Eles querem encontrá-lo antes que algo ruim aconteça. Ele pode ser jovem, mas teve uma vida dura. Como você — acrescentou.

O Almirante pareceu não ouvir.

— Você é um cafetão? — perguntou.

Bachmann balançou a cabeça.

— Policial?

— Se puder encontrá-lo antes da polícia, estarei fazendo um favor a ele — disse, enquanto o Almirante continuava a encará-lo. — Farei um favor a *você* também — continuou. — Cem euros em dinheiro por tudo que conseguir lembrar a respeito dele. Sem devoluções, posso garantir.

O Almirante levantou uma mão gigantesca e, depois de passá-la especulativamente pela boca, levantou-se e, sem um olhar sequer para os companheiros silenciosos, mudou-se para a mesa ao lado, que estava vazia e praticamente na escuridão.

* * *

O Almirante comia com decoro, usando vários guardanapos de papel para preservar a limpeza dos dedos e acrescentava grandes doses de Tabasco, que guardava no bolso do casaco. Bachmann tinha pedido uma garrafa de vodca. O Almirante acrescentou ao pedido pão, pepino, salsicha, arenque salgado e um prato de queijo Tilsit.

- Eles vieram a mim — disse finalmente.
- Quem?
- O pessoal da missão. Todos eles conhecem o Almirante.
- Onde você estava?
—‘ Na casa da missão. Onde mais?
— Dormindo?

O Almirante abriu um sorriso torto, como se dormir fosse algo que as outras pessoas fizessem.

— Eu falo russo. Um rato das docas de Hamburgo, mas falo russo melhor do que alemão. Como isso aconteceu?

— Sibéria — sugeriu Bachmann, e a grande cabeça balançou concordando em silêncio.

— A missão não fala russo. Mas o Almirante fala — e se serviu com uma dose generosa de vodca. — Quer ser médico.

— O garoto?

— Aqui em Hamburgo. Quer salvar a humanidade. De quem? Da humanidade, é claro. Um tártaro. Foi o que disse. Um *Mussulman*. Foi ordenado por Alá para vir a Hamburgo e estudar para que possa salvar a humanidade.

— Algum motivo pelo qual Alá o escolheu?

— Compensar por todos os pobres-diabos que o pai matou.

— Ele disse quem eram esses pobres-diabos?

— Russos matam todo mundo, meu amigo. Padres, crianças, mulheres, todo o maldito universo.

— O pai matou muçulmanos?

— Ele não especificou as vítimas.

— Ele disse qual era a profissão do pai? Como conseguiu matar tantos pobres-diabos, para início de conversa?

O Almirante tomou outro gole de vodca. E mais um. Em seguida, encheu o copo de novo.

— Ele estava curioso para saber onde ficam os escritórios dos grandes banqueiros de Hamburgo.

Para Bachmann, interrogador experiente, nenhuma informação, por mais exorbitante que fosse, poderia parecer surpreendente:

— O que disse a ele?

— Eu ri. Posso fazer isso. "Para que quer um banqueiro? Precisa descontar um cheque? Talvez eu possa ajudar."

Bachmann também riu da piada.

— E como ele recebeu o comentário?

— "Cheque? O que é um cheque?" Depois me perguntou se eles moravam nos escritórios ou se também tinham casas próprias.

— E você?

— "Olhe", disse a ele, "você é um cara educado, e Alá disse a você que se tornasse médico. Então pare de fazer um monte de perguntas estúpidas sobre os banqueiros. Venha relaxar em nosso albergue cheio de pulgas, dormir em uma cama de verdade e conhecer alguns outros bons cavalheiros que querem salvar a humanidade".

— E ele foi?

— Enfiou cinquenta dólares na minha mão. Um garoto tártaro faminto e louco dá a um velho prisioneiro uma nota novinha de cinquenta dólares por um copo de sopa ruim.

Tendo também recebido dinheiro de Bachmann, enchido os bolsos com o que restava na mesa e terminado de beber a garrafa de vodca, o Almirante retornou para os colegas marinheiros na mesa ao lado.

* * *

Durante dias após o encontro, Bachmann mergulhou em um de seus silêncios preciosos dos quais Erna Frey não tentava tirá-lo. Até mesmo a notícia de que os dinamarqueses haviam prendido o motorista do caminhão sob acusação de contrabando de pessoas fracassou em animá-lo:

— O motorista? — ele repetiu. — O cara do caminhão que o deixou na estação de trens de Hamburgo? *Esse* motorista?

— Sim, *esse* motorista — retrucou Erna Frey. — Há cerca de duas horas. Repassei a informação, mas você estava ocupado demais. De Copenhague para o Comitê em Berlim, do Comitê para nós. É muito importante.

— Dinamarquês?

— Correto.

— De origem dinamarquesa?

— Correto.

— Convertido ao islamismo?

— Nada disso. Leia seus e-mails para variar. É luterano, filho de luteranos. Seu único pecado é ter um irmão no crime organizado.

Agora ela o fisgara.

— O irmão mau telefonou para o irmão bom há duas semanas e disse que havia um jovem rico que perdera o passaporte e estava prestes a chegar a Copenhague em um certo navio de carga vindo de Istambul.

— Rico? — interrompeu Bachmann. — Rico *como?*

— O pagamento seria de 5 mil dólares adiantados por retirá-lo das docas e outros 5 mil quando chegasse a Hamburgo em segurança.

— Pagos por quem?

— Pelo jovem.

— Por ele próprio, quando chegasse em segurança? Do próprio bolso? Cinco mil?

— Parece que sim. O irmão bom estava duro, de modo que deu uma de idiota e aceitou o trabalho. Ele nunca viu o nome do passageiro e não fala russo.

— Onde está o irmão mau?

— Preso, é claro. Estão sendo mantidos separados.

— O que ele diz?

— Está morrendo de medo e prefere ficar na prisão a ser morto em uma semana pela máfia russa.

— E esse chefão da máfia é só russo ou é muçulmano também?

— O contato do irmão mau em Moscou, segundo ele próprio, é um gangster poderoso, respeitável e puro-sangue. Ele não tem tempo para muçulmanos e preferiria que eles se afogassem no Volga. O acordo dele com o irmão do nosso motorista foi um favor que fez a um amigo. Não cabia a um humilde vigarista dinamarquês perguntar quem é, ou era, o tal amigo.

Erna Frey sentou-se e, com as pálpebras semicerradas, esperou até que Bachmann se recompusesse.

— O que o Comitê diz a respeito?

— O Comitê não diz nada. Está obcecado por um imã que vive atualmente em Moscou e desvia dinheiro para entidades de caridade islâmicas duvidosas. Os russos sabem que ele faz isso. Ele sabe que eles sabem o que faz. O que fica além da compreensão humana é saber por que o deixam fazer isso. O Comitê está determinado a acreditar que o imã é o amigo desaparecido do chefão da máfia. Isso apesar do fato de, até onde se sabe, ele não ter um histórico de financiar linhas de fuga para andarilhos russo-chechenos rumo à faculdade de medicina em Hamburgo. Ah, e ele lhe deu seu casaco.

— Quem?

— O irmão bom que conduziu o garoto até Hamburgo ficou com pena dele e temeu que pegasse um resfriado fatal no norte gelado. Assim, deu seu sobretudo a ele. Um sobretudo longo e preto. Tenho outra joia para você.

— O que é?

— Herr Igor, no outro lado do pátio, tem uma fonte ultrassecreta infiltrada na comunidade ortodoxa russa em Colônia.

— E?

— Segundo a fonte intrépida de Igor, freiras ortodoxas reclusas em uma cidade próxima de Hamburgo abrigaram recentemente um jovem russo muçulmano um pouco maluco que estava morrendo de fome.

— Rico?

— A riqueza dele não foi estabelecida.

— Mas educado?

— Muito. Igor encontrará a fonte hoje à noite sob condições de extrema confidencialidade para discutir o pagamento pelo resto da história.

— Igor é um babaca e as histórias dele são um monte de merda — pronunciou Bachmann, juntando os papéis sobre a escrivaninha e enfiando-os em uma maleta velha e surrada que ninguém teria vontade de roubar.

— Para onde está indo?

— Para o outro lado do pátio.

— Fazer o quê?

— Dizer aos heroicos protetores que este caso é nosso. Dizer a eles que mantenham a polícia longe de nós. E garantir que, se por alguma chance remota a polícia *realmente* o encontrar, faça a gentileza de não enviar uma resposta armada que começaria uma pequena guerra e, em vez disso, que fique fora de vista e nos informe imediatamente. Preciso que esse garoto faça o que quer que tenha vindo fazer pelo máximo de tempo que puder.

— Você esqueceu suas chaves — disse Erna Frey.

4

Se não for pegar o trem, por favor não chegue de táxi no café.

Annabel Richter fora igualmente inflexível a respeito das roupas de Brue. *Para meu cliente, homens de terno são policiais secretos. Por gentileza, vista algo informal.* O melhor que ele conseguira fora uma calça cinza de flanela e o casaco esportivo do Randall's de Glasgow que usava no clube de golfe, além de uma capa de chuva da Aquascutum para caso caísse outro dilúvio. Como um gesto de concordância, abrira mão da gravata.

Uma espécie de escuridão descera sobre a cidade. A chuva que caíra mais cedo clarcara o céu noturno. Uma brisa fria vinha do lago quando ele entrou no táxi e recitou para o motorista as coordenadas dadas por Annabel. De pé em uma calçada estranha em uma parte humilde da cidade, Brue sentiu-se momentaneamente desamparado, mas recobrou a energia quando viu a placa da rua indicada por ela. Os estandes de frutas do mercado *halal* reluziam em verde e vermelho. O brilho das luzes brancas da loja de *kebab* ao lado atravessava a rua. Dentro da loja, sentada diante de uma mesa púrpura brilhante no canto da sala, estava Annabel Richter com uma garrafa de água sem gás à sua frente e um prato fundo deixado de lado que continha o que, para Brue, parecia tapioca salpicada com açúcar mascavo.

Em uma mesa ao lado, quatro velhos jogavam dominó. Noutra, um casal de jovens em suas melhores roupas namoravam com nervosismo. O anoraque de Annabel estava pendurado na cadeira. Ela vestia um pulôver já sem forma e a mesma blusa de gola alta. Havia um celular sobre a mesa e a mochila estava no chão. Sentando-se diante dela, Brue sentiu o cheiro de algo quente em seu cabelo.

— Fui aprovado?

Ela correu os olhos pelo casaco esportivo e pelas calças de flanela.

— O que encontrou nos arquivos?

— Que há, aparentemente, um caso aguardando maiores investigações.

— É tudo que tem para me dizer?

— Neste estágio, lamento que sim.

— Então deixe-me contar algumas coisas que não sabe.

— Tenho certeza de que existem muitas.

— Ele é muçulmano. Essa é a primeira. Devoto. Então é difícil para ele lidar com uma advogada.

— Mas é mais difícil para a senhora, certamente?

— Ele me pede para usar um lenço na cabeça. Eu uso. Ele me pede para respeitar suas tradições. Eu as respeito. Ele usa seu nome muçulmano: Issa. Como disse ao senhor, ele fala russo; fora isso, fala um turco ruim com seus anfitriões.

— E quem são os anfitriões, se é que posso perguntar?

— Uma viúva turca e o filho. O marido dela era cliente do Santuário Norte. Quase conseguimos lhe obter a cidadania, mas ele morreu. Agora, o filho está tentando consegui-la em nome da família, o que significa que precisa começar tudo de novo e levar cada membro da família separadamente, o que fez com que ficasse aterrorizado e telefonasse para nós. Eles amam Issa mas querem se livrar dele. Pensam que serão expulsos do país por abrigarem um imigrante ilegal. Nada os convence do contrário e, hoje em dia, podem muito bem estar certos. Também têm passagens compradas para a Turquia para o casamento da filha e não há a menor possibilidade de o deixarem sozinho na casa. Eles não sabem seu nome. Issa sabe mas não o repetiu, e não o fará. O senhor é uma pessoa que pode ajudar Issa; isso é tudo. Está à vontade com essa descrição?

— Acredito que sim.

— Apenas acredita?

— Estou à vontade.

— Eu também disse a eles, pois era necessário, que o senhor não revelará o nome de ninguém às autoridades.

— Por que eu faria isso?

Ignorando a oferta de ajuda por parte dele, Annabel vestiu atrapalhadamente o anoraque e pendurou a mochila em um ombro. Dirigindo-se para a porta, Brue reparou em um jovem grandalhão caminhando pela calçada. Seguindo-o a uma distância respeitável, entraram em uma rua transversal. Quanto mais se afastava deles, maior o rapaz parecia. Em uma farmácia, o rapaz olhou rapidamente ao longo da rua, para os carros, para as janelas das casas e para duas mulheres de meia-idade que estudavam a vitrine de uma joalheria. De um lado da vitrine ficava uma loja para noivas com uma foto de um casal digno de um sonho segurando flores de cera, e do outro uma porta de entrada coberta por uma camada espessa de verniz com um botão de campainha luminoso.

Quando estava prestes a atravessar a rua, Annabel parou, tirou a mochila do ombro e retirou seu lenço, com o qual cobriu a cabeça. Depois, puxou cuidadosamente duas pontas do lenço e as amarrou na altura da garganta. De repente, sob a luz da rua, seu rosto parecia desgastado e mais velho.

O rapaz grandalhão destrancou a porta, colocou-os para dentro apressadamente e estendeu uma mão enorme. Brue apertou-a mas não disse seu nome. A mulher, Leyla, era pequena e forte e estava vestida para receber visitas, com um lenço na cabeça, saltos altos e um vestido preto de gola alta. Ela encarou Brue e depois, com desconforto, pegou sua mão, o tempo todo com os olhos no filho. Seguindo Leyla até a sala de estar, Brue soube que tinha entrado em um lar habitado pelo medo.

* * *

O papel de parede tinha um tom castanho-avermelhado e a tapeçaria era dourada. Capas decorativas bordadas estavam penduradas nos braços das cadeiras. Na base de vidro de um abajur, glóbulos de plasma giravam, se dividiam e se reuniam. Leyla premiara Brue com o trono presidencial. Era do marido falecido, explicou, puxando com nervosismo o lenço que cobria sua cabeça. Durante trinta anos, meu marido não se sentava em nenhuma outra cadeira, ela disse. A poltrona era adornada, horrenda e muito desconfortável. Brue admirou-a devidamente. Ele tinha uma não muito diferente no escritório: herdada do avô, e um inferno de se sentar. Ele pensou em dizer algo nesse sentido, mas achou melhor não. Sou alguém em condições de ajudar. É tudo que sou. Em pratos de sua melhor porcelana, Leyla organizou triângulos de *baklava* com melado e uma torta de creme de lima cortada em fatias. Brue aceitou um pedaço de torta e uma xícara de chá de maçã.

— Maravilhosa — disse quando provou a torta, mas foi como se ninguém tivesse ouvido.

As duas mulheres, uma linda e a outra atarracada, ambas soturnas, sentaram-se em um sofá de belbute. Melik permaneceu de pé, com as costas voltadas para a porta. Issa descerá em um minuto, disse, olhando para o teto e escutando. Issa aprontando-se. Issa está nervoso. Pode ser que esteja rezando. Ele virá.

— Aqueles policiais mal puderam esperar até que Frau Richter tivesse deixado a casa — disparou Leyla, dirigindo-se a Brue, manifestando uma queixa que, evidentemente, estava lhe incomodando. — Fechei a porta da frente depois que ela saiu, levei os pratos para a cozinha e, cinco minutos depois, eles estavam aqui, tocando a campainha. Mostraram-me identificações e anotei seus nomes, exatamente como meu marido costumava fazer. Estavam à paisana. Não foi o que fiz, Melik?

Ela enterrou um bloco de anotações nas mãos de Brue. Um sargento, um policial, nomes fornecidos. Sem saber o que fazer com aquilo, Brue levantou-se desconfortavelmente e mostrou a anotação a Annabel, que a devolveu a Leyla, sentada ao seu lado.

— Eles esperaram até que minha mãe estivesse sozinha em casa — acrescentou Melik da porta. — Eu tinha um treino de natação com a equipe. Revezamento, 200 metros.

Brue acenou com a cabeça manifestando uma simpatia sincera. Fazia muito tempo desde que participara de uma reunião na qual não estivesse no comando.

— Um velho e um jovem — disse Leyla, continuando com a queixa. — Issa estava no sótão, graças a Deus. Quando ouviu a campainha, subiu a escada aos saltos e fechou o alçapão. Eles fingem que vão embora, depois voltam e te deportam.

— Estão apenas fazendo o trabalho deles — disse Annabel. — Estão visitando pessoas em toda a comunidade turca. Eles chamam isso de entrar em contato com a comunidade.

— Primeiro, disseram que era a respeito do clube esportivo islâmico de meu filho, depois que era sobre o casamento de minha filha na Turquia no mês que vem, e se tínhamos certeza de que iríamos retornar à Alemanha. "É claro que temos certeza!", respondi. "Não se tiver obtido o visto de residência por motivos humanitários", disseram. "Isso foi há vinte anos!", eu disse a eles.

— Leyla, você está ficando nervosa sem necessidade — disse Annabel com firmeza. — É uma operação de corações e mentes distinguir os muçulmanos decentes das poucas maçãs podres, e é só. Acalme-se.

Estaria a voz de corista um pouco segura demais? Brue suspeitou que sim.

— Quer ouvir uma coisa engraçada? — Melik perguntou a Brue com uma expressão que poderia ser de qualquer coisa, menos de humor. — O senhor vai ajudá-lo; então, talvez deva ouvir isso. Ele não é como nenhum muçulmano que eu tenha conhecido. Ele pode ser um crente, mas não *pensa* como muçulmano nem *age* como muçulmano.

A mãe ralhou com ele em turco, mas sem resultado.

— Quando ele estava fraco, certo?, quando estava se recuperando deitado na minha cama? Li para ele versos do Alcorão. Da cópia de meu pai. Em turco. Depois, ele quis ler sozinho. Em turco. Disse que sabia o bastante para reconhecer as palavras sagradas. Então eu fui até a mesa onde o deixo, *aberto*, certo? Digo *bismillah*, da maneira que aprendi com meu pai, fiz como se fosse beijar o livro mas *não o beijei*, ele também me ensinou isso, apenas o toquei com a testa, e coloquei-o em suas mãos. "Aqui está, Issa", disse. "Eis o Alcorão de meu pai. Lê-lo na cama não é como deveria fazer normalmente, mas você está doente, então talvez não haja problema. Quando volto para meu quarto, uma hora depois, onde está o livro? *No chão.* A cópia do Alcorão de meu pai está largada no chão. Para qualquer muçulmano decente, esqueça meu pai, isso é algo *impensável!* Então pensei: tudo bem. Não estou com raiva. Ele está doente e o livro caiu de suas mãos quando estava sem forças. Eu o perdoo. É correto ter um coração generoso. Mas, quando gritei com ele, Issa apenas esticou o braço e pegou o livro, com *apenas uma das mãos*, e não com as duas, e entregou-o a mim como se fosse — inicialmente, Melik não encontrou uma comparação apropriada —, como se fosse um livro *qualquer* em uma loja! Quem *faria* aquilo? *Ninguém!* Não importa que seja checheno, turco, árabe ou, quero dizer, ele é meu irmão, certo? Eu o amo. Ele é um verdadeiro herói. Mas, no chão. Uma das mãos. Sem uma oração. Sem *nada.*

Leyla tinha ouvido o bastante.

— Quem é *você* para falar mal de seu irmão, Melik? — ela grasnou para o filho, também em alemão para benefício da plateia. — Tocando rap alemão sujo a noite inteira em seu quarto! O que você acha que seu pai acharia *disso?*

Vindo do saguão, Brue ouviu o som de passos cautelosos descendo uma escada frágil.

— Além disso, ele pegou a fotografia de minha irmã e colocou-a em seu quarto — disse Melik. — Simplesmente a pegou. Nos tempos de papai, eu deveria matá-lo ou algo parecido. Ele é meu irmão, mas é esquisito.

A voz de corista de Annabel Richter assumiu o comando.

— Você perdeu seu dia e não cozinhou, Leyla — disse ela com um olhar significativo em direção à tela opaca que separava a área da cozinha da sala de estar.

— É culpa deles.

— Então por que não cozinha algo agora? — Annabel sugeriu calmamente. — Assim, os vizinhos saberão que não temos nada a esconder — ela virou-se para Melik, que se posicionara ao lado da janela. — É bom que você esteja de guarda. Por favor, continue assim. Se a campainha tocar, não importa quem seja, não os deixe entrar. Diga que está em uma reunião com seus patrocinadores esportivos. Certo?

— Certo.

— Se for a polícia outra vez, que voltem noutra hora ou que falem comigo.

— Ele também não é checheno. Apenas finge ser — disse Melik.

* * *

A porta se abriu e uma silhueta da altura de Melik mas com metade de sua largura entrou na sala com passos lentos. Brue se levantou exibindo seu sorriso de banqueiro e estendendo sua mão de banqueiro. Do canto do olho, viu que Annabel também estava de pé, mas não se aproximara.

— Issa, este é o cavalheiro que você pediu para encontrar — disse Annabel em russo clássico. — Estou confiante de que ele seja quem diz ser. Ele veio especialmente ver você nesta noite, a seu pedido, e não disse nada a ninguém. Ele fala russo e precisa lhe fazer algumas perguntas importantes. Todos somos gratos a ele e tenho certeza de que, pelo seu próprio bem e pelo bem de Leyla e de Melik, você cooperará com ele como puder. Estarei ouvindo e representarei seus interesses sempre que considerar necessário.

Issa estava parado no centro do tapete dourado de Leyla, braços ao lado do corpo, aguardando ordens. Como não recebeu uma, levantou a cabeça, colocou a mão direita sobre o coração e encarou Brue fixamente com um olhar de adoração.

— Agradeço-o respeitosamente, senhor — murmurou a partir de lábios que pareciam sorrir sem querer. — Sinto-me privilegiado, senhor. O senhor é um homem bom, como me asseguraram. Vejo isso em seu rosto e em suas belas roupas. O senhor também tem uma bela limusine?

— Bem, uma Mercedes.

Por questões de cerimônia ou de autoproteção, Issa havia vestido o sobretudo preto e carregava seu alforje pendurado no ombro. Ele fizera a barba. As duas semanas de atenção maternal de Leyla haviam amenizado as marcas em suas bochechas, o que, aos olhos de Brue, parecia uma irrealidade seráfica: *este garotinho bonito foi torturado?* Por um instante, Brue não acreditou em nada a respeito dele. O sorriso radiante, o modo pomposo de falar, exageradamente floreado, e o ar de falsa compostura eram equipamentos clássicos de um impostor. Mas depois, quando se sentaram frente a frente na mesa de Leyla, Brue viu a fina camada de suor na testa de Issa, e quando olhou mais para baixo viu que suas mãos haviam se reencontrado, pulso com pulso sobre a mesa, como se estivesse esperando para ser algemado. Ele viu a fina corrente de ouro ao redor do pulso de Issa e o Alcorão talismânico de ouro pendurado nela para protegê-lo. E Brue soube que estava olhando para uma criança destruída.

Mas controlou seus sentimentos. Será que deveria se considerar inferior a alguém somente porque tal pessoa fora torturada? Será que deveria suspender os julgamentos pela mesma razão? Era uma questão de princípios.

— Ora, seja bem-vindo — começou com entusiasmo, em um russo cuidadoso e bem aprendido, curiosamente comparável ao falado pelo próprio Issa. — Entendo que temos pouco tempo. Portanto, precisamos ser breves mas eficientes. Posso chamá-lo de Issa?

— De acordo, senhor — o sorriso de novo, seguido por um olhar para Melik na janela e um baixar de olhos, desviando-os de Annabel, que havia se sentado de lado em um canto na extremidade oposta da sala, com um fichário colocado com candura sobre os joelhos desencontrados.

— E você não me chamará de nada — disse Brue. — Acredito que estejamos de acordo. Certo?

— De acordo, senhor — respondeu Issa com vivacidade. — Estou de acordo com todos os seus desejos! O senhor me permite fazer uma declaração, por favor?

— É claro.

— Será curta!

— Por favor.

— Quero apenas ser estudante de medicina. Quero viver uma vida ordenada e ajudar toda a humanidade pela glória de Alá.

— Sim, isso é muito admirável e tenho certeza de que chegaremos lá — disse Brue e, como um sinal de que tinha intenções de agir com profissionalismo, tirou um caderno de couro de um bolso interno e uma caneta esferográfica de ouro de outro. — Mas, enquanto isso, vejamos alguns fatos elementares, se não se importar. Começando com seu nome completo.

Mas, evidentemente, não era o que Issa queria ouvir.

— Senhor!

— Sim, Issa.

— O senhor leu a obra do grande pensador francês Jean-Paul Sartre?

— Não posso dizer que li.

— Assim como Sartre, sofro de nostalgia pelo futuro. Quando tiver um futuro, não terei um passado. Terei somente Deus e meu futuro.

Brue sentiu os olhos de Annabel sobre ele. Mesmo quando não podia vê-los, ainda podia senti-los. Ou achava que podia.

— Contudo, hoje somos obrigados a tratar do presente — respondeu com lustro. — Portanto, por que simplesmente não me diz seu nome completo? — caneta em posição para recebê-los.

— Salim — respondeu Issa após um momento de indecisão.

— Algum outro?

— Mahmoud.

— Então é Issa Salim Mahmoud.

— Sim, senhor.

— E esses são seus nomes de nascença ou foram escolhidos por você?

— Foram escolhidos por Deus, senhor.

— Certo — Brue sorriu para si mesmo deliberadamente, em parte para aliviar a tensão e em parte para mostrar que estava no comando. — Então me permita perguntar o seguinte: Estamos falando russo. Você é russo. Antes que Deus escolhesse seu nome atual, você tinha algum nome *russo*? E algum patrônimo russo para acompanhá-lo? Pergunto-me quais nomes, por exemplo, seriam encontrados em sua certidão de nascimento.

Tendo consultado Annabel sem levantar os olhos, Issa mergulhou uma mão esquelética dentro do sobretudo, depois na parte da frente da camisa, e tirou uma bolsa sebenta de camurça, da qual tirou dois recortes de jornal desbotados, os quais passou ao redor pela mesa.

— *Karpov* — ruminou Brue em voz alta quando leu os recortes. — Quem é Karpov? Karpov é seu *sobrenome*? Por que está me dando estes recortes de jornal?

— Não é relevante, senhor. Por favor. Não posso — murmurou Issa, sacudindo a cabeça suada.

— Bem, receio que para mim *seja* relevante — disse Brue do modo mais delicado que conseguia sem abrir mão do comando. — Temo que seja realmente muito relevante. Você está me dizendo que o coronel Grigori Borisovich Karpov é, ou era, seu parente? É o que está me dizendo? — Virou-se para Annabel, a quem estivera se dirigindo mentalmente o tempo todo. — Isso está muito difícil, Frau Richter — reclamou em alemão, começando com rispidez para em seguida, instintivamente, moderar o tom de voz. — Se seu cliente tem uma reivindicação a fazer, ele deve dizer quem é e fazê-la ou, sem dúvida, desistir. Ele não pode esperar que eu atue sozinho.

Um momento de confusão os interrompeu quando Leyla, da cozinha, gritou para Melik em turco queixando-se de alguma coisa e Melik respondeu acalmando-a.

— Issa — disse Annabel, quando haviam se acalmado novamente —, a minha opinião profissional é a de que, por mais doloroso que seja, você deveria tentar responder à pergunta do cavalheiro.

— Senhor. Assim como Deus é grande, desejo apenas viver uma vida ordenada — Issa repetiu em voz baixa.

— Ainda assim, receio que preciso de uma resposta a minha pergunta.

— É logicamente verdade que Karpov seja meu pai, senhor — Issa finalmente confessou com um sorriso melancólico. — Ele fez tudo que era necessário na natureza para manter esse título, tenho certeza. Mas nunca fui filho de Karpov. Não sou filho de Karpov agora. Se Deus quiser, senhor, jamais serei filho do coronel Grigori Borisovich Karpov.

— Mas, aparentemente, Karpov está *morto* — destacou Brue com mais brutalidade do que pretendia, abanando a mão na direção dos recortes de jornal sobre a mesa entre eles dois.

— Ele está morto, senhor. E, com a vontade de Deus, está no inferno e permanecerá no inferno por toda a eternidade.

— E antes de morrer, na época em que você nasceu, devo dizer, qual foi o primeiro nome que ele lhe deu além do patrônimo, o qual, presumivelmente, é *Grigorevich*?

Issa estava com a cabeça baixa, balançando-a de um lado para o outro.

— Ele escolheu o mais puro de todos — disse, levantando a cabeça e olhando com escárnio para Brue, como se soubesse de algo.

— O mais puro em que sentido?

— De todos os nomes russos do mundo, o mais russo. Eu me chamava *Ivan*, senhor. O doce e pequeno *Ivan* da Chechênia.

Jamais permitindo que um momento ruim pudesse piorar, Brue decidiu mudar de assunto.

* * *

— Entendo que veio para cá da *Turquia*. Por uma rota informal, pode-se dizer? — sugeriu Brue no tom animado que poderia ter usado em um coquetel. Leyla, contrariando as instruções de Annabel, retornara da cozinha.

— Eu estava em uma prisão turca, senhor — ele havia aberto o bracelete que estava usando e o estava segurando na mão, balançando-o enquanto falava.

— Por quanto tempo, posso saber?

— Exatamente 111 dias e meio, senhor. Na prisão turca, há todo tipo de incentivo para que se estude a aritmética do tempo — exclamou Issa com uma gargalhada ríspida e sinistra. — E, antes da Turquia, eu estava na prisão na Rússia, veja só! Na verdade, em três prisões, por um período total de 814 dias e sete horas. Se quiser, listarei as prisões para o senhor em ordem de qualidade — prosseguiu descontroladamente com a voz aumentando em uma insistência lírica. — Sou um verdadeiro especialista, isso posso garantir, senhor! Havia uma prisão tão popular que precisaram dividi-la em três partes. Ah, sim! Dormíamos em uma parte, éramos torturados em outra e, na terceira, havia um hospital para nos recuperarmos. A tortura era eficiente, e depois da tortura dorme-se bem, mas o hospital estava abaixo dos padrões, infelizmente. Eu diria que esse é o problema com o Estado moderno russo! As enfermeiras eram qualificadas em privação de sono, mas eram notavelmente deficientes em outras habilidades médicas. Permita-me fazer uma observação, senhor. Para ser um bom torturador, é extremamente necessário ter uma tranquilidade compassiva. Sem o sentimento de camaradagem pelo interrogado, não é possível ascender verdadeiramente ao topo da arte. Encontrei apenas um ou dois de primeira classe.

Brue aguardou por um momento para caso houvesse mais, mas Issa, com os olhos escuros arregalados de excitação, estava esperando por ele. E, mais uma vez, foi Leyla quem conseguiu, inadvertidamente, quebrar a tensão. Perturbada com o estado de excitação emocional de Issa, mesmo incapaz de compreender o motivo, correu de volta para a cozinha e pegou um copo de refresco, que colocou na mesa diante dele enquanto olhava zangada em reprovação para Brue e Annabel.

— E posso perguntar *por que* estava na prisão, antes de tudo? — prosseguiu Brue.

-- Ah, sim, senhor! Por favor, pergunte! Fique à vontade — gritou Issa, agora com a inconsequência de um acadêmico condenado falando do patíbulo. — Ser checheno já é crime suficiente, senhor, posso lhe assegurar. Nós, chechenos, nascemos extremamente culpados. Desde o período tsarista, nossos narizes têm sido culposamente chatos e nosso cabelo e pele criminosamente escuros. É um desrespeito permanente à ordem pública, senhor!

— Mas seu nariz não é chato, se é que posso comentar.

— Para minha tristeza, senhor.

— Mas, de um jeito ou de outro, você chegou à Turquia, de onde escapou — insinuou Brue de modo tranquilizador. — E fez toda a viagem de lá até Hamburgo. Com certeza, foi um feito e tanto.

— Foi a vontade de Alá.

— Mas com um pouco de sua ajuda, suspeito.

— Se um homem tem dinheiro, senhor, como deve saber melhor do que eu, tudo é possível.

— Ah, mas dinheiro *de quem*? — Brue perguntou arcaicamente, interrompendo-o habilmente agora que falavam de dinheiro. — Me pergunto quem forneceu o dinheiro para pagar por suas diversas fugas brilhantes.

— Eu diria, senhor — respondeu Issa após uma prolongada busca interior. Brue meio que esperava que a resposta fosse novamente Alá. — Eu diria, senhor, que é muito provável que o nome dele seja Anatoly.

— *Anatoly?* — repetiu Brue, depois de deixar o nome reverberar em sua mente, e em alguma câmara distante do passado de seu falecido pai.

— Anatoly está correto, senhor. Anatoly é o homem que paga por tudo. Mas especialmente por fugas. Você conhece esse homem, senhor? — interveio com ansiedade. — Ele é seu amigo?

— Receio que não.

— Para Anatoly, dinheiro é o único propósito da vida. E da morte também, eu diria.

Brue estava prestes a se estender no assunto quando Melik falou de seu posto na janela.

— Elas ainda estão aqui — rosnou em alemão, olhando pela fresta da cortina. — As duas velhas. Não estão mais interessadas nas joias. Uma está lendo os cartazes na vitrine da farmácia e a outra está na frente de uma porta, falando no celular. São feias demais para serem prostitutas, até mesmo para esta região.

— São apenas duas mulheres comuns — retrucou Annabel com firmeza, andando até a janela e olhando para fora, enquanto Leyla cobria o rosto com as mãos e fechava os olhos em súplica. — Você está exagerando, Melik.

Mas não era o bastante para Issa que, tendo captado o sentido das palavras de Melik, já estava de pé com o alforje pendurado e cruzando seu peito.

— O que está vendo? — perguntou a Annabel em uma voz esganiçada, dando meia-volta para vê-la. — É a sua KGB de novo?

— Não é ninguém, Issa. Se houver algum problema, cuidaremos de você. É para isso que estamos aqui.

E, novamente, Brue teve a sensação de que a voz de corista estava se esforçando um pouco demais para parecer indiferente.

* * *

— Bem, esse *Anatoly* — Brue continuou com determinação, quando um pouco de paz foi restabelecida e Leyla, por insistência de Annabel, deixou-os para fazer mais chá de maçã. — Ele deve ser um grande amigo seu, pelo que parece.

— Senhor, podemos realmente dizer que esse Anatoly é um bom amigo dos prisioneiros, sem dúvida — Issa concordou com entusiasmo. — Infelizmente, acontece que também é amigo de estupradores, assassinos, gangsters e mercenários. Eu diria que Anatoly tem a mente aberta em relação a amizades — acrescentou, limpando o suor com a parte de trás da mão enquanto conseguia abrir um sorriso consideravelmente sinistro.

— Ele também era um bom amigo do coronel Karpov?

— Eu diria que Anatoly é o melhor amigo que um assassino e estuprador poderia ter, senhor. Por Karpov, ele comprou vagas para mim nas melhores escolas de Moscou, mesmo quando eu havia sido rejeitado por motivos disciplinares.

— E foi Anatoly quem pagou sua fuga da prisão. Eu me pergunto por que teria feito isso. Você conquistou a gratidão dele de alguma maneira?

— Karpov pagou.

— Perdão. Você acabou de dizer que quem pagou foi Anatoly.

— *Eu* é que peço desculpas, senhor! Por favor perdoe esse erro técnico! O senhor está certo em me corrigir. Espero que isso não fique registrado em minha ficha — ele continuou inconsequentemente, incluindo Annabel no apelo. — *Karpov* pagou. Essa é a verdade inevitável, senhor. O dinheiro veio dos preciosos berloques de ouro que estavam nos pescoços e nos pulsos dos mortos da Chechênia, o que está muito correto. Mas foi também Anatoly quem me deu a carta de apresentação para sua admirável pessoa. Anatoly é um conselheiro sábio e pragmático que sabe muito bem como negociar com oficiais corruptos das prisões sem ofender seus padrões de integridade.

— Carta de apresentação? — repetiu Brue. — Ninguém mostrou nenhuma carta para *mim*.

Brue virou-se para Annabel, mas sem resultado. Ela conseguia manter o rosto impassível tão bem quanto ele. Melhor.

— É uma carta da máfia, senhor. Foi escrita pelo advogado da máfia, Anatoly, e trata da morte do assassino e estuprador coronel Grigori Borisovich Karpov, ex-integrante do Exército Vermelho.

— Para quem?

— Para mim, senhor.

— Você a tem agora?

— Junto do meu coração, sempre.

Recolocando o bracelete no pulso, sacou novamente a bolsa das profundezas do casaco e entregou a Brue uma carta amassada. Um timbre impresso nos alfabetos romano e cirílico forneciam o nome e o endereço de uma firma de advocacia em Moscou. O texto estava datilografado em russo e começava com *"Querido Issa"*. Ela lamentava que o pai de Issa morrera vítima de um derrame na companhia de companheiros de armas queridos. Ele fora enterrado com honrarias militares. Nenhuma referência a algum Karpov, mas os nomes "Tommy Brue" e "Brue Frères" estavam impressos em negrito, além da palavra LIPIZZANER, seguida pelo número da conta, escrito com tinta na parte inferior. Assinada por Anatoly, sem sobrenome.

— E o que, exatamente, esse cavalheiro *Anatoly* disse que meu banco e eu poderíamos fazer por você?

Através da tela opaca ouvia-se o som de Leyla batendo ruidosamente xícaras e pires.

— O senhor irá me proteger, senhor. O senhor me colocará sob sua proteção, como Anatoly fez. O senhor é um homem bom e poderoso, um oligarca de sua bela cidade. Irá me indicar como estudante de medicina em sua universidade. Graças a seu grande banco, irei me tornar um médico a serviço de Deus e da humanidade e viverei uma vida de ordem de acordo com um juramento solene feito ao criminoso e assassino Karpov por seu venerável pai e passado para seu filho quando este morreu. Acredito que seja filho de seu pai.

Brue abriu um sorriso hábil.

— Diferentemente de você, sim, sou realmente filho de meu pai — concordou, e foi recompensado com outro sorriso exageradamente brilhante conforme o olhar assombrado de Issa se voltava para Annabel, mantinha a atenção dela por um instante, como se fosse seu escravo, e depois a abandonava.

— Seu pai fez muitas promessas boas para o coronel Karpov, senhor! — disparou Issa, voltando a se levantar, tomado novamente pelo medo e pela excitação. Ele inspirou rapidamente, fez uma careta terrível e adotou o tom áspero e autocrata do pai imaginário de Brue: — "Grigori, meu amigo! Quando seu pequeno Ivan vier me procurar, apesar de esperarmos que ainda passem muitos anos antes disso, meu banco cuidará dele como se fosse do mesmo sangue que o nosso" — gritou, esticando um braço e arranhando o ar com as pontas dos dedos para selar o juramento sagrado. — "Se eu não estiver mais neste mundo, meu filho Tommy honrará seu Ivan, prometo a você. Prometo solenemente, do fundo do coração, amigo Grigori, essa também é a promessa do Sr. Lipizzaner." — Sua voz voltou ao normal tortuosamente. — Essas, senhor, foram as palavras de seu venerável pai, repetidas para mim pelo advogado da máfia, Anatoly, que por um amor perverso pelo meu pai se tornou meu salvador em muitos momentos de dificuldade — concluiu com a voz rachada e a respiração curta.

No silêncio carregado que veio a seguir, foi a vez de Melik manifestar seus sentimentos:

— O senhor precisa tomar cuidado — ele avisou rispidamente a Brue em alemão. — Se forçá-lo demais, ele terá um ataque.

E, para caso Brue não tivesse compreendido:

— Pegue leve com ele, certo? Ele é meu irmão.

* * *

Quando finalmente falou, Brue o fez em alemão com palavras de uma casualidade calculada, dirigindo-se não a Issa, mas a Annabel.

— E temos esta promessa solene no papel em algum lugar, Frau Richter, ou devemos depender somente das provas verbais do senhor Anatoly, retransmitidas para nós por seu cliente?

— Tudo que temos por escrito é o nome e o número de referência de uma conta em seu banco — ela respondeu tensa.

Brue fingiu refletir.

— Deixe-me explicar a você meu pequeno problema, Issa — ele sugeriu em russo, escolhendo dentre as vozes que gritavam em sua cabeça o tom de um homem racional fazendo contas. — Temos um Anatoly, que, segundo você, é ou foi advogado de seu pai. Temos um coronel Karpov, o qual você me diz ser seu pai, apesar de renunciar a ele. Mas não temos *você*, ou temos? Você não possui documentos e, segundo seu próprio relato, tem um histórico prisional substancial que não exatamente inspira confiança em um banqueiro, seja qual for o motivo.

— Sou muçulmano, senhor! — protestou Issa, aumentando a voz em agitação enquanto olhava novamente para Annabel em busca de apoio. — Sou um checheno maldito! Por que preciso de motivo para ser preso?

— Preciso ser *convencido*, veja bem — continuou Brue implacavelmente, ignorando o olhar de desprezo de Melik. — Preciso saber como você obteve acesso a informações privilegiadas relativas a um cliente de meu banco. Preciso, se me permite, explorar um pouco mais profundamente as circunstâncias envolvendo sua família, começando, como todas as coisas boas e ruins começam neste mundo, com sua *mãe* — ele estava sendo cruel e sabia disso; até queria ser. Apesar do aviso de Melik, a imitação grotesca de

Edward Amadeus feita por Issa o enojara. — Quem é ela, sua querida mãe, ou quem era ela? Você tem irmãos, vivos ou falecidos?

De início, Issa não falou nada. Seu corpo delgado estava esticado para a frente, cotovelos sobre a mesa, o bracelete agora na metade de seu antebraço magro, mãos compridas abrigando a cabeça dentro da gola levantada do casaco preto. De repente, o rosto de criança emergiu e se transformou no de um homem:

— Minha mãe está morta, senhor. Muito morta. Minha mãe morreu várias vezes. Morreu no dia em que os bons soldados de Karpov a retiraram de sua aldeia e a levaram para o alojamento para que ele a deflorasse. Tinha 15 anos. Morreu no dia em que os anciões de sua tribo decretaram que havia colaborado com o próprio estupro e ordenaram que um de seus irmãos fosse enviado para matá-la, como manda a tradição de nosso povo. Morreu todos os dias em que passou esperando meu nascimento, sabendo que assim que me trouxesse ao mundo seria obrigada a me deixar, e que seu filho seria enviado para um orfanato militar para filhos de mulheres chechenas estupradas. Ela estava correta em prever a própria morte, mas não as ações do homem que a causara. Quando o regimento de Karpov foi chamado de volta para Moscou, ele escolheu levar o garoto consigo como um troféu.

— Quantos anos você tinha?

— Senhor, o garoto tinha 11 anos. Idade suficiente para ter visto as florestas, as montanhas e os rios da Chechênia. Velho o bastante para retornar para lá quando Deus permitisse. Senhor, desejo fazer outra declaração.

— Por favor, faça.

— O senhor é um homem gracioso e importante. Um inglês honrado, não um bárbaro russo. Certa vez, os chechenos sonharam que comprariam uma rainha inglesa para protegê-los do tirano russo. Aceitarei sua proteção como prometido a Karpov por seu respeitável pai e, em nome de Deus, agradeço do fundo do coração. Mas, se estivermos falando sobre o dinheiro de Karpov, infelizmente terei de recusá-lo. Nenhum euro, nenhum dólar, nenhum rublo, nenhuma libra esterlina, por favor. É o dinheiro de ladrões, de infiéis e de cruzados imperialistas. É o dinheiro que foi essencial para minha difícil jornada até aqui, mas não tocarei mais nele. Faça-me a gentileza de me obter um passaporte alemão, um visto de residência e um lugar onde possa estudar medicina e orar com humildade. Isso é tudo que peço, senhor. Obrigado.

O tronco de Issa caiu para a frente na mesa conforme sua cabeça enterrou-se nos braços dobrados. Leyla veio correndo da cozinha para consolar Issa, que ofegava e soluçava. Melik parou na frente de Brue, como que para proteger Issa de mais ataques. Annabel também estava de pé, mas por motivos de decoro decidira não se aproximar do cliente.

— E também agradeço a você, Issa — respondeu Brue depois de um longo silêncio. — Frau Richter, por favor, gostaria de saber se podemos trocar umas palavras a sós.

* * *

Estavam a menos de um metro de distância um do outro no quarto de Melik, ao lado de um saco de boxe. Se ela fosse 30 centímetros mais alta, estariam cara a cara. Por trás dos óculos, o olhar salpicado de mel de Annabel estava firme como uma rocha. Sua respiração estava lenta e controlada, assim como, Brue percebeu, a dele próprio. Ela desamarrou o lenço com uma mão e revelou o rosto, desafiando-o a dar o primeiro soco. Era destemida como Georgie e de uma beleza incontestável, e parte de Brue já sabia que ele estava perdido.

— Quanto disso a senhora sabia? — ele perguntou em uma voz que lhe era pouquíssimo familiar.

— Isso interessa a meu cliente, e não ao senhor.

— Ele é um requerente, mas não é um requerente. O que devo fazer? Ele voltou atrás na reivindicação, mas deseja minha proteção.

— Correto.

— Eu não *faço* proteção. Sou um banco. Não *faço* vistos de residência. Não *faço* passaportes alemães ou crio vagas na faculdade de medicina! —

Estava gesticulando naturalmente, algo que fazia em raras ocasiões. A cada *faço* que dizia, socava a palma da mão esquerda com o punho direito.

— No que diz respeito ao meu cliente, o senhor é um oficial de alto escalão — ela retrucou. — Tem um banco; então, é dono da cidade. Seu pai e o pai dele eram trapaceiros juntos, o que faz com que vocês dois sejam irmãos de sangue. É claro que o protegerá.

— Meu pai *não* era um trapaceiro! — Brue se recompôs. — Tudo bem, suas emoções estão envolvidas. Parece que as minhas também estão. E deveriam estar. Seu cliente é um caso trágico, e a senhora é...

— Apenas uma mulher?

— Uma advogada escrupulosa fazendo o melhor que pode por ele.

— Ele também é seu cliente, Sr. Brue.

Em qualquer outra circunstância, Brue teria contestado vigorosamente, mas deixou passar.

— O homem foi torturado e, até onde sei, sua mente ficou perturbada por causa disso — ele falou. — Infelizmente, não quer dizer que esteja dizendo a verdade. Quem pode afirmar que não se apropriou dos pertences e da identidade de outro prisioneiro para requerer falsamente o direito de nascença de outra pessoa? Eu disse algo engraçado?

Ela estava sorrindo, mas apenas como reclamação.

— O senhor acabou de admitir que é o direito de nascença dele.

— Não admiti nada do gênero! — retrucou Brue, exasperado. — Eu disse justamente o contrário. Que poderia muito bem *não* ser seu direito de nascença! E mesmo que *seja*, e ele não o reivindicar, que diferença faz?

— A diferença, Sr. Brue, é que sem seu banco de merda, meu cliente não estaria aqui.

Uma trégua armada veio a seguir enquanto os dois avaliavam a escolha surpreendente de palavras feita por Annabel. Brue estava tentando ser agressivo, mas não sentia agressividade. Pelo contrário, cada vez mais se sentia inclinado a ir para o lado dela.

✽ ✽ ✽

— Frau Richter.

— Sr. Brue.

— Não aceitarei, sem provas inquestionáveis, que meu banco, que meu pai, tenha fornecido auxílio e tranquilidade a criminosos russos.

— O que o senhor *aceitará*?

— Primeiro, seu cliente precisa fazer um requerimento.

— Ele não o fará. Ainda lhe restam 500 dólares do dinheiro dado por Anatoly, mas ele não toca neles. Ele pretende dar o dinheiro a Leyla quando partir.

— Se não fizer o requerimento, não terei nada a responder e a situação se torna... acadêmica. Menos que acadêmica. Nula.

Ela considerou o que Brue disse, mas não por muito tempo.

— Tudo bem. Suponhamos que ele faça o requerimento. E *então*?

Sentindo que ela estava tentando fazê-lo tropeçar, Brue hesitou.

— Bem, obviamente, antes disso preciso de um mínimo de provas essenciais.

— O que é o mínimo?

Brue estava extrapolando. Estava se protegendo com as regulamentações que as Lipizzaners haviam sido projetadas para evitar. Isso é agora, e não como antes, ele afirmava para si próprio. Isso sou eu com 60 anos, e não Edward Amadeus nos anos de senilidade descontrolada.

— Uma prova de identidade, obviamente, começando com a certidão de nascimento dele.

— Onde ela poderia ser obtida?

— Presumindo que ele não tenha como apresentá-la, eu pediria assistência à Embaixada da Rússia em Berlim.

— E depois disso?

— Precisaria de provas da morte do pai e de qualquer testamento que tenha feito, junto com uma declaração juramentada de seu advogado, obviamente.

Ela não disse nada.

— A senhora não pode esperar que eu aceite um par de recortes amassados de jornal e uma carta suspeita.

Ainda nada.

— Esse seria o procedimento normal — Brue continuou com bravura, ainda que perfeitamente consciente de que os procedimentos normais não eram aplicáveis naquela situação. — Quando as provas necessárias forem obtidas, recomendo que leve seu cliente a um tribunal alemão e tente obter uma legitimação formal ou uma ordem judicial. Meu banco opera sob uma licença. Uma das condições da licença é que eu respeite a jurisdição do Estado de Hamburgo e da República Federal.

Outra pausa enervante enquanto Annabel lia Brue com os olhos fixos.

— Então as regras são essas. Certo? — ela perguntou.

— Algumas.

— O que aconteceria se passasse por cima delas? Suponha que um executivo russo inteligente vestindo um terno de mil dólares tivesse voado de Moscou na primeira classe para receber a parte dele: "Olá, Sr. Tommy. Sou eu, o filho de Karpov. Seu pai e o meu eram colegas de bar. Onde está meu dinheiro?" O que faria?

— Exatamente o que estou fazendo agora — retrucou com vigor, mas sem convicção.

* * *

Agora, a derrotada era Annabel Richter, e Tommy Brue o vencedor. O rosto dela relaxou em resignação. Ela respirou lentamente.

— Certo. Ajude-me. Isso vai além do meu conhecimento. Diga-me o que fazer.

— O que sempre faz, imagino. Entregue-se à piedade das autoridades alemãs e normalize a situação. Quanto antes melhor, pelo que parece.

— Normalizar como? Ele é novo, mais do que eu. Suponhamos que eles *não* normalizem a situação dele. Quantos mais dos melhores anos de sua vida serão roubados a pancadas?

— Bem, esse é seu mundo, certo? Felizmente, não é o meu.

— São os mundos de nós dois — ela respondeu com rispidez. Seu rosto ruborizou e permaneceu assim. — O senhor apenas não se importa em viver nele. Quer ouvir a melhor parte da história? Não acho que queira. Mesmo assim, irei lhe contar. O senhor me disse para levá-lo a um tribunal. Tentar obter uma legitimação formal do testamento. No instante em que eu fizer isso, é muito provável que ele seja morto. Entendeu? *Morto*. Ele veio para cá via Suécia. Suécia, depois Dinamarca e Hamburgo. O navio dele não deveria parar na Suécia, mas parou. Às vezes, os navios fazem isso. Os suecos o prenderam. Ele estava tão debilitado por causa da prisão e da viagem que acharam que não conseguiria ficar de pé. De alguma maneira, ele escapou. O dinheiro o ajudou. Ele é deliberadamente vago a respeito. Antes de fugir, a polícia sueca tirou sua fotografia e impressões digitais. Sabe o que isso significa?

— Ainda não.

Ela recuperou o equilíbrio, mas com dificuldade.

— Significa que as impressões digitais e a fotografia dele estão em todos os sites das polícias do mundo. Significa que, de acordo com o tratado de Dublin de 1990, o qual, sem dúvida, o senhor leu da primeira à última página, os alemães não têm outra opção além de enviá-lo de volta para o expresso sueco. Sem apelações, sem o devido processo. Ele é um prisioneiro fugitivo que entrou ilegalmente na Suécia e é procurado na Rússia e na Turquia, com um histórico de ativismo muçulmano. São os suecos, e não os alemães, que o deportarão.

— Presumo que os suecos sejam tão humanos quanto todo mundo.

— Sim. Eles são. No que diz respeito a imigrantes ilegais, são especialmente humanos. Para os suecos, ele é um imigrante ilegal e um terrorista fugitivo que está tentando escapar das autoridades, *ponto*. Se os turcos o querem de volta para cumprir o resto da sentença, incluindo mais alguns anos por fugir da prisão por meio de suborno, os suecos irão devolvê-lo e para o inferno com ele. Tudo bem, existe a possibilidade de mil para um de que algum santo sueco interceda, mas não deposito muita esperança em santos. Quando os turcos terminarem de se divertir com ele, irão entregá-lo aos russos para mais da mesma coisa. Por outro lado, é possível que os turcos achem que já o destruíram e abram mão dele. Nesse caso, os suecos entregam-no diretamente aos russos. O que quer que façam, o resultado será mais prisões e mais tortura. O senhor o viu. Quanto mais ele pode aguentar? Está me ouvindo? Não consigo saber. Não conheço seu rosto.

Ele próprio não o conhecia. Ele não sabia o que seu rosto deveria transmitir, ou que sentimento poderia injetar nele.

— A senhora fala como se não houvesse fundamento para um simples apelo piedoso — Brue reclamou com desânimo enquanto ela continuava a encará-lo.

— Ano passado, tive um cliente chamado Magomed. Era um checheno de 23 anos que fora torturado pelos russos. Nada pessoal, nada muito científico, apenas muitos espancamentos. Mas era um garoto delicado, um pouco louco, assim como Issa. Os espancamentos não lhe caíram bem. Talvez tenha apanhado além da conta. Tentamos interná-lo em um asilo, fazendo o papel de piedosos. Ele gostava do zoológico. Eu estava preocupada com ele, de modo que o Santuário gastou todos os seus recursos e contratou um advogado de renome que disse que o caso piedoso era atordoante e foi pensar a respeito. Teoricamente, a Alemanha tem leis rígidas quanto aos lugares para onde não pode enviar as pessoas. Enquanto aguardávamos o veredicto, planejamos passar mais um dia no zoológico. Magomed não tinha o histórico de Issa. Não era militante nem suspeito de ser islâmico. Não era procurado pela Interpol. Às 5 da manhã, arrancaram-no da cama no albergue e colocaram-no em um avião para São Petersburgo. Precisaram amordaçá-lo. Seus gritos foram a última coisa que qualquer pessoa ouviu sobre ele.

Annabel ruborizou involuntariamente e respirou:

— Na minha faculdade de direito, falávamos muito sobre a lei e a vida — disse. — É um fato da história da Alemanha: lei não para proteger a vida, mas para abusar dela. Foi o que fizemos com os judeus. Na forma norte-americana atual, ela permite tortura e sequestros feitos pelo Estado. E é contagiosa. Seu próprio país não é imune, nem o meu. Não sirvo a esse tipo de lei. Sirvo a Issa Karpov. Ele é meu cliente. Não lamento, caso isso o deixe constrangido.

Mas parecia que ela própria estava constrangida, pois seu rosto estava vermelho-escarlate.

— O quanto seu cliente sabe da situação na qual se encontra? — perguntou Brue, depois de um silêncio prolongado.

— É meu trabalho dizer a ele, de modo que o informei.

— Como ele reagiu?

— O que podem ser notícias ruins para nós não são necessariamente notícias ruins para ele. Ele demonstrou interesse, mas está confiante de que o senhor resolverá tudo. A casa está sendo vigiada, talvez o senhor não tenha percebido. Aqueles *policiais* pseudopreocupados que fizeram uma visita cordial a Leyla... até parece que eles realmente estão preocupados.

— Achei que os conhecesse.

— Todos no Santuário os conhecem. São os cães farejadores.

Em parte para escapar do olhar dela e em parte para obter uma pausa curta, Brue caminhou pelo quarto.

— Tenho uma pergunta para seu cliente — ele disse, virando-se para confrontá-la. — Talvez a senhora a possa responder por ele. De acordo com as condições relativas à conta do suposto pai falecido, existe uma coisa chamada *instrumento*. Um *instrumento* seria parte essencial de qualquer requerimento.

— É uma chave?

— Pode ser.

— Uma chave pequena com dentes em três lados?

— Possivelmente.

— Perguntarei a ele — ela disse.

Estaria ela sorrindo? Para Brue, parecia que uma fagulha de cumplicidade passara entre os dois, e ele rezou para que tivesse mesmo.

— Isto é, se ele fizer um requerimento, obviamente — acrescentou com firmeza. — Apenas *se* puder ser convencido. Do contrário, estamos de volta à estaca zero.

— É muito dinheiro?

— Se ele fizer o requerimento e se o requerimento for aprovado, sem dúvida ele lhe dirá a quantia envolvida — Brue respondeu meticulosamente.

Mas então, de repente, o bom coração de Brue tornou-se grande demais para ele, ou ele simplesmente se esqueceu por um momento de que era um banqueiro obstinado de nascença. Brue foi tomado pela sensação lúgubre de que era outra pessoa — alguém real, alguém preparado para abraçar a humanidade em vez de tratá-la como uma ameaça à boa administração financeira, alguém que falava por meio dele:

— Mas se houver qualquer coisa pessoal que eu possa fazer enquanto isso, quero dizer, para ajudar, honestamente, qualquer coisa que seja razoável, ficaria muito feliz em fazê-la. Na verdade, teria muito prazer. Eu consideraria a oportunidade um privilégio.

* * *

Ela o observava tão imóvel que Brue chegou a se perguntar se tinha realmente dito algùma coisa.

— Ajudar como, exatamente? — ela perguntou.

Ele não tinha para onde ir além de seguir em frente, o que dava no mesmo, pois já tinha dado a partida.

— Dentro do razoável, de qualquer maneira que puder. Eu seria orientado pela senhora, claro. Estou presumindo que ele seja autêntico. Preciso fazer isso, obviamente.

— Nós dois precisamos — ela disse com impaciência. — Estou tentando descobrir sobre o que o senhor estava falando quando disse que gostaria realmente de ajudar.

Brue não tinha mais noção do que ela sobre o que havia dito, mas sabia que o olhar de Annabel não o acusava mais: ao contrário, ele sabia que dissera algo que se adequava de algum modo a seus propósitos, mesmo que só começasse a se dar conta naquele momento.

— Suponho que, na verdade, estivesse pensando em *dinheiro* — ele disse com uma leve expressão de vergonha.

— O senhor poderia emprestar-lhe dinheiro agora, por exemplo, antecipadamente, de acordo com as expectativas futuras dele?

O banqueiro dentro de Brue voltou a despertar brevemente.

— Por meio do banco? Não. Não enquanto as expectativas dele permanecerem sem fundamento e ele não fizer um requerimento. Isso estaria fora de cogitação.

— Então de que tipo de dinheiro está falando?

— Sua organização não tem reservas para esse tipo de contingência?

— No momento, o Santuário tem recursos suficientes para pagar a passagem dele para o centro de deportação mais próximo.

— E nenhuma... instalação... onde possa ser abrigado temporariamente?

— Sem que a polícia o encontre em cinco minutos, não.

Brue ainda não tinha desistido totalmente.

— E se ele estiver realmente enfermo? Se alegar que está doente? Com certeza, ninguém deporta um homem gravemente doente.

— Se alegar que está doente, o que é feito pela metade deles, o que fizemos no caso de Magomed, e os médicos concordarem que não esteja em condições de viajar, ele será tratado em um hospital seguro até que esteja suficientemente saudável para ser deportado. Deixe-me perguntar novamente: em que tipo de dinheiro estava pensando?

— Bem, suponho que a quantia dependeria muito da *necessidade* real — disse Brue, voltando a assumir o papel de banqueiro. — Se puder me dar *alguma* ideia do que pretende fazer com ele...

— Não posso. É confidencial.

— É claro. E deveria ser. Mas se estivermos falando de, bem, uma quantia modesta, apenas para mantê-lo provido...

— Não tão modesta...

— Então, nesse caso, dadas as circunstâncias, seria dinheiro emprestado de meus recursos pessoais. A seu cliente, é claro. Por seu intermédio, mas para uso dele.

— E precisamos dar alguma garantia?

— Meu bom Deus, não! — Por que estava tão chocado? — Seria apenas um empréstimo informal, o qual se espera que seja devidamente pago, ou não, pode-se dizer. Dependendo da quantia que tiver em mente, é óbvio. Mas não. Nenhuma garantia seria pedida e tampouco necessária.

Ele havia dito. E, agora que o fizera, sabia que acreditava nas próprias palavras, que estava pronto para repeti-las e que, se necessário, repetiria mais uma vez.

Era a vez dela ficar indecisa.

— Poderia ser, bem, muito.

— Ah, mas depende do que *seja* muito — ele não conseguiu resistir a dar uma resposta, com o sorriso de banqueiro que diz que o que pode parecer muito para *você* talvez não pareça muito para *ele*.

— Caso ele acabe não precisando do dinheiro, devolvo-o ao senhor. Precisa acreditar nisso.

— Não tenho a menor dúvida quanto a isso. Agora, em qual quantia estamos pensando?

O que ela estava calculando? O quanto ele valia ou a cifra que ela tinha em mente? E há quanto tempo já tinha pensado no valor? Desde o momento em que entraram no quarto, ou somente quando ele mencionou a ideia?

— Para o que ele precisa fazer, se eu conseguir convencê-lo, calculo que não será menos de... *trinta mil euros* — ela disse, falando rapidamente a quantia como que para minimizá-la.

Brue estava atordoado, mas não a ponto de ficar alarmado. Ela não é uma empresária suspeita. Não é uma cliente que estourou seu limite, tampouco uma má pagadora ou uma perdedora brilhante com uma ideia maluca. A ideia maluca foi minha, ou melhor: foi minha e não era maluca.

— Quando quer receber? — ele perguntou antes que pudesse se conter. Mais uma pergunta pronta.

— Muito em breve. No máximo dentro de uns dois dias. As coisas podem acontecer rapidamente para ele. Caso aconteçam, precisarei do dinheiro logo.

— E hoje é sexta-feira. Então por que não fazemos agora, para não perdermos a viagem? E, como a senhora devolverá o que não for gasto, vamos incluir um valor de reserva, que tal? — como se estivessem fazendo algo juntos, que era justamente o que sentia no estado extracorpóreo no qual tinha a impressão de estar.

Como sempre, Brue tinha um talão de cheques à mão, emitido por um grande banco que os compensava rapidamente. Mas onde fora parar sua caneta? Ele tateou os bolsos, apenas para lembrar que a deixara com o caderno sobre a mesa na sala de estar. Ela entregou a própria caneta a Brue e ficou observando enquanto ele fazia um cheque em nome de Annabel Richter no valor de 50 mil euros, datado para o mesmo dia, sexta-feira. Em um cartão de visitas que trazia na jaqueta da Randall's, Brue escreveu o número de seu celular e, como que pensando melhor — não há mal em ser enforcado duas vezes! —, seu número direto no banco.

— E imagino que entrará em contato comigo — ele acrescentou em um murmúrio constrangido, quando descobriu que ela ainda o encarava. — Meu nome é Tommy, diga-se de passagem.

Na sala de estar, Issa fora persuadido a recostar a cabeça no sofá enquanto Leyla colocava uma compressa em sua testa e Brue pegava sua caneta esferográfica de ouro.

— É melhor que não volte aqui — rosnou Melik, acompanhando Brue até a porta da frente. — É melhor que não se lembre do nome da rua. Não nos lembraremos do senhor, e o senhor não se lembrará de nós. Combinado?

— Combinado — respondeu Brue.

* * *

— Os Von Essen trapaceiam — anunciou Mitzi, tirando os brincos de safira enquanto se olhava no espelho e Brue a observava da cama. Aos 50 anos, graças a muita manutenção e à atenção de um cirurgião da moda, ela permanecia uma mulher estonteante de 39 anos, ou quase. — Os Von Essen usam todos os truques possíveis — ela prosseguiu, examinando criticamente as veias no pescoço. — Dedos no rosto, dedos nas cartas, coçar a cabeça, bocejos e espelhos. E aquela empregada com jeito de prostituta empurrando drinques para nós e olhando por cima de nossos ombros quando não está fitando Bernhard.

Eram 2 horas da manhã. Às vezes conversavam em alemão, às vezes em inglês e, ocasionalmente, por diversão, em uma combinação das duas línguas. Hoje falavam alemão: ou a versão suave e vienense de Mitzi para a língua.

— Então você perdeu — insinuou Brue.

— E a casa dos Von Essen cheira mal — ela acrescentou, ignorando-o.

— Considerando que foi construída sobre um sistema de esgotos, não é de surpreender. Bernhard jamais deveria ter jogado o rei. Ele é tão impulsivo. Se tivesse se controlado, poderíamos ter formado uma sequência. Já está na hora de ele crescer.

Bernhard, o parceiro regular de Mitzi, e não apenas no bridge, como se suspeitava. Mas o que se pode fazer? A vida é um engodo. O velho Westerheim acertara na mosca quando a chamara de melhor primeira dama de Hamburgo.

— Trabalhou até tarde de novo, Tommy? — Mitzi perguntou do banheiro.

— Um pouco.

— Pobrezinho.

Um dia, pensou Brue, você realmente perguntará onde eu estava e o que fiz. Só que você nunca fará isso. Não me perguntará nada que não queira que lhe perguntem. Garota esperta. Muito mais esperta do que eu. Dê a Mitzi a oportunidade e ela mudará totalmente o banco em dois anos.

— Você está seco — ela reclamou, mergulhando na camisola. — Você não está nem um pouco adequado para uma noite de sexta-feira. Está agitado e ocupado. Tomou o remédio para dormir?

— Sim, mas não fez efeito.

— Você bebeu?

— Uns dois uísques.

— Está preocupado com alguma coisa?

— É claro que não. Está tudo bem.

— Que bom. Talvez depois dos 60 só tenhamos vontade de ficar acordados.

— Talvez.

Ela apagou a luz.

— E Bernhard quer nos levar de avião amanhã para almoçar na casa dele em Sylt. Ele tem dois assentos vagos. Você quer ir?

— Parece divertido.

* * *

Sim, Mitzi, estou agitado e ocupado. Não, não estou no clima de uma noite de sexta-feira. Acabei de dar os melhores 50 mil euros da minha vida e ainda preciso compreender o porquê. Comprar tempo para ele? O que farei com ele? Hospedá-lo em uma suíte no Atlantic?

Nesta noite de sexta-feira, caminhei sozinho até a casa. Nada de táxis, nada de limusines. Cinquenta mil euros mais leve e sentindo-me melhor por causa deles. Será que me seguiram? Acho que não. Não quando me perdi em Eppendorf.

Caminhei por ruas planas e retas que pareciam todas iguais, e minha cabeça se recusou a me dizer para onde ir. Mas não era medo. Eu não estava despistando quem me seguia, mesmo que houvesse alguém. Foi minha bússola que enguiçou.

Nesta noite de sexta-feira, cheguei três vezes ao mesmo cruzamento e, se ainda estivesse lá, continuaria sem saber para que lado deveria seguir.

Revendo minha vida sem grandes acontecimentos, o que vejo? Fuga. Não importa se o problema era mulher, o banco ou Georgie, o bom e velho Brue sempre estava com um pé fora da porta quando os problemas surgiam. Não foi ele, foram aqueles dois ali. E ele não estava lá e, de todo modo, eles me bateram primeiro: esse era o bom e velho Tommy.

Ao passo que Annabel — se é que posso chamá-la assim —, bem, você é exatamente o oposto, não é? Você gosta de colisões. Para valer — imagino que seja por isso que eu esteja pensando *Annabel, Annabel* quando deveria estar pensando: *Edward Amadeus*, seu homem louco, morto e amado, veja só em que confusão me deixou!

Mas não estou em uma confusão. Sou um investidor feliz. Não paguei para *pular fora*, e sim para *entrar no time*. Os cinquenta mil euros foram meu ingresso. Sou sócio em qualquer plano que tenha dentro da manga. E meu nome é Tommy, diga-se de passagem.

* * *

Quem você tem, Annabel? Com quem está conversando? — agora, neste minuto, com quem se abre quando atinge o fundo do mar?

Com um dos amigos arruaceiros e radicais de Georgie, de cabelo comprido e sem cinquenta mil euros nem bons modos?

Ou seria alguém mais velho, um homem do mundo rico que consegue acalmá-la quando perde a linha?

Pais, pensou Brue conforme o remédio para dormir começava a fazer efeito. O meu e o de Issa. Irmãos no crime, cavalgando rumo ao sol poente em Lipizzaners negros que se recusam a ficar brancos.

E *seu* pai, quem é ele quando está em casa? Alguém como eu? Rejeitado e aviltado — com justiça? Apenas amado, se isso, a uma distância de 13 mil quilômetros? Mas, ainda assim, ele é parte de você, posso sentir isso. Posso sentir em sua autoconfiança, em seu ar de arrogância social, mesmo quando está salvando os Condenados da Terra.

Issa, pensou Brue. O achado de Annabel. Seu homem-criança torturado. Seu checheno maldito que é apenas meio checheno mas insiste que é completamente checheno enquanto dispara ironia contra mim como os imigrantes barbados da Rússia que costumavam ficar em Montparnasse, todos uns gênios.

Era Issa quem deveria sair caminhando por Eppendorf, e não eu.

5

Primeiro, Bachmann ficou incomodado. Depois, ficou preocupado ao ser convocado sumariamente à ampla presença de Herr Arnold Mohr, chefe da estação dos protetores em Hamburgo, ao meio-dia de domingo, horário em que Mohr, ostensivamente cristão, deveria estar desfilando com a família em uma das melhores igrejas da cidade. Bachmann passara a noite pesquisando os arquivos do histórico de *jihadis* chechenos preparados para ele por Erna Frey, que em um raro surto de autoindulgência viajara para Hanover para o casamento de uma sobrinha. Depois de concluir a leitura, Bachmann cogitara voar para Copenhague e beber umas cervejas com o pessoal da segurança dinamarquesa, dos quais gostava; e, se permitissem, trocaria umas palavras com o irmão bom que tinha trazido Issa ilegalmente no caminhão até Hamburgo e lhe dado o sobretudo de presente. Bachmann chegou a telefonar para seu contato em Copenhague: sem problemas, Günther, enviaremos um carro ao aeroporto.

Em vez disso, encontrava-se perambulando apreensivamente pelo escritório no estábulo enquanto Erna Frey, ainda com a roupa da festa, estava sentada primorosamente em sua mesa trabalhando em um relatório mensal de custos que deveria enviar para Berlim.

— Keller está aqui — ela informou sem levantar a cabeça.

— *Keller?* Que Keller? — Bachmann retrucou irritado. — Hans Keller de Moscou? Paul Keller de Amã?

— Dr. Otto Keller, o protetor dos protetores, chegou de Colônia há uma hora. Olhe pela janela e verá o helicóptero dele ocupando todo o estacionamento.

Bachmann olhou e emitiu uma exclamação de nojo.

— O que o tio Otto quer da gente agora? A gente furou outro sinal de trânsito? A gente comeu a mãe dele?

— A reunião é altamente confidencial, operacional e urgente — respondeu Erna Frey, prosseguindo calmamente com o trabalho. — Isso foi tudo que consegui arrancar deles.

O coração de Bachmann disparou.

— Então encontraram meu garoto?

— Se por seu garoto estiver se referindo a Issa Karpov, corre o boato de que estão quase lá.

Bachmann bateu com uma das mãos na testa em desespero.

— Eles *não podem* tê-lo prendido. Arni jurou que a polícia não faria isso sem nos consultar antes. *Seu caso, Günther. Seu caso, meu velho, mas nós trocamos informações.* Esse era o pacto.

Um pensamento diferente lhe ocorreu, ainda mais preocupante:

— Não me diga que a polícia o prendeu apenas para mostrar que é Arni quem manda!

Erna Frey permaneceu imóvel.

— Minha informante, uma péssima jogadora de tênis da incompetente seção de contraespionagem de Arni, afirma que os protetores estão chegando perto. Esse é o conteúdo total da mensagem. Ela jamais me perdoará por vencê-la em dois *sets* seguidos por seis a zero, e então me presenteia com boatos que correm no refeitório. Depois, diz que não posso dizer nada a você, de modo que, naturalmente, estou lhe contando — ela disse e, observada por Bachmann, retornou aos seus cálculos.

— Por que está tão azeda hoje? — Bachmann perguntou a ela. — Esse é meu trabalho.

110

— Odeio casamentos. Considero-os artificiais e ultrajantes. Sempre que vou a um, vejo outra boa mulher indo para o paredão.

— E o pobre-diabo do *noivo*?

— No que me diz respeito, o pobre-diabo do noivo *é* o paredão. Keller quer que a reunião seja somente entre os chefes. Você, Mohr e Keller.

— Nenhum policial?

— Nenhum foi anunciado.

Mais calmo, Bachmann recomeçou a estudar o pátio.

— Então são dois contra um. Os reluzentes protetores contra a ovelha negra excomungada.

— Bem, apenas se lembre de que vocês estão lutando contra o mesmo inimigo — Erna Frey disse com malícia. — Um ao outro.

O ceticismo dela o impressionou, pois era parecido demais com o dele próprio.

— E você virá comigo — ele retrucou.

— Não seja ridículo. Detesto Keller. Keller me detesta. Eu serei um problema e falarei fora de hora.

Mas, sob o olhar imóvel de Bachmann, ela já estava desligando o computador.

*   *   *

Bachmann tinha motivos para estar preocupado. Vários rumores vinham de Berlim, alguns exagerados, outros perturbadoramente plausíveis. O certo era que as antigas demarcações entre serviços rivais estavam realmente desaparecendo e o Comitê Conjunto, longe do corpo conselheiro de homens sábios que havia sido criado para ser, tornara-se uma casa amargamente dividida contra si própria. A disputa corrente entre os determinados a defender os direitos civis a qualquer custo e os determinados a restringi-los estava atingindo massa crítica.

O canto esquerdista, se é que tais distinções ainda valiam alguma coisa, era presidido pelo urbano Michael Axelrod, da inteligência externa. Axelrod era um europeu entusiasmado, um arabista e — com reservas — o mentor de Bachmann. No canto direitista, o arquiconservador Dieter Burgdorf, do Ministério do Interior, rival de Axelrod na disputa pelo posto de tsar da inteligência para quando as fundações da nova estrutura estivessem estabelecidas. Burgdorf, amigo desavergonhado de neoconservadores de Washington e o defensor mais aberto na comunidade de inteligência alemã de uma maior integração com a contraparte norte-americana.

Contudo, pelos três meses seguintes, os dois homens, que dificilmente poderiam ter menos em comum, estavam comprometidos a compartilhar poderes iguais e a exercer a obrigação do consenso. E, conforme os dois generais se afastavam cada vez mais, o mesmo acontecia com as tropas de cada um, ambas utilizando todos os meios e manobras disponíveis para a obtenção de vantagens reais ou imaginárias. Como Burgdorf era do Ministério do Interior e Mohr e Keller eram empregados pelos serviços de inteligência interna, era apenas lógico que eles buscassem a aprovação do atraente e desavergonhadamente ambicioso Burgdorf — e, como o cortês mas um pouco mais velho Axelrod era da inteligência externa e Bachmann era seu protegido e colega, era lógico que Bachmann fosse de corpo e alma seguidor de Axelrod. Contudo, com as fronteiras entre os dois serviços sendo alteradas, com o alcance da Polícia Federal contribuindo para a confusão e sem que as linhas de ação do poder de Berlim tivessem sido definidas, quem poderia dizer agora o que seria lógico?

Em uma linguagem menos refinada, era por isso que Bachmann amaldiçoava o mundo enquanto atravessava o pátio com Erna Frey para ser recebido por Arni Mohr, com seu topete de estudante balançando conforme caminhava na direção deles com as mãos carnudas estendidas e os olhos ágeis observando além deles para caso alguém mais importante atravessasse a porta por último:

— Günther, meu caro amigo! Que gentileza sacrificar seu precioso domingo! Frau Frey, que surpresa agradável! E tão bem-vestida! Providenciaremos imediatamente cópias dos documentos para você! — e, reduzindo a voz por questões de segurança: — A serem devolvidos depois de nossa pequena reunião, por favor. Cada pasta é numerada. Nada sai do prédio. Não, não, depois de você, Günther, por favor! Estou em casa aqui!

* * *

O Dr. Otto Keller estava sentado sozinho na longa mesa de reuniões feita de mogno, debruçado sobre uma caixa de arquivos, explorando fastidiosamente seu conteúdo com as pontas dos dedos longos e brancos. Ao ver os três entrarem na sala, levantou a cabeça, percebeu a inclusão de Erna Frey em trajes de festa e retomou a leitura. Uma segunda caixa de arquivos havia sido colocada diante da cadeira reservada para Bachmann. A palavra-código FELIX estava estampada em letras negras na tampa, informando-o que, não importava o que tivesse sido combinado anteriormente, Issa Karpov era o bebê de Mohr e fora batizado com esse nome por Mohr — e classificado por ele como altamente secreto e mais enquanto fazia isso. De uma porta lateral, uma mulher de saia negra entrou rapidamente com um terceiro arquivo para Erna Frey e desapareceu. Lado a lado, Bachmann e Erna Frey embarcaram zelosamente no dever de casa enquanto Mohr e Keller os vigiavam.

RECOMENDAÇÃO URGENTE:
Que o fugitivo islamita FELIX, procurado internacionalmente, e aqueles ligados a ele sejam objeto de investigação imediata e abrangente pelas polícias do Estado e Federal e pelas agências de proteção visando um processo público. Mohr.

RELATÓRIO NÚMERO UM
Entregue respeitosamente pelo agente de campo [nome apagado] do Escritório de Proteção de Hamburgo:
     A fonte é um médico turco recém-chegado a Hamburgo e ligado a uma clínica médica que atende pacientes muçulmanos. Ao chegar na Alemanha, a fonte chegou a

um entendimento com este agente, pelo qual permaneceria vigilante como um favor a este Escritório. Motivação: a opinião favorável das autoridades do Estado. Pagamento: somente depois de resultados.

Depoimento da fonte:

"Na última sexta-feira, participei da oração do meio-dia na mesquita Othman, bem conhecida por vocês pela posição moderada que adota. Eu estava prestes a deixar a mesquita quando fui abordado por uma mulher turca que não me era familiar. Ela desejava falar comigo confidencialmente sobre uma questão urgente, mas não em meu consultório nem na rua. Eu a descreveria como tendo 55 anos, robusta, usava um lenço cinza, suspeito que loura, volúvel.

"Na metade da escada que leva à mesquita há um escritório reservado para a conveniência dos imãs e de dignitários visitantes, o qual estava desocupado. Quando entramos, ela começou a falar sem parar mas, em minha opinião, sem honestidade. Por seu tom de voz, percebi que era de origem camponesa, do nordeste da Turquia. Eu diria que sua declaração continha contradições factuais. Além disso, chorava muito, acredito que para despertar minha simpatia. Minha impressão foi a de uma mulher astuta e com um propósito.

"A história que contou, na qual não acredito, foi a seguinte: ela é residente legal em Hamburgo, mas não é cidadã. Está hospedando um sobrinho que, como ela, é muçulmano devoto. O rapaz é doente, acaba de completar 21 anos e sofre de ataques histéricos, febre alta e vômitos, além de estresse mental. Muitos dos problemas vêm da infância, quando foi espancado várias vezes pela polícia por ser um elemento perturbador, além de ter sido confinado em um hospital para delinquentes, onde sofreu abusos. Apesar de consumir grandes quantidades de comida a qualquer hora do dia ou da noite, permanece magro e altamente estressado, caminhando à noite em seu quarto e falando sozinho. Em surtos de excitação nervosa, demonstra sinais de raiva e faz gestos ameaçadores, mas ela não tem medo do rapaz porque tem um filho que e campeão peso-pesado de boxe. Ninguém jamais derrotou o filho em uma luta. Contudo, ela ficaria agradecida se eu receitasse um sedativo que o fizesse dormir e recuperar a estabilidade mental. É um bom garoto que está determinado a ser médico, como eu.

"Sugeri que trouxesse o garoto ao consultório, mas ela disse que ele jamais viria: primeiro, porque estava muito doente, depois porque seria impossível convencê-lo e, por último, porque seria perigoso demais para todos e ela não permitiria. As três desculpas isoladas não me pareceram compatíveis, o que reforçou minha crença de que estivesse mentindo.

"Quando perguntei por que seria perigoso, ela ficou ainda mais agitada. O sobrinho era completamente ilegal, disse, embora, naquela altura, ela tenha deixado de chamá-lo de sobrinho para chamá-lo de hóspede. Ele não poderia sair na rua sem que arriscasse ser preso, além da deportação dela e do filho, agora que seu marido falecido não estava mais presente para subornar a polícia.

"Quando me ofereci para visitar o garoto em sua casa, ela recusou alegando que seria muito perigoso para mim do ponto de vista profissional e que não queria se colocar em perigo dando-me seu endereço.

"Quando perguntei onde estavam os pais do garoto, ela respondeu que, até onde sabia, ambos estavam mortos. Primeiro, o pai havia matado a mãe; depois, o pai fora enterrado em seu uniforme militar. Isso explicava a aflição do garoto. Quando perguntei por que tinha dificuldade em entender o sobrinho, ela respondeu que, em sua demência, ele só falava em russo. Em seguida, ofereceu-me duzentos euros que tinha na bolsa para que lhe desse uma receita. Quando recusei o dinheiro e também me neguei a dar a receita, ela emitiu um grito exasperado e desceu a escada correndo.

"Fiz perguntas na mesquita. Ninguém parece conhecer essa mulher estranha. Como alguém que acredita na inclusão e que se opõe a todos os atos de terror, sinto-me na obrigação de levar esses fatos ao conhecimento das autoridades, pois suspeito que ela esteja abrigando deliberadamente um indivíduo indesejável e possivelmente radical."

— Feliz por enquanto, Günther? — perguntou Mohr, olhando-o vorazmente com seus olhos pequenos demais. — Dá para ter uma ideia?

— Este é o depoimento completo? — Bachmann perguntou.

— Editado. O depoimento completo é mais longo.

— Posso vê-lo?

— Proteção da fonte, Günther, proteção da fonte.

O Dr. Otto Keller parecia não estar ouvindo. Talvez sentisse que não deveria. Como muitos do seu tipo, era advogado por filosofia e por formação. Sua prioridade na vida, longe de ser encorajar os subordinados, era jogar para eles o livro de direito, a única arma que conhecia.

RELATÓRIO NÚMERO DOIS
Extrato do relatório elaborado pelo agente de campo [nome apagado] do Escritório Criminal Federal a pedido do Escritório de Proteção:

"As ordens eram identificar um residente legal turco, campeão de boxe peso-pesado, não cidadão, cujo pai estivesse morto e a mãe correspondesse à descrição da fonte. As buscas revelaram Melik Oktay, 20 anos, conhecido como Grande Melik, como possível identificação. Melik Oktay é campeão de boxe pesopesado e capitão deste ano da Associação Esportiva Tigres Turcos. Fotografias expostas no ginásio do Centro Esportivo Muçulmano Altona mostram Grande Melik com uma fita negra de luto presa à bermuda de boxe. Melik Oktay é filho dos residentes legais turcos Gül e Leyla. Gül Oktay morreu em 2007 e foi enterrado em Hamburgo, de acordo com os costumes de sua religião, no cemitério muçulmano no bairro de Bergedorf. Melik e a mãe viúva, Leyla, continuam ocupando uma residência familiar alodial no número 26 da rua Heidering, Hamburgo."

APÊNDICE:

Resumo do histórico pessoal de OKTAY Melik, nascido em Hamburgo, 1987

Aos 13 anos, o indivíduo relatado como líder de uma gangue de adolescentes não alemães que se chamavam de Filhos de Gêngis. Envolvido em embates de rua violentos contra elementos antiestrangeiros da mesma idade. Detido duas vezes e advertido. Pai oferece dinheiro como garantia pelo comportamento futuro do filho. Oferta recusada.

Em debate escolar, aos 14 anos, defende a expulsão de tropas norte-americanas de todas as terras muçulmanas, incluindo a Turquia e a Arábia Saudita.

Aos 15 anos, entra em período no qual não faz a barba e passa a favorecer trajes de estilo islâmico.

Aos 16 anos, conquista títulos de campeão geral islâmico de boxe e de natação para a classe sub-18. É eleito capitão de seu clube esportivo muçulmano. Faz a barba e reverte aos trajes ocidentais. Entra como baterista em um grupo de rock muçulmano.

Freqüência a mesquitas: Foi relatado que o indivíduo caiu sob a influência do imã sunita na mesquita Abu Bakr na rua Viereck. Depois da deportação do imã para a Síria e do fechamento da mesquita em 2006, nenhuma outra conversão a crenças islâmicas radicais.

— Eles se escondem — Mohr explicou enquanto Bachmann deixava o relatório de lado e movia a mão em direção ao seguinte.

— Escondem-se como? — respondeu Bachmann, genuinamente intrigado.

Como os comunistas costumavam fazer. Eles são doutrinados, em reuniões de treinamento, tornam-se fanáticos. Depois, se escondem e fingem que não são mais fanáticos. Estão *adormecidos* — disse, como se tivesse criado o termo sozinho. — O clube de esportes; nós sabemos por um informante confiável de primeiro escalão que se infiltrou como membro e nos fornece, sem exageros, material de primeira classe; o clube de esportes no qual esse Oktay é tão admirado, na opinião de meu informante, é uma *organização de fachada*. Eles lutam boxe e luta livre, treinam, tornam-se saudáveis e falam sobre garotas. E talvez não se comprometam com declarações fanáticas quando estão em grupos grandes porque sabem que sempre estaremos ouvindo. Mas secretamente, em pares e trios, tomando café juntos e na casa dos Oktay, são islamitas. Militantes. E ocasionalmente, obtivemos isso do mesmo informante, um membro ou outro do grupo, um membro *selecionado*, escapa. E para onde vai? Para o Afeganistão! Para o Paquistão! Para os madraçais. Para os campos de treinamento! E, quando retorna, está treinado. Treinado, mas *adormecido*. Leia o resto, Frau Frey. Não julgue prematuramente até que tenha lido o resto, por favor. Precisamos permanecer objetivos. Não devemos ter preconceitos.

— Pensei que estávamos de acordo que esse caso seria meu, Arni — Bachmann disse.

— E é, Günther! Nós concordamos! O caso é seu! É por isso que você está aqui, meu amigo! *Seu caso* não significa que devamos nos cegar e tapar os ouvidos com as mãos. Observamos e escutamos, mas não perturbaremos seu caso, certo? Agimos paralelamente a você. Não cruzamos seus limites nem vocês os nossos. Juntaremos o que sabemos. Em breve, esse Melik Oktay irá para um *casamento* na Turquia, teoricamente. E com a mãe, é claro. É obvio que conferimos. O casamento será realizado. Será da irmã dele. Sem dúvida. Mas *depois* do casamento, ou antes, para onde ele desaparecerá? Talvez somente por poucos dias, mas é o que fará. E a mãe, o que faz? Talvez encontre mais garotos que possa recrutar. Tudo bem. Concordo. É circunstancial. É hipotético. Mas somos pagos para pensarmos hipoteticamente. Então, é o que fazemos. Hipotética e objetivamente. Sem preconceitos.

RELATÓRIO NÚMERO TRÊS
Operação FELIX. Relatório da Equipe de Vigilância das Ruas de Hamburgo do Gabinete de Proteção da Constituição

Bachmann havia ultrapassado seu limite de raiva e entrou em um estado de calma operacional. Gostasse ou não, tratava-se de informação. Ela havia sido obtida em desrespeito ao acordo e surgira diante dele tarde demais para que pudesse fazer qualquer coisa a respeito. Bem, em seu tempo, ele próprio fizera isso com algumas pessoas. Havia conteúdo ali, e ele o queria.

Possível data retrospectiva de avistamento: há 17 dias: Um homem correspondendo à descrição de FELIX foi observado matando tempo diante da maior mesquita de Hamburgo. Imagens das câmeras de segurança não são claras. Indivíduo inspeciona devotos que entram e

saem da mesquita. Indivíduo elege casal de meia-idade que caminha em direção a seu carro, seguindo-os a uma distância de 10 metros. Quando perguntado em farsi o que deseja, indivíduo vira-se e foge. Depois, o casal identifica FELIX a partir de uma fotografia do procurado.
Nota do agente: Mesquita errada? Mesquita é xiita. FELIX é sunita?
Nota do oficial da reserva: Fontes relatam figura parecida vagando diante de duas outras mesquitas, ambas sunitas, no mesmo dia, mais tarde. Fontes incapazes de identificar FELIX positivamente.

— Quem diabos o garoto está procurando? — Bachmann murmurou em voz alta para Erna Frey, que agora estava um bom par de páginas na frente dele. Nenhuma resposta.

RELATÓRIO NÚMERO TRÊS (CONTINUAÇÃO):
Melik Oktay está temporariamente empregado no negócio de venda de verduras e legumes do primo. Também trabalha em meio expediente na fábrica de velas do tio. Indagações discretas sob um pretexto revelaram que, nas duas últimas semanas, sua frequência tem sido insatisfatória, com as seguintes explicações:
Está resfriado.
Precisa treinar para um evento de boxe que acontecerá em breve.
Tem um hóspede inesperado em casa, a quem deve honrar.
Sua mãe está sofrendo de depressão.
Foi relatado pelos vizinhos que Leyla Oktay tem demonstrado um comportamento errático durante o mesmo período, dizendo a eles que Alá lhe deu um presente

precioso mas se recusando a explicar de que se trata. Compra com extravagância, mas não deixa que ninguém entre na casa alegando que está cuidando de um parente enfermo. Apesar de politicamente ingênua, é descrita como "profunda", "circunspecta" e, por um vizinho, como "radical, manipuladora e cultivadora de ressentimentos ocultos contra o Ocidente".

— Mas vejam agora o que aconteceu — Mohr pediu a Bachmann.

Bachmann ainda estava tentando se ajustar à situação. Mohr, sem nem mesmo lhe pedir autorização, colocara a casa dos Oktay sob vigilância em tempo integral. Mohr convidara o departamento de relações públicas da polícia de Hamburgo a fazer uma suposta visita de boa vontade na esperança de terem uma oportunidade de ver o hóspede misterioso. Mohr era um desrespeito a todos os princípios conhecidos de um bom cuidado de inteligência interna, mas seus saques lhe renderam uma bela pilhagem.

OPERAÇÃO FELIX
RELATÓRIO NÚMERO QUATRO, relativo à noite de sexta-feira, 18 de abril.
"Aproximadamente às 20h40, o indivíduo Melik Oktay saiu de sua casa no número 26 da rua Heidering (...). Às 21h10, o indivíduo retornou, seguido a uma distância de 15 metros por uma mulher pequena de cabelos claros com aproximadamente 25 anos que carregava uma mochila grande, conteúdo desconhecido" — é claro que era desconhecido, pensou Bachmann. — "Estava acompanhada por um homem grande com idade entre 55 e 65 anos, cabelos escuros, podendo ser de etnia alemã ou um turco ou árabe de pele clara. Enquanto Melik destrancava a porta da frente da casa, a mulher de cabelos claros vestiu um lenço no estilo muçulmano. Acompanhada pelo homem mais velho, atravessou a rua. Depois, ambos

foram admitidos dentro da casa por Leyla, mãe de
Melik, que trajava um vestido fino."

— Alguma fotografia? — Bachmann falou rapidamente.

— A equipe não estava *preparada*, Günther! Por que deveria estar? Foi
completamente *inesperado*! Duas mulheres cansadas, na segunda jornada
de trabalho, pedestres, 9 da noite, no escuro. Ninguém disse a elas que seria
sua grande noite.

— Então, nada de fotos.

Bachmann prosseguiu com a leitura:

"Às 12h05, o homem grande saiu sozinho do número 26 e
desceu a rua até sumir de vista."

— Alguém o seguiu? — Bachmann perguntou, olhando para a página
seguinte.

— Esse cara era um operador treinado, Günther, o melhor! — Mohr
explicou entusiasmado. — Usou os pequenos becos, voltava por onde já
tinha passado. Como é possível seguir um homem assim por ruas desertas à
1 hora da manhã? Tínhamos seis carros disponíveis. Poderiam ter sido vinte.
Ele despistou a todos! — concluiu com orgulho. — Além do mais, não que-
ríamos assustá-lo, você entende. Quando um homem é treinado e tem consciência de que está sob vigilância, devemos ser circunspectos. Precisamos
agir com tato.

RELATÓRIO NÚMERO QUATRO (CONTINUAÇÃO):

"2h30. Diálogo agitado dentro do número 26. A voz de
Leyla Oktay é a mais penetrante. Nossos operadores não
conseguiram distinguir palavras com precisão. As línguas faladas foram turco, alemão e uma terceira, acre-
dita-se que eslava. Voz feminina desconhecida
interferindo em intervalos, possivelmente traduzindo."

— Eles realmente *ouviram* isso? — Bachmann perguntou, ainda lendo.

— Uma equipe nova em uma van — Mohr respondeu com satisfação.

— Ordenei pessoalmente que fossem até lá. Não houve tempo para instalar microfones direcionais, mas eles ouviram tudo.

"Às 4 horas, mulher jovem descrita anteriormente saiu da casa vestindo o lenço na cabeça e carregando a mochila. Acompanhada por um homem não visto previamente por nossos agentes, com a seguinte descrição: quase 2 metros de altura, boné e sobretudo escuro e longo, 20 e poucos anos, passos largos, modos agitados, bolsa de cor clara pendurada no ombro. Porta da frente fechada por Melik Oktay depois que saíram. Casal desapareceu, caminhando rapidamente por ruas pequenas."

— Então vocês os perderam — disse Bachmann.

— Apenas temporariamente, Günther! Somente por uma hora, talvez. Mas ligamos tudo logo. Eles caminharam rapidamente por algum tempo, pegaram o metrô, depois um táxi e caminharam novamente. Métodos típicos de contravigilância. Como o cara antes deles.

— E os telefones?

— Estão na página seguinte, Günther. Está tudo aí para você. Celulares à esquerda, linhas fixas à direita. Melik Oktay para Annabel Richter. Annabel Richter para Melik Oktay. Nove chamadas no total. Annabel Richter para Thomas Brue. Thomas Brue para Annabel Richter. Três chamadas em um dia. Na sexta-feira. No presente estágio, só podemos fornecer as chamadas realizadas, mas não as conversas. Talvez, retrospectivamente, possamos recuperar parte das conversas. Amanhã, se o doutor Keller permitir, faremos uma solicitação à inteligência de sinais. Não é necessário dizer que tudo precisa proceder legalmente. Mas o que havia nas bolsas, diga-me? O que havia nas bolsas, Frau Frey? O que dois indivíduos suspeitos pegaram no esconderijo dos Oktay, para onde estavam levando o material no meio da noite, e com que propósito?

— Richter? — perguntou Bachmann, levantando os olhos do texto.

— Uma advogada que fala russo, Günther. Família importante. Trabalha no Santuário Norte, uma fundação de Hamburgo. Alguns deles são um pouco de esquerda, mas isso não importa. São benfeitores. Oferecem assistência a quem está em busca de asilo e a imigrantes ilegais, obtendo residência para eles, ajudando-os com as inscrições. *Et cetera.*

Foi o *et cetera* que deu o tom de desconsideração.

— E Brue?

— Banqueiro. Inglês. Baseado em Hamburgo.

— Que tipo de banqueiro?

— Privado. Somente para gente grande. Donos de frotas navais. Pesospesados.

— Alguém tem ideia do que ele estava fazendo lá?

— É um mistério completo, Günther. Talvez, em breve, perguntemos a ele. Com a aprovação do Dr. Keller, naturalmente. O banco teve alguns problemas em *Viena* — acrescentou. — Uma personalidade um pouco *sombria*, aparentemente. Você está pronto?

— Para quê?

Levantando o dedo indicador como um empresário, Mohr pediu silêncio e retirou um envelope marrom de uma maleta. Do envelope, retirou duas páginas impressas. Bachmann olhou sorrateiramente para Keller: nenhuma hesitação. Erna Frey havia fechado sua pasta e estava recostada na cadeira, tensa de raiva, encarando o chão.

— *From Russia with love* — anunciou Mohr em um inglês rasgado, colocando as páginas à sua frente. — Recém-saído nesta manhã de nosso departamento de traduções. Permite-me, Frau Frey?

— Permito, Herr Mohr.

Ele começou a ler.

— "Em 2003, os órgãos da Segurança de Estado da Rússia iniciaram uma investigação sobre ataques armados não provocados realizados por militantes contra oficiais na região de Nalchik, capital da república russa de Kabardino-Balkaria" — entonou Mohr com bastante ênfase na voz. Ele levantou os olhos para se assegurar de que tinha a atenção de todos.

"'O líder do grupo criminoso, que consistia inteiramente em *jihadis* da vizinha Chechênia, foi identificado como sendo um certo Dombitov, diretor de uma mesquita local conhecida por propagar *visões radicais extremistas*. Armazenados no telefone celular de Dombitov estavam o nome e o telefone do...' — pausa — 'indivíduo *FELIX*' — disse, com grande ênfase —, 'além dos nomes e números de outros *membros criminosos* da gangue. Quando foi interrogado, Dombitov confessou que todos os nomes em seu celular pertenciam a um grupo militante salafi comprometido com atos de violência com o auxílio de...' — pausa significativa — 'materiais explosivos feitos em casa e de baixa qualidade, mas altamente eficazes.'

Erna Frey levantou um pouco a cabeça.

— Eles foram torturados — ela explicou em um tom deliberadamente casual. — Conversamos com a Anistia. Não ignoramos fontes abertas, Herr Mohr. Segundo a testemunha ocular da Anistia, espancaram-nos e colocaram eletrodos neles. Primeiro, torturaram Dombitov. Depois, torturaram todas as pessoas que ele mencionou, que eram todos aqueles que compareciam à sua mesquita. Não havia um grama de provas reais contra nenhum deles.

Mohr estava visivelmente irritado.

— Você leu isto, Frau Frey?

— Sim, Herr Mohr.

— Você passou por cima de minha autoridade e procurou diretamente meus tradutores, Frau Frey?

— Nosso pesquisador baixou o relatório da polícia ontem à noite, Herr Mohr.

— Você fala russo?

— Sim. Herr Bachmann também.

Mohr havia se recomposto.

— Então você conhece o histórico desse FELIX.

A voz irritante do Dr. Keller interferiu:

— Leia, por favor. Leia, agora que começou.

Enquanto Mohr prosseguia, Bachmann esticou o pé e o colocou sobre o de Erna Frey. Mas ela tirou o dela e ele soube que não havia como contê-la.

— "As opiniões inflamatórias e as atividades terroristas de FELIX foram confirmadas por seus cúmplices, que o descreveram como *um mau pastor*" — Mohr continuou obstinadamente. — "Apropriadamente, o criminoso FELIX foi colocado em um centro de detenção pré-julgamento durante 14 meses enquanto enfrentava duas acusações, uma por ter atacado a delegacia da polícia rodoviária local e mais uma por ter incitado os colegas muçulmanos a cometerem atos terroristas. Ele confessou ser culpado de todas as acusações."

— Ele foi forçado — disse Erna Frey, com a voz mais carregada.

— Você está insinuando que *tudo* isso foi inventado, Frau Frey? — perguntou Mohr. — Você não sabe que temos relações de trabalho excelentes com a Rússia nos campos do crime e do terrorismo?

Sem receber uma resposta, Mohr prosseguiu:

— "Em 2005, munido de documentos falsos com o nome de Nogerov, o criminoso FELIX foi preso por oficiais da Segurança de Estado em função de uma sabotagem a um gasoduto na região de Bugulma, na república russa do Tatarstão. Uma ação rápida dos órgãos locais identificou a presença de um grupo de dissidentes antissociais vivendo em condições miseráveis em um celeiro isolado nas vizinhanças da cena do ataque.

— O gasoduto estava velho e apodrecido, como todos os outros gasodutos na Rússia — explicou Erna Frey em um tom de contenção sobre-humana. — O gerente da central elétrica local era um bêbado que subornou a polícia para que dissessem que tinha sido sabotagem. A polícia prendeu o grupo mais próximo de excluídos muçulmanos e obrigou-os a denunciarem FELIX como seu líder. Segundo a Human Rights Watch, a polícia colocou uma carga de explosivos sob as tábuas do assoalho do celeiro, descobriu-a, deteve o grupo e depois torturou os membros um a um enquanto obrigavam os outros a assistirem. O máximo que alguém resistiu foram dois dias. Perguntaram a FELIX se ele achava que conseguiria bater o recorde. Ele tentou, mas não conseguiu.

Bachmann estava rezando para que ela parasse, mas a fúria própria do senso de justiça de Erna Frey fez com que ela prosseguisse:

— O celeiro não ficava nem um pouco *próximo* da cena da explosão, Herr Mohr. Ele ficava em um campo a 40 quilômetros estrada acima e os garotos não tinham nem mesmo uma bicicleta ou dinheiro para uma passagem de ônibus, muito menos um carro. Era o mês do Ramadã. Quando a polícia chegou para prendê-los, eles estavam jogando uma partida improvisada de hóquei com pedaços de madeira para se animarem, Herr Mohr.

* * *

Agora, quem conduzia a reunião era o Dr. Otto Keller, de Colônia.

— Então você contesta o relatório, Bachmann?

— Sim e não.

— Com o que concorda?

— Outras pessoas não o contestarão da mesma maneira, se é que o contestarão.

— Que pessoas?

— As predispostas a acreditar nele.

— E para você não existe meio-termo? Você não aceita que o caso contra FELIX possa ser *parcialmente* verdadeiro? Por exemplo, que ele seja um *jihadi*, como foi sugerido?

— Caso venhamos a utilizá-lo, é ainda melhor que seja.

— Então um *jihadi* radical ficará feliz em colaborar com você? É o que está sugerindo, Bachmann? Até agora, não tivemos muito sucesso nesse campo.

— Ele pode não *precisar* colaborar conosco — retrucou Bachmann, sentindo a garganta se fechar. — Pode ser melhor que não precise. Deixemos que siga seu caminho, com a nossa ajuda.

— Isso é pura especulação, naturalmente.

— Na posição em que FELIX se encontra, ele não faz sentido. Você tem nosso relatório sobre o homem conhecido como Almirante, que foi convocado para ajudá-lo na estação ferroviária. Você tem o relatório sobre o condutor do caminhão de FELIX. A fuga do garoto deve ter custado uma fortuna, mas ele dorme na rua. Ele é checheno, mas não um checheno de verdade. Se fosse, sairia em busca de outros chechenos. É muçulmano mas não sabe a diferença entre uma mesquita sunita e uma xiita. Em uma noite, é visitado por uma advogada de direitos civis e por um banqueiro inglês. Para ele, tinha que ser Hamburgo. Por quê? Ele está aqui com uma missão. De que ela se trata?

Mohr interrompeu.

— Com uma missão! Sim! A missão de contatar uma mulher terrorista e seu filho e estabelecer uma célula adormecida de *jihadis* de pele clara aqui em Hamburgo! Ele é um terrorista fugitivo, esconde-se com um valentão turco que foi inspirado por um agitador islamita, deixou a barba crescer e depois a raspou e fingiu ter se tornado ocidental. Ele desaparece com uma advogada alemã no meio da noite, carregando só Deus sabe o que na bolsa, e você quer *explorá-lo inconscientemente?*

Emitindo seu julgamento do trono, a voz de Keller tinha a rispidez de uma sentença de morte:

— Nenhum oficial de segurança responsável pode ignorar uma ameaça clara e presente para satisfazer uma ambição operacional vaga. Meu ponto de vista é o de que uma operação de busca e descoberta que resulte em prisões de alto nível servirá para intimidar simpatizantes islamitas e restaurar a confiança nos responsáveis pela localização deles. Alguns casos clamam por uma solução sólida. Este é um deles. Portanto, proponho que você deixe de lado quaisquer interesses que possa imaginar ter investido no caso e que o encaminhemos para a Polícia Federal para que o processo seja realizado de acordo com a Constituição.

— Você está falando em *prisão?*

— Estou falando em qualquer coisa que o caso exija de acordo com a lei.

E o que quer que lhe faça ganhar pontos com seu amigo de extrema-direita Burgdorf, do Comitê Conjunto, Bachmann pensou amargamente. O que quer que lhe consagre como o supercérebro da inteligência por trás da fraca Polícia Federal. E que me deixe no meio do nada, que é onde você quer que eu esteja.

Mas, desta vez, ele conseguiu não dizer tudo isso.

* * *

Lado a lado, Erna Frey e Bachmann caminharam de volta pelo pátio para o humilde estábulo de montaria da unidade. Chegando ao escritório, Bachmann largou o casaco sobre o braço do sofá e telefonou para Michael Axelrod, do Comitê, pela linha encriptada.

— Diga a ele que foi tudo culpa minha — disse Erna Frey, com as mãos na cabeça.

Mas para a surpresa de ambos, Axelrod pareceu muito menos perturba do do que deveria.

— Vocês já comeram? — ele perguntou com o jeito afável de sempre, depois de ouvir o que Bachmann tinha a dizer. — Então peguem um sanduíche e fiquem onde estão.

Eles aguardaram o helicóptero de Keller decolar, mas isso não aconteceu, o que apenas os deixou ainda mais deprimidos. Não estavam com apetite para sanduíches. Eram 16 horas quando o telefone encriptado tocou.

— Vocês têm dez dias — disse Axelrod. — Se não tiverem um bom argumento em dez dias, eles o prenderão. É assim que as coisas funcionam aqui. Dez dias, não 11. É melhor que vocês tenham sorte.

6

Estou fazendo isto por meu cliente Magomed, ela disse para si mesma enquanto lutava para organizar o caos em sua mente.

Estou fazendo isto por meu cliente Issa.

Estou fazendo isto pela vida acima da lei.

Estou fazendo isto por mim.

Estou fazendo isto porque o banqueiro Brue me deu dinheiro, e o dinheiro me deu a ideia. Mas não há verdade alguma nisso! A ideia estava crescendo em mim muito antes do dinheiro de Brue. O dinheiro de Brue só a tornou possível. No momento em que me sentei com Issa e ouvi sua história, eu soube que o sistema parava ali, que aquela era a vida impossível de ser salva que eu precisava salvar, que eu precisava me ver não como advogada, mas sim como médica, como meu irmão Hugo, e perguntar a mim mesma: qual é meu dever em relação a este homem ferido? Que tipo de advogada alemã eu sou se o abandonar na sarjeta das leis para que sangre até a morte, como Magomed?

Enquanto pensar assim, manterei a coragem.

* * *

Estava amanhecendo. Filetes sombrios de nuvens negras e azuladas borravam o céu rosado da cidade. Annabel estava andando 1 metro à frente, e Issa, contrariando os modos muçulmanos, seguia-a de perto em seu longo sobretudo preto, e na imaginação dela os dois eram um par de refugiados eternos: ela com uma mochila e ele com seu alforje. Os lamentos na cena final na casa de Leyla ainda ressoavam em sua mente:

De repente, com Melik de pé a seu lado e em silêncio, Leyla não tem a menor *ideia* do motivo pelo qual Issa está partindo! Os gritos dela são lamentos aos céus. Ela nem sabia que ele *estava* partindo! Por que ninguém lhe havia *dito*? Para onde, em nome de Deus, Annabel o está levando a esta hora da noite? Amigos? *Que* amigos? Se soubesse, teria preparado comida para a viagem! Issa é seu filho, seu presente de Alá, a casa dela é a casa dele, ele pode ficar para sempre!

Quinhentos dólares? Leyla não aceitará um centavo deles! Ela não fez nada por dinheiro, apenas por Alá e por amor a Issa. E onde, em nome de Alá, ele conseguiu esse dinheiro, afinal de contas? Aquele russo rico que veio aqui e foi embora? Além disso, ninguém aceita notas de cinquenta dólares hoje em dia! São todas falsas. E, se Issa queria lhe dar dinheiro, por que o escondeu durante duas semanas em vez de oferecê-lo logo, como um homem?

Depois disso, Melik, também em lágrimas, precisou implorar pelo perdão de Issa e jurar sua amizade eterna, a qual provou presenteando-o com seu precioso pager Azan, a novidade muçulmana que sinaliza eletronicamente os horários das orações, dado a ele por um tio amado.

— Receba isso, meu irmão. É seu, mantenha-o sempre a seu lado. É muito fácil de usar. Você nunca perderá a hora.

E, enquanto demonstra como funciona — pois Issa não tem conhecimento desse tipo de coisa —, Annabel fica no lugar de Melik ao lado da janela e volta a observar a van de comida congelada estacionada 50 metros rua abaixo, da qual ninguém saiu ainda, motivo pelo qual, assim que chegaram à rua, ela decidiu não virar à direita ou à esquerda, e sim, bem diante da van, caminhar com Issa a esmo, ao longo da rua, por um beco e, por sorte, por um portão estreito que levava a uma rua paralela mais larga, com tráfego e um ponto de ônibus. Inicialmente, Issa estava rígido de medo e Annabel precisou puxar a manga do casaco dele — somente a manga, atenção, não o braço, nem mesmo através do tecido — para fazer com que se movesse.

— Você sabe para onde estamos indo, Annabel?

— É claro que sei.

Mas vamos com cautela. Não seguiremos a rota convencional. A estação de metrô mais próxima fica a dez minutos de caminhada.

— Não devemos nos falar no trem, Issa. Se alguém abordar você, aponte para sua boca e balance a cabeça.

E, observando-o concordar, pensou: sou apenas mais um dos mafiosos de Anatoly organizando sua próxima fuga.

O trem estava repleto de trabalhadores imigrantes. Guiado por Annabel, Issa tomou seu lugar entre eles, mantendo a cabeça baixa como o resto das pessoas enquanto ela olhava para a janela preta, observando o reflexo dele. Não somos um casal. Somos duas pessoas solteiras que, por acaso, estão no mesmo vagão, e é assim que somos na vida, é melhor que nós dois acreditemos nisso. A cada parada, ele levantava os olhos e olhava para ela, mas Annabel o ignorou até a quarta. Na saída da estação havia uma fila de táxis bege. Annabel pegou o primeiro deles, entrando pela porta traseira e deixando-a aberta para que Issa se juntasse a ela. Mas, para seu horror momentâneo, ele desapareceu para depois surgir no assento da frente, ao lado do motorista, presumivelmente para que pudesse evitar contato físico com ela. O gorro dele estava tão baixo sobre a testa que tudo que restava a ela para contemplar era a cabeça abafada de Issa e o mistério sobre o que estaria se passando dentro dela. Em um cruzamento a 500 metros da rua de Annabel, ela pagou o motorista e os dois voltaram a caminhar. Ainda há tempo, ela pensou, quando a ponte apareceu e sua coragem vacilou novamente. Tudo que preciso fazer é atravessar a ponte com ele, entregá-lo na delegacia, receber o obrigado de uma comunidade grata e passar o resto da vida na vergonha.

* * *

A mãe de Annabel era juíza distrital e o pai um advogado e diplomata aposentado do serviço estrangeiro alemão. A irmã, Heidi, era casada com um promotor público. Somente o irmão mais velho, Hugo, a quem ela adorava, tinha conseguido se livrar do mundo do direito e primeiro se tornara clínico geral e, depois, um psiquiatra brilhante mas caprichoso que alegava ser o último freudiano puro do mundo.

Que a própria Annabel, a rebelde da família, tivesse sucumbido ao direito continuava sendo um mistério para ela. Teria sido para agradar aos pais? Nunca. Talvez tivesse imaginado que entrando na profissão que eles praticavam ela pudesse demonstrar como era diferente deles em uma linguagem que compreendessem; que arrancaria a lei das garras dos ricos de vida fácil e a levaria para as pessoas que mais precisavam dela. Se fosse esse o caso, 19 meses no Santuário haviam lhe mostrado o quanto estava errada.

Sentada nos deploráveis tribunais de faz de conta, mordendo o lábio enquanto escutava as histórias de terror dos clientes serem selecionadas por burocratas de baixo escalão, cuja experiência no exterior se resumia a duas semanas em Ibiza, ela deveria ter imaginado que chegaria um momento — que chegaria um cliente — que a levaria a abandonar todos os princípios profissionais e legais que, um dia, ela abraçara relutantemente.

E ela estava certa. O dia tinha chegado, e também o cliente: Issa.

Exceto que, antes de Issa, houvera Magomed, e fora Magomed — o burro, crédulo, maltratado e não exatamente verdadeiro Magomed — que lhe ensinara: nunca mais.

Nunca mais a corrida tarde demais para o aeroporto no meio da madrugada; ou o avião para São Petersburgo na pista de decolagem com a porta de passageiros aberta; ou a figura algemada de seu cliente sendo carregada pelos degraus; ou as mãos — seriam reais ou imaginárias? —, as mãos algemadas acenando desesperadamente para ela através da janela da aeronave.

Portanto, não diga a Annabel que ela tomou uma decisão impulsiva, no calor do momento, em relação a Issa. A decisão havia sido tomada naquele dia no aeroporto de Hamburgo, enquanto ela observava o avião que transportava Magomed desaparecer nas nuvens baixas. Assim que colocou os olhos sobre Issa na casa de Leyla e arrancou dele sua história, ela soube: é por ele que tenho esperado desde Magomed.

* * *

Primeiro, obrigando-se a seguir as regras de envolvimento do fórum familiar, ela estabeleceu com calma para si mesma os *fatos* do caso:

A partir do momento em que pôs os pés na Suécia, Issa ficou além da salvação.

Não existe procedimento legal que ofereça a ele mais do que uma esperança remota de salvação.

As corajosas pessoas que deram abrigo a ele estão se arriscando. Ele não pode ficar aqui por muito mais tempo.

Depois, ela passou às questões práticas: como, *em termos claros*, como, na *realidade*, considerando a presente situação, Annabel Richter, formada em direito pelas universidades de Tübingen e de Berlim, pode cumprir seu dever solene em relação a seu cliente?

Qual a melhor maneira de esconder, abrigar e alimentar este cliente, sendo outro preceito do fórum familiar que o fato de que você só pode fazer um pouco não é desculpa para não fazer coisa alguma?

Nós, advogados, não somos colocados na terra para sermos icebergs, Annabel, seu pai gostava de pregar: logo ele, dentre todos os homens! *Nosso trabalho consiste em reconhecer nossas emoções e em controlá-las.*

Sim, querido pai. Mas será que, algum dia, não lhe ocorreu que ao *controlá-las* você também as destrói? Quantas vezes podemos dizer "lamento" até que não lamentemos mais?

E o que — perdoe-me — você quer dizer exatamente por *controle*? Será que está falando em encontrar os motivos *legais* certos para fazer a coisa errada? E, se estiver, não foi o que nossos brilhantes advogados alemães fizeram durante o Grande Vácuo Histórico, também conhecido como a era nazista — todos os 12 anos de sua duração —, que por alguma razão é tão pouco citada nas deliberações de nosso fórum? Bem, a partir deste momento, *eu* controlo meus sentimentos.

Na vida — como você gostava de me avisar quando eu pecava gravemente contra você —, posso fazer qualquer coisa que desejar, desde que esteja preparada para pagar o preço por isso. Bem, querido pai, estou preparada. Pagarei o preço. Se isso significar adeus à minha bela porém curta carreira, também pagarei por isso.

E acontece que, por um ato da bondosa Providência, se é nisso em que acreditamos, estou temporariamente em posse de dois apartamentos: um do qual não vejo a hora de me livrar e o outro uma joia de frente para o porto que comprei com o resto do dinheiro de minha amada avó há apenas seis semanas e de cuja reforma estou sofrendo as dores de parto. E se isso não fosse o bastante, a Providência, ou a culpa, ou um surto repentino de compaixão inesperada — ela não tinha tempo para avaliar — havia lhe provido de dinheiro. Dinheiro de Brue: para o qual havia não somente um plano a curto prazo — um plano emergencial de duração e conveniência estritamente limitadas — mas, graças à generosidade de Brue, um plano a um prazo mais longo; um plano que lhe proporcionava tempo para pensar em soluções; um plano que, implementado prudentemente com a ajuda do amado irmão, Hugo, não somente manteria Issa escondido em segurança daqueles em seu encalço, mas também o colocaria no caminho rumo à recuperação.

— E imagino que entrará em contato comigo — Brue havia dito, como se ele, da mesma forma que Issa, precisasse ser resgatado por ela.

De quê? Entorpecimento emocional? Estaria Brue também se afogando? Será que ele também só precisava que ela esticasse a mão?

* * *

Haviam chegado à casa dela. Virando-se, Annabel viu Issa encolhido na escuridão de um limoeiro que os cobria, com a bolsa agarrada nas dobras do casaco preto.

— Qual é o problema?

— Sua KGB — ele murmurou.

— Onde?

— Seguiram-nos no táxi. Primeiro em um carro grande, depois em um pequeno. Um homem e uma mulher.

— Eram apenas dois carros que passaram por nós por acaso.

— Tinham rádio.

— Na Alemanha, todos os carros têm rádios. Alguns também têm telefones. Por favor, Issa. E mantenha a voz baixa. Não queremos acordar todo mundo.

Olhando para os dois lados da rua mas sem ver nada fora do comum, Annabel desceu os degraus até a porta da frente, destrancou-a e acenou com a cabeça para que Issa entrasse, mas ele se encolheu para um lado e insistiu em seguir depois dela, a alguma distância.

Ela havia deixado o apartamento às pressas. A cama de casal estava desfeita, o travesseiro amassado e os pijamas jogados sobre ela. O guarda-roupas tinha duas portas — na esquerda, as roupas dela, e na direita, as de Karsten. Ela havia expulsado Karsten há três meses, mas ele nunca tivera a coragem de pegar suas coisas. Ou talvez achasse que, deixando-as lá, estivesse assegurando o direito de retornar. Bem, ele que se dane. Um casaco de camurça de uma loja cara, jeans de marca, três camisetas, um par de mocassins de couro macio. Ela jogou as coisas na cama.

— São de seu marido, Annabel? — Issa perguntou da porta.

— Não.

— De quem são, por favor?

— Pertenciam a um homem com quem tive um relacionamento.

— Ele morreu, Annabel?

— Nós terminamos — respondeu, desejando, àquela altura, que não tivesse dito a ele para que a chamasse pelo primeiro nome, apesar de sempre fazer isso com os clientes, mantendo o sobrenome apenas para si própria.

— Por que vocês terminaram, Annabel?

— Porque não éramos adequados um para o outro.

— Por que não eram adequados? Vocês não se amavam? Talvez tenha sido severa demais com ele, Annabel. Isso é possível. Você pode ser muito severa. Percebi isso.

A princípio, ela não sabia se gargalhava ou se o esbofeteava. Mas, quando olhou para ele, viu apenas confusão em seus olhos, além de medo, e lembrou-se de que, no mundo do qual ele escapara, não havia privacidade. Simultaneamente, um segundo pensamento lhe ocorreu, que a envergonhou e a desconcertou: ela era a primeira mulher com quem Issa ficava sozinho depois de anos de confinamento, e eles estavam de pé no quarto dela nas primeiras horas da manhã.

— Você pegaria aquela mala para mim, por favor, Issa?

Dando um longo passo para trás para abrir caminho para ele, Annabel perguntou-se se deveria ter colocado o telefone celular no bolso do casaco, se bem que só Deus sabia para quem ela telefonaria se as coisas apertassem. A maleta de viagem de Karsten estava acumulando poeira em cima do armário. Issa pegou-a e colocou-a na cama, ao lado das roupas. Annabel enfiou as roupas na mala e pegou o colchonete enrolado que estava guardado na parte inferior do secador de roupas.

— Ele era advogado, como você, Annabel? Esse homem com quem você teve um relacionamento?

— Não importa o que ele era. Não lhe diz respeito, e está encerrado.

Agora, era ela que desejava uma distância maior entre eles. Na cozinha, Issa era alto e presente demais para ela, não importava o quanto se mantivesse afastado. Ela colocou um saco de lixo sobre a mesa e levantou bruscamente alguns itens para a aprovação dele: pão integral, Issa? Sim, Annabel. Chá verde? Queijo? Iogurte vivo da loja de produtos orgânicos a dez minutos de bicicleta da casa dela, a qual ela favorecia determinadamente em oposição ao supermercado no fim da rua? Sim, Annabel, para tudo.

— Não posso lhe dar carne, certo? Não como carne.

Mas o que ela queria dizer era: não tem nada demais aqui. Tudo que está acontecendo sou eu arriscando meu pescoço por você. Sou sua advogada e isso é tudo, e estou fazendo isso por princípios, e não pelo homem.

Eles carregaram a bagagem até o cruzamento. Pegaram um táxi e ela indicou o caminho até um ponto próximo à entrada do porto. Então, pela segunda vez, seguiu a pé com ele pelo resto do caminho.

* * *

O apartamento novo era um loft que ficava a oito lances de uma instável escada de madeira, ocupando o sótão de um antigo armazém das docas que, segundo o proprietário, fora o único prédio que os ingleses tiveram a bondade de deixar para a posteridade quando bombardearam o restante de Hamburgo até o esquecimento. Tinha forma de navio, 14 metros por 6, vigas de metal e uma grande janela em forma de arco com vista para o porto. O banheiro ficava sob um beiral e a cozinha sob o outro. Ela vira o apartamento pela primeira vez no dia em que fora posto à venda, com metade dos jovens ricos de Hamburgo tropeçando uns nos outros para comprá-lo, mas o proprietário tinha gostado dela e, diferentemente do senhorio atual, era gay e não queria levá-la para a cama.

Naquela mesma noite, já era milagrosamente dela, uma vida livre de Karsten sendo formada, e pelas últimas seis semanas ela vinha cuidando dele com carinho, preocupando-se com as fiações, com os trabalhos em gesso e com a pintura, substituindo as tábuas do assoalho e, à noite, depois de mais uma sessão nauseante no tribunal ou de outra batalha perdida contra as autoridades, voando para lá de bicicleta somente para ficar na janela com os cotovelos no parapeito observando o sol se pôr e os guindastes, os navios cargueiros e os embarcadouros entrelaçarem-se e se relacionarem do jeito que os homens deveriam fazer, respeitosamente e sem bater uns contra os outros, as gaivotas voando em círculos e se enfrentando e as crianças fazendo alvoroço na praça.

E no que sabia se tratar de um surto alegre de otimismo, Annabel se parabenizaria pela mulher na qual estava prestes a se tornar, casada com o trabalho e com sua família no Santuário — Lisa, Maria, André, Max, Horst e a valente Ursula, a chefe —, homens e mulheres que, como ela, eram dedicados a lutar em favor das pessoas que haviam sido marcadas pelos acidentes da vida para virar sucata.

Ou, colocando de outra forma: voltando para casa tão exausta e vazia quanto o apartamento que a aguardava, sabendo que, não importasse o quanto tivesse se esforçado durante todo o dia, só poderia esperar por ela mesma à noite. Mas até mesmo nada era melhor do que Karsten.

* * *

Eles subiram lentamente a escada, Annabel à frente. A cada andar, ela colocava o saco de lixo com provisões no chão e se assegurava de que Issa continuava atrás dela, esforçando-se com a mala e o colchonete. Ela teria dividido o peso com ele, mas sempre que tentava ele a afastava com raiva, apesar de depois de dois andares ter ficado parecido com uma criança envelhecida e magra, e depois do terceiro sua respiração vir em arfadas que ecoavam para cima e para baixo pela escadaria.

O barulho que faziam a preocupou até que lembrou que era sábado e que não havia mais ninguém no prédio. Todos os outros andares tinham sido ocupados por escritórios chiques de alta-costura, de móveis de luxo e de alimentos gourmets: mundos que ela dissera a si própria ter deixado resolutamente para trás.

Issa havia parado na metade do último lance e estava olhando além dela, o rosto rígido de medo e incompreensão. A porta para o loft era de ferro marretado antigo e com parafusos pesados. O cadeado gigante teria protegido a Bastilha. Ela desceu correndo até Issa e, desta vez, acidentalmente, agarrou seu braço, apenas para senti-lo se retrair.

— Não estamos prendendo você, Issa — ela disse. — Estamos tentando mantê-lo livre.

— Da sua KGB?

— De todos. Apenas faça o que eu disser.

Ele balançou a cabeça lentamente. Em seguida, em um ato de submissão terrível, abaixou-a e, passo a passo, mas com um esforço tal que seus pés pareciam acorrentados, seguiu Annabel pelo resto da escada. Depois, parou novamente, com a cabeça ainda baixa e os pés unidos enquanto esperava que ela destrancasse a porta. Mas todos os instintos dela lhe diziam para não o fazer.

— Issa?

Sem resposta. Esticando a mão direita até que ela estivesse diretamente na linha de visão dele, Annabel colocou a chave sobre ela e ofereceu-a a Issa do mesmo modo que oferecera cenouras a seu cavalo quando era pequena.

— Aqui. Abra *você* a porta. Não sou seu carcereiro. Pegue a chave e destranque a porta para nós. Por favor.

Ele permaneceu olhando para baixo, para sua mão aberta e para a chave enferrujada sobre ela, pelo que pareceu a Annabel uma vida inteira. Ou a ideia de pegar a chave dela era demais para Issa ou ele temia entrar em contato com sua pele exposta, pois primeiro sua cabeça e depois a parte superior do corpo voltaram-se abruptamente na direção oposta a ela em rejeição. Mas Annabel se recusava a ser rejeitada.

— Você quer que *eu* a abra? — ela perguntou. — Preciso saber, por favor, Issa. Você está me dizendo que eu posso abrir esta porta? Tenho sua permissão? Responda-me, por favor, Issa. Você é meu cliente. Preciso de suas instruções, Issa. Permaneceremos aqui e ficaremos com muito frio e cansados até que você me *instrua* a abrir esta porta. Você está me ouvindo, Issa? Onde está seu bracelete?

Estava na mão dele.

— Coloque-o de volta no pulso. Você não corre perigo aqui.

Ele recolocou o bracelete no pulso.

— Agora, diga-me para abrir a porta.

— Abra.

— Fale mais alto. Abra a porta, por favor, Annabel.

— Abra a porta, por favor.

— *Annabel.*

— Annabel.

— Agora, observe enquanto destranco a porta a seu pedido, por favor. Pronto. Está feito. Entro primeiro e você me segue. Não é nada parecido com uma prisão. Deixe a porta aberta depois de entrar, por favor. Não a fecharemos até precisarmos.

* * *

Havia três dias que Annabel não ia ao apartamento. Um rápido olhar ao redor disse a ela que os pedreiros estavam mais adiantados do que ela temera. Os trabalhos em gesso estavam quase todos prontos, os azulejos que havia encomendado estavam empilhados no chão, a banheira antiga que sua mãe encontrara em Stuttgart instalada com as torneiras de cobre que Annabel comprara no mercado das pulgas. O suprimento de água fora restaurado. Do contrário, por que motivo os pedreiros teriam deixado suas xícaras de café na pia? O telefone que encomendara estava em seu papel-bolha no centro do assoalho, esperando ser instalado.

Issa descobrira a janela em arco. Totalmente imóvel, de costas para Annabel, enquanto contemplava o céu que clareava, ele voltou a ser alto.

— Será apenas por um ou dois dias enquanto eu resolvo algumas coisas — ela disse suavemente para ele de dentro da sala. — Aqui é onde o manteremos em segurança, para seu próprio bem. Trarei livros e comida e lhe visitarei todos os dias.

— Eu não posso voar? — ele perguntou, ainda olhando para o céu.

— Receio que não. Você também não pode sair, até que estejamos prontos para mudá-lo para outro lugar.

— Você e o Sr. Tommy?

— Eu e o Sr. Tommy.

— Ele também me visitará?

— Ele está consultando seus arquivos. É o que deve fazer. Não sou um banqueiro, nem você. Nem tudo pode ser resolvido de imediato. Precisamos dar um passo de cada vez.

— O senhor Tommy é um cavalheiro importante. Quando receber o título de médico, irei convidá-lo para a cerimônia. Ele tem um bom coração e fala russo como um Romanov. Onde ele aprendeu a falar daquele jeito?

— Acho que em Paris.

— Você também aprendeu russo lá, Annabel?

Desta vez, pelo menos, não era sobre Karsten. Ele parara de suar. Sua voz estava novamente calma.

— Aprendi russo em Moscou — ela disse.

— Você foi à escola em Moscou, Annabel? Isso é muito interessante! Eu também fui à escola em Moscou. Se bem que por pouco tempo, é verdade. Qual escola, por favor? Qual número? Talvez eu conheça sua escola. Eles aceitavam estudantes chechenos? — perguntou, claramente entusiasmado por fazer uma conexão entre o mundo dele e o dela, talvez imaginando que tivessem sido amigos de escola.

— Eu não tinha um número.

— Por que não, Annabel?

— Não era esse tipo de escola.

— Que tipo de escola não tem um número? Era uma escola da KGB?

— Não, claro que não! Era uma escola particular — em seu desgaste repentino, ela se ouviu contando o resto a ele. — Era uma escola particular para filhos de oficiais estrangeiros que moravam em Moscou. Assim, estudei nela.

— Seu pai era um oficial estrangeiro que morava em Moscou? Que tipo de oficial, Annabel?

Ela voltou atrás.

— Eu estava hospedada na casa de uma família de um oficial estrangeiro. Eu me qualificava para estudar nessa escola particular, e foi lá que aprendi a falar russo.

E isso era mais do que pretendia contar, porque nem ele iria extrair dela o fato, desconhecido até mesmo no Santuário, de que seu pai era adido civil da Embaixada Alemã em Moscou.

Um alarme estava apitando, e não era o dela. Temendo que pudessem ter disparado algum alarme deixado pelos pedreiros, Annabel olhou ansiosamente ao redor da sala em busca da fonte do som, mas era o pager de Issa, dado a ele por Melik, convocando-o para a primeira hora de oração do dia.

Contudo, ele permanecia na janela. Por quê? Estaria procurando por seus perseguidores da KGB? Não. Estava determinando a direção de Meca a partir da luz do amanhecer antes que seu corpo magro como um lápis se dobrasse nas tábuas nuas do assoalho.

— Por favor, deixe a sala, Annabel — ele disse.

* * *

Esperando na cozinha, Annabel abriu espaço e desempacotou o saco de lixo. Sentada em um banco com um cotovelo na mesa de decorador e com o punho pressionado contra a bochecha, mergulhou em um devaneio no qual, por um ato de autotransposição, encontrou-se olhando, como acontecia com frequência quando estava cansada, para a coleção de pequenas pinturas de mestres flamencos pertencente ao pai que ficava na parede da sala de estar da propriedade da família nos arredores de Freiburg.

— Comprados em um leilão em Munique por seu avô, querida — sua mãe respondera quando a rebelde Annabel, com 14 anos, mergulhara em uma investigação solitária da procedência das pinturas. — O gosto que seu pai tem por colecionar ícones.

— Por quanto?

— Nos valores atuais, sem dúvida valem muito. Mas, na época, foram centavos.

— Comprados em um leilão *quando?* — ela perguntou. — *De quem?* A quem os quadros pertenciam antes que vovô os comprasse por centavos em um leilão em Munique?

— Por que não pergunta a seu pai, querida? — a mãe sugeriu com uma doçura excessiva para os ouvidos de Annabel. — Foi o pai *dele*, e não o meu.

Mas, quando Annabel perguntou ao pai, ele se transformou em alguém que ela não conhecia.

— Aqueles tempos fazem parte do passado e acabaram — retrucou em um tom oficial que jamais havia usado ao falar com ela. — Meu pai tinha faro para arte e pagou o preço corrente. Pelo que sei, são falsificações. Jamais ouse fazer essa pergunta outra vez.

E nunca mais a fiz, ela recordou. Nem em todos os fóruns da família desde então, fosse por amor, medo ou, pior, por submissão à disciplina contra a qual estava revoltada, ela ousara repetir a pergunta. E os pais dela se consideravam radicais! Eram rebeldes, ou tinham sido: filhos de 1968 que agiram nas barricadas em protestos estudantis e carregaram cartazes impelindo os norte-americanos a saírem da Europa! "Vocês, jovens de hoje, não sabem o que é um protesto de verdade!", gostavam de lhe dizer rindo quando ela saía da linha.

Tirando um caderno da mochila, Annabel começou a escrever uma lista de coisas a fazer sob o brilho da luz do céu. As listas dela eram uma piada na família, assim como sua intransigência. Em um minuto, ela era uma lesma caótica com toda sua vida desorganizada na mochila, e no seguinte era uma alemã excessivamente organizada que fazia listas das listas que viria a fazer.

Sabão.
Toalhas.
Mais comida.
Doces e temperos.
Leite.
Papel higiênico.
Periódicos russos sobre medicina: onde podem ser encontrados?
Meu toca-fitas. Somente clássicos, nada de lixo.

E não, não comprarei um maldito iPod; recuso-me a ser uma escrava do consumismo.

Sem saber se Issa ainda estava rezando, Annabel retornou silenciosamente para a grande sala. Estava vazia. Ela correu para a janela. Fechada, nenhum vidro quebrado. Deu meia-volta e, com a luz atrás de si, olhou para os fundos da sala.

Ele estava 2 metros acima dela, no topo de uma escada dos pedreiros. Como uma estátua da era soviética, tinha um par gigantesco de tesouras em uma mão e, na outra, um avião que deveria ter recortado do rolo de papel de parede que estava ao pé da escada.

— Um dia, serei um grande engenheiro aeronáutico, como Tupolev — ele anunciou sem baixar os olhos na direção dela.

— Nada mais de médico? — Annabel disse para cima, cedendo a ele como faria a um suicida.

— Médico também. E talvez, se tiver tempo, advogado. Desejo adquirir as Cinco Excelências. Você conhece as Cinco Excelências? Se não as conhece, não é educada. Já tenho uma boa base em música, literatura e física. Talvez você se converta ao Islã e eu me case com você e cuide de sua educação. Será uma boa solução para nós dois. Mas você não deve ser severa. Veja, Annabel.

Articulando seu corpo comprido para a frente até um ponto no qual desafiava a lei da gravidade, ele largou delicadamente o avião de papel no ar.

* * *

Ele é apenas mais um cliente, Annabel repetiu para si mesma com raiva enquanto fechava a porta ao sair e trancava o cadeado antigo.

Um cliente que precisa de atenção especial, é verdade. Atenção não ortodoxa. Atenção ilegal. Mas, apesar disso, um cliente. E em breve também receberá os cuidados médicos dos quais necessita.

Ele é um caso, um caso legal com uma ficha. Certo, é também um paciente. Ele é uma criança danificada e traumatizada que não teve infância e eu sou sua advogada, sua babá e sua única ligação com o mundo.

Ele é uma criança, mas sabe mais sobre dor, cativeiro e sobre o pior da vida do que jamais saberei. É arrogante e indefeso e, na metade do tempo, o que diz não tem relação alguma com o que pensa.

Ele está tentando me agradar mas não sabe como. Está dizendo as palavras certas, mas não é o homem que deveria dizê-las:

Case comigo, Annabel. Veja meu avião de papel, Annabel. Converta-se ao Islã, Annabel. Não seja severa, Annabel. Quero ser um advogado, um médico, um grande engenheiro aeronáutico e algumas outras coisas que acontecerão comigo antes de ser enviado de volta à Suécia para ser transportado de lá para o *gulag*, Annabel. Por favor, deixe a sala, Annabel.

No porto, o amanhecer se transformara em manhã. Ela subiu uma passarela de pedestres que corria ao longo do muro do porto. Nas últimas semanas de espera pela materialização do novo apartamento, caminhara por ali com frequência, registrando as lojas nas quais faria compras e os cafés nos quais encontraria as amigas, fantasiando sobre os trajetos que faria até o trabalho: em um dia, iria de bicicleta, no outro, pegaria a barca com a bicicleta, permaneceria a bordo por três paradas, desembarcaria e pedalaria novamente, mas agora só conseguia pensar nas palavras de despedida de Issa depois que ela o havia preparado para ser trancado novamente:

— Se eu dormir, voltarei para a prisão, Annabel.

* * *

De volta a seu antigo apartamento, Annabel movimentava-se com a precisão elaborada pela qual o fórum familiar jamais deixara de lhe provocar. Ela estivera com medo e se recusara a admitir isso. Agora, podia celebrar a vitória sobre o medo.

Primeiro, desfrutou do banho que havia prometido a si mesma e lavou o cabelo. A quase exaustão de uma hora antes fora substituída por uma sede de ação.

Depois do banho, vestiu-se para sair: bermuda de lycra até os joelhos, tênis, uma blusa leve para um dia quente, um colete de xerpa e — na mesa de bambu próxima à porta — seu boné e suas luvas de couro. A necessidade que tinha de fazer exercícios era insaciável. Tinha certeza de que, sem eles, engordaria em uma semana.

Depois, enviou e-mails para os construtores e os comerciantes com a mesma mensagem urgente: lamento muito, amigos, por favor não façam nenhum trabalho no novo apartamento até segunda ordem. Imprevistos legais com o empréstimo, tudo será resolvido nos próximos dias. Recompensarei vocês integralmente por qualquer faturamento perdido. *Tschüss*, Annabel Richter.

E à lista de compras a seu lado, acrescentou NOVO CADEADO, pois as pessoas não necessariamente leem os e-mails do fim de semana antes de saírem para o trabalho na segunda-feira.

O celular estava tocando. Oito da manhã. Toda manhã de sábado, incluindo feriados, às 8 em ponto, Frau Doktor Richter ligava para a filha Annabel. Aos domingos, ligava para a irmã de Annabel, Heidi, porque era a mais velha. A ética familiar não permitia que qualquer uma das filhas pudesse dormir até mais tarde ou fazer amor no sábado ou no domingo, ou em qualquer outra manhã.

Primeiro, a mãe fazia seu Discurso para a Nação. Annabel já estava sorrindo.

— Estou sendo totalmente indiscreta, mas Heidi acha que pode estar grávida de novo. Ela saberá com certeza na terça-feira. Até lá, a notícia está embargada, Annabel. Entendeu?

— Entendi, mãe, e que adorável para você. Já no quarto neto, e ainda continua uma criança!

— Assim que for oficial, você poderá parabenizar sua irmã, naturalmente.

Annabel absteve-se de dizer que Heidi estava furiosa e que somente as súplicas do marido a haviam impedido de fazer um aborto.

— E seu irmão, Hugo, recebeu uma oferta de trabalho na ala de psicologia humana em um grande hospital universitário em Colônia, mas diz que não tem certeza de que eles sejam freudianos de verdade, de modo que é possível que não aceite o emprego. Francamente, às vezes ele é burro demais.

— Colônia poderia ser bom para Hugo — Annabel disse, sem acrescentar que falava em média três vezes por semana com Hugo e que sabia muito bem quais eram os planos do irmão: permanecer em Berlim até que seu tórrido caso amoroso com uma mulher casada e dez anos mais velha chegasse ao fim ou explodisse na cara dele, ou, o que, para Hugo, era basicamente a norma, as duas coisas.

— E seu pai concordou em fazer o discurso inaugural em uma conferência de juristas internacionais em Turim. Sendo como é, já começou a escrever e não conseguirei uma palavra dele até setembro. Você já voltou com Karsten?

— Estamos trabalhando nisso.

— Que bom.

Uma pequena pausa.

— E como foram seus exames, mãe? — Annabel perguntou.

— Uma estupidez como sempre, querida. Sempre que alguém me diz que os resultados foram negativos fico deprimida porque sou uma otimista nata. Depois preciso me recompor.

— E deu negativo?

— Houve uma pequena voz positiva, mas ela foi abafada imediatamente pelas negativas.

— Qual deu positivo?

— A droga do meu fígado.

— Você contou ao papai?

— Ele é um homem, querida. Ou me dirá para tomar outra taça de vinho ou pensará que estou morrendo. Vá pedalar.

* * *

Agora, ao grande plano.

A vida de Hugo, como sempre, era de equilíbrio precário. O marido de sua amante era uma espécie de executivo itinerante com o hábito sem consideração de ir para casa nos fins de semana. Convenientemente, Hugo passava as noites de sábado e de domingo no hospital, fazendo plantão no albergue da equipe e atendendo pacientes durante o dia. Sendo assim, o truque era pegá-lo depois das 8 da manhã, quando terminava o turno da noite, e antes das 10 da manhã, quando ele começava as visitas. Eram 8h20. Portanto, a hora ideal.

Por motivos de segurança, Annabel precisava de um telefone público e, para sua paz de espírito, de um lugar com o qual estivesse familiarizada. Ela escolheu um antigo abrigo de caçadores que fora transformado em café no parque de cervos em Blanknese, normalmente a uma distância de 15 minutos de pedalada. Ela fez o percurso em 12 minutos e precisou pedir um chá de ervas e ficar sentada, olhando para a bebida, enquanto recuperava o fôlego. No corredor que levava aos banheiros havia uma antiga cabine telefônica inglesa vermelha. No balcão, ela negociou um punhado de moedas para estar preparada.

Como de hábito, ela e Hugo passavam metade do tempo se provocando e a outra metade conversando honestamente. Talvez por estar se sentindo tão honesta, ela exagerou na provocação.

Tenho um cliente que é um pesadelo, Hugo, ela começou. Muito inteligente mas, psicologicamente, um caco. Só fala russo.

Ele precisa relaxar e de cuidados profissionais.

As circunstâncias pessoais são péssimas e não podem ser descritas pelo telefone.

— Acho que você seria o primeiro a concordar que ele precisa seriamente de ajuda — ela disse, tentando não soar como uma súplica. Mas tentar falar ao coração mole de Hugo foi um erro:

— Eu? Não tenho certeza disso. Quais são os supostos sintomas? — ele perguntou rispidamente, com sua voz profissional.

Ela os havia anotado.

— Delírios. Em um minuto ele acha que irá governar o mundo e no outro está tremendo como um camundongo.

— Todos estamos. O que ele é, político?

Ela soltou uma gargalhada, mas teve a sensação desconfortável de que Hugo não estava brincando.

— Surtos de raiva imprevisíveis, dependência abjeta em um minuto e, logo depois, volta a ser dono de si. Isso faz sentido? Não sou médica, Hugo.

Ele está pior do que isso. Ele realmente precisa de ajuda. Agora. Com urgência. E com total confidencialidade. Não existem locais assim? Devem existir.

— Bons, não. Não que eu conheça. Não para o que você quer. Ele é perigoso?

— Por que deveria ser?

— Você percebeu sinais de violência nele?

— Ele ouve música sozinho. Fica sentado horas olhando pela janela. Faz aviões de papel. Não acho que isso seja violento.

— Qual a altura da janela?

— Hugo, cale a boca!

— Ele olha para você de algum modo estranho? Estou perguntando. É uma pergunta séria.

— Ele não *olha*. Desvia o olhar. Na maior parte do tempo, apenas desvia os olhos — ela se recompôs. — Tudo bem, um lugar *quase* bom. Um lugar que o abrigará, ficará de olho nele, não fará um monte de perguntas e que apenas... dê a ele o espaço necessário, ajude-o a se recuperar.

Ela estava falando demais.

— Ele tem dinheiro? — perguntou Hugo.

— Sim. Muito. Qualquer valor.

— De onde?

— De todas as mulheres ricas com quem vai para a cama.

— Ele está gastando descontroladamente? Comprando Rolls-Royces e colares de pérolas?

— Na verdade, ele não sabe que *tem* dinheiro — ela respondeu, começando a se desesperar. — Mas ele *tem*. Ele está bem. Quero dizer, financeiramente. Outras pessoas estão com o dinheiro. Por Cristo, Hugo. É realmente necessário que seja tão difícil assim?

— Ele só fala russo?

— Eu já lhe disse.

— E você está trepando com ele?

— Não!

— Você pretende?

— Hugo, seja sensível pelo menos uma vez, pelo amor de Deus.

— Eu *estou* sendo sensível. É isso que está deixando você irritada.

— Veja, tudo que preciso... que ele precisa... resumindo, é levá-lo rapidamente para algum lugar... digamos dentro de uma semana... mesmo que não seja perfeito. Caso seja apenas adequado e *muito* privado. Nem mesmo as pessoas no Santuário sabem que estamos tendo esta conversa. Isso é o quanto precisa ser privado.

— Onde você está?

— Em uma cabine telefônica. Meu celular quebrou.

— Hoje é fim de semana, caso não tenha percebido — ela aguardou. — E na segunda tenho uma conferência durante o dia todo. Ligue para meu celular na segunda à noite, em torno das 21 horas. Annabel?

— O quê?

— Nada. Vou procurar um lugar. Ligue para mim.

7

— Frau Elli — Brue começou a falar caprichosamente.

A viagem a Sylt e o almoço na casa de praia de Bernhard haviam transcorrido de modo previsível, com a mistura social costumeira de ricos senis com jovens entediados, lagosta e champanhe e uma caminhada pelas dunas durante a qual Brue consultou diversas vezes o celular para caso tivesse perdido alguma chamada de Annabel Richter mas, infelizmente, não perdera. À noite, o mau tempo fechou o aeroporto, obrigando os Brue a se instalarem na casa de hóspedes, o que, por sua vez, levou a mulher de Bernhard, Hildegard, chapada de cocaína, a pedir desculpas exageradas por não ser capaz de oferecer a Mitzi acomodações mais apropriadas ao apetite dela Uma briga ameaçou começar, mas o ágil Brue, como de costume, acalmou os ânimos. No domingo, ele se saiu mal no golfe, perdeu mil euros e, depois, foi forçado a comer bolinhos de fígado e a beber Obstler com um velho barão do transporte marítimo. Agora, finalmente, era segunda de manhã, a reunião da diretoria sênior havia terminado e Brue pedira a Frau Ellenberger que fizesse a gentileza de ficar se tivesse um instante, algo que havia planejado durante todo o fim de semana.

— Peço-lhe apenas uma pequena coisa, Frau Elli — ele começou em um inglês teatral.

— Sr. Tommy, seja o que for, estou sob suas ordens — ela respondeu no mesmo tom.

Esses rituais absurdos, realizados durante mais de um quarto de século, primeiro pelo pai de Brue em Viena e agora pelo filho, deveriam celebrar a corrente sólida do Frères.

— Se eu dissesse *Karpov* para a senhora, Frau Elli, Grigori Borisovich Karpov, e se acrescentasse a palavra *Lipizzaner*, como acha que reagiria?

A piada terminou muito antes de ele concluir a pergunta.

— Acho que ficaria triste, Herr Tommy — ela disse em alemão.

— Triste *como*, exatamente? Triste por Viena? Por seu pequeno apartamento na Operngasse que sua mãe tanto amava?

— Pelo seu bom pai.

— E pelo que ele pediu à senhora a respeito das Lipizzaners, talvez?

— As contas Lipizzaners não eram corretas — ela disse, olhando para baixo.

Era uma conversa que deveriam ter tido há sete anos, mas Brue jamais acreditara em mover pedras desnecessariamente, muito menos quando tinha uma boa ideia do que encontraria sob a superfície.

— Mas, ainda assim, a senhora continuou, muito lealmente, a administrá-las — ele sugeriu gentilmente.

— Eu *não* as administro, Herr Tommy. Assumi o papel de saber o mínimo possível a respeito de como são administradas. Esse é o trabalho do gerente de fundos de Liechtenstein. É o domínio dele e, presumo, é assim que ele ganha a vida, não importa o que pensemos sobre sua ética. Faço somente o que prometi a seu pai.

— E isso incluía, acredito, remover os arquivos pessoais de titulares antigos ou atuais das contas Lipizzaners.

— Sim.

— Foi o que fez no caso de Karpov.

— Sim.

— E os documentos nesse arquivo, portanto — ele parou por um instante —, são todos os documentos que nos restam?

— Sim.

— No mundo. Na *oubliette*, no sótão em Glasgow, aqui em Hamburgo.

— Sim — ela disse enfaticamente depois de uma pequena hesitação que não passou despercebida para Brue.

— E fora esses documentos, a senhora tem alguma memória *pessoal* de Karpov, da época, de algo estranho que meu pai possa ter dito ou deixado de dizer sobre ele?

— Seu pai tratava a conta de Karpov com...

— Com?...

— *Respeito*, Herr Tommy — ela respondeu, ruborizando.

— Mas, com certeza, meu pai tratava todos os clientes com respeito?

— Seu pai falava de Karpov como um homem cujos pecados deveriam ser perdoados, mesmo antecipadamente. Ele não era sempre tão indulgente em relação aos clientes.

— Ele disse *por que* eles deveriam ser perdoados?

— Karpov era especial. Todas as Lipizzaners eram especiais, mas Karpov era muito especial.

— Ele disse quais foram os pecados, aqueles que deveriam ser perdoados antecipadamente?

— Não.

— Ele sugeriu que poderia haver, como posso dizer?, uma vida amorosa desorganizada com a qual deveria lidar? Filhos concebidos fora do casamento espalhados por aí, e daí em diante?

— Tais coisas foram amplamente insinuadas.

— Mas não abordadas especificamente? Nenhuma menção a um filho ilegítimo amado, por exemplo, que pudesse aparecer da rua um dia e se anunciar?

— Muitas dessas contingências foram faladas em relação às Lipizzaners. Não posso dizer que tenha uma memória em particular ligada a uma delas.

— E *Anatoly*. Por que o nome *Anatoly* me diz alguma coisa? Foi algo que ouvi? Anatoly resolverá o problema?

— Havia um Anatoly que era um intermediário, acredito — Frau Elli respondeu relutantemente.

— Entre...?

— Entre o Sr. Edward e o coronel Karpov, quando Karpov não estava disponível ou não queria estar.

— Como advogado de Karpov na época?

— Como... — ela hesitou — seu *capacitador*. Os serviços de Anatoly se estendiam além do meramente legal.

— Ou *ilegal* — sugeriu Brue, mas, sem obter reconhecimento de sua esperteza, deu uma de suas voltas pela sala. — E sem lhe incomodar para que abra a *oubliette*, pode me dizer, em termos gerais, não destinados à publicação, qual porcentagem dos fundos totais em Liechtenstein pertence à conta de Karpov?

— Cada titular das Lipizzaners recebeu cotas proporcionais ao investimento feito.

— É o que sei.

— Se o titular da conta decidisse em qualquer momento aumentar seu investimento, o número de cotas também aumentaria.

— Isso parece fazer sentido.

— O coronel Karpov foi uma das primeiras Lipizzaners, e o mais rico. Seu pai o chamava de Membro Fundador. Em quatro anos, o investimento dele foi aumentado em nove vezes.

— Por Karpov?

— Por transferências de crédito para a conta dele. Não se sabia se era o próprio Karpov que fazia os depósitos ou se eram outras pessoas que os faziam por ele. Os recibos dos créditos, depois de compensados, eram destruídos.

— Pela senhora?

— Pelo seu pai.

— Algum depósito diretamente em dinheiro? Notas bancárias em uma maleta, pode-se dizer? À moda antiga? Nos tempos de Viena?

— Não na minha presença.

— E na sua ausência?

— Quantias em dinheiro eram depositadas ocasionalmente na conta.

— Pelo próprio Karpov?

— Acredito que sim.

— E por terceiros?

— Possivelmente.

— Como Anatoly?

— Não era exigido que os signatários se identificassem formalmente. O dinheiro era entregue, a conta do beneficiário era indicada e um recibo era emitido no nome dado pelo depositante.

Outra volta pela sala enquanto Brue refletia sobre o uso da voz passiva.

— E quando, a senhora supõe, foi feito o último depósito na conta de Karpov?

— Pelo que sei, os depósitos continuam a ser feitos até hoje.

— Literalmente até hoje? Ou apenas até recentemente, digamos?

— Não estou em posição de saber isso, Herr Tommy.

Nem em seu tempo, pensou Brue.

— E o valor do fundo de Liechtenstein totalizava *quanto*, aproximadamente, quando deixamos Viena, antes de ser dividido entre os cotistas, obviamente?

— Quando deixamos Viena, só havia um cotista, Herr Tommy. O coronel Karpov estava sozinho. Os outros haviam caído pelas beiradas.

— É mesmo? E como *isso* aconteceu?

— Não sei, Herr Tommy. Pelo que sei, as outras Lipizzaners foram compradas por Karpov ou desapareceram por meios naturais.

— Ou *artificiais*?

— Isso é tudo que posso dizer, Herr Tommy.

— Diga-me um valor aproximado. De cabeça — pediu Brue.

— Não posso falar pelo nosso gerente de fundos de Liechtenstein, Herr Tommy. Não é algo que esteja dentro da minha competência.

— Veja bem, uma Frau Richter telefonou para mim — Brue explicou com o tom de quem está abrindo o jogo. — Uma *advogada*. Imagino que tenha recebido o recado dela nesta manhã quando ouviu as mensagens do fim de semana.

— Recebi sim, Herr Tommy.

— Ela tinha algumas perguntas a me fazer a respeito de... um certo cliente dela... e, supostamente, nosso também. Perguntas urgentes.

— Foi o que entendi, Herr Tommy.

Ele havia se decidido. Certo. Ela estava se fazendo de difícil. Ela já tinha uma certa idade. E sempre se fizera de difícil em relação às Lipizzaners. Mas ele faria dela sua aliada, contaria a ela toda a história e a conquistaria. Se não pudesse confiar em Frau Elli, em quem no mundo poderia confiar?

— Frau Elli.

— Herr Tommy.

— Acredito que seria muito bom se tivéssemos uma conversa honesta sobre... bem, sapatos, navios e...

Ele sorriu e parou de falar, esperando que ela soltasse uma de suas citações favoritas de Lewis Carrol, mas em vão.

— Portanto, o que sugiro *é* — ele continuou, como alguém que acaba de ter uma ótima ideia — um *grande* bule de seu adorável café vienense, um pouco dos biscoitos de páscoa caseiros de sua mãe e duas xícaras. E, enquanto faz isso, diga à telefonista que estou em reunião, e a senhora também.

Mas o *tête-à-tête* proposto por Brue não transcorreu de acordo com o esperado. Frau Ellenberger realmente voltou com o café — apesar de ter levado mais tempo para prepará-lo do que um homem toleraria esperar — e agiu, como sempre, como a essência da cortesia. Quando deveria sorrir, sorria. Os biscoitos de páscoa da mãe dela eram incomparáveis. Mas no instante em que Brue tentou fazê-la falar mais sobre o coronel Karpov, Frau Elli se levantou e, olhando para a frente como uma criança em uma apresentação da escola, deu à luz uma declaração formal.

— Herr Brue, lamento comunicar que fui informada de que as contas Lipizzaners transgridem os limites da legalidade. Tendo em vista minha posição júnior no banco na época e o compromisso que assumi com seu falecido pai, também fui aconselhada a não discutir mais estas questões com o senhor

— É claro, é claro — disse Brue com leveza, tendo orgulho de si próprio por se sair melhor quando sofria um revés. — Plenamente compreendido e aceito, Frau Elli. O banco agradece à senhora.

— E o Sr. Foreman ligou — ela disse da porta, quando Brue correu atrás dela para ajudar com a bandeja de café.

Por que estava falando de costas para ele? Por que a nuca dela estava vermelha?

— De novo? Céus, para quê?

— Estava confirmando seu almoço hoje.

— Mas ele já confirmou na sexta-feira!

— Ele precisava saber se o senhor tinha alguma exigência alimentar. O La Scala é especializado em peixes, aparentemente.

— Eu sei que é especializado em peixes. Janto lá pelo menos uma vez por mês. Também sei que *não* abre para o almoço.

— Parece que o Sr. Foreman fez um acordo com o gerente. E estará acompanhado do sócio, um certo Sr. Lantern.

— O raio de luz dele — sugeriu Brue, mordazmente satisfeito com a própria astúcia. Mas ela ainda o estava evitando como se ele estivesse amaldiçoado, e Brue, por sua vez, estava se perguntando que tipo de homem era aquele que conseguia persuadir Mario, proprietário do La Scala, a abrir suas depe idências para o almoço, ainda por cima em uma segunda-feira, não importava que o restaurante fosse minúsculo.

Frau Ellenberger finalmente concordou em olhar para ele:

— O Sr. Foreman tem credenciais sólidas, Herr Tommy — ela disse, com uma ênfase que ele não conseguiu interpretar. — O senhor me pediu para conferir a respeito dele, e foi o que fiz. O *Sr. Foreman* é recomendado pessoalmente por sua própria firma de procuradoria em Londres e por um *grande* banco londrino. Ele está vindo *especialmente* de Londres.

— Com o raio de luz?

— O Sr. Lantern virá separadamente, de Berlim, onde compreendo que ele vive. Estão propondo um almoço para se conhecerem, sem comprometimento de nenhum dos lados. O projeto deles é substancial e exigirá um extenso estudo de viabilidade.

— E eu sei disso há quanto tempo?

— Há exatamente uma semana, Herr Tommy. Discutimos isso no mesmo horário, segunda-feira passada, obrigada.

Por que diabos o *obrigada*? Brue se perguntou.

— O mundo enlouqueceu ou fui eu quem ficou louco, Frau Elli?

— É o que seu pai costumava dizer, Herr Tommy — Frau Elli respondeu com afetação, e Brue voltou a pensar em Annabel: aquela jovem vibrante e soberana em uma bicicleta, cuja identidade não dependia de ocasiões sociais.

* * *

Para a surpresa e o alívio de Brue, o Sr. Foreman e o Sr. Lantern acabaram se revelando uma companhia bastante interessante. Quando chegou ao La Scala, eles haviam usado seu charme para que Mario lhes indicasse a mesa favorita de Brue, ao lado da janela, e os aconselhasse sobre qual vinho etrusco Brue preferia para que o tivessem pronto para ele. E lá estava a garrafa, descansando aberta em um balde de gelo.

Depois, Brue ficou intrigado a respeito de como exatamente eles sabiam que o La Scala era seu restaurante preferido, mas presumiu que, como a maioria dos membros do mundo bancário de Hamburgo sabia que ele comia lá, eles também deveriam saber. Ou talvez Foreman tenha conseguido usar seu charme para obter a informação de Frau Ellenberger, porque charme Foreman tinha aos montes. Às vezes, você conhece um gêmeo e se identifica imediatamente com ele. Foreman tinha a mesma altura e idade que Brue, e o mesmo formato de cabeça. Era rústico, de um jeito britânico que Brue admirava, com os olhos felizes e um sorriso tão desarmado que fazia você sorrir também, além de uma voz grave com o tom confidente de quem aprendera a aceitar o mundo como ele era.

— Tommy Brue! Muito bem, senhor, muito bem para todos nós — ele murmurou, levantando-se enquanto Brue atravessava a porta. — Apresento-lhe Ian Lantern, meu parceiro no crime. Incomoda-se se o chamarmos de Tommy? Também sou Edward, como seu querido pai. Mas pode me chamar de Ted. Ele jamais teria aceitado isso, não é mesmo? Para ele, era Edward ou nada.

— Ou, na dúvida, *sir* — respondeu Brue, para o deleite de todos.

Será que ele dera alguma atenção especial àquela particularmente primeira referência a seu pai, tão cheia de propriedade? Bem no fundo, onde Brue jamais perdera o equilíbrio — ou pelo menos nunca até a noite de sexta-feira? Pelo que percebia, não. Edward Amadeus OBE fora uma lenda em vida e continuava lendário. Brue estava bastante acostumado a ouvir pessoas falarem sobre ele como se o conhecessem, o que interpretava como um elogio.

A primeira impressão de Lantern foi igualmente favorável. Jovens ingleses, nos dias de hoje, na pequena experiência que Brue tinha com a espécie, não se pareciam em nada com Lantern. Ele era pequeno, bem cuidado e elegante em um terno cor de carvão com ombros inclinados e um botão no paletó, tudo no típico estilo do jovem executivo promissor de quando o próprio Brue fora um deles. O cabelo castanho-claro de Lantern era curto, em estilo militar. Ele falava com suavidade e ponderação e era de uma cortesia envolvente. Mas, como Foreman, irradiava uma autoconfiança tranquila que dizia que ele não pertencia a ninguém. Lantern também tinha o que Brue aprendera a chamar de sotaque sem classe social, o que tocava o democrata em seu interior.

— Que ótimo que você pensou em nós, Ian — ele disse com entusiasmo para fazer a ligação instantânea. — Nós, banqueiros, sentimo-nos um pouco marginalizados atualmente, com todos os figurões ostentando suas posses.

— É um privilégio conhecê-lo, Tommy, e isso é um fato — respondeu Lantern, dando em Brue um segundo aperto de mão honrado, como se não conseguisse largar a mão dele. — Ouvimos muitas coisas grandiosas sobre você, não é mesmo, Ted? Nenhuma discordância em lugar algum.

— Nunca, nem mesmo uma — Foreman entoou, depois do que os três se sentaram e Mario apressou-se em apresentar uma perca gigante, a qual jurou ter sido morta em homenagem a eles. Depois de algumas brincadeiras, decidiram que o peixe deveria ser assado em sal marinho. E por que não uma entrada de vieiras com molho de alho enquanto aguardavam?

O almoço é por nossa conta, eles insistiram.

Absolutamente, protestou Brue. Os banqueiros sempre pagam.

Mas ele estava em menor número. E, além disso, a ideia fora deles. Assim, Brue fez exatamente o que sabia que deveria fazer: recostou-se e se preparou para se divertir, em pleno conhecimento de que os senhores Foreman e Lantern, muito provavelmente, estavam ali para sugá-lo, como a maioria das pessoas com quem fazia negócios. Bem, que tentem. Se eram predadores, pelo menos eram predadores civilizados, o que Deus bem sabia que não era sempre o caso. Depois de um fim de semana horrível sem um pio de Annabel, sem falar no desconcertante não diálogo com Frau Elli, Brue não estava disposto a ser crítico.

E, droga, ele gostava dessa gente britânica. Como um expatriado, cultivava uma nostalgia poderosa pela terra onde nascera. Os oito anos desesperadores no colégio interno na Escócia deixaram um vazio dentro dele que tempo nenhum morando no exterior poderia preencher: o que provavelmente explicava por que, desde o começo, dera-se tão bem com Foreman, enquanto o pequeno Lantern, como um elfo enfeitiçado, alternava seu sorriso respeitoso entre os dois jogadores.

— Infelizmente, Ian não toca em bebida — disse Foreman, desculpando-se pela falta de interesse do companheiro pelo vinho que Mario lhe servira. — Ele é da nova estirpe. Em nada parecido conosco, velhos chatos. Aos velhos chatos! Saúde!

E a Annabel Richter, que insiste em pedalar sua bicicleta por minha cabeça sempre que sente vontade.

* * *

Mais tarde, antes da bomba explodir, Brue se esforçava para lembrar sobre o que conversaram durante tanto tempo. Eles tinham amigos em comum em Londres e Brue pensou que provavelmente, mas não com certeza, os amigos mútuos conheciam Foreman muito melhor do que Foreman os conhecia. Mas, não deu muita importância. Quem forma redes de contatos faz isso o tempo todo. Não há mal algum nisso. Ele disse que supunha que deveriam falar de negócios, apesar de nenhum dos anfitriões parecerem ansiosos por isso. E ele já havia repassado o material de costume sobre a integridade e a solidez do Frères, e especulado apropriadamente quanto a Wall Street estar em boa saúde, considerando os problemas com as hipotecas *subprime* — o Frères, graças a Deus, passara com cuidado por aquele terreno! —, e se o aumento nos preços das commodities afetaria a movimentação em direção a ativos fracos no mercado global, e se a bolha asiática iria reinflar ou permanecer murcha, e se o boom doméstico na China significava que deveríamos estar procurando mão de obra barata em outro lugar? — assuntos nos quais Brue era toleravelmente bem versado a partir da leitura de publicações financeiras, mas sobre os quais, na verdade, não tinha opinião: fato que o possibilitava se permitir devanear mais sobre Annabel Richter sem perturbar os ouvintes.

E depois veio o tema dos árabes. Brue jamais soube qual dos dois havia levantado o assunto. Era Ted que estava correto ao pensar que o pai de Brue tinha sido um dos primeiros banqueiros ingleses a adular investidores árabes desafeiçoados depois da confusão de 1956 — ou teria sido Ian? Não importa: independentemente de quem tenha soltado a lebre, o outro correu atrás. E sim, era mesmo verdade, Brue concordou com cautela, sem citar nomes, que um ou dois membros inferiores dos governos saudita e do Kuwait tinham conta no Frères, apesar de o próprio Brue, estando mais para um cara europeu, jamais ter compartilhado muito do entusiasmo do pai por aquele mercado.

— Mas não há ressentimentos? — Foreman perguntou com cuidado. — Nenhum rancor ou algo do gênero?

Bom Deus, não, nem pensar, respondeu Brue. Tudo era doce como uma torta. Alguns haviam morrido, alguns haviam se mudado e outros haviam ficado. Simplesmente, os árabes ricos gostavam de fazer negócios com os mesmos bancos com os quais os outros árabes ricos tratavam e, atualmente, o Frères não estava verdadeiramente em posição de oferecer esse tipo de segurança.

Na hora, eles pareceram satisfeitos com a resposta. Em retrospecto, era como se a pergunta fizesse parte de um roteiro e eles a tivessem soltado artificialmente na conversa. E, talvez, inconscientemente, tenha sido exatamente isso que o levou, mesmo que um pouco tarde, a perguntar sobre eles:

— Mas e vocês, cavalheiros? Conhecem nossa reputação, ou não estariam aqui. Como podemos ajudar? Ou, como gostamos de dizer, o que podemos fazer por vocês que os figurões não podem? — porque sem meu banco de merda, vocês não estariam aqui.

Foreman parou de comer e limpou os lábios com o guardanapo enquanto olhava as mesas vazias ao redor em busca de uma resposta e depois para Lantern, que, em contraste, parecia não ter ouvido coisa alguma. Com as mãos de jóquei bem-cuidadas, estava realizando uma cirurgia na perca, pele em um lado do prato, espinhas no outro e uma pequena pirâmide de carne empilhada no centro.

— Você iria se incomodar muito se eu lhe pedisse para desligar essa coisa por um instante? — Foreman perguntou tranquilamente. — Cá entre nós, me deixa muito nervoso.

Brue percebeu que Foreman referia-se ao celular que havia colocado a seu lado para caso recebesse uma improvável ligação de Annabel. Depois de um momento de confusão, desligou o telefone e colocou-o no bolso. Nesta altura, Foreman inclinava-se sobre a mesa em sua direção.

— Agora, aperte o cinto e escute — Foreman aconselhou em um murmúrio confidente. — Somos da Inteligência Britânica, está entendendo? Espiões. Ian é da Embaixada em Berlim e eu de Londres. Nossos nomes estão limpos. Se não gostar deles, pode conferir com o embaixador de Ian. Minha área é a Rússia. Há 28 anos, que Deus me ajude. Foi por isso que conheci seu falecido pai, Edward Amadeus. No que lhe dizia respeito, na época meu nome era Findlay. Talvez você tenha ouvido seu pai falar sobre mim uma vez ou outra?

— Receio que não.

— Maravilha. Esse era Edward Amadeus. Silencioso até o final. Sem querer ser muito específico, sou o cara que arrumou a Ordem do Império Britânico para ele.

* * *

Brue poderia ter esperado razoavelmente que Foreman parasse por ali, oferecendo-lhe a oportunidade de fazer algumas perguntas esclarecedoras dentre as milhares que passavam por sua cabeça, mas Foreman não tinha a menor intenção de oferecer tal folga. Tendo aberto uma brecha nas defesas de Brue, ele seguia em frente para a vitória. Naquela altura, estava confortavelmente recostado na cadeira, com as pontas dos dedos juntas e uma expressão benigna, até mesmo pastoral, em seus traços desgastados, com a aparência de um convidado relaxado para o almoço oferecendo observações sobre o estado do universo. Sua voz, ajustada para um alcance curto, tinha um tom leve e misteriosamente alegre. Havia música na cozinha — alaúde, pelo que Brue conseguia identificar — e Foreman falava em um volume abaixo dela. Ele estava descrevendo um cenário de um tempo que estava tão morto e enterrado quanto o pai de Brue, mas que, como o fantasma de seu pai, se recusava a descansar: os últimos anos da Guerra Fria, Tommy, quando o cavalheiro russo estava morrendo em sua armadura e toda a Rússia emanava o odor fétido de decomposição.

Ele não falou da grande lealdade dos russos que haviam espionado para ele, nem de seus ideais ou motivações elevadas. Se você estivesse tentando convencer um soviético de primeiro escalão a arriscar o pescoço pelo capitalismo, acredite em mim, Tommy, era necessário oferecer a ele aquilo em torno do que o capitalismo gira: dinheiro aos montes.

E não se oferecia apenas o dinheiro em si, porque ele não poderia gastá-lo enquanto estivesse trabalhando para você, tampouco poderia ostentá-lo, passar para os filhos, para a esposa ou para a amante. Se tentasse fazer isso, seria um grande idiota e mereceria ser descoberto, o que costumava acontecer. Então se oferecia um pacote ao futuro espião.

E um elemento chave do pacote era um banco ocidental tradicional, sólido e flexível, porque você sabe tão bem quanto eu, Tommy, que os russos amam a tradição. Outro elemento fundamental era um sistema impermeável para transferir a pilhagem conquistada a duras penas para os herdeiros e os cessionários sem as formalidades normalmente ligadas ao processo: legitimação de testamento, obrigações com o Estado, revelação total e as perguntas inevitáveis sobre a origem da pilhagem, todas essas coisas que você sabe, Tommy.

— Então era o caso do ovo e da galinha — Foreman prosseguiu com o mesmo tom terno enquanto Brue lutava para colocar o pensamento em ordem. — Nesse caso, o ovo vinha primeiro. Um ovo de ouro. Um coronel cooptado do Exército Vermelho que percebeu para onde os ventos estavam soprando e decidiu vender o patrimônio antes da Grande Quebra. Ele raciocinava do mesmo modo que vocês. Digamos que as ações da Soviéticas SA estavam em queda, e ele queria vender a parte dele antes que se tornasse lixo no mercado. E ele tinha muito a vender. Também tinha alguns amigos interessantes para apresentar a nós. Camaradas que pensavam como ele, que estrangulariam a própria mãe por um pouco de dinheiro vivo. Irei chamá-lo de Vladimir, certo? — ele sugeriu.

E eu o chamarei de Grigori Borisovich Karpov, Brue estava pensando. E Annabel também. Depois das primeiras ondas de choque, uma calma inesperada havia tomado conta dele.

— Vladimir era um merda, mas era nossa merda, como não diz o ditado. Esperto demais, corrupto até as botas, mas com acesso ultraprivilegiado a segredos militares. O que, em nosso trabalho, é a receita exata para amor verdadeiro. Ele participava de três comitês de inteligência, servira nas forças especiais soviéticas na África, em Cuba, no Afeganistão e na Chechênia e fizera todo o barulho que você pode imaginar e mais um pouco. Ele conhecia todo irmão oficial corrupto, os esquemas que *eles* tramavam, sabia como ameaçá-los e como comprá-los. Coordenava uma máfia no Exército Vermelho cinco anos antes de qualquer pessoa fora da Rússia saber que havia máfias lá: sangue, petróleo, diamantes, heroína do Afeganistão transportada por aviões de carga do Exército Vermelho. Quando a unidade dele foi desmobilizada, Vladimir fez com que seus homens passassem a vestir ternos Armani mas mantivessem as armas. De que outra maneira poderiam negociar com a concorrência?

A esta altura, Brue estava fazendo o que havia decidido: não dizer nada, parecer atento mas sem envolvimento e perguntando-se secretamente por que Foreman estava lhe contando tudo aquilo tão detalhadamente e irradiando todo o seu considerável poder de conquistar amizades em direção a ele, como se os três já fossem irmãos em uma empreitada ainda por ser revelada.

— O problema era, e não foi a primeira vez que isso ocorreu em nosso negócio, nem a última, que, para manter Vladimir feliz, não precisávamos apenas colocar seu dinheiro em um banco e aumentar o valor; também precisávamos *lavar* o dinheiro para ele.

Surpreendentemente, à medida que Brue passava a conhecê-lo, Foreman parecia sentir que isso exigia alguma justificativa.

— Bem, se *nós* não fizéssemos isso, os norte-americanos teriam feito e estragado tudo. E foi assim que viemos a ter uma conversa tranquila com seu pai. Vladimir gostava de Viena. Já tinha sido delegado para lá algumas vezes. Gostava das valsas, dos puteiros e das Wiener Schnitzels. Que outro lugar poderia ser melhor para uma ocasional visita a seu dinheiro do que a boa e velha Viena? E seu pai foi, bem, maravilhosamente receptivo. Na verdade, teve muito gosto. Essa é uma das coisas interessantes a respeito dessa brincadeira. Quanto mais respeitável o sujeito é na vida pública, mas rápido vem correndo quando nós, espiões, assobiamos. No momento em que sugerimos as Lipizzaners, ele caiu fora. Se tivéssemos dado liberdade a seu pai, teríamos transformado todo o banco em uma subdivisão do Serviço Secreto. Esperamos que, quando lhe explicarmos nosso pequeno problema, você sinta o mesmo, não é verdade, Ian? Não a parte sobre a subdivisão — gargalhadas alegres dos dois —, não seguiremos esse caminho, graças a Deus! Apenas, bem, uma ajudinha aqui e ali.

— Contamos com você, Tommy — Lantern concordou com seu sotaque leve do norte e o sorriso sempre pronto de um homem pequeno que tenta agradar.

E, outra vez, Foreman poderia ter pedido tempo decentemente, mas estava se aproximando do ponto central da história e não queria se distrair. Mario pairava ao redor com o cardápio de sobremesas. Brue também estava pairando, mas na sala particular de seu pai em Viena, com a porta trancada, revendo furiosamente a última parte da discussão inacabada que tivera com ele sobre as contas Lipizzaners: *Então agora me dizem que você era um espião britânico. Vendendo o Frères rio abaixo por uma medalha britânica. Que pena que você não foi capaz de me dizer isso pessoalmente.*

* * *

Foreman estava dizendo que o último posto de Vladimir fora na Chechênia. E, se Brue pegasse tudo que já tinha ouvido a respeito daquele inferno e multiplicasse por dez, teria uma ideia geral de como era aquele lugar — russos reduzindo tudo a cinzas e chechenos retribuindo sempre que tinham uma chance:

— Mas para Vladimir e seu grupo foi uma festa grande e longa — ele confidenciou no mesmo tom de intimidade, como se a história tivesse passado anos adormecida dentro de si e que somente a presença de Brue tivesse conseguido extraí-la dele. — Bombardeios, bebedeiras, estupros e saques. Desviando petróleo e vendendo para quem pagasse mais. Depois, enfileirando os habitantes locais e matando-os pelo que havia feito para depois ser promovido pelo trabalho — desta vez, Foreman concedeu uma pausa, mesmo que somente para indicar uma mudança na direção da história. — De todo modo, esse era o *pano de fundo*, Tommy. E foi nesse *pano de fundo* que Vladimir se apaixonou. Ele tinha esposas em todo o mundo, mas esta, por algum motivo, o tocou. Alguma beldade chechena que ele agarrou, instalou no complexo de escritórios em Grozny e por quem se apaixonou perdidamente. E ela por ele, ou pelo menos foi disso que ele se convenceu. Amor e Vladimir não ficavam bem juntos, admito, ou não da maneira que você e eu possamos compreender a palavra. Mas, para Vladimir, ela finalmente era um amor de verdade. Pelo menos, foi o que ele me contou. Bêbado. Em Moscou. Enquanto desfrutava de uma licença merecida do front checheno.

Foreman havia se tornado um agente na própria narrativa. Seu rosto havia relaxado, assim como a voz confidente. E Brue estava sendo convidado a ingressar em seu círculo de afeições estranhas, arrastando com ele Annabel e sua bicicleta.

— Em nosso negócio, Brue, conforme envelhecemos, essas são as partes de nossas vidas pelas quais damos os olhos para falar a respeito mas nunca podemos. Acredito que seja parecido em seu mundo.

Brue ofereceu alguma resposta trivial.

— Você está fechado em um esconderijo seguro e malcheiroso com seu contato no subúrbio de Moscou. Você tem proteção da embaixada e levou o dia todo para chegar lá sem ser percebido. Você tem no máximo uma hora com ele e está atento para passos nas escadas. Ele está lhe passando microfilmes sobre a mesa e você está tentando interrogá-lo e instruí-lo ao mesmo tempo. "Por que o general tal disse isso a você? Conte-me sobre sua base de foguetes e coisa e tal. O que você acha do novo procedimento de sinalização?" Mas ele não está ouvindo. Está com lágrimas descendo pelas bochechas e tudo que quer falar é sobre uma garota incrível a quem estuprou. E agora, que Deus o ajude, ela o ama e está carregando seu filho. E ele é o homem mais feliz do mundo. Ele jamais soube que poderia ser assim. Portanto, fico feliz por ele. Bebemos em homenagem a ela. Por Yelena, ou seja lá qual for seu nome. E pelo bebê, que Deus o abençoe. Esse é meu trabalho, ou costumava ser. Metade espião e metade assistente social. Ainda me restam sete meses. Só Deus sabe o que farei comigo. As firmas de segurança privadas estão na minha cola, mas acho que prefiro refletir sobre tempos passados — ele acrescentou de modo apaziguador e deu um sorriso triste que Brue tentou retribuir apropriadamente.

"Então, Vladimir estava apaixonado — continuou Foreman com mais empolgação. — E, como todos os grandes amores, aquele não durou. Assim que a mulher teve o filho, a família dela infiltrou um de seus irmãos no campo para matá-la. Vladimir estava desolado, como era de se esperar. Quando sua unidade foi transferida para Moscou e dissolvida, ele levou o garoto consigo. A esposa principal em Moscou não ficou muito feliz. Ela disse a Vladimir que ressentia ter que cuidar de um bastardo de pele escura. Mas Vladimir não desistiu dele. Ele amava o garoto posto no mundo pelo amor de sua vida e fez dele o herdeiro para seu dinheiro sujo, e nada mudaria aquilo.

A história havia terminado? As sobrancelhas de Foreman levantaram-se e ele deu de ombros, como que para dizer: o mundo é assim, o que se pode fazer?

— E agora? — Brue perguntou.

— Agora a grande roda da história deu uma volta completa, Tommy. O passado é passado, o filho de Vladimir é um homem e está a caminho para visitar o filho de Edward Amadeus e reivindicar o que lhe cabe.

* * *

Desta vez, Brue não foi conquistado tão facilmente quanto pareciam esperar. Ele estava crescendo dentro do papel, seja lá qual fosse.

— Perdoe-me — ele começou, depois de invocar o sóbrio momento de reflexão de um banqueiro —, não quero estragar seu divertimento, mas tenho bastante certeza de que se voltasse agora ao banco, pedisse os arquivos das contas Lipizzaners e estabelecesse qual cliente está mais próximo da descrição fornecida por vocês, além das provisões que fez para seu herdeiro...

Ele não precisou dizer mais nada. De um bolso no paletó, Foreman tirou um envelope branco que fez Brue se lembrar das caixinhas brancas com fatias do grudento bolo de casamento de sua filha, embaladas em guardanapos, que Georgie enviara aos amigos ausentes para celebrar o breve casamento com um artista de 50 anos chamado Millard. Dentro do envelope havia um cartão branco com o nome KARPOV escrito com uma esferográfica. No outro lado, havia o nome Lipizzaner.

— O nome lhe diz algo? — indagou Foreman.

— O nome?

— Sim. Não o cavalo. O sobrenome do cara.

Mas Brue não fugiria em pânico. Alguma objeção obstinada estava se formando dentro dele e ia muito além do dever de discrição que tinha como banqueiro. Ia muito além dos surtos de rispidez escocesa que o acometiam sem aviso, os quais controlava rapidamente. E essa objeção tinha muitas ramificações, sobre as quais ele refletiria em momento apropriado, mas Brue sabia que Annabel Richter estava envolvida de alguma forma e que ela precisava de sua proteção, o que significava que Issa também precisava. Enquanto isso, ele responderia do modo que lhe ocorresse mais naturalmente. Ele se transformaria em um porco-espinho, como Edward Amadeus costumava dizer. Ele se encolheria e arrepiaria os espinhos. Ele diria o mínimo e deixaria que eles preenchessem os silêncios.

— Eu precisaria conferir com meu caixa-chefe. As Lipizzaners são como um mundo à parte no Frères — ele disse. — Meu pai quis que fosse assim.

— Você está dizendo *a mim* que foi ele quem quis! — exclamou Foreman. — Seu túmulo proverbial era uma verdadeira *matraca* no que dizia respeito à Embaixada Britânica! Exatamente o que eu disse a Ian antes de você chegar. Não foi, Ian?

— Essas foram as palavras dele, Tommy. Literalmente — disse o pequeno Lantern com seu belo sorriso.

— Então, talvez você saiba mais sobre elas do que eu — sugeriu Brue.

— As Lipizzaners permanecem como uma área cinzenta para mim. Elas têm sido uma espinha na garganta de meu banco por duas décadas.

Lantern, diferentemente de Foreman, não se debruçou sobre a mesa para confidenciar com Brue, mas sua voz do norte, como a de Foreman, sabia como permanecer em um volume mais baixo que o da música.

— Tommy. Explique-nos o procedimento. Se o rapaz em questão, ou alguém delegado por ele e equipado com a senha ou a referência necessária, entrasse em seu banco, certo?

— Estou ouvindo — e Annabel também, com atenção.

— E essa pessoa reclamasse uma conta Lipizzaner, limpasse a conta, pode-se dizer, em que ponto isso chegaria a seu conhecimento? Seria imediatamente? Dois dias depois? Como funcionaria?

Brue, o porco-espinho, deixou a dúvida sem resposta por tanto tempo que Lantern poderia ter se perguntado se a teria entendido.

— Antes de tudo, presume-se que ele marcaria um encontro e declararia suas intenções — ele disse com cautela.

— E se o fizesse?

— Nesse caso, minha assistente-sênior, Frau Ellenberger, iria me alertar antecipadamente. E, estando tudo bem, eu me colocaria à disposição. Se houvesse um elemento pessoal, não tenho certeza se isso se aplica a tal caso, mas digamos, pelo bem do argumento, que haja, se o pai *dele* conheceu *meu* pai, por exemplo, e ele especificasse isso, então, obviamente, eu faria questão de recebê-lo mais calorosamente. O Frères reserva muita coisa em função desse tipo de continuidade — ele deu algum tempo para que a ideia se sedimentasse. — Se, por outro lado, *não* fosse marcado um encontro e eu estivesse em uma reunião ou afastado de minha mesa, então seria possível, mas improvável, que o negócio fosse realizado sem meu conhecimento. O que seria desagradável. Eu lamentaria.

A julgar pelo ar preocupado de Brue, ele parecia já estar se lamentando.

— Obviamente, as Lipizzaners são essencialmente uma categoria à parte — ele prosseguiu em tom reprovador. — E, francamente, não é uma categoria muito feliz. Se pensarmos muito sobre elas, suponho que, com o passar do tempo, tenhamos passado a considerar as que nos restaram como adormecidas ou trancadas. Não há correspondência direta com os clientes. Todos os documentos e contas são mantidos no banco. Esse tipo de coisa — acrescentou com desdém.

Foreman e Lantern trocaram olhares, aparentemente incertos quanto a quem falaria a seguir, e até que ponto iriam. De certo modo para a surpresa de Brue, Lantern decidiu que seria ele.

— Tommy, compreenda que precisamos falar com o garoto com urgência — ele explicou com seu sotaque do norte em um volume ainda mais baixo. — Precisamos falar com ele de forma privada e imediata. Extraoficialmente e assim que ele aparecer. Antes que ele fale com qualquer outra pessoa. Mas precisa ser natural. A *última* coisa que queremos que ele pense é que existe alguém o observando, ou que os funcionários foram alertados de algum modo, ou que existe algum objetivo em função dele, no banco ou em qualquer outro lugar. Isso destruiria tudo de uma vez por todas, certo, Ted?

— Completamente — Foreman confirmou em seu novo papel de segundo violino.

— Ele entra, anuncia sua presença e vê quem veria normalmente. Ele faz o requerimento, faz seu negócio e, enquanto faz isso, você nos avisa. É tudo que pedimos neste estágio — disse Lantern.

— Como exatamente aviso vocês?

Novamente Foreman, como auxiliar de Lantern:

— Você telefona para Ian em Berlim. Imediatamente. Antes mesmo de apertar a mão do rapaz ou que ele suba para seu andar para tomar um café em seu escritório. "O rapaz está aqui." É tudo que precisa dizer. Ian cuidará do resto. Ele tem pessoas. Os telefones dele são monitorados o dia todo.

— Vinte e quatro horas por dia, sete dias por semana — confirmou Lantern, entregando seu cartão a Brue por cima da mesa.

Um timbre em preto e branco que poderia ser da realeza. Embaixada Britânica, Berlim. Ian K. Lantern, Conselheiro, Defesa & Relações Internacionais. Uma série de números telefônicos. Um deles estava sublinhado com uma esferográfica azul e marcado com uma estrela. Como eles sabem que meu escritório fica no andar superior? Do mesmo modo que Annabel sabia? — passando de bicicleta pela minha janela? Evitando contato visual com os anfitriões, Brue colocou o cartão de Lantern no bolso junto com o cartão marcado com "Karpov" e "Lipizzaner".

— Portanto, o cenário que estão me propondo é presumivelmente o seguinte — Brue sugeriu. — Corrijam-me se estiver errado. Um cliente novo em folha entra em meu banco. Ele é filho de um cliente importante que está morto. E reclama uma... uma quantia considerável de dinheiro. E, em vez de aconselhá-lo, como deveria fazer, sobre como poderíamos cuidar da melhor maneira do dinheiro para ele e investi-lo, entrego-o a vocês sem nem mesmo o consultar...

— Errado, Tommy — Lantern o corrigiu. O sorriso não havia mudado.

— Por quê?

— Não *em vez de*. Além de. Queremos que faça as duas coisas. Primeiro, avise-nos, e depois se comporte como se não o tivesse feito. Ele não sabe que você nos informou. A vida segue de modo completamente normal.

— Então devo mentir.

— Se prefere colocar dessa forma.

— Durante quanto tempo?

— Infelizmente, isso é assunto nosso, Tommy.

Talvez Lantern tenha soado um pouco mais abrupto do que pretendia, ou talvez Foreman, como o homem mais velho, apenas tenha pensado isso, e sentiu que precisava fazer uma correção.

— Ian só precisa ter uma conversa muito privada e que irá ajudar muito o rapaz, Tommy. Você não estará ferindo nem um fio de cabelo de seu novo cliente. Se pudéssemos contar a você toda a história, você acharia que estamos oferecendo a ele uma ajuda considerável.

Ele está se afogando. Tudo que precisa fazer é esticar a mão, uma voz de menino de coral dizia a ele.

— Ainda assim, acho que vocês concordariam que se trata de um pedido muito grande a se fazer a um banqueiro — Brue insistiu enquanto os dois homens trocavam olhares. Desta vez, a tarefa de responder recaiu sobre Foreman.

— Digamos apenas que há uma parte confusa da história que precisa ser esclarecida, Tommy. Você aceitaria isso? Alguns pontos sem nó deixados por um certo cliente seu já falecido.

— Se não os pegarmos agora, eles poderiam voltar para assombrar *a todos nós* de maneira bastante grave, Tommy — Lantern concordou sinceramente. Aparentemente, referia-se aos pontos sem nó. Os pontos sem nó que voltariam para assombrá-los.

— *Todos* nós? — repetiu Brue.

Depois de outro olhar para Lantern, Foreman deu de ombros resignadamente, indicando que, tendo ido tão longe, poderia muito bem ir até o fim e ser condenado.

— Não tenho certeza se fui instruído a dizer isso, Tommy. Mas direi mesmo assim. Existe um ponto de interrogação em Londres em relação a como tudo isso poderia afetar seu banco se não o ajudarmos, se é que me entende.

Lantern ofereceu sua garantia pessoal prontamente.

— Estamos fazendo absolutamente tudo que podemos, Tommy. No nível mais elevado possível.

— Não se pode ir mais alto — Foreman concordou.

— Só mais uma coisa, Tommy — Lantern acrescentou como um aviso. — É possível que haja alguns alemães estranhos bisbilhotando. Se isso *realmente* acontecer, pedimos novamente que nos avise *de imediato* para que possamos resolver o problema. O que, é claro, faremos sem delongas. Desde que você nos dê uma chance.

— Mas o que, por Deus, os alemães poderiam querer? — Brue perguntou, pensando que pelo menos uma alemã já estava bisbilhotando, mas não era em relação a esse tipo de alemães que estavam lhe chamando a atenção.

— Talvez eles não gostem muito de banqueiros ingleses operando contas negras no território deles — sugeriu Lantern, levantando suas sobrancelhas jovens.

No táxi, Brue checou o celular e telefonou para Frau Ellenberger. Não, nenhum sinal dela, Herr Tommy. Nem em sua linha direta.

* * *

Havia um lugar, um lugar precioso, aberto ao público mas ainda assim privado para ele, onde Brue se refugiava quando a vida ficava opressiva. Era um pequeno museu dedicado à obra do escultor Ernst Barlach. Brue não era um aficionado por arte, e Barlach era não mais do que um nome em sua cabeça — bastante vago, diga-se de passagem —, até que um dia, havia dois anos, quando Georgie, com a voz inexpressiva, informara a ele num telefonema transatlântico que seu bebê de seis dias estava morto. Ao receber a notícia, ele foi até a rua, chamou o primeiro táxi e disse ao motorista idoso e, julgando pelo nome na licença, croata, que o levasse para um lugar privado, sem especificar qual. Meia hora depois, sem que nem mais uma palavra fosse trocada entre os dois, eles se aproximaram de um prédio baixo de tijolos na extremidade de um grande parque. Durante um momento nauseante, Brue acreditou que tivesse sido levado a um crematório, mas havia uma mulher vendendo ingressos em uma mesa, de modo que comprou um e entrou em um pátio envidraçado habitado apenas por figuras míticas.

Uma das figuras estava vestida de monge, flutuando. Outra estava entregue à depressão e uma terceira à contemplação ou ao desespero. Outra gritava, mas não era possível dizer se de dor ou de prazer. O que era evidente para Brue, no entanto, era que cada figura estava tão solitária quanto ele próprio e que cada uma estava comunicando alguma coisa, mas ninguém as ouvia, cada uma em busca de um consolo que não estava disponível, o que, por si só, já era uma espécie de consolo.

E que, de modo geral, a mensagem de Barlach ao mundo era de uma compaixão profunda e perplexa por seu sofrimento, motivo pelo qual, desde aquele dia, Brue tenha ido até lá talvez uma dúzia de vezes, quando estava em desespero temporário — *o cão negro*, como Edward Amadeus o chamava —, quando as coisas estavam indo seriamente mal no banco ou, por exemplo, quando Mitzi lhe disse, praticamente com todas as letras, que ele não preenchia os padrões exatos que exigia em um amante, algo que ele mais ou menos presumira, mas preferiria não ter ouvido. Mas ele nunca tinha ido até lá no mesmo estado de raiva adiada e de perplexidade em que se encontrava agora.

* * *

Eu mantive minha palavra, ele disse aos amigos íntimos de Barlach. Eu a defendi e dissimulei. Menti como eles mentiram: por omissão. As mentiras deles continham tantas omissões que, quando terminaram de contá-las, eu só conseguia ouvir as mentiras. Mentiras de espiões, não ditas em voz alta mas, como centros vazios, descritas pelo que não era dito:

Issa nunca foi, nem é agora, muçulmano. Mentira.

Issa nunca foi um ativista checheno. Nunca foi ativista de ninguém. Mentira.

Issa é apenas o filho de um espião comum, sem nada de especial, assim como eu, em vias de reclamar seu legado sujo *de* mim. Mentira.

E ele *certamente* não foi torturado nem preso, tampouco escapou da prisão, por Deus!

E ele não está *remotamente* conectado a um suposto terrorista islâmico fugitivo que é procurado pelos suecos e aparece em todos os sites policiais — incluindo, o que é uma premissa justa, o do Serviço Secreto Britânico.

Não para tudo isso! O problema de Issa — se for problema dele — está ligado a uma história suja, seja ela qual for. Ele gira em torno de alguns pontos sem nó deixados por nossos pais, o que nos torna, de alguma maneira indefinida, culpados em conjunto.

Mas, piedosamente, se eu fizer tudo que me mandaram, os senhores Foreman e Lantern, com a assistência do nível mais elevado, salvarão minha pele. E, enquanto estiverem fazendo isso, também me salvarão dos alemães.

* * *

Mas Brue não estava em desacordo consigo mesmo quando se despediu de Barlach e caminhou para o parque ensolarado. Ele não dera um mau passo. Um grito barlachiano de dor e de prazer cresceu dentro dele à medida que despertou para a realidade de seus sentimentos. Desde o encontro no Atlantic, há tanto tempo, Annabel Richter fora uma força instrutiva, até mesmo *moral*, ele poderia dizer. A partir daquele momento, ele não havia visto nem pensado coisa alguma sem se referir a ela mentalmente: seria esse o caminho certo, será que Annabel aprovaria?

Inicialmente, ele vira a si próprio como a vítima usada em uma operação hostil. Depois, zombou de si mesmo: eu, um adolescente de 60 anos, lutando contra minha testosterona minguante. Em nenhum instante a terrível palavra *amor*, seja lá o que significasse para ele, entrou no diálogo que travava consigo. Amor era Georgie. Todo o resto — o hálito quente e pegajoso, os protestos eternos —, francamente, era para os outros. Elimine a pose, e ele se perguntou se realmente seria para os outros, mas era algo que só dizia respeito a eles. Ainda assim, quando alguém com a metade de sua idade invade sua vida e se nomeia seu mentor moral, você se senta e escuta, obrigatoriamente. E se ela for a mulher mais atraente e interessante e o amor mais impossível que *jamais* atravessou seu caminho, os motivos são ainda mais fortes.

E sexo? Quando se casou com Mitzi, ele sabia que estava dando um passo maior do que as pernas. Ele não tinha rancor em relação a ela por causa disso, e nem ela em relação a ele, aparentemente. Se obrigado a assumir um ponto de vista, ele provavelmente argumentaria que ela o mantivera no estilo ao qual estava acostumado e lhe mandava a conta, o que era justo. Brue não podia culpá-la por ter apetites que ele não conseguia satisfazer.

Agora, ele pelo menos era capaz de compreender a si mesmo. Ele havia confundido sua necessidade. Havia investido no mercado errado. Brue não estava em busca de sexo. Era *isto*. E agora encontrara *isto*, o que era um esclarecimento importante e muito chocante de sua própria natureza. A testosterona minguante não era um problema. O problema era *isto*, e *isto* era Annabel.

E era por *isto*, tanto quanto por qualquer outra razão, que ele mentira aos senhores Lantern e Foreman. Eles falaram a respeito de seu pai como se fossem donos dele. Eles intimidaram o filho em nome do pai, também achando-se donos dele. Eles chegaram perto demais de um território que pertencia somente a ele e a Annabel, e ele os mantivera a distância. Ao fazer isso, ele entrara de modo consciente e deliberado na zona de perigo dela, a qual agora compartilhava com Annabel. E, como consequência, a vida se tornara intensa e preciosa para ele, pelo que agradecia a ela com todo o coração.

* * *

— E a casa de Brue Frères está sucumbindo — observou Mitzi. Era a mesma noite. Estavam sentados no jardim de inverno, admirando as plantas. Brue estava tomando Calvados, presente de um cliente francês.

— É mesmo? — ele respondeu com leveza. — Eu não sabia. Quem diz isso, se é que posso perguntar?

— Bernhard, que ouviu isso de seu amigo geriátrico Haug von Westerheim, que supostamente sabe sobre essas coisas. É verdade?

— Ainda não. Não que *eu* saiba.

— *Você* está sucumbindo?

— Não perceptivelmente. Por quê?

— Você parece incapaz de controlar seus sinais. Em um instante, saltita como um cachorrinho e, no outro, odeia a todos nós. É uma mulher, Tommy? Eu tinha a impressão de que você já tinha desistido de nós a esta altura.

Mesmo pelas regras dos jogos que jogavam — e dos que não jogavam —, a pergunta era incomumente direta, e Brue permitiu-se levar um tempo muito longo para responder.

— Um *homem*, na verdade — ele respondeu, refugiando-se mentalmente em Issa. Com isso, Mitzi abriu um sorriso como se soubesse de alguma coisa e voltou a ler seu livro.

8

O prédio não era um santuário — pelo menos, não do lado de fora. Era um cúmplice culpado e maltrapilho do período nazista, espremido em uma esquina entre armazéns clandestinos e extravagantes de cigarros. Em suas úmidas paredes, pichações de crepúsculos tropicais e obscenidades. De um lado ficava um pequeno café chamado Asyl e do outro um mercado afroasiático de roupas usadas. Dentro, no entanto, tudo era pressa, eficiência e otimismo determinado.

E esse era o clima da manhã de segunda-feira quando Annabel, esforçando-se ao máximo para aparentar normalidade, subiu as escadas carregando a bicicleta até o lugar habitual no saguão de entrada, acorrentou-a a um cano e seguiu as setas pintadas com purpurina: subiu a escada de tijolos até a recepção, onde acenou e esperou como de costume até que Waganza, a recepcionista, a visse pela porta de vidro e apertasse o botão que destrancava a porta; entrou na recepção, passando pelas fileiras habituais de homens em ternos marrom, mulheres em *hijabs* e crianças, na área infantil com paredes de vidro, empilhando blocos de construção, dando alface para a família de tartarugas ou enfiando os dedos ansiosamente entre a cerca de arame da casa dos coelhos — e por que todos estavam tão quietos naquela manhã, ou era sempre assim? —; entrou na sala onde Lisa e Maria, as arabistas da casa, já estavam sentadas ao lado dos primeiros clientes do dia; um rápido olá e um sorriso para cada uma; depois seguiu pelo corredor dos advogados que, por causa dos raios do sol da manhã, parecia-se mais com um caminho para o paraíso — e por que a porta de Ursula estava fechada tão cedo numa segunda-feira com a luz vermelha acesa acima dela, a qual dizia para ninguém entrar? Ursula, que se orgulhava de manter a porta aberta para todo o mundo e impelia a todos a fazerem o mesmo? —, até chegar a seu próprio escritório, onde tirou a mochila das costas, colocou-a no chão como o fardo de culpa no qual havia se transformado, sentou-se à mesa, fechou os olhos e colocou as mãos na cabeça por um instante, antes de buscar refúgio no computador, olhando para a tela sem ver nada.

* * *

Na tranquilidade repentina do escritório, na mesma sala onde recebera, encaminhado por Ursula, o primeiro telefonema de Melik, que implorava para que visitasse seu amigo que falava russo e que precisava desesperadamente da ajuda dela, Annabel reviu o fim de semana como se ele compreendesse toda sua vida.

As peças ainda se recusavam a se encaixar. Ao longo de dois dias e duas noites, ela o visitara cinco vezes: ou teriam sido seis? Ou sete, se contar a vez em que o levou para lá? Novamente na noite de sábado. Duas vezes no domingo. Outra vez ao amanhecer do dia de hoje, quando interrompi suas orações. Quantas vezes no total?

Mas peça a ela para relatar com precisão as horas que passara com ele, que as organize em algum tipo de ordem racional — o que falaram enquanto caminhavam cada um em sua corda bamba, quando haviam rido e quando haviam se recolhido cada um a seu canto —, e tudo se fundia, os incidentes começavam a trocar de lugar.

Teria sido para o jantar de sábado que cozinharam juntos no escuro uma sopa de batata com cebola em seu fogareiro de acampamento, como crianças ao redor de uma fogueira?

— Por que não acende a luz, Annabel? Está na Chechênia, esperando um ataque aéreo? É ilegal acender as luzes hoje? Nesse caso, toda Hamburgo está na ilegalidade.

— É melhor não chamar atenção desnecessariamente, é tudo.

— Às vezes, o escuro chama mais atenção do que a luz — ele observou depois de uma longa reflexão.

Nada que não fizesse sentido para ele; sentidos do mundo dele, e não do dela. Nada que não tivesse um toque de uma profundidade conquistada a duras penas, alcançada diante do desespero.

Teria sido na manhã de domingo que ela levara para ele jornais russos da banca da estação de trens — ou na tarde? Ela lembrava de ter pedalado até a estação e de ter gasto uma pequena fortuna comprando o *Ogonyok*, o *Novi Mir* e o *Kommersant* e, como que pensando melhor, flores no estande da estação. A primeira ideia fora uma begônia da qual ele pudesse cuidar. Depois, considerando os planos que tinha para Issa, decidiu que seria melhor comprar flores cortadas, mas quais? Será que rosas representavam amor para ele? Que Deus a proteja. Ela se satisfez com tulipas, apenas para descobrir que não cabiam na caixa presa à dianteira da bicicleta, de modo que acabou carregando-as com uma das mãos, como uma tocha olímpica, por todo o trajeto até a frente do porto, somente para descobrir que o vento havia arrancado as pétalas.

E quando se sentaram em extremidades opostas do loft, ouvindo Tchaikovski, e ele saltou repentinamente, desligou o toca-fitas e retornou para seu lugar no caixote abaixo da janela em arco para recitar para Annabel um poema heroico checheno sobre montanhas, rios, florestas e o amor frustrado de um nobre caçador checheno — traduzindo arbitrariamente trechos para o russo quando tinha vontade ou, como ela suspeitava, quando sabia o que significavam, o que não era sempre o caso, e segurando o bracelete de ouro enquanto falava — bem, aquilo tinha sido na noite anterior ou no sábado?

E quando fora que ele descrevera, durante uma reminiscência distraída, um espancamento que havia sofrido enquanto era levado de uma sala para outra por dois homens a quem insistia em chamar de "os japoneses", apesar de não ficar claro se a expressão era uma descrição verdadeira da etnia deles ou o apelido que tinham na prisão e se o espancamento ocorrera na Rússia ou na Turquia. Ele só se importava com as salas: naquela sala, bateram em meu pé, na outra, em meu corpo, e em outra me deram choques elétricos.

Não importa quando tinha acontecido, aquele fora o momento em que se sentira mais inclinada a se apaixonar por ele, quando a intimidade em tal escala se tornou um ato de estupenda generosidade e todo o seu ser estava reagindo a ele: devem tudo a ele, ele está se humilhando para que eu possa conhecê-lo e curá-lo. O que posso oferecer em troca? Mas, assim que a resposta ameaçou se apresentar, Annabel retraiu-se por completo, porque naquele caminho jazia a negação da promessa que havia feito a si própria: colocar a vida dele — e não o amor — acima da lei.

Ela também lembrava das longas passagens em que, como alguém que viveu sozinho por muito tempo, ele mal falava, ou permanecia em silêncio. Mas os silêncios de Issa não eram opressivos. Annabel recebia-os como uma espécie de elogio, um ato de confiança. E quando terminavam, ele tagarelava tanto que os dois eram como amigos antigos que se reencontraram e ela se via retribuindo na mesma moeda, falando sobre a irmã, Heidi, e seus três bebês, sobre Hugo, o médico brilhante de quem tanto se orgulhava — Issa não se cansava de ouvir sobre ele — e até mesmo sobre o câncer da mãe.

Mas nunca sobre o pai, não pergunte por quê. Talvez por causa do antigo posto de adido civil em Moscou. Ou talvez ela sentisse a longa sombra do coronel Karpov. Ou talvez Annabel soubesse que agora, finalmente, era ela quem controlava a própria vida, e não o pai.

Mas ela era a advogada de Issa, e não uma simples anfitriã. Não uma, mas meia dúzia de vezes, ela o persuadiu, implorou a ele, praticamente o *ordenou* a fazer um requerimento formal da herança, mas sempre sem sucesso. O que ela esperava que ele viesse a ganhar fazendo a solicitação era algo sobre o que mal ousava pensar. Mas quem poderia duvidar de que, se o tamanho da herança fosse tão grande quanto Brue insinuara, todos os tipos de portas se abririam misteriosamente para ele? Ela ouvira sobre casos — alguns sussurrados no próprio Santuário — de árabes e asiáticos ricos cujos históricos eram sujos até os céus, e ainda assim tinham recebido um tratamento bondoso na forma de uma boa propriedade e uma boa conta bancária na Alemanha.

Primeiro, cuide dele, ela dizia para si própria. Quando ele estiver calmo e forte, trabalhe nele para valer. Espere a solução de Hugo.

E Brue? De modo realista, mas também intuitivamente, ela acreditava que passara a compreender quem ele era: um homem rico e solitário na fase final da vida, em busca da dignidade do amor.

* * *

O telefone estava tocando. Ligação interna de Ursula.

— Estamos adiando nossa reunião habitual de segunda-feira para as 14 horas, Annabel. Tudo bem para você?

— Tudo bem.

Nada bem. A voz incisiva de Ursula era um aviso. Ela tinha alguém na sala com ela. Estava falando para uma plateia.

— Herr Werner está aqui.

— Werner?

— Do Gabinete de Proteção à Constituição. Ele deseja lhe fazer algumas perguntas sobre um cliente seu.

— Ele não pode fazer isso. Sou advogada. Ele não tem permissão para perguntar e eu não tenho autorização para responder. Ele deve conhecer a lei tão bem quanto você e eu.

E, quando Ursula não disse nada:

— Sobre qual cliente ele está falando, afinal de contas?

Ele está ao lado dela, Annabel pensou. Está ouvindo tudo que falamos.

— Herr Werner está acompanhado por um Herr *Dinkelmann*, Annabel, também do Gabinete de Proteção. São cavalheiros muito sérios e desejam discutir com você, com urgência, "uma afronta pública temida, a qual se acredita estar prestes a acontecer".

Ela está citando as palavras deles, devorando-os deliberadamente para meu benefício.

* * *

Herr Werner beirava os 30 anos e era gordo, com olhos pequenos e aguados, sobrancelhas claras e um brilho no rosto pálido e alimentado em excesso. Quando Annabel entrou na sala, Ursula estava sentada a sua mesa e Herr Werner estava de pé atrás dela, exatamente como Annabel o imaginara, com a cabeça inclinada para trás e a boca formando uma curva imperiosa para baixo enquanto submetia Annabel a uma revista visual prolongada: rosto, seios, coxas, pernas e, novamente, o rosto. Concluída a inspeção, deu um passo rígido à frente, pegou a mão de Annabel e se curvou sobre ela com uma pequena mesura.

— Frau Richter. Meu nome é Werner. Sou uma daquelas pessoas que são pagas para ajudar o grande povo alemão a dormir em paz à noite. Sob a lei, meu Gabinete tem responsabilidades, mas nenhum poder executivo. Somos oficiais, e não policiais. A senhora é advogada, e portanto já sabe disso. Permita-me apresentar Herr *Dinkelmann*, de nossa unidade de coordenação — prosseguiu, largando a mão dela.

Mas, inicialmente, Herr Dinkelmann, de nossa unidade de coordenação, estava invisível. Ele havia se sentado em um canto atrás da mesa de Ursula, e só agora aparecia. Tinha 40 e poucos anos, cabelos claros, era atarracado e tinha um ar de autopiedade que parecia reconhecer que seus melhores dias já haviam passado. Vestia um paletó de bibliotecário de linho amassado e uma gravata xadrez velha.

— *Coordenação?* — repetiu Annabel, olhando de lado para Ursula. — O que o senhor coordena, Herr Dinkelmann? Ou não temos permissão para saber?

O sorriso de Ursula foi no máximo morno, mas o de Herr Dinkelmann foi brevemente encantador: um sorriso de palhaço, indo até os ossos da face.

— Frau Richter, sem mim o mundo não coordenado desmoronaria imediatamente — ele disse em um tom bem-humorado, segurando a mão de Annabel por um pouco mais de tempo do que ela considerava necessário.

* * *

Os quatro sentaram-se em um círculo ao redor da mesa baixa de madeira de pinheiro, com Ursula, com seus olhos azuis, as costas rígidas e o cabelo prematuramente grisalho enrolado em um coque, no papel de mãe. Ursula tinha cadeiras tão profundamente acolchoadas que era impossível ficar imponente nelas. Em cada cadeira havia uma de suas almofadas bordadas a mão. Administro minha raiva trabalhando com as agulhas, ela dissera a Annabel em uma das pequenas conversas que travavam. Havia garrafas térmicas de tamanho industrial, leite, açúcar, canecas e um arranjo orgulhoso de diferentes tipos de água. Ursula é uma gourmet da água, como eu. E entre o café e a bandeja de água havia uma grande foto em papel brilhante de Issa, com seu rosto inteiro e os dois perfis.

Mas Annabel era a única pessoa olhando para a fotografia de Issa, como ela própria percebeu gradualmente. Todos os outros olhavam para ela: Werner demonstrando astúcia profissional, Dinkelmann com seu sorriso de palhaço e Ursula com a impassividade estudada que adotava em momentos de crise.

— Você reconhece este homem, Annabel? — indagou Ursula. — Como advogada, não precisa dizer nada a estes cavalheiros a menos que você seja objeto de uma investigação. Você e eu sabemos disso.

— Nós também, Frau Meyer! — Herr Werner gritou enfaticamente. — Desde o primeiro dia de nosso treinamento! Advogados são uma área impenetrável. Mantenha os dedos longe deles, especialmente se forem mulheres! — afirmou, saboreando a insinuação. — E não esquecemos que também há a exigência de confidencialidade que recai sobre *a senhora*, Frau Richter, em relação a seu cliente. Também respeitamos isso. Plenamente, não é verdade, Dinkelmann?

O sorriso de palhaço confirmou com humildade:

— Plenamente.

— Seria *completamente* ilegal tentarmos persuadir Frau Richter a violar a confidencialidade do cliente. Para a senhora também, Frau Meyer. Nem mesmo *a senhora* poderia convencê-la! A menos que ela seja pessoalmente objeto de uma investigação, o que não é o caso, é óbvio. Não no presente momento. Ela é advogada, é uma cidadã, e leal, presumimos, e membro de uma distinta família de advogados. Tal pessoa não é objeto de investigação, a menos que as circunstâncias sejam altamente excepcionais. Esse é o espírito de nossa Constituição, e somos protetores dela em espírito e de acordo com a lei. Portanto, *naturalmente*, sabemos disso.

Finalmente, ele parou de falar. E esperou enquanto a observava. Todos fizeram o mesmo, e Dinkelmann era o único que sorria.

— Na verdade, eu *realmente* reconheço este homem — Annabel aceitou depois de uma longa pausa para indicar suas preocupações profissionais. — É um de nossos clientes. Recente — dirigindo-se a Ursula, e somente a ela. — Você não o conheceu, mas o encaminhou para mim porque ele fala russo. — E, pegando calmamente a fotografia, fingiu examiná-la com mais cuidado e colocou-a de volta sobre a mesa.

— Qual é o *nome* dele, por favor, Frau Richter? — Werner deixou escapar no ouvido esquerdo de Annabel. — Não a estamos pressionando. Talvez a senhora também esteja comprometida a preservar a confidencialidade do nome dele. Se for o caso, não a pressionaremos. Mas acontece que temos uma ofensa pública em potencial que está prestes a ocorrer. Mas deixe para lá.

— O nome dele é *Issa Karpov*. Ou pelo menos é o que ele diz — ainda com firmeza e, deliberadamente, para Ursula —, ele é metade russo, metade checheno. É o que diz. Com alguns clientes, não é possível ter certeza, como nós duas bem sabemos.

— Ah, mas *nós* podemos ter certeza, Frau Richter! — Werner a contradisse com um vigor inesperado. — *Issa Karpov* é um criminoso islamita russo com um longo histórico de condenações por ações militares Ele entrou ilegalmente na Alemanha, contrabandeado por *outros* criminosos, talvez também islamitas, e não possui nenhum direito neste país.

— Todos têm direitos, com certeza — Annabel sugeriu em uma reprovação delicada.

— Não na situação dele, Frau Richter. Não na situação dele.

— Mas o Sr. Karpov procurou o Santuário Norte para *regularizar* sua situação — Annabel objetou.

Werner fingiu gargalhar

— Ah, céus! Seu cliente não lhe disse que quando o navio no qual estava atracou em Gotemburgo ele fugiu da prisão para entrar ilegalmente na Alemanha? E que depois, em Copenhague, voltou a escapar? Depois de escapar da Turquia e, antes disso, da Rússia?

— O que meu cliente me disse é uma questão que diz respeito somente a ele e a mim, não podendo ser divulgado a terceiros sem o consentimento dele, Herr Werner.

A expressão de Ursula era a mais inescrutável possível. Ao lado dela, Herr Dinkelmann passava os dedos grossos sobre os lábios, de um lado para o outro, enquanto observava Annabel com um sorriso paternal.

— Frau Richter — Werner prosseguiu com um tom que indicava que sua paciência estava chegando ao fim —, estamos procurando *com urgência* por um *fugitivo islamita violento*. Trata-se de um homem desesperado, suspeito de manter ligações terroristas. É nosso dever proteger as pessoas dele. E protegê-la *também*, Frau Richter. A senhora é uma mulher solteira e indefesa, além de muito atraente, se é que posso dizer isso. Portanto, pedimos à senhora e a Frau Meyer que nos auxiliem em nosso dever. Onde este homem pode ser encontrado, por favor? E a segunda pergunta, que talvez seja a primeira: *quando o viu pela última vez?* Mas somente se quiser responder, é claro. Talvez a senhora não se incomode em proteger um terrorista ou possibilitar a ocorrência de uma afronta pública.

Com a intenção de saber a opinião de Ursula quanto à propriedade da pergunta, Annabel virou-se para se dirigir a ela, mas o intervalo foi longo demais para que Herr Werner pudesse suportar:

— Não precisa perguntar à sua diretora, Frau Richter! Deixe-me dizer o que sei e poderá decidir qual é a resposta correta segundo os interesses de seu cliente. Ninguém a está obrigando. Temos testemunhas. *O que fez com Issa Karpov depois que deixaram a casa da Sra. Leyla Oktay às 4 horas da manhã de sábado?*

*   *   *

Então eles sabiam.

Sabiam alguma coisa, mas não tudo.

Eles sabiam por alto, mas não tudo. Ou, pelo menos, era no que ela deveria acreditar. Se soubessem de tudo, Issa estaria em um voo para São Petersburgo a esta altura, como Magomed, acenando os punhos algemados para ela da janela do avião.

— Frau Richter. Pergunto novamente, por favor. O que fez com Issa Karpov depois que saíram da casa dos Oktay?

— Eu o acompanhei.

— A pé?

— A pé.

— Às 4 da manhã? Faz isso com todos os clientes? Caminha pelas ruas com eles ao amanhecer? Isso é uma prática normal para uma advogada jovem e atraente? Se estiver pedindo novamente que quebre a confidencialidade do cliente, retiro completamente a pergunta. A senhora atrapalhará nossas investigações, mas deixe para lá. Nós o pegaremos, mesmo que seja tarde demais.

— Nossa discussão se estendeu até o final da madrugada, o que não é incomum com clientes de origem oriental ou asiática — Annabel prosseguiu, depois da devida reflexão. — Havia tensão na residência dos Oktay. O Sr. Karpov não queria se aproveitar mais da hospitalidade deles. Ele é um homem de sensibilidade considerável. A situação irregular dele estava se tornando uma fonte de ansiedade para eles, e ele tinha consciência disso. Eles também estão prestes a partir de férias para a Turquia.

Annabel ainda estava dirigindo as respostas a Ursula, e não a Werner. Ela as estruturava em frases curtas, conferindo uma a uma com Ursula antes de seguir adiante. Ursula, como uma esfinge, olhava para o nada com os olhos semicerrados enquanto o relaxado Herr Werner, sentado a seu lado, preservava o sorriso terno.

— Descreva exatamente seu trajeto, por favor, Frau Richter! E também os meios de transporte. Devo avisar que a senhora está em uma situação potencialmente perigosa, e não somente por causa de Issa Karpov. Não somos policiais, mas temos responsabilidades. Prossiga, por favor.

— Fomos a pé até Eppendorfer Baum e pegamos o metrô.

— Para onde? Por favor, conte a história toda, e não uma parte de cada vez.

— Meu cliente estava aflito e o trem o perturbou. Depois de quatro estações, pegamos um táxi.

— Pegaram um táxi. Sempre uma coisa de cada vez. Porque precisa entregar os fatos como se fossem moedas de ouro, Frau Richter? Pegaram um táxi para onde?

— Inicialmente, não tínhamos destino certo.

— Isso é uma piada! A senhora deu um endereço ao motorista: um cruzamento a menos de um quilômetro do Consulado dos Estados Unidos! Como pode dizer que *não tinha destino certo* quando deu um destino ao motorista?

— Muito facilmente, Herr Werner. Se pudesse entrar por um instante na mentalidade de muitos de nossos clientes, o senhor compreenderia que coisas assim acontecem todos os dias — ela foi brilhante. Nenhuma palavra fora do lugar. Nem mesmo uma falta menor. Ela nunca tinha sido tão boa nos jogos de mentiras legais dos fóruns familiares. — O Sr. Karpov tinha um destino em mente, mas por motivos próprios não queria me dizer qual era. Aquele cruzamento segue em muitas direções. Ele também me servia muito bem, pois moro bem perto dali.

— Mas a senhora não pegou o táxi diretamente para seu apartamento! Por que não? Ele poderia ter andado de lá, e a senhora já estaria sã e salva em casa. Ou será que atingimos outro obstáculo intransponível em sua história?

— Não, eu com certeza *não* peguei o táxi para meu apartamento — encarando Werner diretamente.

— Por que não?

— Talvez eu não tenha *ido* a meu apartamento.

— Por que não?

— Talvez eu não esteja inclinada a mostrar a meus clientes onde moro. Talvez eu tenha decidido ir para o apartamento de um dos meus muitos amantes, Herr Werner. — Entre os quais você gostaria tanto de estar, ela estava pensando.

— Mas dispensou o táxi.

— Sim.

— E caminhou. Não podemos saber para onde.

— Correto.

— E Karpov caminhou com a senhora, é claro. Ele não deixaria uma bela mulher sozinha na rua às 4h30 da manhã. Ele é um homem sensível. Nem um pouco perigoso. Foi o que disse, não foi?

— Não.

— Não o quê?

— Não, ele não caminhou comigo.

— Então ele também caminhou, mas em outra direção!

— Correto. Ele seguiu para o norte e desapareceu. Presumo que tenha entrado em uma rua transversal. Eu estava mais preocupada com que não me seguisse do que em observar para onde estava indo.

— E depois?

— O que quer dizer por *e depois*?

— Não o viu desde então? Teve contato com ele?

— Não.

— Nem por intermediários?

— Não.

— Mas ele lhe deu um número de telefone, naturalmente. E também um endereço. Presumo que um imigrante ilegal desesperado não conquiste uma jovem e talentosa paladina em um dia e a dispense no outro.

— Ele não me deu nenhum número de telefone ou endereço, Herr Werner. Em nosso trabalho, isso também é bastante normal. Ele tem o número do Santuário. Eu, naturalmente, espero ter notícias dele de novo, mas é possível que isso não aconteça — mais uma vez buscando a confirmação tácita de Ursula, mas recebendo somente um aceno de cabeça muito remoto. — Essa é a natureza de nosso trabalho aqui no Santuário. Clientes entram em nossas vidas e desaparecem. Eles precisam de tempo para conversar com os companheiros aflitos, para rezar, para se recuperar ou para sucumbir. Talvez o Sr. Karpov tenha uma esposa e uma família que já estejam aqui. Raramente nos contam a história toda. Talvez ele tenha amigos, camaradas russos, chechenos. Talvez tenha se colocado nas mãos de uma comunidade religiosa. Não sabemos. Às vezes, eles retornam no dia seguinte, às vezes em seis meses e, às vezes, nunca.

Herr Werner ainda estava considerando como lançar o contra-ataque quando seu colega até então silencioso decidiu entrar na conversa.

* * *

— E quanto ao outro cara que estava na casa dos turcos na noite de sexta-feira? — perguntou Herr Dinkelmann, no tom alegre de um homem que gostava de uma boa festa. — Um cara grande, imponente, bem-vestido. Da minha idade. Até mais velho. Também é advogado de Karpov?

Annabel estava lembrando de seu professor de direito em Tübingen, discursando sobre a arte do interrogatório. Jamais subestime o silêncio de uma testemunha, ele gostava de dizer. Existem silêncios eloquentes e silêncios culpados, e também silêncios de espanto genuíno e silêncios de criatividade. O truque é saber qual tipo de silêncio está ouvindo da testemunha. Mas este silêncio era só dela.

— Isso é parte de sua coordenação, Herr Dinkelmann? — ela perguntou em tom de brincadeira, enquanto organizava desesperadamente seus pensamentos.

O sorriso de palhaço novamente, a curva perfeita.

— Não flerte comigo, Frau Richter. Sou suscetível demais. Apenas me diga agora: quem era aquele homem? A senhora o levou até lá. Ele ficou horas dentro da casa. Depois, partiu sozinho, pobre coitado. Caminhou pela cidade toda, como se tivesse perdido algo. O que estava procurando?

Ele apelou para Ursula:

— Todos *caminham* nessa história, Frau Meyer. Isso me cansa.

Depois, de novo para Annabel, sem pressa:

— Vamos lá. Apenas me diga quem ele é. Um nome. Qualquer nome. Invente um.

Mas Annabel adotara a expressão de seu pai quando dizia para que nunca mais tocassem no assunto.

— Meu cliente tem um benfeitor em potencial aqui em Hamburgo. Como um homem em sua posição, ele deseja permanecer anônimo por enquanto. Concordei em respeitar seu desejo.

— Todos respeitaremos. Ele falou, ou apenas ficou sentado observando, esse benfeitor anônimo?

— Falou com quem?

— Com seu garoto. Issa. Com a senhora.

— Ele não é meu garoto.

— Estou perguntando se o benfeitor anônimo participou da conversa. Não estou perguntando o tema da conversa. Estou perguntando: ele participou? Ou é surdo-mudo?

— Ele participou.

— Então era uma conversa entre três partes. A senhora. O benfeitor. Issa. Pode me dizer isso. Não está violando regra alguma. Vocês ficaram sentados, os três, e conversaram socialmente. Pode me dizer sim ou não.

— Nesse caso, *sim* — e, para acompanhar, ela deu de ombros.

— Uma conversa livre. Havia assuntos a serem discutidos entre vocês, os quais a senhora não pode revelar. Mas vocês os discutiram de modo livre e desobstruído. Certo?

— Não sei o que está tentando insinuar.

— Não precisa saber. Apenas responda. Ocorreu uma conversa plena e desinibida entre vocês três, que fluiu livremente, sem obstruções?

— Isso é ridículo.

— Sim. É mesmo. A conversa aconteceu?

— Sim.

— Então ele fala russo, como a senhora.

— Eu não disse isso.

— Não, realmente não disse. Alguém precisou dizer pela senhora. Admiro isso. Seu cliente é um garoto de sorte.

Herr Werner estava fazendo um último esforço para recobrar o domínio da situação.

192

— Então *foi para lá* que Issa Karpov foi quando o deixou a sós às 4h30 da manhã! — ele gritou. — Ele foi encontrar esse *benfeitor anônimo*! Talvez o próprio pagador terrorista! A senhora o deixou em um cruzamento em uma área rica da cidade, e, assim que estava em segurança e fora do caminho, ele foi para a casa do benfeitor. A senhora considera isso uma hipótese razoável?

— É tão razoável ou absurda quanto qualquer outra hipótese, Herr Werner — Annabel retrucou.

E, surpreendentemente, foi o genial e ultrapassado Herr Dinkelmann, em vez de seu superior mais jovem e ríspido, quem decidiu que haviam detido Frau Meyer e Frau Richter por tempo demais.

* * *

— Annabel?

As duas estavam a sós.

Sim, Ursula.

— Talvez fosse melhor se você faltasse à reunião de hoje à tarde. Suspeito que tenha exigências importantes em relação a seu tempo. Existe mais alguma coisa que queira me contar sobre nosso cliente desaparecido?

Annabel não tinha mais nada a dizer a ela.

— Ótimo. Nosso mundo é de meias medidas. Soluções perfeitas não estão ao nosso alcance, por mais que desejemos o contrário. Acho que já tivemos essa conversa antes.

Era verdade. Sobre Magomed. Não podemos esperar que uma instituição forneça nossas utopias pessoais, Ursula havia lhe dito quando Annabel conduzira uma marcha de protesto dos funcionários a seu escritório.

* * *

Não era pânico. Annabel não entrava em pânico. Nem em seus próprios termos. Ela estava reagindo a uma situação crítica que corria o risco de se desenrolar.

Do Santuário, ela pedalou o mais rápido que pôde até um posto de gasolina nos limites da cidade, atenta aos retrovisores presos ao guidão em busca de sinais de que estivesse sendo seguida. Ela não tinha ideia de quais seriam os sinais.

No caixa, trocou dinheiro por um punhado de moedas.

Telefonou para o celular de Hugo e foi atendida pela caixa postal, como esperado.

Telefonou para o serviço telefônico e obteve o número do hospital no qual ele trabalhava.

Ele havia dito que na segunda-feira teria reuniões durante todo o dia. Telefone para mim segunda à noite. Mas, agora, segunda à noite era tarde demais. A reunião, ela lembrava, era sobre a reestruturação da ala psiquiátrica do hospital. Ela falou primeiro com uma telefonista do hospital e, depois de muita barganha, com o assistente do administrador do hospital. Ela disse que era irmã do Dr. Hugo Richter e que se tratava de um assunto familiar urgente. Será que ele poderia ser chamado ao telefone para uma conversa curta?

— É melhor que seja importante, Annabel.

— Meu cliente explodiu em minhas mãos, Hugo. Ele precisa de uma clínica agora. Estou falando *agora* mesmo.

— Que horas são?

Hugo, o único médico do mundo que nunca tem um relógio.

— Dez e meia. Da manhã.

— Telefonarei para você na hora do almoço. Meio-dia e meia. Para seu celular. Ele está funcionando ou você ainda não carregou a bateria?

Ela queria dizer "nada de celular" mas, em vez disso, disse "obrigado, Hugo, obrigado mesmo. Ele está funcionando direito".

No pátio do posto, duas mulheres estavam fazendo algo com uma van amarela e maltratada. Annabel tirou-as da cabeça. As vans de Herr Werner deveriam ser impecáveis. Matando tempo, Annabel pedalou para seu mercado preferido: os arenques em conserva que ele gosta, chocolate amargo orgânico e queijo emental para o que ela rezava que viesse a ser a última noite deles no apartamento. E a marca favorita dela de água sem gás, que agora também era a favorita dele.

Hugo ligou exatamente às 12h30, como ela sabia que ele faria, tendo ou não relógio. Ela estava sentada em um banco no parque com a bicicleta apoiada em um poste de luz. Ele começou agressivamente, o que ela esperava que fosse um bom sinal.

— Eu devo ser o médico que o está *indicando* para esse lugar? Assinar um atestado para ele sem nem mesmo saber seu nome? Porque isso é um péssimo começo. De todo modo, você nem *precisa* de um atestado falso — ele prosseguiu antes que ela pudesse responder. — Eles terão algum charlatão do próprio local que medirá a pulsação dele e fará um diagnóstico de mil euros por dia. Tenho duas possibilidades. As duas são facadas de cinco estrelas.

A primeira sugestão dele era em Königswinter, o que ela descartou por causa da distância. A segunda era ideal: uma fazenda convertida perto de Husum, a somente duas horas de trem ao norte de Hamburgo.

— Pergunte pelo Dr. Fischer e coloque um prendedor de roupas no nariz. Este é o número. E não me agradeça. Apenas espero que ele valha a pena.

— Ele vale — ela disse, e discou o número.

O Dr. Fischer compreendeu a situação imediatamente.

Ele compreendeu de imediato que Annabel falava em nome de um amigo íntimo, mas não ousou perguntar a natureza da amizade.

Ele compreendeu imediatamente o ponto de vista dela em relação à necessidade de discrição ao telefone e compartilhava dele.

Ele compreendeu que o paciente anônimo só falava russo, mas não previu qualquer problema nesse aspecto, pois muitas de suas enfermeiras mais experientes vinham de onde ele chamava delicadamente de Leste.

Ele compreendeu que o paciente não era de modo algum violento, mas que estava traumatizado por uma série de incidentes infelizes, sobre os quais seria melhor discutir pessoalmente.

Ele aceitou a posição dela de que um regime de repouso absoluto, muita comida e caminhadas acompanhadas poderiam proporcionar a cura necessária. Naturalmente, tais decisões dependeriam de uma avaliação detalhada do caso.

Ele compreendeu a necessidade de urgência, e propôs uma entrevista inicial sem compromisso entre o paciente, o médico e a consultante.

Sim, perfeitamente, amanhã à tarde seria ótimo, às 16 horas seria conveniente? Então marquemos às 16 horas em ponto.

E apenas mais alguns detalhes. O paciente estava em condições de viajar sozinho ou precisava de assistência? Por um custo extra, havia a disponibilidade de assistentes e de transporte apropriado.

Finalmente, ele compreendeu que Annabel gostaria de se informar a respeito dos custos básicos da clínica, os quais, mesmo sem a atenção adicional de especialistas, eram astronômicos. Mas, graças a Brue: sim, ela disse, o amigo enfermo, felizmente, estava em condições de pagar um adiantamento substancial.

Então, até amanhã, Frau Richter, quando, esperamos, todas as formalidades pendentes possam ser resolvidas prontamente. E qual o nome dela, novamente? Endereço? E a profissão, por favor? E este era o número de seu celular, certo?

* * *

Annabel havia levado para Issa o jogo de xadrez da avó, um tesouro. Ela gostaria de ter pensado nisso antes. Era uma atividade esportiva para ele. Antes de um movimento, Issa ficava sentado imóvel no lugar no qual Annabel achava que ficava sentado o dia todo quando ela não estava lá: na soleira da janela de tijolos em arco, com as pernas longas dobradas até o queixo e as mãos de filósofo que lembravam aranhas emaranhadas ao redor deles. Então ele se movia para a frente rapidamente, movia a peça e saltava, ficando novamente de pé e dançava até o outro lado do loft para soltar seus aviões de papel e fazer piruetas ao ritmo de Tchaikovski enquanto Annabel contemplava o próprio movimento no jogo. Música, ele afirmara, não era contra a lei islâmica, desde que não atrapalhasse os momentos de oração. Às vezes, as declarações religiosas dele pareciam mais com sabedoria adquirida do que com convicção.

— Estou providenciando para que vá para um novo lugar amanhã, Issa — ela disse, aproveitando um momento de leveza. — Um lugar mais confortável onde podem cuidar direito de você. Bons médicos, boa comida, todos os confortos decadentes do Ocidente.

A música havia parado, assim como a agitação dos pés dele.

— Para me esconder, Annabel?

— Durante um período curto, sim.

— Você também ficará lá? — enquanto uma das mãos buscava o bracelete da mãe.

— Farei visitas. Com frequência. Levarei você até lá e o visitarei sempre que puder. Não fica muito longe. Duas horas de trem — disse, casualmente, como pretendera.

— Leyla e Melik virão?

— Acredito que não. Não até que você esteja em situação legal.

— É uma prisão, esse lugar onde vai me esconder, Annabel?

— Não, *não* é uma prisão! — ela se conteve. — É um lugar para descansar. Uma espécie de... — ela não queria dizer a palavra, mas disse mesmo assim —, é uma clínica especial onde você pode recuperar suas forças enquanto esperamos pelo Sr. Brue.

— Clínica *especial*?

— Particular. Mas muito cara. Tem que ser, pois é muito boa. É por isso que precisamos falar novamente sobre o dinheiro que o Sr. Brue está guardando para você. Ele fez a gentileza de nos adiantar dinheiro para que fique lá. Esse é outro motivo pelo qual precisa reclamar sua herança. Para que possa pagar de volta ao Sr. Brue.

— Uma clínica da *KGB*?

— Issa, nós *não* temos KGB aqui!

Ela estava amaldiçoando a própria estupidez. Para ele, clínica era pior do que prisão.

Issa precisava orar. Ela se recolheu para a cozinha. Quando retornou, ele estava empoleirado no lugar de sempre na soleira da janela.

— Sua mãe ensinou você a cantar, Annabel? — ele perguntou com uma voz pensativa.

— Quando eu era pequena, ela me levava para a igreja. Mas não acho que tenha realmente me ensinado a cantar. Acho que ninguém me ensinou. Não acho que conseguiriam. Nem mesmo os melhores professores.

— Para mim, basta ouvir você falar. Sua mãe é católica, Annabel?

— Luterana. Cristã, mas não católica.

— Você também é luterana, Annabel?

— Fui educada para ser.

— Você reza para Jesus, Annabel?

— Não mais.

— Para o único Deus?

Ela não aguentava mais.

— Issa, escute-me.

— Estou escutando, Annabel.

— Não podemos escapar do problema não falando sobre ele. É uma clínica boa. A clínica boa será um lugar seguro para você. Para ficar na clínica boa, *precisamos* ter seu dinheiro. O que significa que você *precisa* reclamá-lo. Estou lhe dizendo isso como sua advogada. Se não fizer o requerimento, não será capaz de se tornar estudante de medicina aqui, nem em nenhum outro lugar no mundo. Ou o que quer que decida fazer com sua vida.

— A palavra de Deus prevalecerá. Será feita a Sua vontade.

— Não. Será a *sua*. Não importa o quanto reze, é *você* quem precisará tomar a decisão.

Será que nada o convenceria? Aparentemente, não.

— Você é uma mulher, Annabel. Você não está sendo racional. O senhor Tommy Brue ama o dinheiro dele. Se eu disser para que fique com o dinheiro, ele ficará grato a mim e continuará a me ajudar. Se eu tirar o dinheiro dele, ele não me ajudará e ficará com raiva. Essa é a lógica da posição que ocupa. Para mim, também é uma lógica conveniente, já que, para mim, dinheiro é algo imundo e me recuso a sujar minhas mãos com ele. Você quer o dinheiro para você?

— Não seja bobo!

— Então não temos utilidade para ele. Você gosta dele tão pouco quanto eu. Você ainda não está pronta para aceitar a realidade de Deus em sua vida, mas tem um senso moral. Isso diz muito a favor de nosso relacionamento. Construiremos a partir desse entendimento.

Desolada, ela enterrou o rosto nas mãos, mas o gesto pareceu não o interessar.

— Faça a gentileza de não me mandar para essa clínica, Annabel. Prefiro ficar aqui, em sua casa. Quando você tiver se convertido ao Islã, viveremos aqui. Diga isso também ao Sr. Brue. Você precisa partir agora, ou será uma provocação contra mim. É melhor que não apertemos as mãos. Vá com Deus, Annabel.

* * *

Ela havia deixado a bicicleta no saguão. As luzes enevoadas do porto brilhavam no crepúsculo e ela precisou piscar várias vezes até que se clareassem. Lembrando-se de que a ciclovia passava pelo outro lado da rua, ela tomou seu lugar em meio ao amontoado de pessoas aguardando na faixa de pedestres. Alguém estava dizendo seu nome. Ela não tinha certeza de que a voz não estava dentro de sua cabeça, mas não poderia ter sido porque era uma voz de mulher, ao passo que a voz em sua cabeça era a de Issa.

A voz que estava ouvindo, agora que a escutava adequadamente, falava com ela sobre sua irmã.

— Annabel! Meu Deus! Como você *está*? Como vai Heidi? É verdade que já está grávida de novo?

Uma mulher robusta da mesma idade de Annabel. Casaco de camurça verde, calças jeans. Cabelo curto, sem maquiagem, grande sorriso. Com a mente ainda lutando para retornar ao mundo real, Annabel ganhou tempo enquanto buscava por uma ligação: Freiburg? Escola? Esqui na Áustria? Academia de ginástica?

— Ah, estou bem — disse. — Heidi também está bem. Você está fazendo compras?

O sinal de pedestres ficou verde. Elas atravessaram lado a lado, com a bicicleta de Annabel entre as duas.

— Ei, Annabel! O que está fazendo nesta parte da cidade? Não mora mais em Winterhude?

Uma segunda mulher aproximara-se pelo lado esquerdo de Annabel, o lado sem a bicicleta. Era grande, com bochechas rosadas e um lenço de cigano. Chegaram ao meio-fio e só havia as três. Uma mão forte fechou-se sobre o pulso do braço que segurava a bicicleta. Outra mão segurou o braço esquerdo de Annabel e, em um gesto que poderia se passar por afeto, forçou-o para trás das costas. Com a dor, Annabel teve a lembrança perfeita das duas mulheres no posto de gasolina naquela manhã.

— Entre calmamente no carro — explicou a segunda mulher, com os lábios roçando na orelha de Annabel. — Sente-se no centro do banco de trás, por favor, sem confusão. Tudo amigável e normal. Minha amiga cuidará de sua bicicleta.

A van amarela maltratada estava com as portas traseiras abertas. Um motorista e um homem estavam sentados na dianteira, olhando para a frente. Com o braço da mulher em torno de seu ombro, Annabel deixou que ela a colocasse no banco traseiro. Ela ouviu o som da bicicleta atrás da van, seguido por um golpe surdo. Na confusão, não percebeu que haviam pegado sua mochila. Sem pressa, as mulheres sentaram-se a seu lado, pegaram suas mãos, enfiaram uma algema em seus pulsos e a ocultaram no assento entre seus corpos.

— O que irão fazer com ele? — Annabel sussurrou. — Ele está trancado! Quem o alimentará quando eu não estiver lá?

Um Saab sedã preto passou por eles. A van seguiu-o de perto. Ninguém estava com pressa.

9

Organize os fatos com calma e clareza.

Você é uma advogada.

Você pode estar com raiva, com um vulcão de fúria dentro de si aguardando para entrar em erupção, mas é a advogada, e não a mulher, quem falará por você.

Este elevador barulhento de ferro no qual você se encontra a está levando para cima, e não para baixo. Você sabe isso pela sensação no estômago, que é diferente das outras coisas que sente, como a náusea e a dor lancinante da violação.

Portanto, você está prestes a ser entregue em um andar superior, e não em um porão, o que a faz sentir-se cautelosamente grata.

O elevador não para em andares intermediários. Ele não possui controles, espelhos ou janela. Ele cheira a óleo diesel e a mato. É um elevador de gado. Ele cheira como o campo esportivo de sua escola no outono. Discuta.

As pessoas no elevador estão aqui pela vontade de outras pessoas. Você está de pé entre duas mulheres que a abduziram fingindo ser suas amigas. Depois, foram ajudadas por uma terceira mulher, que não fingiu ser sua amiga. Nenhuma delas se identificou. Ninguém usou um nome que você pudesse escutar a não ser o seu próprio.

Ninguém, nem mesmo Issa, pode descrever para você a sensação de perder a liberdade, mas agora você está começando a aprender.

Você é uma advogada começando a aprender.

* * *

Com o Saab preto à frente indicando o caminho, eles fizeram uma procissão grandiosa por campanários e docas, pararam corretamente nos sinais vermelhos, indicaram quando iam virar para a esquerda ou para a direita, atravessaram em velocidade moderada avenidas de *villas* confortáveis com janelas iluminadas, entraram em uma área industrial devastada, passaram por sulcos com obstáculos pontiagudos de ferro colocados no caminho, reduziram a velocidade mas não pararam em uma guarita protegida por rolos de arame farpado, observaram a cancela vermelha e branca ser içada com a passagem do Saab e chegaram a um pátio de asfalto profusamente iluminado no qual, de um lado, viam-se alguns carros estacionados e prédios de escritórios com janelas apagadas e, do outro, um antigo estábulo para cavalos que era um primo distante dos estábulos na propriedade da família em Freiburg.

Mas a van não parou. Escolhendo o lugar mais escuro do pátio, ela continuou lentamente e, ao que pareceu a Annabel, furtivamente, até parar a alguns metros do estábulo. Soltando suas mãos das algemas entre as almofadas do assento, as captoras puxaram-na para o asfalto e arrastaram-na à força até uma porta pesada. A porta foi aberta por dentro e Annabel foi carregada através dela. Uma terceira mulher, mais jovem, o rosto coberto por sardas e o cabelo cortado como o de um garoto, estava aguardando para ajudar. Estavam em uma sala de arreio sem arreios. Nas paredes, pinos de ferro e prateleiras para selas. Um velho balde para cavalo com um número regimental marcado nele. Uma cama baixa com um colchonete e apenas um cobertor. Uma bacia de hospital com água. Sabão. Toalha. Luvas de borracha.

Cada mulher guardava um terço de Annabel. Os olhos da mulher com sardas eram da mesma cor que os dela. Talvez fosse por isso que tivesse ficado com a tarefa de se dirigir a ela. Era uma mulher do sul, talvez de Baden-

Württemberg, de onde vinha Annabel, outro motivo. Você tem uma escolha, Annabel, ela estava explicando. Estamos seguindo um procedimento padrão para aqueles que se associam a terroristas. Você pode aceitar pacificamente ou ser imobilizada. O que será?

Sou uma advogada.

Você aceita ou não?

Aceitando, Annabel recitou para si mesma os conselhos inúteis de última hora que dava aos clientes antes de enfrentarem os tribunais: *diga a verdade... não perca a calma... não chore... mantenha a voz baixa e não tente flertar com eles... eles não querem odiar nem amar você, não querem ter pena de você... querem fazer o trabalho deles, receber e ir para casa.*

* * *

A porta do elevador se abriu, revelando uma pequena sala branca, como aquela em que haviam colocado sua avó quando ela morrera. Atrás da mesa de madeira descoberta em que sua avó deveria estar deitada, estava sentado o homem que naquela manhã dissera se chamar Herr Dinkelmann, baforando um cigarro russo: ela reconheceu o cheiro imediatamente. O mesmo cigarro que seu pai fumava em Moscou depois de um bom jantar.

E, ao lado de Herr Dinkelmann, uma mulher alta e magra com cabelo grisalho e olhos castanhos que, apesar de nada parecida com sua mãe, emanava a mesma sagacidade.

E, na mesa diante deles, os conteúdos de sua mochila, dispostos como provas em um tribunal, mas sem as bolsas plásticas e as etiquetas. E, no lado da mesa mais perto dela, apenas uma cadeira, para Annabel, a acusada. De pé diante dos juízes, ela ouviu as batidas e os barulhos do elevador de gado descendo.

— Meu nome verdadeiro é *Bachmann* — Dinkelmann disse, como que a contradizendo. — Se você estiver pensando em nos processar, é *Günther Bachmann*. E esta é Frau Frey. *Erna* Frey. Ela veleja. Espiona e veleja. Eu espiono, mas não velejo. Sente-se, por favor.

Annabel caminhou até a mesa e se sentou.

— Você quer registrar seu protesto agora e acabar logo com isso? — Bachmann perguntou, tragando o cigarro. — Falar sobre sua posição especial como advogada, toda essa merda? Seus privilégios incríveis, sua confidencialidade com o cliente? Como você poderia fazer com que eu fosse expulso pela orelha amanhã? Como violei todas as regras, o que realmente fiz? Pisoteei a própria essência da Constituição? Você vai cuspir para mim toda essa porcaria, ou simplesmente presumimos isso? Ah, e diga-se de passagem, quando é seu próximo encontro com o terrorista procurado Issa Karpov, a quem escondeu em seu apartamento?

— Ele não é terrorista. Vocês são. Exijo falar imediatamente com um advogado.

— Sua mãe, a grande juíza?

— Um advogado que possa me representar.

— Que tal seu ilustre pai? Ou talvez seu cunhado em Dresden? É, você realmente tem influência. Dois telefonemas e você pode jogar todo o *establishment* legal em minha cabeça. A pergunta é: você *quer* fazer isso? Não quer. É tudo besteira. Você quer salvar o pescoço do seu garoto. É tudo que quer nessa história toda. Dá para ver de longe.

Erna Frey fez sua contribuição, ainda mais ponderada.

— Sua escolha é entre nós e ninguém, querida. Existem pessoas não muito longe de onde estamos sentados que só gostariam de fazer de Issa o objeto de uma prisão dramática e receber o crédito por isso. E é claro que a polícia ficaria muito feliz se pudesse prender as pessoas que seriam vistas como seus cúmplices. Leyla, Melik e o Sr. Brue, até onde sabemos, até mesmo seu irmão, Hugo. Seriam manchetes esplêndidas para eles, não importa o resultado. Eu mencionei o Santuário Norte? Imagine o que os pobres apoiadores de Ursula diriam. E tem você. O *objeto oficial de investigação* de Herr Werner, para usar a terminologia desagradável da qual Herr Werner tanto gosta. Abuso da posição de advogada. Abrigar conscientemente um terrorista procurado. Mentir para as autoridades e todo o resto. Sua carreira estará terminada quando tiver, quanto?, digamos, 40 anos quando finalmente sair da prisão.

— Não me importo com o que façam comigo.

— Mas não estamos falando de você, não é mesmo, querida? Estamos falando de Issa.

Bachmann, cuja capacidade de atenção era aparentemente limitada, já havia perdido interesse pela conversa e vasculhava as coisas que estavam na mochila: o caderno espiral, seu diário, sua carteira de motorista e a de identidade, o lenço para a cabeça — levando-o ostensivamente ao nariz como que para conferir a presença de um perfume que ela nunca usou. Mas ele voltava sempre para o cheque de Tommy Brue, colocando-o contra a luz, examinado-o frente e verso, analisando os números ou a caligrafia e balançando a cabeça em um espanto calculado.

— Por que não compensou isto? — perguntou.

— Eu estava esperando.

— Esperando o quê? Pelo Dr. Fischer, da clínica?

— Sim.

— Não teria durado muito, teria? Cinquenta mil. Não naquele lugar.

— Duraria o bastante.

— Para quê?

Annabel encolheu os ombros em desânimo:

— Para tentar. Isso é tudo. Apenas tentar.

— Brue disse que haveria mais de onde isto veio?

Prestes a responder, Annabel mudou de ideia abruptamente.

— Preciso saber o que faz com que vocês dois pensem que são diferentes — ela disse desafiadoramente, voltando-se para Erna Frey.

— De quem, querida?

— Das pessoas que vocês dizem que querem prendê-lo com a polícia e mandá-lo de volta para a Rússia ou para a Turquia.

Respondendo pelos dois, Bachmann pegou novamente o cheque de Brue e estudou-o como se a resposta estivesse nele.

— Ah, somos diferentes, sim — ele grunhiu. — Com certeza. Mas você está nos perguntado o que pretendemos fazer com seu garoto.

Ele colocou o cheque à sua frente, mas não o perdeu de vista.

— Bem, não tenho certeza de que *saibamos* disso, Annabel. Na verdade, tenho certeza de que *não* sabemos. Gostamos de pensar que, aqui, mandamos no clima. Ficamos à vontade. Esperamos o máximo possível. E vemos o que Alá oferece — ele acrescentou, colocando o dedo no cheque. — E se Alá cumprir o esperado, bem, talvez seu garoto termine como uma alma livre, vivendo no Ocidente e capaz de se permitir viver seus sonhos e esperanças mais extravagantes. Do contrário, se Alá *não* cumprir o esperado, ou se *você* não o fizer, bem, ele volta para o lugar de onde veio, não é mesmo? A menos que os norte-americanos façam um lance por ele. Nesse caso, não saberemos onde estará. E, provavelmente, nem ele.

— Estamos tentando fazer o melhor por ele, querida — Erna Frey disse com uma sinceridade tão evidente na voz que Annabel foi impelida por um instante a acreditar nela. — Günther também sabe disso, só não se expressa muito bem. Não achamos que Issa seja mau. Não estamos fazendo esse tipo de julgamento, de forma alguma. E sabemos que ele é um pouco instável, mas quem não seria? Mas também acreditamos que, mesmo assim, ele seja capaz de nos ajudar a prender algumas pessoas muito más.

Annabel tentou rir.

— Um espião? Issa? Você está louca! Você está tão doente quanto ele!

— Foda-se o que quer que seja — Bachmann retrucou irritado. — Nenhum papel nesta peça já está escrito. Isso inclui o seu. O que *realmente* sabemos é que, se você estiver no mesmo barco que nós e se conseguirmos chegar aonde queremos, juntos estaremos salvando muito mais vidas inocentes do que você jamais conseguiria alimentando os coelhos no Santuário Norte.

Pegando o cheque da mesa, Bachmann levantou-se com impaciência.

— Portanto, a primeira coisa que quero saber é: o que, por Deus, um banqueiro inglês não muito bem-sucedido e vindo de Viena, que fala russo, está fazendo ao surgir em uma noite de sexta-feira para oferecer seu respeito ao Sr. Issa Karpov? Você quer ir para algum lugar mais civilizado, ou ficará nessa mesa, desanimada?

Mas Erna Frey tinha uma mensagem mais delicada:

— Nós não lhe contaremos toda a verdade, querida, não podemos. Ma tudo que lhe contarmos será verdadeiro.

* * *

Já era madrugada, e Annabel ainda não tinha chorado.

Ela contara a eles tudo que sabia, o que sabia pela metade, o que achava e o que suspeitava, até os últimos detalhes, mas não tinha chorado, nem mesmo reclamara. Como ela mudara tão rapidamente para o lado deles? O que acontecera com a rebelde dentro dela — ao seu famoso poder de argumentação e à sua resistência, tão valorizados pelo fórum familiar? Por que não havia tecido outra teia de mentiras como a que tecera para Herr Werner? Seria a síndrome de Estocolmo? Ela lembrou-se de um pônei que tivera uma vez. Chamava-se Moritz e era um delinquente. Indomável e impossível de cavalgar. Nenhuma família em toda Baden-Württemberg o queria — até Annabel ouvir sobre ele e, para exercitar seu poder, passou por cima da vontade dos pais e levantou dinheiro entre os colegas da escola para comprá-lo. Quando Moritz foi entregue, ele deu um coice no cavalariço, abriu um buraco no estábulo e fugiu para o gramado. Mas na manhã seguinte, quando Annabel foi tremendo ao encontro dele, Moritz caminhou até ela, abaixou a cabeça para o cabresto e foi escravo dela para sempre. Ele já tinha enfrentado muita oposição e queria que outra pessoa cuidasse de seus problemas.

Então, fora isso, o que ela acabara de fazer? Jogou a toalha e disse "tudo bem, malditos, sou de vocês", como dissera a homens duas vezes antes, quando a crassidão pura da persistência deles a reduzira a uma submissão furiosa?

Não. O mal estava na lógica, ela estava convencida disso: no desligamento voluntário com o qual a advogada dentro dela recuou e reconheceu que não tinha nem mesmo a sombra de um caso para defender, muito menos para vencer — não em nome de seu cliente, mas de si própria, apesar de ser a última pessoa com quem se importava. Fora a advogada pragmática dentro dela — era no que desejava ardentemente acreditar — que lhe dissera que a única esperança era se jogar à mercê do tribunal: ou seja, seus manipuladores.

Sim, ela estava emocionalmente arrasada. É claro que estava. Sim, a solidão e o desgaste de guardar um segredo tão grande para si própria durante tanto tempo a levara aos limites de sua resistência. E houve um certo alívio, até mesmo prazer, em se tornar novamente uma criança, em colocar as grandes decisões de sua vida nas mãos de pessoas mais sábias e mais velhas do que ela. Mas, mesmo depois de colocar esses fatores na balança, continuara prevalecendo a lógica da advogada — era o que afirmava para si mesma com determinação — que a persuadira a revelar tudo que sabia.

Ela falara sobre Brue e o Sr. Lipizzaner, sobre a chave e a carta de Anatoly, sobre Issa e Magomed, e depois novamente sobre Brue: sobre a aparência dele e sobre como falava, e como ele reagira a esse ou àquele momento no café Atlantic antes de irem para a casa de Leyla. E o que era mesmo que ele havia dito sobre estudar em Paris? E todo o dinheiro que ele dera a ela de repente — *por quê?* Seria para entrar nas suas calças, querida? — Erna Frey fizera a pergunta, e não Bachmann. No que dizia respeito a garotas bonitas, ele era suscetível demais.

Mas não fora uma confissão extraída dela furtivamente ou por meio de ameaças e induções. Fora Annabel se perdendo desavergonhadamente: uma liberação catártica de conhecimento e de emoções que haviam ficado presos dentro dela por tempo demais, a derrubada de todas as barreiras que ela erguera em sua mente: contra Issa, Hugo, Ursula, bombeiros, decoradores e eletricistas e, acima de tudo, contra ela própria.

E eles estavam certos: ela não tinha escolha. Como Moritz, ficara exausta com a própria oposição. Para salvar Issa, ela precisava de amigos, e não de inimigos, fossem eles realmente diferentes dos outros ou que estivessem apenas fingindo.

Um corredor estreito levava a um quarto minúsculo. A cama de casal estava feita com lençóis limpos. Tão cansada que poderia dormir em pé, Annabel olhou ao redor enquanto Erna Frey lhe mostrava como o chuveiro funcionava e se despedia depois de retirar as toalhas sujas e substituí-las por outras limpas, as quais retirara de uma gaveta.

— Onde vocês dois dormirão? — Annabel perguntou, sem saber por que se importava.

— Não se preocupe, querida. Apenas descanse bastante. Você teve um dia muito duro e amanhã será igual.

Se eu dormir, voltarei para a prisão, Annabel.

* * *

Tommy Brue não estava na prisão, mas tampouco dormia.

Às 4 horas da mesma manhã, ele saíra da cama de casal e, descalço, descera a escada na ponta dos pés e foi para o estúdio, onde guardava seu caderno de endereços. Havia seis números listados sob o nome Georgie. Cinco estavam riscados. O sexto estava marcado como "celular de K", escrito com a letra de Brue. K de Kevin, o último endereço conhecido dela. Fazia três meses desde a última vez em que ligara para lá, e muito mais tempo desde que conseguira falar com outra pessoa que não Kevin. Mas, desta vez, havia algo urgentemente errado com ela e ele sabia disso. Não chame de premonição. Não chame de ataque de pânico. Chame do que é· medo de pai.

Usando o celular para que nenhuma luz reveladora aparecesse no telefone da mesa de cabeceira de Mitzi, ele discou o número de Kevin, fechou os olhos e esperou para ouvir a fala arrastada e de boca mole dizendo a ele que sim, que lamentava muito, Tommy, mas Georgie não estava com vontade de falar com ele naquele momento, ela estava bem, estava ótima, mas um pouco irritada. Desta vez, ele *exigiria* falar com ela. Ele insistiria em nome dos direitos paternos, não que tivesse algum. Um rock explodiu em seus ouvidos e fortaleceu sua decisão, assim como a voz gravada de Kevin informando que, se você realmente precisar deixar um recado, cara, que então apenas o deixe, mas, como ninguém costuma ouvir muito os recados por aqui, por que não desligar e telefonar outra hora — até que a mensagem foi interrompida pela voz de uma mulher.

— Georgie?

— Quem é?

— É você mesmo, Georgie?

— É claro que sou eu, pai. Não reconhece minha voz?

— Eu apenas não sabia se você atenderia o telefone. Não estava esperando por isso. Como você está, Georgie? Está tudo bem?

— Estou ótima. Aconteceu alguma coisa? Você parece péssimo. Como está a nova Sra. Brue? Jesus, que horas são aí? Pai?

Ele estava segurando o telefone com o braço esticado enquanto se recompunha. A nova senhora Brue, oito anos depois. Nunca Mitzi.

— Não há nada de errado, Georgie. Também estou ótimo. Ela está dormindo. Por alguma razão, eu estava apenas desesperadamente preocupado com você. Mas você está bem. Está mais do que bem, posso perceber. Fiz 60 anos semana passada. Georgie?

Não a desafie, o psiquiatra detestável de Viena costumava dizer. Quando ela mergulha em um de seus silêncios, espere até que retorne.

— Isso não soou *direito*, pai — ela reclamou, como se conversassem todos os dias da semana. — Achei que fosse Kevin telefonando do supermercado, mas era você. Simplesmente me surpreendeu.

— Eu não tinha ideia de que ele ia a supermercados. O que ele está comprando?

— A loja toda. Ele ficou louco. É um homem de 40 anos que viveu à base de pinhas durante dez anos e que diz que filhos são o fim da vida como a conhecemos. Agora, só pensa em colchões para trocar fraldas, macacões com orelhas de coelho, um berço com babados e em um bugre com teto solar. Foi assim quando você engravidou a mamãe? E eu dizendo a ele que estamos duros e que ele precisa devolver tudo que comprou?

— Georgie?

— Sim?

— Isso é incrível. É maravilhoso. Eu não sabia.

— Nem eu, até mais ou menos cinco minutos atrás.

— É para quando, por Deus? — se você não se importar que eu pergunte.

— Para daqui a cinquenta anos. Você pode acreditar? E Kevin já está agindo como um pai grávido? Ele até quer casar comigo agora que aceitaram seu livro.

— Livro? Ninguém nem sequer me disse que ele estava escrevendo.

— É um manual. Cérebro, dieta e contemplação.

— Maravilhoso!

— E feliz aniversário, tá? Venha nos ver algum dia. Eu te amo, pai. Será uma menina. Kevin decidiu.

— Posso mandar algum dinheiro para você? Para ajudar? Para o bebê? Para o berço com babados e outras coisas? — ele tinha 50 mil euros na ponta da língua, mas se conteve e esperou a resposta dela.

— Talvez mais tarde. Vou falar com Kevin e telefonarei para você. Talvez tudo bem, se for para o berço com babados. Só não quero dinheiro do tipo dinheiro no lugar de amor. Dê-me novamente seu número.

Pela décima nona ou pela nonagésima vez nos últimos dez dias, Brue passou seus números: o celular, o de casa e o que toca em sua mesa no banco. Ela os anotara? Talvez tenha anotado desta vez.

Brue serviu-se de um uísque. Notícias incríveis, maravilhosas. As melhores que poderia ter imaginado.

Uma pena que Annabel não pudesse lhe dizer que também estava bem. Porque na verdade, agora percebia, era com Annabel, e não com Georgie, que estivera tão preocupado quando acordou de sobressalto e desceu a escada sorrateiramente.

Resumindo, então, fora um caso de paranoia mal dirigida, como o psiquiatra detestável de Viena teria dito.

* * *

Esta escada é uma estupidez.

Eu jamais deveria ter comprado este lugar.

Todos os pequenos ângulos, curvas e lances de escada. Eu poderia quebrar meu pescoço.

Esta mochila pesa uma tonelada. Que diabos colocamos dentro dela? As alças estão cortando meus ombros como arame.

Mais um lance e estarei lá.

Ela havia dormido. Depois de duas noites em claro no apartamento olhando para o teto, um sono profundo e sem sonhos, como o de uma criança.

— Issa ficará muito satisfeito com você, querida — Erna Frey assegurara a ela, acordando-a com uma xícara de café e sentando-se na cama. — Você dará a ele *exatamente* a notícia que ele está esperando. E um ótimo café da manhã.

Ela repetira aquilo no espelho retrovisor enquanto Annabel se encolhia na parte de trás com a bicicleta, esperando para ser deixada na frente do porto:

— Apenas se lembre de que não há nada de falso ou infame no que está fazendo, querida. Você é a portadora da esperança dele e ele confia em você. Coloquei o iogurte por último. Sua chave está no bolso direito do anoraque. Tudo pronto? Então, pode ir.

O novo cadeado abriu-se, a porta de ferro precisou ser empurrada com as duas mãos e uma música suave tocava no rádio, e ela pensou que fosse Brahms. Annabel ficou na porta, cheia de medo, de vergonha e de uma tristeza nauseante e desesperada pelo que estava prestes a fazer. Ele estava deitado inclinado sob a janela, no pedaço de chão onde ficava sua cama, com o longo corpo enrolado da cabeça aos pés em um cobertor marrom com a parte superior do gorro despontando em uma extremidade e as meias de marca de Karsten na outra. Arrumado com cuidado ao lado dele estava tudo que precisava para acompanhá-lo para a próxima prisão: o alforje, o casaco preto, bem dobrado, as pantufas de Karsten e seus jeans de marca. Estaria ele nu fora as meias e o boné? Ela fechou a porta atrás de si mas permaneceu no mesmo lugar, com toda a extensão do loft entre eles.

— Devemos partir imediatamente para a clínica, por favor, Annabel — Issa anunciou debaixo do cobertor. — O Sr. Brue forneceu um guarda armado e um ônibus cinza malcheiroso com barras nas janelas?

— Infelizmente não há nenhum ônibus nem um guarda armado — ela respondeu com bom humor. — E nada de clínica. Você não irá a lugar algum, no final das contas — e retirando-se para a cozinha. — Eu trouxe um café da manhã exótico para comemorarmos. Você quer se juntar a mim aqui quando tiver levantado? Talvez você queria orar.

Silêncio. O som de pés com meias se arrastando pelo chão. Ela se agachou diante da geladeira, abriu a porta e colocou a mochila a seu lado.

— Nada de clínica, Annabel?

— Nada de clínica — ela repetiu, e o som dos passos parou.

— Ontem você me disse que eu precisava ir para uma clínica, Annabel. Agora, não devo ir. Por quê?

Onde ele estava? Annabel estava assustada demais para se virar.

— Simplesmente não era um movimento tão bom quando pensamos — ela disse em voz alta. — Burocracia demais. Formulários demais que deveriam ser preenchidos e perguntas desconfortáveis que deveriam ser respondidas — sugestão de Erna Frey. — Nós decidimos que você ficaria melhor aqui.

— Nós?

— O Sr. Brue. Eu.

Mantenha Brue entre vocês, Bachmann aconselhara. Se Issa o vê como um ser superior, mantenha-o assim.

— Não compreendo sua motivação, Annabel.

— Mudamos de ideia, isso é tudo. Sou sua advogada e ele é nosso banqueiro. Analisamos as opções e decidimos que você ficaria melhor aqui em meu apartamento, onde prefere ficar.

Ela tomou coragem e olhou para Issa. Ele estava de pé na porta, ocupando a passagem, enrolado no cobertor marrom, um monge com olhos escuros como carvão, observando-a tirar as coisas da mochila que tinha tudo que ela dissera a Erna Frey que Issa gostava: seis potes de iogurte de frutas, pães quentes com sementes de papoula, mel grego, coalhada e queijo emental.

— O Sr. Brue ficou chateado ao saber que precisaria pagar muito dinheiro à clínica, Annabel? Esse é o motivo pelo qual ele mudou de ideia?

— Eu lhe disse o motivo. Sua própria segurança.

— Você está mentindo para mim, Annabel.

Ela levantou-se abruptamente e deu meia-volta para encará-lo. Havia apenas um metro entre os dois. Em qualquer outro momento, ela teria respeitado a zona de exclusão invisível que os mantinha afastados mas, desta vez, manteve a posição.

— Eu *não* estou mentindo para você, Issa. Estou lhe dizendo que, para seu próprio bem, houve uma mudança de planos.

— Seus olhos estão vermelhos, Annabel. Você andou bebendo álcool?

— Não, é claro que não.

— Por que é claro, Annabel?

— Porque não bebo álcool.

— Você o conhece muito bem, esse Sr. Tommy Brue, por favor?

— Do que você está falando?

— Você andou bebendo álcool com o Sr. Brue, Annabel?

— Issa, pare com isso!

— Você tem um relacionamento com o Sr. Tommy Brue que seja comparável ao relacionamento que teve com o homem insatisfatório em seu apartamento anterior?

— Issa, já falei, *pare!*

— O Sr. Tommy Brue é o sucessor do homem insatisfatório? O Sr. Brue exerce um poder desproporcional sobre você? Eu vi como ele olhava com desejo para você na casa de Leyla. Você sucumbe aos desejos abjetos do Sr. Brue porque ele é materialmente rico? O Sr. Brue acredita que, mantendo-me aqui em sua casa, ele a esteja subjugando à vontade dele e também assegurando que não seja obrigado a pagar grandes quantias à clínica da KGB?

Ela retomara o autocontrole. Não queremos que você seja complacente, Bachmann dissera. Queremos que seja criativa. Queremos sua mente gélida e sua mente astuta de advogada, e não um monte de merda emocional imatura que não leva a nada.

214

— Veja bem, Issa — ela disse lisonjeiramente, voltando-se para a mochila —, o Sr. Brue não quer apenas alimentar seu corpo. Veja só o que ele mandou para você.

Uma edição de capa mole em um volume de *Águas da primavera* e *O primeiro amor*, de Turgenev, em russo.

Os contos de Tchekov, também em russo.

Um toca-discos em miniatura para substituir o velho toca-fitas, discos clássicos de Rachmaninov, Tchaikovski e Prokofiev, e — porque Erna pensa em tudo — baterias reserva.

— O Sr. Brue gosta de nós dois e nos respeita — ela disse. — Ele não é meu amante. Isso existe na sua imaginação, e somente nela. Não queremos manter você aqui nem um dia a mais do que o necessário. Faríamos qualquer coisa para libertar você. Você precisa acreditar nisso.

* * *

A van amarela estava onde Annabel a havia deixado. O mesmo garoto estava ao volante. Erna Frey ainda estava no assento do carona. Estava com o rádio do carro ligado e ouvia Tchaikovski. Annabel colocou a bicicleta na parte de trás da van, seguida pela mochila, entrou no carro e bateu a porta.

— Foi a coisa mais suja que precisei fazer na vida — comentou, olhando pelo para-brisa. — Obrigado. Foi realmente divertido.

— Besteira, querida. Você se saiu muito bem — disse Erna Frey. — Ele está feliz. Ouça.

O rádio ainda tocava Tchaikovski, mas a recepção parecia estranhamente recortada, até que Annabel percebeu o som de Issa andando ruidosamente pelo salão com os mocassins de Karsten, cantando o mais alto que conseguia com sua voz de tenor desafinado.

— Então também fiz isso — ela disse. — Perfeito.

10

O alpendre de madeira era coberto por glicínias. O pequeno mas imaculado jardim era cuidado à maneira romântica, com um arbusto de rosas e um lago com lírios e sapos ornamentais. A casa em si era pequena mas muito bonita, uma casa de Branca de Neve com telhas rústicas cor-de-rosa e chaminés extravagantes, instalada ao lado de um dos canais mais desejáveis de Hamburgo. Eram precisamente 19 horas. Bachmann conhecia a importância da pontualidade. Ele vestia seu melhor terno e carregava uma maleta de executivo. Ele havia polido os sapatos pretos e, com a ajuda do spray de Erna Frey, alisou seu tufo de cabelo em uma submissão temporária.

— Schneider — murmurou no interfone e a porta da frente abriu-se de imediato somente para ser prontamente fechada atrás dele por Frau Ellenberger.

* * *

Nas aproximadamente 18 horas desde que Erna Frey mandara Annabel para a cama, Bachmann, com a ajuda de Maximilian, atacara o computador central em busca de todos os Karpov conhecidos pela humanidade, telefonou para um contato no Serviço de Segurança Austríaco e obrigou-o a desenterrar a triste história do Brue Frères de Viena em seus anos de declínio, alugou a cabeça irritadiça do chefe de vigilância das ruas da equipe de Arni Mohr a respeito do estilo de vida do principal acionista sobrevivente do banco, despachou um pesquisador para vasculhar os arquivos do escritório de finanças de Hamburgo e — no meio da tarde — atacou Michael Axelrod, do Comitê Conjunto, durante uma hora inteira na linha encriptada para Berlim, antes de solicitar todos os arquivos sobre um acadêmico muçulmano altamente respeitado vivendo no norte da Alemanha e conhecido pelo ponto de vista moderado e pelos modos agradáveis na televisão.

Para obter alguns dos arquivos, Bachmann precisou de autorização especial da seção de lavagem de dinheiro do Comitê. Para Erna Frey, havia algo de demente em Bachmann enquanto ele bamboleava de um lado para o outro entre a toca dos pesquisadores e a deles, fumava inúmeros cigarros, mergulhava nos arquivos espalhados sobre sua mesa ou exigia ver algum memorando que enviara a ela, esquecera a respeito e que agora jazia enterrado nas entranhas do computador de Erna.

— Por que os malditos ingleses, dentre todo o mundo? — ele exigira saber. — O que faz um vigarista russo procurar um banco inglês em uma cidade austríaca? Tudo bem, Karpov sênior admira a hipocrisia deles. Ele respeita as mentiras cavalheirescas deles. Mas como diabos ele os *encontrou?* Quem o *enviou* para eles?

E, às 15 horas: *Eureka!* Ele tinha nas mãos uma pasta marrom magra que catara nas catacumbas do escritório do promotor público. Estava marcada para ser destruída, mas escapara das chamas por milagre. Bachmann havia criado o clima mais uma vez.

* * *

Estavam sentados em poltronas floridas, frente a frente na janela de sacada da sala de estar impecável de Frau Ellenberger, um pedaço da Inglaterra, bebendo chá Earl Grey na melhor porcelana de ossos Minton. Nas paredes, gravuras da Londres antiga e paisagens de John Constable. Em uma estante

Sheraton, edições de Jane Austen, Trollope, Hardy, Edward Lear e Lewis Carrol. Na sacada, botões primaveris delicados em vasos Wedgwood.

Durante um longo período, nenhum dos dois falou. Bachmann sorria com gentileza, principalmente para si mesmo. Frau Ellenberger olhava para a janela com cortinas de renda.

— A senhora se opõe que usemos um gravador, Frau Ellenberger? — ele perguntou.

— Enfaticamente, Herr Schneider.

— Então, nada de gravador — Bachmann anunciou com determinação, recolocando um instrumento na maleta enquanto deixava outro funcionando.

— Mas posso tomar notas — ele sugeriu, colocando um bloco no colo e mantendo a caneta a postos.

— Exigirei uma cópia do que quer que proponha colocar nos arquivos — ela disse. — Se o senhor tivesse me avisado com mais antecedência, meu irmão estaria aqui para me representar. Infelizmente, ele tem negócios em outro lugar hoje à noite.

— Seu irmão é bem-vindo para inspecionar nossos arquivos a qualquer momento.

— É o que esperamos, Herr Schneider — disse Frau Ellenberger.

Quando abrira a porta da frente para ele, ela ruborizara. Naquele momento, estava espectralmente pálida e bela. Com os olhos grandes e vulneráveis, o cabelo penteado para trás, o pescoço longo e o perfil de menina, para Bachmann ela era uma daquelas mulheres belas que chegam à meia-idade sem ser percebidas e desaparecem.

— Posso começar? — ele perguntou.

— Por favor.

— Há sete anos, a senhora fez uma declaração voluntária, sob juramento, a meu antecessor e colega, Herr Brenner, a respeito de certas preocupações que tinha em relação às atividades de seu empregador na época.

— Não mudei de empregador, Herr Schneider.

— Fato do qual estamos cientes, e que respeitaremos — Bachmann respondeu com reverência, fazendo ostensivamente uma observação para si mesmo para assegurá-la.

` É de se esperar, Herr Schneider — Frau Ellenberger disse novamente para as cortinas enquanto apertava os braços da cadeira.

— Posso dizer que a admiro por sua coragem?

Ele poderia, ou talvez não, pois ela não deu o menor sinal de que o tivesse ouvido.

— Sua integridade também, é claro. Mas, acima de tudo, sua coragem. Posso perguntar o que a levou a conseguir?

— E posso perguntar ao *senhor* o que está fazendo aqui?

— Karpov — Bachmann respondeu prontamente. — Grigori Borisovich Karpov. Um antigo cliente valioso do Banco Brue Frères, de Viena, agora em Hamburgo. Detentor de uma conta *Lipizzaner*.

Enquanto ele falava, a cabeça dela virou-se em sua direção, parcialmente — foi o que pareceu a Bachmann — em desgosto, mas também parcialmente com um prazer espirituoso, mesmo que culpado.

— Não me diga que ele continua com seus velhos truques — ela exclamou.

— O próprio Karpov, não lamento em lhe informar, não está mais entre nós, Frau Ellenberger. Mas sua obra sobreviveu a ele. Assim como seus comparsas no crime. Motivo pelo qual, sem violar o sincretismo oficial, estou aqui nesta noite. Dizem que a história não para para respirar. Quanto mais fundo cavamos, mais longe parecemos voltar no tempo. Permita-me perguntar: o nome *Anatoly* significa alguma coisa para a senhora? Anatoly, *consigliere* do falecido Karpov?

— Remotamente. Como um nome. Ele era o corretor.

— Mas a senhora nunca o conheceu.

— Não havia intermediários — ela corrigiu a si mesma. — Fora Anatoly, obviamente. O *corretor extraordinaire* de Karpov, era como o Sr. Edward o chamava. Mas veja bem, Anatoly não era apenas um *corretor*. Era mais um *endireitador*. Sempre recolhendo os pedacinhos desonestos de Karpov e fazendo com que parecessem direitos.

Bachmann armazenou a informação extraordinária mas não tentou se aprofundar nela.

— E *Ivan*? Ivan Grigorevich?

— Não conheço nenhum Ivan, Herr Schneider.

— O filho natural de Karpov? Que viria posteriormente a se chamar *Issa*?

— Não conheço nenhum herdeiro do coronel Karpov, natural ou não, apesar de não ter dúvida de que tenham sido muitos. O Sr. Brue Junior me fez a mesma pergunta há poucos dias.

— Ele fez?

— Sim. Fez.

E, novamente, Bachmann deixou a observação passar. Um interrogador quase decente, ele gostava de pregar nas raras ocasiões em que era solto entre os novatos no Serviço Secreto, não derruba a porta da frente. Ele toca a campainha e depois entra pela porta dos fundos. Mas não fora esse o motivo pelo qual se conteve, como confessou posteriormente a Erna Frey. Fora *a outra música* que estava ouvindo: a sensação de que, enquanto ela lhe contava uma história, ele estava ouvindo outra diferente, e ela também.

— Então, posso lhe perguntar, Frau Ellenberger, voltando no tempo novamente, se me permite, antes de mais nada, o que a levou, há sete anos, a fazer aquele depoimento tão corajoso?

Ela levou algum tempo para ouvi-lo.

— Sou alemã, caso não saiba — ela respondeu com irritação, quando ele estava prestes a repetir a pergunta.

— Sim, claro.

— Eu estava voltando para a Alemanha. Minha pátria.

— De Viena.

— O Frères estava prestes a abrir uma *filial* na Alemanha. Minha Alemanha. Eu desejava... Sim, bem, eu *desejava*... — ela falou com raiva e franziu as sobrancelhas olhando para as cortinas rendadas da janela que dava para o jardim, como se o problema estivesse lá.

— A senhora queria traçar uma linha, talvez? Uma linha sob o passado? — Bachmann sugeriu.

— Eu desejava reentrar em meu país em um *estado puro* — ela retrucou com uma animação repentina. — Imaculada. O senhor não compreende?

— Ainda não, mas estou chegando lá, tenho certeza.

— Eu desejava um começo limpo. *Com* o banco. *Com* minha vida. Não é assim a natureza humana? Desejar um novo começo? Talvez o senhor não pense assim. Homens são diferentes.

— Havia também o fato, acredito, de que seu distinto empregador de muitos anos havia falecido, e que *Brue Junior* — usando a expressão dela — havia recentemente assumido o banco — sugeriu Bachmann, abaixando a voz em submissão ao tom didático de Frau Ellenberger.

— Este é o caso, Herr Schneider. O senhor fez seu dever de casa, estou satisfeita em perceber. Tão poucos fazem o dever de casa hoje em dia. Eu era *muito* jovem — ela relatou em um tom impiedoso de autodiagnóstico. — *Muito* mais nova do que aparentava, lembre-se disso. Se me comparar com a juventude moderna, eu era uma verdadeira *criança*. Venho de uma família pobre e não tinha *nenhuma* experiência no mundo fora dela.

— Mas permita-me dizer que a senhora era uma recruta inexperiente em seu primeiro trabalho! — Bachmann protestou, nivelando-se à indignação dela. — As ordens vinham *de cima* e a senhora as obedecia. Era jovem e inocente, e ocupava uma posição de confiança. Não está sendo um pouco *dura* consigo mesma, Frau Ellenberger?

Será que ela o ouvira? E, caso tivesse ouvido, por que sorria? A voz dela estava mudando. Estava mais jovem. Conforme recomeçou a falar, sua voz adquiriu uma cadência mais brilhante, um ritmo vienense mais suave e fresco, que cobria até mesmo as observações mais severas com um verniz piedoso. E, com a voz mais jovem, uma figura mais jovem: ainda magra, ainda respeitosamente ereta, mas mais ativa e sedutora nos gestos. E o mais estranho era que seu próprio modo de falar parecia escolhido para agradar aos ouvidos de alguém superior a ela tanto em idade quanto em posição, enquanto Bachmann não era nenhuma das duas coisas. Além disso, por um ato inconsciente de ventriloquismo de si própria, ela invocava não somente a voz de sua juventude desaparecida, mas a voz na qual fora conduzida a relação com a pessoa a quem estava descrevendo.

— *Havia* aqueles a meu redor que eram *diretos*, Herr Schneider — ela recordou, feliz. — *Muito* diretos, desde que isso lhes assegurasse a atenção do *Sr. Edward* — um nome a se valorizar e reconhecer. Um nome a ser saboreado. — Mas não era *mesmo* meu estilo, ah não. Era minha reticência, e não minha objetividade, que *me* confiou a ele. Ele mesmo me disse isso. "Elli, quando estiver procurando por uma secretária de luxo, é melhor que seja uma que fique no fundo da multidão." Esse era o lado *duro* dele falando — ela acrescentou sonhadoramente. — Inicialmente, fui pega de surpresa pelo lado *duro*. Demorei até me acostumar. Você não espera algo assim de um cavalheiro refinado como o Sr. Edward. Depois, foi tudo bem. Era *real* — ela disse com orgulho, e ficou novamente em silêncio.

— E a senhora era uma simples... *o quê*, na época? — Bachmann finalmente perguntou, mas muito delicadamente, determinado a não quebrar o encantamento por nada.

— Vinte e dois anos, e com as notas secretariais *mais altas*. Meu pai tinha morrido quando eu era mais jovem, entenda. Existe uma incerteza sobre como morreu, não me importo de contar ao senhor. Enforcou-se, foi o que *ouvi*, mas nunca oficialmente. Somos católicos. O irmão de minha mãe era padre em Passau e foi gentil o bastante para nos acolher. O que mais se podia ser em Passau? Infelizmente, com o tempo, meu tio se tornou afetuoso demais em relação a mim, e achei prudente, sob o risco de aborrecer minha mãe, recolher-me à faculdade de secretariado em Viena. Sim. Bem. Foi isso. Ele me violou, caso queira saber. Na época, mal percebi. Você não percebe, não se for inocente.

E ficou em silêncio de novo.

— E o Brue Frères foi seu primeiro compromisso — Bachmann sugeriu.

— Posso apenas lhe dizer — Frau Ellenberger continuou, em resposta a uma pergunta que ele não fizera — que o senhor Edward me tratou com uma consideração *exemplar*.

— Eu não duvidaria disso.

— O Sr. Edward era um exemplo de retidão.

— Meu Gabinete não questiona isso. Achamos que foi induzido a se perder.

— Ele era inglês no melhor sentido da palavra. Quando o Sr. Edward se confidenciou comigo, senti-me lisonjeada. Quando me convidava para acompanhá-lo socialmente, por exemplo para *apenas um pequeno jantar* — ela estava usando as palavras em inglês —, depois de um longo dia de trabalho e antes de voltar para casa para relaxar com a família, eu me sentia orgulhosa de ter sido escolhida.

— Quem não ficaria? Ninguém.

— Que ele fosse não apenas velho o bastante para ser meu tio, e sim praticamente para ser meu avô, não me despertava uma preocupação indevida — ela resumiu com firmeza, como que a título de registro. — Já tendo me acostumado às atenções de um homem mais velho, aceitei-as como normais para uma pessoa em minha posição. A diferença era que o Sr. Edward tinha vida. Ele *não* era meu tio. Quando contei à minha mãe o que acontecera, ela não viu minha situação como infeliz, mas, pelo contrário, aconselhou-me a não colocá-la em perigo por causa de considerações insignificantes. O Sr. Edward, tendo apenas um filho de quem deveria se lembrar, com certeza não se esqueceria de uma bela moça que lhe demonstrara uma amizade amorosa em seus anos de declínio.

— E ele não se esqueceu, não é mesmo? — Bachmann incitou, olhando apreciativamente pela sala, mas ele a havia perdido novamente, e tinha a impressão de que ela quase perdera a si mesma. — Então, em qual *ponto*, exatamente, Frau Ellenberger — ele continuou com vivacidade, recomeçando —, a intrusão do coronel Karpov jogou uma maldição sobre a felicidade de vocês dois, se é que posso colocar dessa forma?

*   *   *

Será que ela realmente não o escutara?

Ainda não?

Ela levantou as sobrancelhas ao máximo e virou a cabeça com atenção para um lado. Depois, fez outra declaração para o arquivo:

— A chegada de Grigori Borisovich Karpov como um dos principais clientes do Frères coincidiu com o pleno e improvável florescimento de meu relacionamento com o Sr. Edward. Eu não podia na época, tampouco posso agora, determinar qual evento precedeu o outro. O Sr. Edward tinha entrado no que posso apenas descrever como sua segunda ou terceira juventude. Ele era positivo nas atenções em relação a mim e, em espírito, era muito mais aventureiro do que muitos dos homens mais jovens da comunidade banqueira Vienense — ela refletiu um pouco, começou a dizer algo, balançou a cabeça e deu um sorriso reminiscente furtivo. — *Muito* positivo, caso queira saber — o momento desapareceu. — O senhor perguntou *quando*, acredito. *Quando* ele entrou em cena, suponho que seja o que queira dizer. Karpov. Não é?

— Algo do gênero.

— Então, deixe-me lhe contar sobre Karpov.

— Por favor.

— Seria tentador descrever Karpov como o típico urso russo. Mas isso é apenas *metade* da história. Sobre o Sr. Edward, ele agiu como uma droga revitalizante. "Karpov é minha *droga estimulante*", ele comentou comigo certa vez. A irreverência de Karpov em relação às normas tradicionais da vida incensaram uma fagulha de identificação no coração do Sr. Edward. Nas semanas que antecederam o lançamento do sistema Lipizzaner, o Sr. Edward viajara para Praga, Paris e Berlim Oriental com o único propósito de conhecer o novo cliente.

— Com a senhora?

— Às vezes comigo, sim. Na verdade, com frequência. E, às vezes, o pequeno Anatoly chegava com sua maleta, bendito seja. Eu sempre me perguntei o que guardava nela. Um revólver? O Sr. Edward dizia que era seu pijama. Imagine uma maleta em uma casa noturna! Ele simplesmente pagava *tudo* com o que tinha nela! Apenas de um bolso na parte da frente, onde guardava o dinheiro. Nunca vimos o que tinha na parte *principal*. Era altamente secreto. Ser careca tornava a situação um pouco mais engraçada, de algum modo.

Ela permitiu-se dar um sorriso de menina.

— Nenhum momento tedioso, não com Karpov. Todo encontro era uma mistura de anarquia e cultura e você nunca sabia qual das duas iria receber — ela franziu as sobrancelhas acentuadamente, corrigindo-se. — Direi o seguinte, Herr Schneider. O coronel Karpov era um admirador genuíno e apaixonado de todas as formas de arte, música e literatura, além da física. E também de mulheres, é claro. Não é preciso dizer isso. Em russo, ele descreveria a si mesmo como *kulturny*. Culto.

— Obrigado — disse Bachmann, escrevendo diligentemente no bloco de notas.

O mesmo tom duro:

— Depois de farrear até o amanhecer em uma casa noturna e de utilizar os quartos de cima, duas ou até três vezes, posso dizer, *e* de discursar sobre literatura entre as visitas, ele precisava explorar imediatamente as galerias de arte e visitar os pontos culturais da cidade. Dormir, da maneira como compreendemos o processo, não era um conceito para ele. Para o Sr. Edward e para mim, foi uma jornada única de educação.

A severidade abandonou-a e ela começou a rir suavemente e a girar a cabeça. Para acompanhá-la, Bachmann abriu seu sorriso de palhaço.

— E as contas Lipizzaners eram discutidas abertamente nessas ocasiões? — ele perguntou — Ou era tudo... na surdina, secreto... somente entre os dois homens? E Anatoly, quando estava presente?

Outro silêncio enervante conforme o rosto dela se fechava repentinamente com a memória.

— Ah, o Sr. Edward, mesmo quando mais liberado, nunca era menos do que *circunspecto*, posso garantir! — ela reclamou, reconhecendo a questão sem a responder diretamente. — Em questões bancárias, bem, acredito que fosse natural. Mas também era em relação à *esfera privada*. Algumas vezes, perguntei-me se eu era a única *além* da Sra. Brue. Mas então ela morreu — ela acrescentou sem mudar o tom. — Ele ficou perturbado, tenho certeza. Muito triste, na verdade. Veja bem, achei que poderíamos nos casar. Mas, no final das contas, não havia vagas. Não para Elli.

— E ele era também circunspecto acerca do amigo inglês, o Sr. *Findlay*. Acredito que recordo de seu depoimento — Bachmann lembrou a ela, avançando muito delicadamente em direção à pergunta que viera fazer.

* * *

O rosto dela ficou sombrio. Seu maxilar moveu-se para a frente em rejeição, os lábios pressionados um contra o outro.

— Não era esse o nome dele? *Findlay*? O inglês misterioso? — Bachmann insistiu delicadamente. — É o nome que está em seu depoimento. Ou entendi errado?

— Não. O senhor *não* entendeu errado. *Findlay* entendeu errado. Muito errado mesmo.

— Findlay, o *gênio do mal* por trás das contas Lipizzaners?

— *Ninguém* deveria se interessar pelo Sr. Findlay. Ele deveria ser imediatamente relegado ao esquecimento, e para sempre. Isso é o que deveria acontecer ao *nosso Sr. Findlay* — ela disse, adotando uma voz furiosa de cantiga de ninar. — O Sr. Findlay deveria ser *feito em pedacinhos e colocado em um vaso até morrer!*

O surto de energia repentino com o qual ela fez o pronunciamento confirmou o que Bachmann suspeitava havia algum tempo: que apesar de poderem estar bebendo chá inglês em finas xícaras de porcelana em uma bandeja de prata, com um passador de prata, uma leiteira de prata e um bule de prata com água fervida, e beliscando com gosto um brioche inglês feito em casa, os cheiros que chegavam esporadicamente a ele do hálito de Frau Ellenberger derivavam de algo muito mais potente do que apenas chá.

— Ele era tão mau assim, então? — Bachmann admirou-se. — *Fazê-lo em pedacinhos. Dar a ele o que merece* — mas ela havia se recolhido às próprias memórias, de modo que ele poderia muito bem estar falando sozinho. — Veja bem, eu entendo o que quer dizer. Se alguém desse uma volta em *meu* patrão, eu também ficaria com muita raiva. Ficar sentado ali observando seu patrão ser levado pelo caminho no jardim — nenhuma resposta.

— Ainda assim, nosso Sr. Findlay deve ter sido uma figura e tanto. Não é verdade? Qualquer um capaz de desviar o Sr. Edward da coisa certa... Apresentá-lo a vigaristas russos como Karpov e seu *corretor extraordinaire...*

Ele quebrara o encantamento:

— Findlay *não* era uma figura e tanto, muito obrigada! — Frau Ellenberger retrucou furiosamente. — Ele não era nem um pouco uma *figura*. O Sr.

Findlay foi construído *inteiramente* a partir de características *roubadas* de outras pessoas! — e prontamente colocou a mão sobre os lábios para os calar.

— Qual era a aparência de Findlay? Dê-me uma palavra que represente uma imagem. O senhor Findlay.

— Esperto. Perverso. Lustroso. Nariz seco.

— Quantos anos.

— Quarenta. Ou fingia ter. Mas a sombra dele era muito, *muito* mais velha.

— Altura? Aparência geral? Qualquer característica física da qual se lembre?

— Dois chifres, uma cauda longa e um cheiro *muito forte* de enxofre.

Bachmann balançou a cabeça em espanto.

— A senhora realmente não gostava muito dele, não é mesmo?

Frau Ellenberger passou por outra de suas metamorfoses abruptas. Sentou-se tão ereta quanto uma professora, apertou os lábios e encarou-o com um olhar de reprovação severa.

— Quando um homem é deliberadamente excluído de sua vida, Herr Schneider... da vida de *alguém*... alguém com quem você esteja emocionalmente ligado, a quem se revelou em toda sua feminilidade... é normal ver o causador disso tudo com nojo e suspeita, ainda mais se ele for o corruptor de seu... da integridade bancária do Sr. Edward.

— A senhora o encontrava com frequência?

— Uma vez, e uma foi o bastante para fazer um julgamento. Ele marcou uma reunião, passando-se por um cliente em potencial. Ele veio ao banco e travei uma conversa casual com ele na sala de espera, o que era parte de minhas obrigações. Foi a única vez em que apareceu no banco. Depois disso, Findlay usou sua mágica maligna e fui totalmente excluída. Pelos dois.

— A senhora poderia explicar isso?

— Poderíamos estar no meio de um momento privado, eu e o Sr. Edward. A sós. Ou ele poderia estar me ditando uma carta, não havia diferença. O telefone tocava. Era Findlay. O Sr. Edward precisava somente ouvir a voz dele para dizer "Elli, vá empoar o nariz". Se Findlay desejasse marcar uma *reunião* com o Sr. Edward, ela era realizada na cidade, *jamais* no banco, e eu era novamente excluída. "Não nesta noite, Elli. Vá cozinhar uma galinha para sua mãe."

— A senhora alguma vez reclamou com o Sr. Edward sobre esse tratamento rude?

— A resposta dele era que havia alguns segredos no mundo dos quais nem eu poderia compartilhar, e Teddy Findlay era um deles.

— *Teddy?*

— Esse era o nome dele.

— Não acredito que tenha mencionado isso.

— Não quis mencionar. Éramos Teddy e Elli. Apenas ao telefone, obviamente. E por ocasião de um encontro na sala de espera durante o qual não discutimos nada substancial. Era tudo *fingimento*. Com Findlay, era assim: *fingir*. Nossa suposta intimidade ao telefone jamais teria sobrevivido à realidade, pode ter certeza. O Sr. Edward queria que eu ficasse admirada com a impertinência dele, de modo que, naturalmente, fiquei.

— O que a faz ter tanta certeza de que Findlay estava por trás da operação Lipizzaner?

— Foi ele quem a organizou!

— Com Karpov?

— Com Anatoly, *às vezes*, agindo em nome de Karpov. Era o que eu percebia. A distância. Mas a criação era somente dele. Ele se vangloriava dela. *Minhas* Lipizzaners. *Meu* pequeno estábulo. *Meu* Sr. Edward, era o que estava dizendo na verdade. Era tudo planejado. O pobre Sr. Edward jamais teve uma chance. Ele foi *ludibriado*. Primeiro, o telefonema jocoso, muito charmoso, solicitando a reunião... privada e pessoal, obviamente, sem terceiros, sem nada para os arquivos. Então o convite lisonjeiro à Embaixada Britânica e um drinque com o embaixador para *oficializar*. Oficializar *o quê*, posso saber? *Nada* a respeito das Lipizzaners era oficial! Elas eram o *oposto* de oficial. Eram dopadas e mancas desde o começo. Impostores com pernas tortas se passando por cavalos puro-sangue, isso é o que eram!

— Ah, sim, a *Embaixada* — Bachmann concordou vagamente, como se a *Embaixada* tivesse lhe escapado da mente por um momento; porque um interrogador quase decente não arromba a porta. Mas, na verdade, a Embaixada Britânica era algo totalmente novo para ele, e também seria para Erna Frey. Nada no depoimento dela de sete anos atrás os havia preparado para o envolvimento da Embaixada Britânica em Viena. — Mas exatamente *quando* a Embaixada surgiu? — ele perguntou, fingindo constrangimento — Conte-me novamente, por favor, Frau Ellenberger. Talvez eu não tenha feito meu dever de casa tão bem quanto pensei.

— O *Sr.* Findlay apresentara-se inicialmente como uma espécie de diplomata britânico — ela respondeu severamente. — Um diplomata *informal*, se é que *existe* tal tipo, do que duvido.

A julgar pelo rosto de Bachmann, ele também duvidava, apesar de ele próprio ter sido um.

— Depois, reinventou-se como um *consultor financeiro*. Se o senhor me perguntar, ele nunca foi nenhuma das duas coisas. Era um charlatão e foi isso o que sempre foi.

— Então as Lipizzaners ganharam vida por cortesia da *Embaixada Britânica em Viena* — Bachmann refletiu em voz alta. — É claro que sim! Lembro-me agora. Perdoe meu pequeno lapso.

— Foi lá que todo o plano Lipizzaner foi elaborado, não tenho dúvidas. Na noite em que o Sr. Edward retornou da primeira reunião na Embaixada, ele descreveu todo o acordo para mim. Fiquei chocada, mas não estava em posição de demonstrar isso. Depois, todos os refinamentos ou *melhorias* propostos eram invariavelmente seguidos por consultas ao Sr. Findlay. Poderia ser em uma cidade distante ou em Viena, mas sempre bem longe do banco, ou pelo telefone, no modo disfarçado ao qual o Sr. Edward insistia em se referir como *código de palavras*. Era um termo que eu jamais o ouvira usar antes. Boa-noite, Herr Schneider.

— Boa-noite, Frau Ellenberger.

Mas Bachmann não se moveu. Ela também não. Posteriormente, ele confessou a Erna Frey que, em toda a sua carreira, jamais chegara tão perto de um momento de intuição psíquica. Frau Ellenberger ordenara-o que partisse, mas ele não partira porque sabia que havia algo mais que ela estava morrendo de vontade de contar a ele, mas estava com medo. Ela estava lutando com o senso de lealdade de um lado e a raiva do outro. De repente, a raiva venceu:

— E agora ele está de *volta* — ela sussurrou, arregalando os olhos em espanto. — Fazendo tudo de novo com o Sr. Tommy, que não é metade do homem que o pai era. *Senti o cheiro* da voz dele no momento em que telefonou. Enxofre, foi o que senti. Ele é um Belzebu. *Foreman*. Dessa vez, disse que se chamava *Foreman*. Ele precisa ser o dono do show, sempre precisou. Na semana que vem, será *Fiveman*!

* * *

A apenas 100 metros de onde o carro de Bachmann o aguardava, havia uma pequena floresta à beira do lago atravessada por uma trilha pública. Entregando a maleta ao motorista, Bachmann foi tomado por um desejo espontâneo de passear por ali sozinho. Havia um banco desocupado e Bachmann sentou-se nele. A noite estava caindo. A hora mágica de Hamburgo havia começado. Mergulhado em pensamentos, ele olhou para o lago que escurecia e para as luzes da cidade surgindo ao redor dele. Por um momento durante o encontro, como um ladrão com consciência, ele teve a sensação de que tinha roubado da pessoa errada. Abanando a cabeça diante desse enfraquecimento de sua determinação, pegou um telefone celular de um bolso de seu paletó burocrático e selecionou a linha direta de Michael Axelrod.

— Sim, Günther?

— Os ingleses querem o mesmo que a gente — ele disse. — Mas sem a gente.

* * *

Ao telefone, Ian Lantern não poderia ter sido mais doce, Brue teve de reconhecer. Ele foi apologético, aceitou plenamente que Tommy tinha uma agenda assustadoramente cheia e jamais sonharia em atrapalhá-la por nada no mundo, mas Londres estava em seu encalço.

— Não posso dizer mais nada ao telefone, infelizmente. Preciso de um encontro a sós com você para ontem, Tommy. Uma hora deve bastar. Apenas me diga onde e quando.

Não sendo tolo, Brue começou na defensiva.

— Seria a respeito do mesmo assunto que discutimos extensivamente durante o almoço, por acaso? — ele sugeriu, sem ceder um centímetro sequer.

— Relacionado. Não totalmente, mas de perto. O passado levantando sua cabeça feia novamente. Mas nada ameaçador. Nada que desacredite ninguém. Na verdade, é para nossa vantagem. Uma hora e você estará liberado.

Reassegurado, Brue olhou para a agenda, apesar de não haver necessidade. Quarta-feira era a noite de Mitzi ir à ópera. Tanto ela quanto Bernhard tinham desconto de sócios. Para Brue seria uma noite de frios da geladeira ou um lanche e uma partida de sinuca no clube Anglo-Germânico: nas quartas-feiras, ele podia escolher.

— Dezenove e quinze em minha casa estaria bom para você? — ele começou a dar o endereço, mas foi interrompido por Lantern.

— Fabuloso, Tommy. Estarei lá pontualmente.

E foi o que fez. Com um carro e um motorista aguardando na rua. E flores para Mitzi. E aquele maldito sorriso que não tirava do rosto enquanto bebia água gasosa com gelo e uma fatia de lima.

— Não, ficarei de pé se não se incomodar, obrigado — ele disse afavelmente quando Brue lhe ofereceu uma cadeira. — Três horas na autoestrada, é bom poder esticar minhas velhas pernas.

— Você deveria vir de trem.

— Sim, deveria, não é mesmo?

Assim, Brue também ficou de pé, com as mãos atrás das costas e o que esperava que fosse o ar cortês mas ressentido de um homem ocupado que foi incomodado na própria casa e merecia uma explicação.

— Temos muito pouco tempo, Tommy, como disse, então descreverei primeiro o problema no qual *você* se encontra e, depois disso, talvez possamos ver o problema no qual *nós* estamos. Tudo bem?

— Fique à vontade.

— Trabalho com terrorismo, diga-se de passagem. Não acho que tenhamos mencionado isso durante o almoço, ou mencionamos?

— Acredito que não.

— Ah, e não se preocupe com Mitzi. Se ela e o namorado desistirem no intervalo, meus amigos serão os primeiros a nos avisar. Por que não se senta e termina o uísque que estava bebendo?

— Estou bem assim, obrigado.

Lantern ficou decepcionado, mas seguiu em frente:

— Posso lhe dizer que não foi uma sensação muito boa, Tommy, ouvir de minha contraparte alemã que, longe de ignorar o paradeiro de um certo Issa Karpov, você passou metade de uma noite sentado com ele na companhia de testemunhas. Isso nos fez parecer um pouco burros. Não é como se não tivéssemos perguntado a você, não é verdade?

— Você me pediu para informar a você caso ele fizesse uma solicitação. Ele não tinha feito a solicitação. Ainda não fez.

Lantern aceitou a posição de Brue, assim como aceitaria a de qualquer homem mais velho, mas estava claro que, ainda assim, não estava plenamente satisfeito.

— Havia um grande volume de informação que, francamente, você possuía e que nos teria sido útil. Teria nos colocado à frente no jogo, em vez de termos de engolir um enorme pedaço da torta da humildade.

— Que *jogo*?

O sorriso de Lantern tornou-se genuinamente lamentoso.

— Sem comentários, lamento. Em nosso negócio, precisamos saber das coisas, Tommy.

— No meu também.

— Na verdade, Tommy, nós conduzimos um pequeno estudo sobre sua motivação. Nós e Londres. O passado de sua família, sua filha com a primeira esposa... Georgie, estou certo?... Filha de Sue? Ninguém conseguiu compreender muito bem por que vocês se separaram, o que é triste, é o que sempre penso. Em minha opinião, um divórcio desnecessário é uma espécie de morte. *Meus* pais nunca superaram, sei *disso*. Nem eu, suponho, de certo modo. De qualquer forma, ela está grávida, o que é bom. Georgie. Você deve estar muito satisfeito.

— Sobre que diabos está falando? Não consegue cuidar da própria vida?

— Isso foi apenas para tentarmos entender por que você foi tão obstrutivo, Tommy, e o que estava protegendo. Ou a quem. Era somente você? Foi o que nos perguntamos. Ou o Brue Frères? Seria o jovem Karpov: você gostou dele por um motivo ou outro? Estou dizendo que houve *mentiras*, Tommy. Você realmente nos enganou. Sou obrigado a admitir que estamos impressionados.

— Acho que me recordo que vocês também não foram exatamente muito generosos com a verdade.

Lantern escolheu não dar ouvidos.

— Contudo — prosseguiu cordialmente —, quando olhamos o estado relativamente fraco das finanças do Brue Frères e fizemos uma estimativa do quanto o velho Karpov deve ter guardado, achamos que o compreendemos melhor: ah, então é *isso* que preocupa Tommy! Ele está esperando que os milhões de Karpov o acompanhem muito agradavelmente na velhice. Não é de surpreender que você não queira ninguém solicitando o dinheiro. Você gostaria de fazer algum comentário a respeito?

— Por que não presumimos simplesmente que você esteja certo — Brue falou com rispidez —, e depois se retira da minha casa?

O sorriso jovem de Lantern abriu-se em simpatia.

— Não posso fazer isso, Tommy, lamento. Nem você, se é que me entende. Além disso, há uma jovem no caso, ouvimos dizer.

— Besteira. Não tenho nenhuma jovem. Pura bobagem. A menos que esteja se referindo à advogada do garoto... — fingindo desesperadamente tentar se lembrar do nome —, Frau *Richter*. Russófona. Representando a inscrição dele no asilo e tudo o mais.

— E muito atraente, julgando por tudo que ouvimos. Se você gostar delas pequenas, assim como eu.

— Não reparei. Imagino que, na minha idade, meus olhos para as moças não sejam os mesmos de antigamente.

Ponderando a necessidade de Brue de fazer uma referência desacreditando sua idade naquele momento, Lantern caminhou para o aparador e, demonstrando um grande relaxamento, serviu-se de mais água com gás.

— Portanto, esse é o *seu* problema, Tommy, sobre o qual me estenderei no momento adequado. Mas, enquanto isso, eu gostaria de lhe informar sobre o *meu* problema, que, francamente, graças a você, não é muito melhor do que o seu. Posso?

— Pode o quê?

— Acabei de lhe dizer. Descrever a profundidade da montanha de merda na qual você nos enfiou. Está ouvindo ou não?

— É claro que estou.

— Bom. Porque *amanhã de manhã*, exatamente às 9 *horas*, aqui em Hamburgo, participarei de uma reunião extremamente *delicada* e altamente *secreta*, cujo tema será ninguém mais do que Issa Karpov, a quem você fingiu jamais ter visto. Mas que, na verdade, você viu.

Ele havia se transformado em outra pessoa: didático, incontrolável e napoleônico, enfatizando algumas palavras inesperadas como notas em um piano desafinado.

— E *nessa* reunião, Tommy, na qual, graças a você, espero ser pressionado *de alguma maneira* contra a parede, eu preciso... meu *Gabinete* precisa... todos nós que estamos fazendo a coisa certa nesta situação extremamente delicada... Londres, os alemães e outros serviços amigáveis, os quais *não* me darei o trabalho de mencionar na atual conjuntura, *precisam*... que *você*, Sr. Tommy Brue do Banco Brue Frères... sendo um bom patriota inglês e admitidamente inimigo do terrorismo... esteja não apenas preparado, mas também *ansioso* por colaborar comigo de qualquer maneira, formato ou jeito, *como* determinado por esta operação altamente secreta, da qual pelo menos por enquanto você permanecerá totalmente ignorante. Portanto, minha pergunta a você é: *estou* certo? Você *irá* colaborar ou, como antes, nos *obstruirá* na guerra contra o terror?

Ele não deu a Brue tempo para disparar de volta. Parara de latir e iá estava demonstrando compaixão:

— Veja bem, Tommy, *mais* do que a sua boa vontade, à qual estamos apelando aqui, pense em tudo que existe contra você. Você está a um pequeno passo do receptor, mesmo sem uma acusação de lavagem de dinheiro. *E mais*, não vale nem a pena pensar no que os alemães vão achar de um banqueiro inglês residente que anda trocando figurinhas com um terrorista islâmico fugitivo. Você está fodido. Não sei se estou sendo claro. Quer que eu fale sobre Annabel?

— Então é chantagem — Brue sugeriu.

— Uma vara com uma cenoura, Tommy. Se nos sairmos bem, os pecados passados do banco serão esquecidos, a cidade terá uma opinião melhor a seu respeito e o Brue Frères sobreviverá para lutar mais um dia. O que poderia ser mais justo do que isso?

— E o garoto?

— Quem?

— Issa.

— Ah. Certo. Seu lado altruísta. Bem, isso dependerá de como *você* interpretará seu papel, naturalmente. Obviamente, ele é propriedade dos alemães. Não podemos interferir na soberania deles, de modo que, basicamente, eles terão de decidir. Mas ninguém o deixará pendurado para secar ao sol depois disso, de jeito nenhum. Ninguém por aqui faz *isso*.

— E Frau Richter? O que se supõe que ela tenha feito?

— Annabel. Oh, ela também está na merda, teoricamente: aliando-se a ele, providenciando seu sumiço e provavelmente dormindo com ele.

— Eu perguntei o que acontecerá com ela.

— Não, não perguntou. Você perguntou o que ela fez. Eu contei a você. Não é possível saber o que eles farão com ela. Se tiverem bom-senso, darão uma espanada nela e a colocarão de pé novamente. Ela é terrivelmente bem relacionada, como tenho certeza de que sabe.

— Eu não sabia.

— Família conhecida de advogados, estabelecida há muito tempo, serviço estrangeiro alemão, títulos que não usam. Propriedades em Freiburg. Que sigam meu conselho e deem um tapa na mão dela e a mandem para casa, que é como este país funciona.

— Então devo lhe dar um cheque em branco com meus serviços, é o que está dizendo?

— Bem, para falar a verdade, é basicamente isso, Tommy. Você assina na linha pontilhada, deixamos o passado para trás e seguimos em frente juntos, proativamente. E reconhecemos que estamos fazendo um trabalho que valha a pena. Não somente para nós. Para todos *aqueles lá fora*, como dizemos no ramo.

E, extraordinariamente para Brue, havia realmente um documento que deveria assinar, o qual, sob análise, tinha muitos dos aspectos de um cheque em branco. Estava dentro de um envelope marrom espesso aguardando no paletó de Lantern. O documento comprometia Brue a realizar um "trabalho de importância nacional" não especificado e chamava a atenção dele para as diversas cláusulas draconianas do Ato de Segredos Oficiais e para as penalidades que o aguardavam se as transgredisse. Impressionado consigo mesmo, ele olhou primeiro para Lantern e depois ao redor do jardim de inverno em busca de ajuda. Sem encontrar nenhuma, assinou.

* * *

Lantern havia partido.

Transfigurado de raiva, com raiva demais até mesmo para terminar o uísque, como Lantern sugerira com tanta consideração, Brue ficou de pé no saguão da própria sala, olhando para a porta da frente fechada. Seu olhar caiu no buquê de flores que ainda estava embrulhado sobre a mesa. Pegou as flores, cheirou-as e as colocou de volta onde estavam.

Gardênias. As favoritas de Mitzi. Bom florista razoável. Não é nenhum pão-duro esse Ian, não quando está torrando o dinheiro do governo.

Por que ele as trouxera? Para mostrar que *sabia*? Sabia o quê? Que gardênias eram as favoritas de Mitzi? Do mesmo modo que *sabiam* que eu comia peixes no La Scala? E como fazer com que Mario abrisse para o almoço em uma segunda-feira?

Ou para mostrar que ele *não* sabia — que ela tinha ido à ópera com o amante, o que, é claro, ele *sabia*; contudo, pela lógica do negócio dele, o que você sabe é o que finge não saber. Portanto, oficialmente, ele não sabia.

E Annabel? Ah, *ela também está na merda.*

Brue não estava disposto a dar muito crédito ao que Lantern dissera, mas acreditava nesta parte. Durante quatro dias e quatro noites, ele contemplara todas as maneiras possíveis de contatá-la com discrição: uma nota entregue pelo portador do Frères em mãos no Santuário Norte, uma mensagem insípida na secretária eletrônica ou no celular dela.

Mas por delicadeza — palavras de Lantern —, ou por simples covardia, como preferisse colocar, ele se contivera. Nos momentos mais estranhos no escritório, quando sua mente deveria estar concentrada em grandes finanças, ele se pegava com o queixo apoiado na mão, olhando para o telefone e desejando que ele tocasse. Mas o telefone não tocou.

E, exatamente como havia temido, ela estava com problemas. E nenhuma conversa sedutora de Lantern o convenceria de que ela escaparia ilesa. Tudo que ele precisava era de um motivo para ligar para ela e, em sua raiva, chegara a ele. Que Lantern enforque a si mesmo. Tenho um banco para administrar. E um uísque para terminar. Bebeu tudo em um só gole e ligou para ela da linha de casa.

— Frau Richter?

— Sim?

— Aqui é Brue. Tommy Brue.

— Olá, Sr. Brue.

— Liguei em má hora?

Julgando pelo tom seco dela, parecia que sim.

— Não, tudo bem.

— Apenas pensei que deveria lhe telefonar por *dois* motivos. Se realmente tiver um minuto. Pode ser?

— Sim, sim, é claro.

Ela está drogada? Amarrada? Está recebendo ordens? Consultando alguém antes de responder?

— O *primeiro* motivo... não quero entrar em detalhes ao telefone, obviamente... é que houve um problema com um *cheque* emitido recentemente. Ele não parece ter sido compensado.

— As coisas mudaram — ela disse após outra espera interminável.

— Como?

— Decidimos tomar outras providências.

Nós? Você e quem, na verdade? Você e Issa? Não parecia para Brue que Issa participasse do processo de tomada de decisões.

— Mudaram para melhor, acredito — ele disse, dando um ar otimista.

— Talvez. Talvez não. É o que der certo, não é mesmo? — o mesmo tom seco, uma voz do abismo. — O senhor quer que eu o rasgue? Que o envie de volta?

— *Não, não!* — enfático demais, diminua o tom. — Não se houver alguma possibilidade de que a senhora ainda tenha utilidade para ele, é claro que não. Eu ficaria perfeitamente feliz que o compensasse enquanto todo o assunto permanece pendente, por assim dizer. E se não der em nada, bem, devolva depois a parte que não tiver usado — ele hesitou, em dúvida se arriscava o segundo motivo. — E sobre a *outra* questão bancária. As coisas avançaram nesta frente?

Nenhuma resposta.

— Quero dizer, a respeito dos supostos direitos de nosso amigo — ele tentou gracejar. — O cavalo de competição sobre o qual falamos. Se nosso amigo propõe assumi-lo.

— Ainda não posso discutir isso. Preciso falar novamente com ele.

— A senhora telefonará para mim quando isso acontecer?

— Talvez quando tiver conversado um pouco mais com ele.

— E, nesse meio-tempo, descontará o cheque?

— Talvez.

— E a senhora está bem? Sem dificuldades? Problemas? Existe algo em que eu possa ajudar.

— Estou bem.

— Ótimo.

Um longo silêncio das duas partes. Do lado dele, ansiedade impotente; do dela, uma indiferença aparentemente profunda.

— Então teremos uma boa conversa em breve? — ele sugeriu, invocando o que restava de sua ansiedade.

Eles a teriam, ou não. Ela havia desligado. Eles estão escutando, Brue pensou. Estão na sala com ela. Estão conduzindo sua voz de menino de coral.

* * *

Ainda segurando o celular, Annabel sentou-se diante da pequena escrivaninha branca em seu apartamento antigo, olhando pela janela para a rua escura. Atrás dela, sentada na única poltrona, Erna Frey tomava chá verde atentamente.

— Ele quer saber se Issa fará a solicitação — Annabel disse —, e o que aconteceu com o cheque.

— E você protelou — Erna Frey respondeu em aprovação. — E muito bem, foi o que achei. Talvez, na próxima vez em que ele telefonar, você tenha notícias melhores para ele.

— Melhores para ele? Melhores para você? Melhores para quem?

Colocando o telefone na escrivaninha e a cabeça entre as mãos, Annabel olhou fixamente para ele, como se o aparelho contivesse todas as respostas do universo.

— Para todos nós, querida — Erna Frey disse, levantando-se quando o telefone tocou pela segunda vez. Mas era tarde demais. Como uma viciada, Annabel já o havia agarrado e estava dizendo seu nome.

Era Melik, querendo se despedir antes de partir com a mãe para a Turquia, mas também precisando saber como estava Issa, porque se sentia culpado.

— Ouça, quando retornarmos... Diga a meu irmão... Diga a nosso amigo... A *qualquer hora*. Certo? Assim que ele melhorar, será bem-vindo. Ele pode ter seu espaço de volta e devorar a casa toda. Diga que ele é um cara muito legal, certo? Melik disse isso. Ele poderia me derrubar em um *round*, certo? Não no ringue, talvez. Mas lá fora. Onde esteve. Você entende o que estou dizendo?

Sim, Melik, entendo o que está dizendo. E mande lembranças minhas a Leyla. E diga a ela para que tenha um ótimo casamento, um casamento tradicional. E aproveite também, Melik. E longa vida à sua irmã e ao futuro marido. Muita felicidade para eles. E retorne são e salvo, Melik, assegure-se de que cuidará de sua mãe, ela é uma mulher boa e corajosa, ela ama você e foi uma ótima mãe para seu amigo...

E mais da mesma coisa, até que Erna Frey pegou delicadamente o telefone dos dedos rígidos de Annabel e o desligou, enquanto sua outra mão descansava com ternura sobre o ombro dela.

11

Nem a resposta exagerada a Melik nem a reação gélida a Brue foram episódios isolados na nova existência de Annabel. A cada dia que passava, o espírito dela vagava entre a vergonha, o ódio por aqueles que a controlavam, um otimismo luminoso e irracional e longos períodos de aceitação acrítica da situação.

No Santuário, apesar de Herr Werner, sob indicação de Bachmann, ter dado um telefonema para Ursula informando-a de que o assunto Issa Karpov não preocupava mais as autoridades, Annabel se manteve retraída.

Erna Frey era agora sua vizinha e guardiã. Um dia depois de deixar Annabel na frente do porto com a van amarela, ela assumira residência no andar térreo de um apart-hotel de aço e concreto a menos de 100 metros de distância. Pouco a pouco, o apartamento tornou-se o terceiro lar de Annabel. Ela passava lá antes de cada visita a Issa e depois retornava. Às vezes, por conforto, também dormia lá em um quarto de crianças que nunca ficava muito escuro por causa dos anúncios luminosos na rua.

As duas visitas diárias a Issa não eram mais aventuras arriscadas, mas sim peças teatrais ensaiadas sob a direção meticulosa de Erna Frey e — à medida que os dias foram passando — também de Bachmann. Na privacidade acortinada da pequena sala de estar do esconderijo, eles a instruíam a sós ou juntos, antes e depois de cada subida pela escadaria sinuosa. Cenas passadas eram reencenadas e analisadas, cenas novas eram projetadas e refinadas, tudo com a mesma intenção de persuadir Issa a reclamar sua herança e a se salvar dos horrores da expulsão.

E Annabel, compreendendo pouco, quando tanto, o propósito maior deles, era tacitamente grata pela orientação, percebendo para o próprio desespero que havia se tornado dependente dela. Enquanto os três estivessem debruçados sobre o gravador, o contato dela com a realidade eram Erna e Günther, e não Issa, que por sua vez era a criança-problema ausente deles.

Somente quando caminhava a via dolorosa de 100 metros pela calçada movimentada e reentrava na presença de Issa é que seu estômago embrulhava e sua língua ficava seca de vergonha e ela desejava passar por cima de todas as tarefas sujas que cumprira sob as ordens de seus manipuladores. Ainda pior, ela tinha a impressão de que Issa, com seus poderes de empatia de presidiário, era capaz de perceber seu estado alterado e a confiança adicional que, não importava o quanto Annabel resistisse, ela obtinha por estar sob o controle deles.

— Dê a ele o máximo de si que puder, querida, desde que de uma distância segura — aconselhou Erna. — Apenas o leve gentilmente até a água. A decisão dele, quando for tomada, será mais emocional do que racional.

Annabel jogou xadrez com ele, ouviu música e, sob indicação de Erna, tocou em assuntos que dois dias antes seriam indiscutíveis. Contudo, curiosamente, à medida que a relação entre os dois se tornava mais relaxada, ela se via cada vez menos inclinada a deixá-lo se safar com suas espiadelas em seu estilo de vida ocidental, particularmente com as referências reprovadoras a Karsten, cujas roupas caras ele parecia bastante feliz em vestir.

— E *você* alguma vez amou uma mulher, Issa, além de sua mãe? — ela perguntou, com toda a extensão do loft entre os dois.

Sim, ele concordou após um longo silêncio. Ele tinha 16 anos. Ela tinha 18 e já era órfã: uma chechena pura como sua mãe, devota, bela e casta. Não houve expressão física dos sentimentos dos dois, ele assegurou a Annabel, somente amor.

— E o que aconteceu com ela?

— Ela desapareceu.

— Qual era seu nome?

— Isso é irrelevante.

— Desapareceu *como*, então?

— Ela foi uma mártir para o Islã.

— Como sua mãe.

— Ela foi um mártir.

— Que *tipo* de mártir? — Silêncio. — Uma mártir voluntária? Você quer dizer que ela se sacrificou deliberadamente pelo Islã? — silêncio. — Ou foi relutante? Uma vítima, como você? Como sua mãe.

Isso era irrelevante, Issa repetiu depois de uma eternidade. Deus era piedoso. Ele a perdoaria e a receberia no Paraíso. Ainda assim, a simples admissão de que Issa amara algum dia representava um enfraquecimento das defesas dele, como Erna Frey destacou prontamente:

— Não é um amassado na armadura dele, querida, é um *rombo*! — exclamou. — Se ele falar de amor, falará de *qualquer coisa*: religião, política, o que for. Ele pode não saber ainda, mas *quer* que você o convença. A melhor maneira de fazer isso é continuar insistindo — E seguiu com seu tom doce do qual Annabel se tornara dependente: — Você está se saindo maravilhosamente bem, querida. Ele tem muita sorte.

* * *

Annabel continuou a insistir. Na manhã seguinte, às 6 horas, café da manhã. Café e croissants frescos, cortesia de Erna Frey. Comeram sentados no que, àquela altura, havia se tornado suas posições habituais: Issa sob a janela e Annabel encolhida no canto mais afastado, com a saia cobrindo suas pesadas botas pretas.

— Houve bombardeios novamente em Bagdá hoje — ela anunciou. — Você ligou o rádio esta manhã? Oitenta e cinco mortos, centenas de feridos.

— É a vontade de Deus.

— Você quer dizer que Deus aprova que muçulmanos matem muçulmanos? Não acho que seja um Deus que eu entenda muito bem.

— Não julgue Deus, Annabel. Ele será duro com você.

— *Você aprova?*

— O quê?

— Os assassinatos.

— Não se pode deixar Alá feliz matando inocentes.

— Quem é inocente? Quem se *pode* matar e deixar Alá feliz?

— Alá sabe. Ele sempre sabe.

— Como nós saberemos? Como Alá nos *dirá*?

— Ele nos disse pelo Alcorão Sagrado. Ele nos disse pelo Profeta, que a paz esteja com ele.

Espere até ter certeza de que ele baixou a guarda e, depois, ataque, Erna Frey a aconselhara. Ela tinha certeza agora.

— Andei lendo sobre um acadêmico islâmico famoso. O nome dele é Dr. Abdullah. Já ouviu falar nele? Dr. *Faisal Abdullah*? Que mora aqui na Alemanha? Ele aparece ocasionalmente na televisão. Não com frequência. É devoto demais.

— Por que deveria ter ouvido falar nele, Annabel? Se aparece na televisão ocidental, não é um bom muçulmano, foi corrompido.

— Ele não é nada assim. É devoto, ascético e um acadêmico islâmico altamente respeitado que escreveu livros importantes sobre a fé e a prática islâmica — ela retrucou, ignorando o olhar de escárnio e suspeita que já se formava no rosto dele.

— Em que língua ele escreveu esses livros, Annabel?

— Em árabe. Mas foram traduzidos para várias línguas. Para o alemão, o russo, o turco e praticamente qualquer língua que possa imaginar no mundo. Ele representa muitas instituições de caridade muçulmanas. Também escreveu extensivamente sobre a lei da doação muçulmana — insinuou.

— Annabel.

Ela esperou.

— Seu propósito em chamar minha atenção para o trabalho desse Abdullah é me convencer a aceitar o dinheiro imundo de Karpov?

— E se for?

— Então, por favor, leve a sério a informação de que jamais farei isso.

— Ah, mas eu levo! — ela retrucou, perdendo a paciência com ele. — Eu realmente levo a sério — era verdade? Ou estava fingindo? Ela não sabia mais. — Levo a sério o fato de que você jamais será médico, ou o que quer que queira ser hoje. E que jamais terei minha vida de volta. E que o senhor Brue jamais receberá de volta o dinheiro que me deu para cuidar de você, porque a qualquer momento virão até aqui, encontrarão você e lhe mandarão de volta para a Turquia ou para a Rússia, ou para outro lugar ainda pior. E não será a vontade de Deus. Será sua própria escolha burra e teimosa.

Ofegante, uma parte dela furiosa com ele e outra gelada, Annabel viu que Issa havia se levantado e estava olhando pela janela para o mundo ensolarado abaixo dele.

Se ocorrer naturalmente, perca a paciência com ele, Bachmann a aconselhara. *Da mesma maneira que perdeu a paciência conosco na noite em que a tiramos da rua e fizemos com que crescesse.*

* * *

De volta ao esconderijo, Annabel encontrou Erna Frey e Bachmann exuberantes mas indecisos. Os elogios de Erna Frey não tinham limites. Annabel fora magnífica, excedera todas as expectativas deles e a situação tinha avançado muito mais rapidamente do que eles ousaram prever. A dúvida agora era se deixavam Issa aguentar por mais um dia inteiro ou se traziam Annabel de volta do Santuário na hora do almoço sob algum pretexto e asseguravam a vantagem presenteando-o com os livros de Abdullah.

O que eles não contavam é que teriam de enfrentar uma queda repentina da moral de Annabel quando estavam prestes a realizar sua conquista. Inicialmente, estavam tão absortos que não perceberam a mudança de humor dela quando se sentou com a cabeça entre as mãos na cabeceira da mesa. Presumiram que estivesse recuperando o fôlego depois de sua provação. Então Erna Frey tocou o braço dela, e Annabel o recolheu como se tivesse sido mordida. Mas Bachmann não era dado a alimentar os humores de seus agentes.

— O que foi isso agora? — ele perguntou.

— Sou seu bichinho enjaulado, não sou? — Annabel respondeu com a mão sobre a boca.

— Você é *o quê?*

— Seduzo Issa. Depois, seduzo Abdullah. Em seguida, vocês destroem Abdullah. É isso que você chama de salvar vidas inocentes.

Bachmann estava do outro lado da mesa, debruçado sobre ela.

— Isso é *besteira pura* — ele gritou no ouvido dela. — Enquanto você fizer o que mandarmos, seu garoto ganha um passe livre. E, para sua informação, não proponho que se toque em nem um fio de cabelo da merda da venerável mente de Abdullah. Ele é um ícone da tolerância amorosa e da inclusão e não estou no ramo de insuflar revoltas!

Eles concordaram com a opção da hora do almoço. Annabel faria uma visita rápida a Issa ao meio-dia, entregaria a ele os livros de Abdullah, chamaria a atenção para a pressão do tempo e retornaria à noite para ouvir a reação dele. Ela concordou com tudo.

— Não amoleça comigo, Erna — Bachmann disse depois de levarem Annabel com a bicicleta até a van amarela. — Não há lugar para isso nesta operação.

— Fale-me de uma na qual tenha havido — respondeu Erna Frey.

* * *

Annabel e Issa estavam sentados como de costume em cantos opostos do loft. A noite havia chegado. Ela fizera uma visita relâmpago na hora do almoço e entregara três livrinhos do Dr. Abdullah em russo. Estava de volta. Annabel retirou uma folha de papel de dentro do anoraque. Até então, mal haviam se falado.

— Baixei isso. Quer ouvir? Está em alemão. Precisarei traduzir.

Ela esperou por uma resposta e, sem receber uma, falou alto o bastante pelos dois:

"O Dr. Abdullah nasceu no Egito e tem 55 anos. É um acadêmico de renome internacional, filho e neto de imãs, muftis e professores... Em sua juventude turbulenta no Cairo, foi conquistado pelas doutrinas da Irmandade Muçulmana, tendo sido capturado, preso e torturado por causa de suas convicções políticas... Quando foi libertado, arriscou a vida novamente, dessa vez nas mãos dos antigos camaradas, pregando o caminho da fraternidade, da verdade, da tolerância e do respeito por todas as criaturas de Deus. Dr. Abdullah é um acadêmico ortodoxo reformista que enfatiza o exemplo do Profeta e de seus companheiros."

Ela esperou novamente:

— Você está me ouvindo?

— Prefiro as obras de Turgenev.

— É por isso que se recusa a tomar uma decisão? Ou é porque não quer que uma mulher estúpida e descrente lhe traga livros que dizem o que um bom muçulmano faz com seu dinheiro? Quantas vezes preciso lembrar a você de que sou sua *advogada*?

Na meia-luz, ela fechou os olhos e abriu-os novamente. Será que ele não tem mais senso de urgência? Por que deveríamos nos preocupar com grandes decisões quando tiramos dele todas as pequenas?

— *Issa, acorde, por favor.* Muçulmanos devotos de *todos os lugares* pedem conselhos a Abdullah. Por que não faz o mesmo? Ele representa várias instituições de caridade muçulmanas. Algumas oferecem ajuda à Chechênia. Se um acadêmico muçulmano sábio como o Dr. Abdullah está disposto a lhe dizer a maneira certa de usar seu dinheiro, por que *diabos* não dá ouvidos a ele?

— *Não é* meu dinheiro, Annabel. Ele foi roubado do povo de minha mãe.

— Então por que não encontra uma maneira de devolvê-lo? E, enquanto isso, por que não se torna *realmente* um médico para que possa ir para casa ajudá-los? Não é o que deseja fazer?

— O Sr. Brue vê esse Abdullah favoravelmente?

— Não acredito que o conheça. Talvez o tenha visto na televisão.

— Isso é irrelevante. A opinião de um descrente em relação ao Dr. Abdullah não tem importância. Lerei os livros sozinho e, com a ajuda de Deus, farei um julgamento.

Será que a última barreira dele estava finalmente ruindo? Em um momento de horror inexplicável, ela rezou para que não.

Passou mais um longo tempo antes que ele falasse novamente:

— Contudo, o Sr. Tommy Brue é um banqueiro e, portanto, pode consultar o Dr. Abdullah de uma perspectiva não religiosa. Primeiro, ele obterá a assistência de outros oligarcas para saber se o homem é considerado honesto em seus afazeres fora da religião. O povo oprimido da Chechênia foi roubado muitas vezes, não apenas por Karpov. Se ele for honesto, o Sr. Brue irá propor certas condições a ele em meu nome, e o Dr. Abdullah interpretará os comandos de Deus.

— E depois?

— Você é minha advogada, Annabel. Você irá me aconselhar.

* * *

O pequeno restaurante chamava-se Louise e ficava no número 3 da rua Maria-Louisen, que era a via principal de uma aconchegante vila urbana formada por lojas de antiguidades, de produtos de saúde e pet shops para os muitos cães ricos que moravam naquela vizinhança agradável. Na época em que Annabel se considerava uma alma livre, ela gostava de se empoleirar no Louise nas manhãs de domingo, beber um *latte*, ler jornais e ver a vida passar. E fora aquele o local que escolhera para o encontro secreto com o Sr. Tommy Brue do Banco Brue Frères, confiante de que não se sentiria desconfortável em um ambiente tão rico e protegido.

Por sugestão de Erna Frey, ela propusera o meio da manhã como o horário de menor movimento no restaurante e no qual seria mais provável que Brue estivesse disponível a curto prazo. Porque, como Erna dissera apropriadamente, se o Sr. Tommy é *algum* tipo de banqueiro, ele certamente terá um compromisso para o almoço. Annabel não respondeu, como poderia ter feito, que, por tudo que suspeitava acerca dos sentimentos de Brue, ele abriria mão de um almoço com o presidente do Banco Mundial para se encontrar com ela.

Contudo, por sugestão própria — feita a si mesma, por impulso, depois de um longo tempo se olhando no espelho sem se impressionar —, ela decidiu se arrumar para o encontro. O Sr. Tommy Brue gostaria que eu fizesse isso. Nada exagerado, mas ele era um bom homem apaixonado por ela e merecia o agrado. E seria bom se apresentar como uma mulher ocidental para variar! Portanto, para o inferno com as vestes impostas a ela pelas sensibilidades muçulmanas de Issa — o uniforme de presidiária, como começava a pensar a respeito delas —, e que tal, para variar, os melhores jeans e a camisa branca de seda marchetada que Karsten comprara para ela mas que nunca tinha sido usada? E os sapatos novos, não tão pesados, que também serviam para pedalar? E, aproveitando, um pouco de maquiagem para iluminar as bochechas pálidas e realçar os destaques ocultos? O entusiasmo sincero de Brue quando ela lhe telefonara do cativeiro no apartamento de Erna naquela manhã logo depois de ver Issa realmente a tocara:

— Maravilha! Fantástico! Muito bem, então a senhora o convenceu. Eu estava começando a achar que jamais conseguiria, mas conseguiu! Apenas diga o local e a hora — ele perguntou ansiosamente.

E quando ela insinuara algo sobre Abdullah, mas sem dizer seu nome, Erna considerou que pudesse ser cedo demais:

— Preocupações éticas e religiosas? Querida, nós, banqueiros, lidamos com elas diariamente! O vital é que seu cliente faça o requerimento. Quando a solicitação for feita, o Frères moverá o céu e a terra por ele.

Em outro homem com a idade dele, tal entusiasmo poderia tê-la deixado apreensiva, mas, depois de sua atuação sem brilho na última ocasião em que tinham se falado, ela se sentiu intensamente aliviada, até mesmo extasiada. Pois o mundo todo não dependia do comportamento dela? Não eram cada palavra sua, sorriso, franzir e gesto propriedades particulares de seus donos: Issa, Bachmann, Erna Frey e, no Santuário, Ursula e toda a sua antiga família, cujos membros evitavam deliberadamente seu olhar enquanto a observavam secretamente?

* * *

Não era de surpreender que ela não conseguisse dormir. Bastava colocar a cabeça no travesseiro para rever vividamente suas diversas atuações do dia: será que exagerei na preocupação com o bebê doente da telefonista do Santuário? Como me saí quando Ursula sugeriu que eu devia tirar férias? E por que ela sugeriu aquilo quando tudo que estou fazendo é manter a cabeça baixa e a porta fechada, além de dar a impressão de que estou cumprindo minhas obrigações com diligência? E por que passei a me ver como a borboleta proverbial na Austrália, que precisa apenas bater as asas para gerar um terremoto no outro lado da terra?

De volta ao próprio apartamento, na noite anterior, entusiasmada pela aceitação de Issa para fazer a solicitação, ela entrou de novo no site do Dr. Abdullah e assistiu a alguns trechos de suas aparições na televisão e entrevistas, e ficou realmente muito feliz ao saber que Günther Bachmann não pretendia fazer mal a um fio de cabelo da merda daquela venerável mente, não que ele tivesse algum cabelo que pudesse ser danificado: era pequeno, careca e sorridente — e *erhaben*, uma das palavras favoritas de seu professor de religião no colégio interno que voltara à mente dela, sugerindo o sublime. A *sublimidade* dele, como a de Issa, englobava tudo que ela desejava ouvir de um homem bom: pureza de mente e corpo, amor como algo absoluto e reconhecimento dos diversos caminhos de Deus, ou do que quer que escolhamos chamá-Lo.

Ela precisava admitir que ficara intrigada ao perceber que ele não fazia referência ao que outros poderiam ver como o lado ruim da maneira pela qual o Islamismo era praticado, mas o sorriso benigno e acadêmico e seu otimismo sagaz superavam sem esforço tais críticas infundadas. Todas as religiões tinham crentes que eram desencaminhados pelo zelo e o Islamismo não era uma exceção, ele dissera; todas as religiões estão sujeitas ao mau uso pelo homem;

a diversidade era uma dádiva de Deus para nós, e deveríamos louvá-Lo por ela. Dadas as circunstâncias, ela preferia as referências de Abdullah à necessidade de dar com generosidade, e as que diziam respeito aos desgraçados da terra do Islamismo, que eram clientes dela e também dele

* * *

Misteriosamente reconfortada por esses pensamentos desconexos, ela mergulhou finalmente em um sono profundo e acordou disposta e entusiasmada.

E mais uma vez sentiu-se reconfortada ao ver o rosto inesperadamente feliz de Brue quando ele passou pelas portas de vidro do restaurante Louise e caminhou em sua direção com as duas mãos esticadas, como um russo. Ela até teve um impulso espontâneo de abandonar o restaurante e convidá-lo para um café em seu apartamento, apenas para mostrar a ele o quanto o valorizava como um amigo em necessidade, mas logo se convenceu de que precisava ter cuidado consigo mesma, pois tinha a sensação de que estava guardando tanta coisa na cabeça que, se deixasse, tudo desmoronaria de uma hora para outra e ela se arrependeria imediatamente, assim como todas as pessoas a quem devia lealdade.

— O que vamos pedir? Bem, não acho que isso seja muito a *minha cara*, não é mesmo? — ele disse, olhando com uma expressão cômica para o copo de leite com sabor de baunilha que ela estava bebendo, e pediu um expresso duplo. — Como vão os turcos, diga-se de passagem?

Turcos? Que turcos? Ela não conhecia nenhum turco. A mente dela estava em tantos lugares diferentes que precisou de um momento para se lembrar de Melik e Leyla em meio aos rostos que a infestavam.

— Ah, estão bem — ela disse, e olhou estupidamente para o relógio, pensando que, naquela altura, deveriam estar voando, a caminho de São Petersburgo. Ancara, quero dizer. — Estão casando minha irmã — respondeu.

— Sua *irmã*?

— A irmã de *Melik* — ela se corrigiu e se ouviu gargalhar hilariantemente com ele diante do ato falho. Ele parece muito mais jovem, ela pensou, e decidiu contar a ele. E foi o que fez, com um olhar convidativo do qual logo se envergonhou.

— Meu bom Deus, acha mesmo? — ele respondeu, ruborizando docemente. — Bem, acabei de receber boas notícias familiares, para ser sincero. *Sim.*

Aparentemente, o *sim* indicava que não tinha liberdade para falar mais no momento, o que ela compreendeu plenamente. Ela sabia que Brue era um homem honrado e realmente esperava que se tornassem amigos por toda a vida, apesar de não o tipo de amizade que ele provavelmente tinha em mente. Ou o pensamento estava na mente *dela*, e não na dele?

De qualquer modo, ela decidiu que havia chegado a hora de ser severa. Por sugestão de Erna, ela trouxera uma cópia do papel que mostrara a Issa, além de um segundo com o telefone do Dr. Abdullah, endereço e e-mail, todos disponíveis na internet. Lembrando de tudo rapidamente, ela sacou as páginas da mochila e entregou-as a ele enquanto se olhava no espelho.

— Bem, este é o seu homem — ela disse em sua voz mais severa. — E o que importa para ele é a doação muçulmana.

Enquanto Brue olhava para as páginas um pouco intrigado — pois Annabel ainda precisava explicar seus propósitos a ele; ela ainda não conseguira fazer isso, mas chegaria lá —, ela pegou elegantemente a mochila e, desta vez, retirou o cheque de 50 mil euros que ainda não havia sido descontado, pelo qual se sentia obrigada a agradecê-lo novamente, de modo tão profuso que interrompeu a leitura dele sobre o Dr. Abdullah, o que fez com que os dois gargalhassem, olhos nos olhos, o que, normalmente, ela não teria permitido, mas tudo bem com Brue porque confiava nele e, de todo modo, ela estava rindo mais alto do que ele, até que se controlou e olhou-se no espelho por educação.

— Bom, existem algumas complicações, certo? — ela disse, ainda olhando diretamente para Brue, e ficou triste ao perceber algumas rugas de preocupação começarem a aparecer, porque até então ele estava iluminado com a boa notícia familiar que recebera, mas tinha de ser assim.

A complicação *era*, ela explicou, que seu cliente basicamente gostaria de doar tudo a boas causas muçulmanas e, para isso, propusera que pedissem instruções do grande e bom Dr. Abdullah sobre a maneira certa de se fazer isso, exceto que, devido ao estado *extremamente* delicado de nosso cliente — sobre o qual nós dois sabemos, de modo que não me estenderei mais quanto a isso por motivos óbvios —, ele *não* estava em posição de abordá-lo diretamente e, *portanto*, quando tivesse feito com sucesso a solicitação do dinheiro do pai — o que, segundo o senhor, não será um problema —, ele contaria com o Sr. Tommy, como ele o chama afetuosamente, para fazer isso por ele:

— Se isso for aceitável no que diz respeito ao Brue Frères — ela concluiu, ainda olhando nos olhos dele e oferecendo seu sorriso mais luminoso, o qual, tristemente para ela, Brue parecia incapaz de retribuir com qualquer convicção.

— E nosso cliente... ele *está bem?* — ele perguntou em dúvida, com as sobrancelhas levantadas de tanta preocupação.

— Dadas as circunstâncias, ele vai bem, obrigada, Sr. Brue. *Muito* bem. A situação poderia estar muito, muito pior, pode-se dizer.

— E ele ainda está... ele não foi...?

— Não — interrompendo-o —, não, Sr. Brue, ele *não* foi. Nosso cliente está *exatamente* como o senhor o viu, obrigada.

— E em boas mãos?

— Tão boas quanto possível, dadas as circunstâncias, sim. *Muitas* mãos, na verdade.

— E quanto a *você*, Annabel? — ele perguntou, com uma mudança notável na voz e, inclinando-se com urgência sobre a mesa, segurou o antebraço dela enquanto a encarava com uma ternura tão grande nos olhos que o primeiro instinto de Annabel foi compartilhar da preocupação dele e se debulhar em lágrimas e o segundo foi o de se retrair rispidamente e buscar a proteção de seu status profissional. Àquela altura ela já tinha registrado, com reprovação, que ele se dera a liberdade de usar o primeiro nome dela, e ainda mais desavergonhadamente a chamá-la de "você", ambas as coisas sem o consentimento dela. E não havia nenhuma desculpa para isso. Tampouco para o fato de que ela estava falando entre os dentes. O peito dela estava doendo, mas quem dava a mínima para o que a machucava ou não? Certamente nenhum banqueiro de meia-idade que tomara a liberdade de colocar a mão em seu antebraço.

— Eu não me abalo — ela anunciou. — Entendeu?

Ele entendeu. Brue já estava voltando atrás, aparentemente envergonhado de si mesmo. Mas, de algum modo, continuava a segurar o pulso dela.

— Nunca me abalo. Sou uma advogada.

E muito boa, ele estava concordando, com sua espontaneidade absurda.

— Meu *pai* é advogado. Minha *mãe* é advogada. Meu *cunhado* é advogado. Meu namorado era advogado. Karsten. Livrei-me dele porque ele estava trabalhando para uma seguradora, postergando ações trabalhistas de intoxicação por uso de amianto para que os reclamantes fossem morrendo. Em minha família, não temos a *permissão*, como profissão, de sermos movidos pelas emoções. Ou de falar palavrões. Eu disse um palavrão para o senhor uma vez. Estou arrependida. Peço-lhe desculpas. Referi-me a seu banco de merda. Não é um banco de merda. É apenas um banco. Um banco perfeitamente decente e digno de honra, dentro dos limites nos quais um banco possa ser.

Não satisfeito em segurar o pulso dela, Brue estava tentando passar um braço por trás das costas de Annabel. Ela o afastou. Ela podia ficar de pé sozinha, e foi o que fez.

— Sou uma advogada que não está em posição de negociar, Sr. Brue, o que é a coisa mais estúpida e inútil do universo. Apenas não me diga nada tranquilizador. Eu *não* estou disponível para esquemas engenhosos. Ou fazemos isso, ou Issa está morto. É a *Sociedade Salve Issa*. É isto: *a única coisa possível e racional pelo bem de Issa*. Estou sendo totalmente clara?

Mas antes que Brue pudesse dar uma resposta apropriadamente tranquilizadora, ela havia se sentado com um baque na cadeira atrás dela, e as duas mulheres na outra extremidade da sala estavam se apressando a seu encontro. Uma estava tentando colocar o braço onde Brue tentara colocar o dele e a outra estava abanando uma mão gorducha para uma perua Volvo estacionada ilegalmente no acostamento.

12

Günther Bachmann estava se preparando para montar sua banquinha. Desde as 9 horas da manhã, os grandes compradores, vindos de Berlim, marcharam em pares e trios até a antessala de Arni Mohr, provando seu café, dando ordens a seus subordinados, latindo em seus celulares e olhando enfezadamente para seus laptops. No estacionamento, havia dois helicópteros oficiais. Os motoristas comuns precisaram se arranjar na área do estábulo. Guarda-costas em paletós cinza vagavam como gatos pelo pátio.

E Bachmann, a causa de tudo aquilo, o homem que fazia o clima, o homem de campo, calejado, em seu único terno respeitável, fazia sala, primeiro conferenciando honestamente em tom baixo com um barão burocrático, depois batendo no ombro de um camarada de tempos passados. Pergunte a ele quanto tempo seu produto levara para ficar pronto e, se Bachmann o conhecesse bem o bastante, ele abriria seu sorriso de palhaço e responderia *25 anos de merda*, que era o tempo que, de uma maneira ou de outra, ele passara trabalhando no vinhedo secreto.

Erna Frey o abandonara. Precisava ficar perto daquela *pobre criança*, como agora chamava Annabel. Se precisasse de uma segunda desculpa, o que não era o caso, ela preferiria ir para o outro lado do mundo a respirar o mesmo ar que o Dr. Keller, de Colônia. Privado da influência estabilizadora da parceira, Bachmann movia-se mais rapidamente e falava com mais entusiasmo — mas, talvez, com entusiasmo demais, como um motor que perdeu uma roda dentada.

Quais daqueles homens e mulheres com sorrisos afáveis e olhares enviesados eram seus amigos do dia, e quais eram os inimigos? A qual comitê, ministério, crença religiosa ou partido político obscuro eles deviam fidelidade? Pelo que sabia, somente um pequeno punhado deles tinha ouvido uma bomba explodir, mas na guerra longa e silenciosa pela liderança do Serviço Secreto, eram veteranos calejados.

E esse era outro sermão que Bachmann amaria fazer para aqueles gerentes que haviam ascendido rapidamente na explosão pós-11 de Setembro que ocorrera nos mercados de inteligência e afins — outra cantata de Bachmann que ele guardava na manga para o dia em que fosse chamado de volta a Berlim. E ela os avisaria que não importava quantos dos brinquedos maravilhosos mais recentes de espiões eles tivessem nos armários, não importava quantos códigos mágicos quebrassem nem quantas deduções brilhantes retirassem do éter a respeito das estruturas organizacionais do inimigo, ou da carência delas, tampouco importava quantas batalhas destrutivas lutassem ou quantos jornalistas domesticados disputavam trocar suas joias de conhecimento questionáveis por dicas tendenciosas e mais alguma coisa para os bolsos. No final era o imã rejeitado, o portador secreto vítima de uma desilusão amorosa, o cientista mercenário da defesa do Paquistão, o oficial militar iraniano de médio escalão que não recebeu a promoção esperada e o adormecido solitário que não consegue mais dormir sozinho que forneciam a base concreta de conhecimento sem a qual todo o resto é apenas forragem para os que moldam a verdade, os ideólogos e os politicopatas que arruínam a terra.

Mas quem estava ali para ouvi-lo? Bachmann, como ele próprio foi o primeiro a saber, era um profeta banido para a floresta. De toda a espiocracia de Berlim reunida ali hoje, somente o alto, lânguido, levemente envelhecido Michael Axelrod, que naquele instante estava se inclinando para falar com ele, poderia ser descrito como um aliado.

— Tudo bem por enquanto, Günther? — ele perguntou com seu meio-sorriso habitual.

A pergunta não era sem propósito. Ian Lantern acabara de entrar. Na noite anterior, em um casamento forçado cujo anfitrião era o próprio Axelrod, os três beberam um drinque bastante amigável no bar do Hotel Four Seasons. O pequeno Lantern fora tão inglês e constrangido por estar pescando nas águas de Günther e tão franco e aberto sobre o que Londres pretendia fazer com Issa caso os prendessem — "e, honestamente, Günther, ele era um cisco tão *minúsculo* no nosso olho que estou absolutamente *convencido* de que, no final, teríamos procurado vocês e dito 'vejam, vamos nos juntar nesse caso e fazer o que quer que estejam fazendo'" —, que Bachmann sabia que desconfiara de Lantern a vida toda.

Mas o que ele não havia pedido era Martha, que navegou para a antessala de Arni Mohr seguindo os passos de Lantern quase como se ele tivesse sido nomeado seu arauto, o que talvez fosse verdade: a majestosa Martha, a formidável número dois da Agência em Berlim — dois entre sabe Deus quantos —, vestida como o próprio anjo da morte em um *kaftan* vermelho de cetim coberto de lantejoulas negras. E deslizando atrás de Martha, seguindo os passos *dela* tão de perto que a poderia estar usando como escudo, ninguém menos do que Newton, também conhecido por Newt, com 2 metros de altura, antigo vice-chefe de operações na Embaixada dos Estados Unidos em Beirute e oponente de Bachmann na cidade. Ao ver o antigo camarada, Newton abandonou seu grupo e trotou em sua direção, abraçando-o enquanto gritava:

— Cacete, Günther, na última vez em que o vi você estava esticado no bar do Commodore! O que diabos está *fazendo* em Hamburgo, cara?

E Bachmann, enquanto brincava, ria e, de modo geral, reagia como um bom colega, fez silenciosamente a mesma pergunta a Newton: o que, por Deus, a estação de Berlim da Agência Central de Informações está fazendo em Hamburgo, invadindo meu território? Quem os convidou, e por quê? E assim que Martha e Newton tinham partido em busca de outra presa, ele repetiu a pergunta a Axelrod, acalorada e urgentemente.

— São observadores inofensivos. Acalme-se. Ainda nem começamos.

— Observadores de *quê*? Newt não observa. Ele corta gargantas.

— Eles acham que têm o direito de fazer um lance por Abdullah. Acreditam que ele tenha cofinanciado um ataque a um de seus complexos habitacionais na Arábia Saudita, além de outro contra uma base de escuta dos Estados Unidos no Kuwait, que fracassou.

— E daí? Pelo que sabemos, ele financiou as Torres Gêmeas. Estamos tentando recrutá-lo, e não o julgar. Como eles chegaram aqui? Quem os informou?

— O Comitê. O que você acha?

— *Quem* no Comitê? Que parte do Comitê? Qual da meia dúzia de *partes* do Comitê? Você está dizendo que *Burgdorf* os informou? *Burgdorf* deu informações da minha operação aos *norte-americanos?*

— Foi um consenso — Axelrod respondeu com rispidez, precisamente no momento em que Martha decidiu se desligar de Arni Mohr e, como um grande transatlântico, dirigiu-se a eles, rebocando Ian Lantern atrás de si.

— Ora, assim como eu, Günther Bachmann está vivo e respirando! — ela gritou em sua voz de comunicação entre navios, como se só agora o tivesse visto despontar no horizonte. — Por que diabos está cumprindo sua pena de prisão *neste* canto da floresta? — perguntou segurando a mão dele e puxando-o de encontro a seu corpo amplo, como se precisasse dele só para ela. — Você já conheceu meu pequeno Ian? É claro que sim. Ian é meu poodle inglês. Caminho com ele todas as manhãs em Charlottenburg, não é mesmo, Ian?

— Religiosamente — disse Lantern, aproximando-se dela com gratidão.

— E ela também limpa a minha sujeira — acrescentou piscando o olho para Günther, seu novo amigo.

Axelrod tinha se retirado. Do outro lado da sala, Burgdorf estava murmurando para seu sátrapa, o Dr. Otto Keller, mas de olho em Bachmann, de modo que talvez estivessem discutindo sobre ele. Homens da direita inflexível deveriam ter uma aparência de acordo com o papel, mas para Bachmann, Burgdorf, com 60 anos, parecia uma criança descontente porque os irmãos foram mais amados pela mãe do que ele. A porta dupla havia se aberto. Com o peito estufado e os braços respeitosamente ao lado do corpo, Arni Mohr, o empresário, estava chamando os convidados para a festa.

Perturbado pela presença norte-americana, além de chocado, Bachmann sentou-se no lugar predeterminado em uma extremidade da longa mesa de reuniões. Mohr havia lhe concedido a honra da cabeceira — ou seria a cadeira do bobo da classe? Era verdade, Bachmann tinha dado início à operação e era seu peticionário, mas também seria ele quem levaria a culpa caso as coisas dessem errado. As decisões do Comitê Conjunto, apesar das lutas internas que a precederam, foram, como Axelrod acabara de lembrar a ele, tomadas coletivamente numa política de ferro. Pretendentes freelancers como Bachmann eram objetos de risco comum, assim como de lucro, a ser aceito ou rejeitado por consenso. Talvez ele tivesse consciência de que os campos rivais de Burgdorf e de Axelrod pareciam ter cerrado as fileiras na outra extremidade da mesa, deixando seus dependentes burocráticos entre eles e o agressor.

Para enfatizar o papel de observadores, Mohr havia fornecido outra mesa para Martha e Newton — mas, inexplicavelmente, contribuindo para a consternação de Bachmann, os dois haviam se tornado três, graças ao acréscimo de uma mulher de ombros quadrados com cerca de 40 anos, dentes perfeitos e cabelos longos e louros. E, como se não fosse o bastante, no pequeno espaço de tempo entre o abraço que Newton com seus 2 metros dera em Bachmann, a barba de Newton havia crescido, ou talvez Bachmann não tivesse percebido durante o abraço: um toque preto em forma de espada perfeitamente aparado, na ponta do queixo, precisamente no lugar onde você miraria um soco, exceto que Newton, nesta altura, já o teria nocauteado.

O cortês Ian Lantern, apesar de estrangeiro, era um participante cooptado. Ele havia sido colocado na mesa principal, mas em um lugar próximo o bastante da mesa dos observadores para poder sussurrar no ouvido de Martha. Burgdorf estava sentado à esquerda de Lantern, mas bem afastado, pois Burgdorf, tão asseado, fresco e bem-apessoado, não apreciava a proximidade física. Duas cadeiras depois de Burgdorf estavam duas mulheres obsessivas da equipe de lavagem de dinheiro de Berlim. A vocação delas era envelhecer precocemente resolvendo enigmas do tipo como uma transferência bancária de dez mil dólares levantada em boa-fé por uma instituição muçulmana de caridade poderia se transformar em 500 litros de tinta para cabelo em uma garagem em Barcelona.

Os outros rostos dispostos diante de Bachmann eram ministeriais ou piores: homens do primeiro escalão do Tesouro; uma mulher funesta do gabinete do chanceler; um chefe de departamento absurdamente novo do serviço da Polícia Federal e o antigo editor internacional de um jornal de Berlim cuja especialidade era conter vazamentos para a mídia.

Será que Bachmann deveria começar? Mohr havia fechado e trancado a porta. O Dr. Keller fez uma careta para seu celular e enfiou-o no bolso. Lantern deu a Bachmann seu sorriso corajoso que dizia "vá em frente, Günther". Bachmann começou:

— Operação FELIX — Bachmann anunciou. — Posso presumir que todos aqui viram o material? Não falta nada a ninguém?

Não faltava nada. Todos os rostos voltaram-se para ele.

— Então o Prof. Aziz fará a gentileza de nos fornecer um perfil de nosso alvo.

Atinja-os primeiro com Aziz e guarde a parte mais difícil para o final, Axelrod o aconselhara.

* * *

Por vinte anos, Bachmann amara Aziz: quando Aziz era seu agente-chefe em Amã; quando Aziz estava apodrecendo em uma prisão na Tunísia com sua rede destruída e sua família escondida; e no dia em que Aziz saiu mancando pelos portões da prisão com os pés descalços e entrou no carro da Embaixada Alemã que o aguardava para levá-lo ao aeroporto para que se reinstalasse em Berlim.

E ele amava Aziz agora, enquanto uma porta lateral se abria e Maximilian, como combinado, apareceu rapidamente e a figura diminuta, lembrando um soldado, com cabelos e paletó pretos e de bigode, marchou suavemente para dentro da sala e tomou seu lugar em um estrado elevado na extremidade da mesa: Aziz, o espião recuperado, o principal especialista do Comitê nos caminhos do jihadismo — e nos atos e meditações de seu antigo colega estudante na época em que vivia no Cairo, o Dr. Abdullah.

Só que Aziz não o chama de Abdullah. Ele o chama de SINAL, o nome-código esquisito escolhido por Axelrod em uma referência velada ao manual espiritual de todos os militantes islâmicos, chamado *Sinais ao longo do caminho* e escrito pelo mentor deles, Sayyed Qutub, enquanto estava cumprindo pena em uma prisão egípcia. A voz de Aziz é grave e acentuada pela dor.

— Em todos os aspectos, exceto um, SINAL é um homem de Deus — ele começa, assumindo o papel de advogado de defesa. — É um acadêmico totalmente autêntico e erudito. É inquestionavelmente devoto. Prega o caminho pacífico e acredita sinceramente que o uso da violência para derrubar governos islâmicos corruptos é contrário à lei religiosa. Recentemente, publicou uma nova tradução para o alemão das palavras do Profeta Maomé. É uma tradução excelente. Não conheço outra melhor. Ele leva uma vida simples e come *mel* — ninguém ri. — É um *comedor de mel* apaixonado. Entre os muçulmanos, é conhecido pela paixão por *mel*. Muçulmanos gostam de rotular as pessoas. Ele é um homem de Deus, do Livro e do *mel*. Mas, infelizmente, também o percebemos como um homem da bomba. O caso não foi provado. Mas as evidências são convincentes.

Bachmann olha rapidamente ao redor da mesa. Mel, Deus e bombas. Todos os olhos no professor com jeito de soldado, antigo amigo do bombardeador comedor de mel.

— Até cinco anos atrás, ele usava paletós feitos sob medida. Era um dândi. Mas quando começou a aparecer na televisão alemã e a participar de debates públicos, adotou trajes mais humildes. Ele desejava se tornar conspícuo por sua humildade. Por seu estilo de vida abstêmio. É fato. Não sei muito bem como fez isso.

A plateia também não sabia.

— Durante toda a vida, SINAL tem lutado sinceramente para superar distinções sectárias dentro da *Umma*. Por isso, sugiro que seja admirado.

Aziz hesitou. A maioria dos presentes, mas não todos, sabem que por *Umma* ele está se referindo à comunidade de todos os muçulmanos no mundo.

— Em suas atividades de obtenção de fundos, SINAL participou da diretoria de instituições de caridade de diversas crenças ou seitas, algumas amargamente opostas entre si, com o propósito de promover e distribuir *zakat* — Aziz prossegue e faz outra leitura rápida da plateia.

"*Zakat* são os 2,5 por cento do faturamento de um muçulmano que, sob a lei xariá, deveriam ser dedicados a boas causas, como escolas e hospitais, fornecendo alimentos para os pobres e os necessitados, bolsas de estudos e *orfanatos*. Orfanatos muçulmanos, seu grande amor. SINAL declarou que, pelos nossos órfãos, viajará pelo mundo pelo resto da vida sem dormir. E também o deveríamos admirar por isso. O Islã tem muitos órfãos. E SINAL, desde jovem, foi um órfão: o produto de escolas rígidas do Alcorão, muito rígidas.

Mas existe um lado negativo de tal comprometimento, como o apertar da voz de Aziz indica:

— *Orfanatos*, eu diria, são um dos muitos pontos nos quais causas terroristas e sociais não conseguem evitar de se encontrar. Orfanatos são santuários para os filhos dos mortos. Entre os mortos estão mártires, homens e mulheres que deram a vida defendendo o Islã, seja no campo de batalha ou como homens-bomba suicidas. Não cabe aos doadores caridosos perguntar a *forma* específica de martírio. Portanto, receio que ligações com os seguidores do terrorismo sejam inevitáveis nesse contexto.

Se a congregação tivesse murmurado um *amém* extasiado, Bachmann não teria ficado surpreso.

— SINAL é *intrépido* — insiste o Prof. Aziz, retomando o papel de advogado de defesa. — No cumprimento de sua missão de vida, ele testemunhou as condições de seus irmãos e irmãs muçulmanos em alguns dos piores lugares do mundo. Eu diria que os *absolutamente* piores. Nos últimos três anos, viajou correndo riscos pessoais para Gaza, Bagdá, Somália, Iêmen e Etiópia, além do Líbano, onde experimentou em primeira mão a devastação do país pelos israelenses. Infelizmente, isso não é perdão.

Ele respira fundo, como se estivesse se enchendo de coragem, apesar da coragem, pela memória de Bachmann, ser a última coisa da qual Aziz carecesse.

— Devo dizer a vocês que, nesses casos, tanto para muçulmanos quanto para não muçulmanos, haja sempre a mesma pergunta: se as evidências convincentes estiverem corretas, será que um homem como SINAL está fazendo um pouco de *bem* para fazer o *mal?* Ou estaria ele fazendo um pouco de *mal* para fazer o *bem?* Em minha submissão, o propósito de SINAL sempre foi fazer o *bem.* Pergunte a ele sobre os usos aceitáveis da violência e ele dirá que, abordando a questão do terror, precisamos distinguir entre a revolta legítima contra a ocupação, por um lado, e o terrorismo puro do outro, o qual não endossamos. A Carta das Nações Unidas *permite* resistência contra ocupação. *Compartilhamos* dessa visão, assim como todos os europeus liberais. *Contudo* — de repente, ele parece pensativo —, o que aprendemos em tais casos... e SINAL não é uma exceção de acordo com as evidências convincentes... o que aprendemos é que homens *bons* aceitam um pouco do *mal* como um elemento necessário a seu trabalho. Para alguns, pode chegar a vinte por cento. Para outros, de 12 a dez. Para ainda outros, tão pouco quanto cinco por cento. Mas cinco por cento de mal pode ser realmente muito ruim, mesmo que os 95 por cento restantes sejam muito bons. Eles conhecem os argumentos. Mas em suas cabeças — diz, batendo na própria —, consideram esses argumentos como *não solucionados.* Eles têm um *lugar* para o terror em suas mentes, e não é um lugar totalmente *negativo.* Eles o consideram — estaria ele vasculhando a própria consciência e fingindo ser a de Abdullah? — um tributo *doloroso mas necessário* à grande diversidade que é a *Umma.* Infelizmente, isso *não* serve como desculpa. Mas constitui, aventuro-me a sugerir, uma *explicação.* Portanto, apesar de que SINAL possa estar certo em sua própria *mente* acerca do que considera o caminho correto, ele não iria tão longe a ponto de dizer diretamente aos militantes que eles estão errados. Porque, em seu *coração*, não tem certeza absoluta. Esse é seu paradoxo insolúvel, e ele não está sozinho. Pois não estão *todos* os verdadeiros crentes em busca do caminho correto? E não são os comandos de Deus difíceis de compreender? SINAL pode reprovar profundamente o que os militantes fazem. Provavelmente, o faz. Mas quem é ele para dizer que são menos devotos, ou menos orientados por Deus, do que ele próprio... presumindo sempre que as evidências nos convençam?

Bachmann olha para Burgdorf e, em seguida, rapidamente para Martha, porque o grande espião norte-americano e a pretendente a tsar da inteligência alemã compartilham da mesma expressão, olhando um para o outro. É um olhar inexpressivo, que não indica nada além da existência de uma ligação privada. Em seguida, o atento Lantern também percebe a interação entre os dois e, esforçando-se para participar, inclina-se para trás na cadeira até ficar o mais próximo possível da orelha adornada com uma joia de Martha e sussurra algo para ela que tampouco afeta sua expressão.

Se Aziz percebeu, ignorou.

— Também precisamos considerar *esta* possibilidade — ele prossegue: — Que SINAL, devido à sua origem e às conexões resultantes dela, esteja sofrendo *pressão moral* por parte de seus camaradas crentes. Isso pode acontecer. A cooperação dele não é meramente *presumida*, mas sim *exigida*. "Se você não nos ajudar, estará nos traindo." Talvez SINAL também esteja sujeito a outros tipos de coerção. Ele tem uma ex-esposa e crianças amadas de um casamento anterior, que agora moram na Arábia Saudita. *Nós não sabemos* — ele insiste com uma ênfase dolorosa. — *Jamais* saberemos. Talvez o próprio SINAL jamais venha a saber exatamente como se tornou o que é... Presumindo que *seja* o que pensamos que é — ele ficaria tenso para o que parecia ser um último apelo à improvável compreensão deles. — Talvez SINAL não *queira* saber... talvez *não* saiba realmente... onde terminam os cinco por cento. Até a última ligação, talvez *ninguém* saiba. Uma mesquita precisa de um teto. Um hospital precisa de uma ala. E pela graça piedosa de Alá, existe um intermediário que dá dinheiro a eles. Mas os postos avançados mais pobres do Islã não são exatamente renomados pela contabilidade meticulosa. Assim, o intermediário é capaz de reter o bastante para comprar explosivos para um par de cintos-bomba — ele tem uma última mensagem. — Noventa e cinco por cento de SINAL sabe e ama o que ele faz. Mas cinco por cento dele não quer saber, e não pode. Lamento.

Lamenta *o quê*? Bachmann queria perguntar.

— Portanto, ele é o quê? — uma voz masculina impaciente pergunta abruptamente. É a voz de Burgdorf.

— Por suas ações, Herr Burgdorf? Pelas *consequências* de seus atos, você quer dizer? Presumindo que as evidências estejam corretas?

— Não é com isso que estamos lidando aqui? Quando assumimos tal premissa? Suas ações?

Burgdorf, o homem-criança rabugento, famoso pelo ódio a equívocos liberais.

— Dê-me apenas conselheiros com apenas um braço, Michael — ele teria supostamente gritado para Axelrod durante uma discussão impropriamente pública. — Chega de pessoas que dizem "por um lado, pelo outro lado"!

— SINAL é um *centro de importância*, Herr Burgdorf — o Prof. Aziz admite com tristeza no púlpito. — Não na substância do que faz, mas nos detalhes. Corta-se um pouco aqui, cria-se uma pequena distração ali... as somas não são *grandes*. No nível em que o terror opera atualmente, não precisam ser. Alguns milhares de dólares podem bastar. Nos piores lugares, algumas centenas dão conta do recado. Se estivermos falando do Hamas, menos ainda.

Ele parece prestes a acrescentar algo. Talvez esteja lembrando o que poucas centenas faziam. Burgdorf o interrompe:

— Então ele financia o terrorismo — retruca em voz alta, esclarecendo a questão para o benefício de muitos.

— Com efeito, Herr Burgdorf, sim. Se o que acreditamos for verdade. Noventa e cinco por cento dele não faz isso. Noventa e cinco por cento dele apoia os pobres, os enfermos e os necessitados da *Umma*. Mas cinco por cento financia o terror. Conscientemente e com sinceridade. Portanto, é um homem mau. Essa é a tragédia dele.

Axelrod previu a chegada deste momento e estava preparado.

— Prof. Aziz, você não está sugerindo algo diferente? Pelo que ouvimos nas entrelinhas, você não concordaria que... Considerando as induções corretas, por assim dizer, e a convergência correta de pressões e infortúnios... SINAL é material ideal para recrutamento para o caminho pacífico: da mesma forma que você, há muitos anos, na época em que era um irmão muçulmano defendendo ações diretas?

O Prof. Aziz despede-se da plateia e é acompanhado para fora da sala. Ele foi revistado pela segurança — mas por que correr o risco? Observando-o partir, Bachmann escuta o aparte deliberadamente mal concebido de Martha para Lantern:

— *Vou lhe dizer uma coisa, Ian. Fico satisfeita agora mesmo com cinco por cento.*

* * *

Um alvoroço de atividade descoordenada seguiu-se à partida de Aziz. Martha levantou-se, estufou suas velas e deslizou para fora da sala com o celular no ouvido, arrastando consigo Newton e a loura de ombros largos. Mohr, aparentemente, reservara um escritório de onde a Agência poderia fazer sua observação inofensiva. Burgdorf estava debruçado sobre Keller, que estava sentado, murmurando em seu ouvido enquanto olhavam em direções opostas. E Bachmann, lutando para aplacar a ansiedade que se acumulava dentro de si, rezava para si mesmo na linguagem de sua cantata não cantada:

Não somos policiais, somos espiões. Não prendemos nossos alvos. Nós os desenvolvemos e os reorientamos para alvos maiores. Quando identificamos uma rede, nós a observamos, ouvimos, penetramos nela e, gradualmente, assumimos seu controle. Prisões têm valor negativo. Elas destroem uma aquisição preciosa. Elas nos mandam arrastando de volta para o quadro de giz, em busca de outra rede que seja metade tão boa quanto a que acabamos de comprometer. Se Abdullah não é parte de uma rede conhecida, eu pessoalmente farei dele parte de uma. Caso seja necessário, inventarei uma rede apenas para ele. Isso funcionou para mim no passado e funcionará no caso de Abdullah, basta me darem uma chance. Amém.

* * *

Nas mãos de uma pesquisadora lendária chamada Frau Zimmermann, a quem Bachmann encontrara nas visitas rápidas que ela fizera à Embaixada Alemã em Beirute, SINAL está se transformando de um acadêmico religioso comedor de mel com uma falha de cinco por cento em um pagador terrorista de dentes vermelhos.

Em uma tela acima da cabeça chata de Frau Zimmermann, surgem diagramas como árvores genealógicas, demonstrando quais das instituições muçulmanas de caridade com boa reputação sob o controle de SINAL eram consideradas de utilização escusa por ele para desviar dinheiro e materiais para terroristas. Nem todas as transações de seus cinco por cento são financeiras. Os desgraçados de Djibuti estão clamando por cem toneladas de açúcar? Uma das caridades de SINAL assegurará que uma remessa seja enviada imediatamente. Contudo, a caminho de Djibuti, a embarcação caridosa atraca no humilde porto de Berbera, na costa norte da Somália, devastada pela guerra, para receber outra carga, ela explica, gesticulando irritadamente para a tela com seu apontador laser, como que para se livrar de um inseto intruso.

E acontece que, em Berbera, dez toneladas de açúcar são desembarcadas por engano. Bem, essas coisas acontecem, estejamos em Berbera ou em Hamburgo. O erro trivial não é descoberto até que o navio esteja novamente seguindo seu curso. E quando o navio chega ao destino oficial em Djibuti, os receptores estão tão famintos e tão gratos por receberem as noventa toneladas que ninguém reclama sobre as dez que ficaram faltando. Enquanto isso, em Berbera, dez toneladas de açúcar estão comprando detonadores, minas terrestres, pistolas e lançadores manuais de foguetes para militantes somalis cujo objetivo na vida é espalhar o caos e matar a preço de custo.

Mas quem pode culpar a honorável instituição de caridade que, em sua bondade inquestionada, forneceu açúcar para os famintos de Djibuti? E quem ousaria culpar SINAL, o defensor 95 por cento devoto da tolerância e da inclusão entre pessoas de todas as religiões?

Frau Zimmermann, por exemplo.

Ela indica para a plateia os dossiês sobre FELIX, os quais fornecem o raciocínio detalhado por trás de suas descobertas. Enquanto isso, ela tem outro diagrama exageradamente didático, ainda mais simples do que o primeiro. Ele consiste em um arquipélago de instituições bancárias comerciais, pequenas e grandes, espalhadas pelo mundo. Alguns nomes são familiares, e outros, mais provavelmente, são sediados nas favelas de uma cidade em uma colina no Paquistão. Nada liga uma às outras. Tudo que têm em comum é a luz do apontador, que aparece quando Frau Zimmermann o balança em sua direção, do mesmo modo que uma senhorita balança seu guarda-chuva para fazer sinal para um ônibus.

Um belo dia, uma quantia moderada de dinheiro é depositada neste banco, diz ela. Por exemplo, em Amsterdã. Digamos que sejam dez mil euros. Um homem caridoso vem da rua e faz o depósito.

E o dinheiro permanece no banco. Pode ser para crédito de um indivíduo, de uma companhia, de uma instituição ou para caridade. Mas não é movimentado. Ele permanece na conta do titular afortunado da conta. Talvez por períodos de até seis meses. Ou um ano.

Então, uma semana depois, constata-se que a mesma quantia foi depositada *naquele* outro banco a milhares de quilômetros de distância, em — por exemplo — Karachi. E também fica onde está. Nenhum telefonema, nenhuma transferência eletrônica. Apenas outro homem gentil que veio da rua.

— Até que, um mês depois, uma quantia muito parecida chega *aqui* — diz Frau Zimmermann com sua voz aguda aumentando de indignação. A luz do apontador está sobre o norte de Chipre. — No local para onde deveria ter ido o tempo todo, depositado por uma permuta silenciosa, cuja inteligência operacional detalhada não conseguimos rastrear. Incontáveis transações como essa são realizadas a cada hora. Pouquíssimas apoiam atos terroristas. Ocasionalmente, fontes combinadas e dados computadorizados nos mostram o método: mas apenas *um* método. Esse é o dilema. Se conseguirmos rastrear a cadeia desta vez, quem poderá dizer que conseguiremos fazer o mesmo com a próxima? A próxima vez pode ser completamente diferente. Essa é a beleza do sistema. A menos, obviamente, que o chefe da cadeia se torne complacente ou preguiçoso e comece a se repetir. Então, forma-se um padrão e, com o tempo, passa a ser possível fazer certas suposições. O ideal é identificar o chefe da cadeia e sua primeira ligação. SINAL é um chefe de cadeia que ficou preguiçoso.

Um ponto de luz brilha sobre a cidade de Nicosia. O apontador dá uma batida acusatória sobre o ponto e permanece sobre ele.

— O mesmo que acontece com a decodificação ocorre com as transferências invisíveis — a lendária Frau Zimmermann continua com seu alemão sulista de professora de escola rural. — O investigador sonha com a repetição. Com a força obtida ao longo de três anos observando *esta* firma extremamente insignificante de transportes de carga, a qual possui um longo histórico de descarregar por engano alimentos e outras commodities em lugares duvidosos e de não se preocupar muito em recuperar a carga — o nome inócuo da COMPANHIA DE NAVEGAÇÃO SETE AMIGOS é exibido ostensivamente em vermelho sobre a parte superior da ilha na qual o apontador permanece determinado em seu posto. — E tendo por base os depósitos de primeira ligação de SINAL *nesta* conta de caridade *neste* banco — Riad é iluminada junto com o nome do banco, em árabe e em inglês —, e a quantia similar que é transferida para *este* banco — o apontador move-se para Paris —, e depois é transferida para *este* banco — em Istambul —, tudo em contas que agora conseguimos pré-identificar, *nós* dizemos que é uma premissa muito clara do envolvimento de SINAL com as finanças terroristas. Se SINAL estivesse limpo, temos a convicção de que *jamais* teria contato com uma companhia de baixo nível que faz transportes de carga ocasionais. Contudo, ele contratou pessoalmente a companhia mais de uma vez, apesar de estar consciente... E talvez *porque* tem consciência... De que em mais de uma ocasião ela entregou bens no lugar errado. Isso não é uma prova. Mas, como base para uma premissa, é extremamente evidente.

Enquanto a tela é recolhida, a voz meticulosa de Frau Zimmermann é interrompida pelo grito de comunicação entre navios da majestosa Martha, ressoando pela sala.

— Quando você diz *premissa clara*, Charlotte — como diabos ela sabe o primeiro nome da mulher, Bachmann se pergunta, e como ela retornou sem ser percebida? —, estamos falando em *provas*? Ele faz a movimentação que esperamos... a movimentação com a primeira ligação... e depois temos *provas*? Provas que se sustentariam em um tribunal de justiça dos Estados Unidos?

A confusa Frau Zimmermann protesta que a pergunta está acima de seu salário, quando Axelrod, habilidosamente, retira dela a obrigação de responder:

— De qual corte estamos falando aqui, Martha? Seus tribunais militares atrás de portas fechadas ou os tribunais à moda antiga, nos quais os acusados tinham o direito de saber de que estavam sendo acusados?

Algumas das almas mais livres gargalham. O resto finge não escutar.

— Herr Bachmann — Burgdorf diz com rispidez —, o senhor tem uma proposta operacional. Queremos ouvi-la, por favor.

* * *

Um homem que faz o clima não aceita tranquilamente ter não iniciados olhando por cima de seu ombro enquanto realiza sua mágica. Bachmann tinha a sensibilidade de um artista em relação a compartilhar seu processo criativo. Ainda assim, lutou para satisfazer a plateia. Em uma linguagem leiga e despretensiosa projetada para falar a todos à margem do ramo da espionagem, ele defendeu o que, com a assistência editorial de Erna Frey e de Axelrod, constituía a essência de sua proposta escrita às pressas. Ele explicou que o objetivo operacional era obter provas da culpa de SINAL mas, ao mesmo tempo, de não alterar sua reputação ou eminência e, a longo prazo, até ampliá-las, mantendo intactas todas as suas conexões com instituições de caridade. A ideia era dominar seus cinco por cento e usá-lo como um duto e ponto de escuta. Contra suas melhores inclinações, Bachmann obrigou-se a usar o termo "guerra ao terror". Portanto, o primeiro movimento era o mais vital: ele deveria envolver SINAL completamente, informá-lo de que estava comprometido e oferecer a ele a escolha entre permanecer um espírito distinto e líder da *Umma*, ou...

— Ou *o quê*, exatamente, Günther? Diga-nos — Martha, a observadora inofensiva, interrompendo.

— Humilhação pública e, possivelmente, a prisão.

— *Possivelmente?*

Axelrod ao resgate:

— Estamos na Alemanha, Martha.

— Certo. Estamos na Alemanha. Vocês tentam com ele e digamos que, para variar, dê certo. Durante quanto tempo ele fica preso? Algo em torno de seis anos, três deles em liberdade? Vocês não sabem o que *é* prisão. Quem o interrogará?

Axelrod não tinha dúvidas.

— Ele seria propriedade alemã e seria interrogado de acordo com a lei alemã. Isso caso se recuse a cooperar. Contudo, seria muito melhor se ficasse onde está e colaborasse conosco. E acreditamos que fará isso.

— Por quê? Ele é um terrorista fanático. Talvez prefira se explodir.

Bachmann novamente:

— Não é a leitura que temos dele, Martha. É um homem de família, estabelecido, respeitado em toda a *Umma*, admirado no Ocidente. Faz trinta anos que foi preso. Não pediremos que se torne um traidor. Ofereceremos a ele uma nova definição de lealdade. Fortalecemos a posição dele aqui, prometemos a ele a cidadania alemã, para a qual se inscreveu sem sucesso meia dúzia de vezes. Certo, talvez o ameacemos de início. Mas isso seriam apenas as preliminares. Depois, ficamos amigos dele. "Venha para nosso lado, trabalhemos criativamente para um Islã melhor e mais moderado."

— E quanto à anistia aos atos terroristas do passado? — Martha sugeriu, parecendo agora estar defendendo o argumento, e não o questionando. — Você também incluiria isso?

— Desde que falasse a verdade sobre eles. Presumindo que Berlim aprovasse. E como parte necessária do pacote. Sim.

A sombra de hostilidade mútua havia passado. Martha abriu um largo sorriso.

— Günther, querido, quantos anos você tem, porra? Cento e cinquenta?

— Cento e quarenta e nove — Bachmann respondeu, fazendo o jogo dela.

— E pensar que eliminaram meu último ideal quando eu tinha 17 anos e meio! — Martha gritou, seguida por gargalhadas gerais, começadas por Ian Lantern.

* * *

Mas Bachmann estava longe de ter vencido o caso. Uma avaliação discreta dos rostos ao redor da mesa confirmou o que ele temia desde o começo: que o prospecto de uma amizade amorosa com um pagador terrorista não agradava a todos os gostos.

— Então hoje estamos dando *cidadania* aos nossos inimigos — um piadista engraçadinho conhecido do Ministério de Relações Exteriores sugeriu acidamente. — Estamos abrindo os braços não apenas para SINAL, que é um terrorista internacional identificado, mas também para nosso bom amigo FELIX, um criminoso presidiário russo fugitivo com uma série de condenações quanto a atos de violência de inspiração islâmica. Nossa hospitalidade em relação a criminosos estrangeiros parece ilimitada. Temos o homem completamente à nossa mercê. Então lhe oferecemos a cidadania alemã como método de persuasão. É de se perguntar até onde nossos galanteios podem ir.

— É para a garota — Bachmann grunhiu, ruborizando.

— Ah, é claro. A moça no caso. Esqueci-me dela.

— A garota jamais teria trabalhado para nós se não tivéssemos prometido solenemente que FELIX sairia livre. Sem ela, jamais teríamos trazido FELIX até a água. Ela ficou amiga dele e o persuadiu a procurar SINAL.

Percebendo que suas palavras tinham sido recebidas por um silêncio descrente, se não totalmente cético, Bachmann afundou a cabeça beligerantemente entre os ombros.

— Eu dei *minha palavra* a ela. Aquela que nunca se quebra, entre administrador de agentes e agente. Esse foi o acordo. Aprovado pelo Comitê — dirigindo o último ataque diretamente a Burgdorf, enquanto Axelrod franzia as sobrancelhas desconfortavelmente olhando para o nada. — Ela é advogada dele — falando agora para toda a sala. — Como sua advogada, jurou fazer o que fosse preciso para proteger seu cliente. Ela coopera porque lhe asseguramos que seu cliente seria beneficiado. Ele será libertado e deixado em paz para orar e estudar, que é tudo o que deseja fazer. É por isso que ela está cooperando conosco.

— Também nos disseram que está apaixonada por ele — a mesma voz ácida sugeriu sem arrependimento. — Talvez a pergunta seja: quanto amor sobra para *nós*?

E Bachmann, apesar de um olhar de aviso de Axelrod, poderia ter respondido àquela baboseira em termos dos quais se arrependeria posteriormente se Lantern não tivesse aproveitado habilmente a brecha para diminuir a tensão:

— Posso balançar minha pequena bandeira da Inglaterra, Ax? — escolhendo Axelrod como recipiente de sua astúcia britânica. — Acredito que eu *deveria* apenas destacar que, sem o envolvimento de um certo banco inglês valioso, não haveria nenhum FELIX para herdar o dinheiro do pai e nenhum SINAL para ajudá-lo a gastar!

Mas a gargalhada que se seguiu foi incerta e a tensão não foi aliviada. Martha estava de cabeça baixa com Newton e a mulher misteriosa de cabelos louros. Em seguida, ela levantou a cabeça bruscamente.

— Günther. Ian. Ax. Certo. Respondam-me, por favor. Vocês, rapazes, estão realmente me dizendo que conseguem fazer isso? Jesus Cristo, vejamos o que temos aqui. Uma advogada liberal maluca à beira de um colapso nervoso. Um banqueiro inglês semidefunto que está interessado nela. E um combatente da liberdade semichecheno fugitivo da justiça russa que faz aviões de papel, escuta música e pensa que, um dia, será médico. E vocês, rapazes, acreditam mesmo que podem colocar todos juntos em uma sala e que eles pegarão um lavador de dinheiro islâmico radical que passou a vida toda olhando o que havia do outro lado da esquina? Eu tenho esse direito? Ou estou ficando louca, por acaso?

Para o alívio de Bachmann, Axelrod, desta vez, foi capaz de responder na mesma moeda:

— FELIX não caiu do céu, no que diz respeito a SINAL, Martha. Se você ler o material, verá que criamos para ele um belo de um perfil nos sites islâmicos que controlamos e os sinalizadores me dizem que nossos esforços foram recompensados. O aviso de procurado emitido pela Suécia e o relatório policial russo tampouco nos prejudicaram. Sites sobre os quais jamais ouvimos falar escolheram-no e classificaram-no como um grande combatente checheno e um artista da fuga. Quando todos se encontrarem, a fama de FELIX o precederá.

* * *

Alguém estava perguntando sobre o procedimento operacional. Durante quanto tempo, depois que SINAL fosse envolvido e detido, Bachmann poderia mantê-lo sem levantar suspeitas quanto a seu paradeiro?

Bachmann disse que tudo dependeria dos arranjos de SINAL para aquela noite. O tempo estava contra eles. A garota e FELIX estavam ficando cansados.

As atenções voltaram-se para Arni Mohr. Desesperado para que notassem sua presença, ele estava descrevendo a visita que fizera na noite anterior ao quartel-general da polícia, onde, para um público seleto, descrevera uma parte, naturalmente não todas, da operação planejada.

À medida que Bachmann ouvia, o desespero tomou conta dele como uma doença. A polícia propôs colocar atiradores ao redor do banco para o caso de SINAL estar usando um cinto de bombas, Mohr anunciou com orgulho.

E como se deveria pressupor que SINAL chegaria armado, também propuseram cobrir o encontro crucial no Banco Brue Frères de todas as cinco direções: da margem do Alster, dos dois lados e das duas extremidades da rua.

Também nos telhados, Mohr continuou. Seu grande plano era isolar a área assim que SINAL entrasse no banco e repovoá-la com sua própria versão da humanidade: em carros, bicicletas e a pé. Com a assistência da polícia, todas as casas e hotéis nas proximidades seriam evacuados.

Keller concordou.

Burgdorf não discordou.

Martha, apesar de ser somente uma observadora, ofereceu sua aprovação com satisfação.

Newton disse que faria o possível para ajudar: brinquedos, equipamentos de visão noturna, qualquer coisa.

A loura misteriosa indicou que estava de acordo abanando a cabeça com os lábios apertados em seu rosto de traços acentuados.

Em um esforço para moderar o esquema grandioso de Mohr, Axelrod lembrou a ele que as precauções defendidas por ele e pela polícia não deveriam deixar rastros, fosse antes, durante ou depois da visita de SINAL ao Brue Frères. Se a informação vazasse — para a mídia, para a comunidade muçulmana que o estimava tanto —, todas as esperanças de que SINAL agisse como um informante altamente valioso seriam perdidas.

E sim, Axelrod concordou. No que lhe dizia respeito, o próprio Arni Mohr poderia estar presente quando a polícia tecnicamente prendesse SINAL, mas somente se Bachmann considerasse uma prisão desejável como meio de intimidá-lo antes de iniciar o processo de conquista de sua amizade. Todos concordavam com isso?

Todos, exceto, aparentemente, Bachmann. De repente, a reunião havia terminado. O júri — auxiliado pelos observadores — iria se retirar para estudar o veredicto, e Bachmann, não era a primeira vez, poderia voltar para o estábulo e aguentar até o fim.

— Excelente trabalho, Bachmann — Burgdorf disse a ele, batendo em seu ombro em um gesto raro de contato físico.

Para os ouvidos de Bachmann, o aplauso soou como um obituário.

* * *

Bachmann estava sentado a sua mesa, com a cabeça entre as mãos, enquanto, sentada diante dele, Erna Frey trabalhava metodicamente no computador.

— Como ela está? — Bachmann perguntou.

— Tão bem quanto se possa esperar.

— E quanto é isso?

— Enquanto ela pensar que Issa está em uma situação pior do que a dela, ela consegue aguentar.

— Bom.

— É mesmo?

O que mais Bachmann poderia dizer? Era culpa dele que Erna também tivesse se apaixonado pela garota? Ou seria de Erna? Todo mundo parecia ter se apaixonado por ela. Então por que o mesmo não poderia acontecer com Erna? Amor era tudo aquilo se você conseguisse suportar e ainda assim fazer o trabalho.

Em todas as partes do estábulo, o clima era igualmente desanimador. Maximilian e Niki estavam decriptando e conferindo as novidades do dia, fazendo o que quer que faziam em vez de ir para casa. Mas nenhuma voz humana chegou ao ouvido de Bachmann, nenhuma gargalhada ou exclamação, fosse dos pesquisadores na porta ao lado, dos ouvintes no corredor ou do pequeno grupo de motoristas e de observadores de ruas no andar inferior.

De pé na janela e com uma sensação de *déjà vu*, Bachmann observou o helicóptero oficial de Keller decolar para Colônia, seguido pelo de Burgdorf, para Berlim, com um grupo de oficiais e Axelrod. Martha foi a última a embarcar, sem Newton nem a loura.

Uma fila de Mercedes seguiu para o portão principal. A cancela foi levantada e permaneceu assim.

A linha telefônica encriptada estava tocando na mesa de Bachmann. Ele colocou o fone no ouvido e grunhiu ocasionalmente "sim, Michael", "não, Michael".

Erna Frey permaneceu ao computador.

Bachmann disse "até logo, Michael" e desligou. Erna Frey prosseguiu com seu trabalho.

— Conseguimos — Bachmann disse.

— Conseguimos o quê?

— O sinal verde. Com certas condições. Podemos seguir em frente. O quanto antes. Eles estão preocupados achando que estamos sentados sobre um vulcão. As primeiras oito horas com ele são minhas.

— *Oito*. Não nove.

— Oito serão o bastante. Se ele não tiver mordido a isca em oito horas, Arni pode entregá-lo para a polícia.

— E para onde o levará durante essas oito horas, se é que posso perguntar? Para o Atlantic? O Four Seasons?

— Para seu esconderijo no porto.

— Você o arrastará para lá pelos pentelhos?

— Farei um convite. Assim que ele sair do banco. Herr Doktor, represento o governo alemão e gostaríamos de conversar com você sobre certas transações financeiras ilegais que acaba de fazer.

— E ele?

— Nesta altura, já estará em meu carro. Poderá dizer o que quiser.

13

Ela está catatônica.

Eles a estão enlouquecendo.

Mais uma semana disso e ela dará a eles a Georgie completa, se é que já não o fez. Ela provavelmente pensou que eu também estivesse louco.

Quando nos encontramos no Atlantic, fui o bom e velho Tommy Brue, herdeiro decadente de um banco decadente e de um casamento fracassado, um balão a deriva.

Na casa dos turcos, fui um velho idiota cheio de culpa comprando a entrada para a vida dela por 50 mil euros, nos quais ela jamais tocou.

E o que sou agora, dirigindo para o noroeste à velocidade controlada de 130 quilômetros por hora? O serviçal chantageado dos corruptores de meu falecido pai, a caminho de seduzir um venerável acadêmico muçulmano que é cinco por cento mau a salvar a pele do garoto que ela provavelmente ama.

— Você está apenas cumprindo os desejos de mais um cliente rico — Lantern assegurara durante a sessão tórrida de instrução em seu detestável esconderijo que fedia a cloro da piscina comunitária no pátio seis andares abaixo. — Só que do lado mais escuro de seu banco, o que explica por que está sendo particularmente discreto. E você está prestes a consultar o gerente de investimentos que ele escolher, não importa a estirpe, e você receberá uma gorda comissão seja lá como ele decidir cortar o bolo — ele acrescentou, no tom afirmativo de uma miniatura do diretor da escola pública que Brue detestava. — É uma situação bancária perfeitamente normal.

— Não segundo meus padrões.

— Também na linha da prática bancária normal — Lantern persistiu, ignorando magnanimamente a impertinência de Brue —, você assumiu a tarefa de avaliar... de acordo com os desejos de seu cliente, como lhe foram transmitidos por sua conselheira legal... se o cavalheiro que está prestes a visitar é ou não apropriado. Isso é um resumo justo?

— É algum tipo de resumo, suponho — Brue disse, servindo-se de uma dose generosa de um uísque que não lhe havia sido oferecido.

— Você será astuto e objetivo. Você decidirá, na plenitude de sua sabedoria profissional, qual a melhor maneira de prosseguir para as duas partes: para seu cliente e para seu banco. Os interesses do nobre cavalheiro muçulmano que você está consultando são de importância secundária para você, se é que chegam a ter importância.

— E na plenitude de minha sabedoria profissional, devo decidir que ele é o nobre cavalheiro muçulmano adequado para o trabalho — Brue sugeriu na mesma moeda.

— Bem, não é exatamente como se você tivesse uma grande variedade de opções, não é mesmo, Tommy? — disse o pequeno Lantern, abrindo seu sorriso conquistador.

* * *

Doze horas antes, Mitzi dera a própria notícia para ele.

— Bernhard está sendo um chato — ela observou, enquanto Brue estava mergulhado no *Financial Times*. — Hildegard o está abandonando.

Brue bebeu um pouco de café e secou os lábios com um guardanapo. Nos jogos que jogavam, a primeira regra da vida era jamais ficar surpreso com coisa alguma.

— Então, com certeza, é *Hildegard* quem está sendo uma chata — ele sugeriu.

— Hildegard é *sempre* chata.

— E o que o pobre Bernhard fez que *o* transformou em um chato? — Brue perguntou, assumindo o papel de homem.

— Pediu-me em casamento. Devo deixar você, pedir divórcio e ir passar o verão em Sylt com ele enquanto decidimos onde viveremos pelo resto de nossas vidas — ela disse com indignação. — Você consegue *imaginar* compartilhar a velhice com Bernhard?

— Francamente, acho difícil imaginar compartilhar *qualquer coisa* com Bernhard.

— E Hildegard está pensando em processar você.

— *Me processar?*

— Ou me processar, qual a diferença? Por roubar seu marido. Ela pensa que você é rico. Portanto, você precisará processar Bernhard para calá-la. Vou perguntar a seu amigo Westerhein quem é o melhor advogado.

— Hildegard já considerou o escândalo que seria isso?

— Ela *adora* escândalo. Se regozija nele. É a coisa mais vulgar que já ouvi.

— Você aceitou a proposta de Bernhard?

— Estou pensando a respeito.

— Ah. E até onde você chegou em suas deliberações?

— Não tenho muita certeza do quanto ainda servimos um para o outro, Tommy.

— Você e Bernhard?

— Você e eu.

* * *

Sobre o campo plano e pouco convidativo, o céu estava negro. A autoestrada brilhava como vidro. Faróis de carros vindo na direção oposta avançavam contra ele. Então não servimos mais um para o outro. Bom. Ficarei bem sozinho. Venderei o banco enquanto ainda houver algo a ser vendido e cuidarei da minha vida. Posso até ir à Califórnia para o casamento da velha

Georgie. Ele ainda não havia contado para Mitzi que seria avô, o que o agradava. Talvez jamais contasse.

Será que Georgie contara o segredo para a mãe? Ele esperava que sim. A velha Sue ficaria feliz como uma criança. Muitos latidos mas nada de mordidas, assim era a Sue quando você superava a parte feroz. Para ser franco, ele bem que gostaria de ter percebido isso um pouco mais cedo. Antes de Mitzi, em vez de depois, por assim dizer. Tenha em mente que não é possível fazer nada a respeito agora. Não com Sue aconchegada, sã e salva com seu vinicultor italiano. Um cara legal, em todos os aspectos. Talvez batizem uma *cuvée* em homenagem ao bebê.

Mas a exultação que sentira por um instante dissipou-se no barulho da estrada molhada e ele estava novamente com Annabel, revisitando a raiva protetora que sentia contra o que haviam feito com ela: o caminhar robótico, o distanciamento da voz de menina do coro, tão longe do fervor com o qual ela o atacara no quarto de Melik: *sem seu banco de merda, meu cliente não estaria aqui!*

— O banco *deve* à senhora, Frau Richter — ele proclamou em voz alta para o para-brisa, imitando a própria pompa. — Portanto, fico satisfeito em dizer que o banco está prestes a pagar o que deve.

O banco ama você, ele prosseguiu mentalmente. Não para possuir você, mas para ajudá-la a reencontrar sua coragem para que possa viver a vida que eu evidentemente fracassei em viver. Você está apaixonada por Issa, Annabel? Georgie se apaixonaria por ele imediatamente. Ela também amaria você. E diria a você para que cuide de mim, pois é assim que Georgie pensa. Todos deveriam cuidar de todos. É por isso que se decepciona tanto. Será que *importa* se você está ou não apaixonada por Issa? *Amor* como aparece no dicionário? Enfaticamente, não. O que importa é que você o liberte.

* * *

— O que acontece com Annabel no final de tudo isso? — Brue perguntara a Lantern na mesma longa reunião de instrução enquanto bebia uísque, que de forma alguma era seu primeiro, e Lantern bebia o enésimo copo de água com gás. Fora um dia daqueles, até mesmo para o padrão de Brue: no café da manhã, a bomba de Mitzi sobre Bernhard. No escritório, uma revolta em grande escala no departamento de contabilidade em torno dos turnos de trabalho nos feriados. Em seguida, uma hora de conversa com seu respeitado advogado em Glasgow, que parecia jamais ter ouvido falar em divórcio. Depois, duas horas em um almoço imprudente no À la Carte, no qual agiu com uma astúcia hilariante para agradar um casal de clientes ricos e sem senso de humor que vinham de Oldenburg. Finalmente, uma ressaca, da qual agora tentava se curar.

— O que acontece com ela, Lantern? — Brue repetiu.

— Isso é assunto estritamente alemão, Tommy — Lantern respondeu ponderadamente, recorrendo novamente à voz de diretor escolar. — *Imagino* que a deixarão em paz. Desde que ela não escreva suas memórias ou vire o barco de outra maneira.

— Lamento que não seja o bastante.

— O quê?

— O que você *imagina*. Quero garantias firmes. Por escrito. Para ela, com uma cópia para mim.

— Cópia do *quê*, precisamente, Tommy? Acho que você está um pouco bêbado, não? Talvez devêssemos deixar esse assunto para outra hora.

Brue estava caminhando pela sala decadente.

— Quem diz que *haverá* outra hora? Pode não haver. Não se eu me recusar a fazer o trabalho. O que me diz disso? O quê?

— Bem, nesse caso, Tommy, Londres pode não ter outra opção senão a de adotar certas sanções que temos em relação a seu banco.

— Use-as, meu rapaz, esse é meu conselho. Aproveite-as ao máximo. Fique à vontade. O Frères entra pelo cano. Muitos lamentos no bar. Mas por quanto tempo? E de quem? Quem? — finalmente, estavam jogando pesado. A hora de fazer isso já havia chegado há muito tempo, na opinião de Brue. Ele tinha sacado suas facas, e eles que se fodessem. — Bancos entram pelo cano todos os dias. Especialmente os velhos e ineficientes, como o meu. Diferentemente do que acontece com vocês, rapazes, quando sua operação dos sonhos dá errado, não é mesmo? Posso sentir o cheiro de algo muito importante a quilômetros de distância, e isso aqui é importante. *Uma pena em relação ao jovem Ian, nós o valorizávamos tanto. Esperamos que encontre um emprego decente lá fora.* Saúde. Muita saúde para você e para todos que navegam com você.

Ele esperou ouvir "saúde" de volta, e ficou satisfeito quando nada foi dito.

— Apenas me diga exatamente o que lhe deixaria tranquilo, Tommy — Lantern sugeriu em uma voz tão insípida quanto a de um relógio falante.

— Uma Ordem do Império Britânico, para começar. Chá com a rainha. E dez milhões de libras como compensação por transformar o Frères em uma lavanderia russa.

— Acredito que isso seja uma piada.

— De forma alguma. Uma coisa de nada, assim como toda essa operação. Tenho mais exigências. Mudanças, na verdade.

— E quais seriam as exigências, Tommy?

— *Número um...* Você quer anotar ou acha que conseguirá se lembrar?

— Eu lembrarei, obrigado.

— Uma carta oficial. Endereçada a Frau Annabel Richter, com uma cópia para mim. Assinada e lacrada pela autoridade alemã competente, agradecendo a ela por sua cooperação e assegurando-a de que nenhuma ação legal ou de outro tipo será tomada contra ela. Isso é para começar, certo? O principal vem a seguir — e capturando a expressão de quase incredulidade de Lantern: — Não estou de brincadeira, Lantern. Estou falando sério. Nada neste mundo de Deus fará com que eu passe pela porta de Abdullah amanhã se eu não tiver satisfação total. *Número dois:* uma prévia do passaporte alemão novo em folha para Issa Karpov, válido a partir do momento em que ele transferir seu dinheiro. Quero a amostra *na minha mão* para mostrá-la a Annabel, antes das hostilidades, como prova irrefutável de que quem quer que a esteja manipulando irá manter a palavra e não dará para trás. Entendeu a mensagem ou gostaria de legendas?

— Isso é puramente impossível. Você está me pedindo para procurar os alemães, obter com eles um passaporte e *emprestá-lo* a você? Você está completamente louco!

— Besteira. Merda completa, se você perdoar minha grosseria. Você está no ramo das varinhas de condão. Balance a sua, não importa o quanto seja pequena. E direi mais uma coisa.

— O quê?

— Sobre o passaporte.

— O *quê*, sobre o passaporte?

— Passaportes são sem valor em nosso ramo. Podem ser falsificados, revogados, negados e impregnados de mensagens desagradáveis de autoridades de outros países. Certo?

— Então?

— Tenho uma garantia com você. Faça-me a gentileza de lembrar disso. Ela não expirará com a emissão do passaporte de Issa. Se, algum dia, eu ouvir que jogou sujo com ele, denuncio você. Com muito barulho, por muito tempo e com muita clareza. Lantern da Embaixada Britânica, Berlim. O agente secreto que volta atrás no que promete. E quando você finalmente me pegar, já será tarde demais. Agora, vou para casa. Ligue para mim quando tiver uma resposta, estou livre a qualquer hora.

— E quanto à sua esposa?

* * *

Realmente, e ela? Ele estava deitado na cama vendo o teto balançar e esperando que ele parasse. Um bilhete de Mitzi: "Reunião de cúpula com Bernhard."

Boa sorte para ela. Todos deveriam ter uma cúpula.

Era meia-noite quando Lantern telefonou.

— Pode falar?

— Estou sozinho, se é o que está perguntando.

Lantern havia usado sua varinha de condão.

* * *

Brue sinalizou para a direita e olhou no retrovisor. A estrada secundária estava se aproximando e eles continuavam atrás dele: dois homens em um BMW o seguiam desde que saíra de casa. Alguém para cuidar de você, Lantern havia dito com um sorriso malicioso.

A cidade era um aglomerado de tijolos vermelhos sobre campos enevoados. Uma igreja e uma estação ferroviária vermelhas, um posto de bombeiros. Uma fileira de casas de dois andares em um lado da rua principal. Do outro, um posto de gasolina e uma escola de aço e concreto. Havia um campo de futebol, mas ninguém estava jogando.

Era proibido estacionar na rua alta, então ele achou uma transversal e caminhou de volta. Os guarda-costas de Lantern haviam desaparecido. Provavelmente, estavam tomando café no posto de gasolina, fingindo ser outras pessoas.

Dois homens fortes com aparência árabe e vestindo paletós marrons largos observaram Brue se aproximar. O mais velho estava balançando suas contas de oração e o mais jovem fumava um cigarro amarelo com um aspecto horrível. O mais velho arrastou-se um passo na direção de Brue, estendendo os braços. Cinquenta metros rua acima, dois policiais uniformizados emergiram da sombra de uma cerca viva para olhar.

— Permita-me, senhor.

Brue permitiu. Ombros, lapela, axilas, bolsos laterais, as costas, a cintura, a virilha, panturrilhas, tornozelos, todas as zonas de seu corpo, erógenas ou não. E, por insistência do segundo homem, que apagara o cigarro pisando nele, o conteúdo de seus bolsos da frente. *É uma caneta-tinteiro comum*, Lantern havia dito. *Parece uma caneta, escreve como uma caneta e ouve como uma caneta. Caso a desmontem, continuará sendo uma caneta-tinteiro comum.*

Eles não a desmontaram.

Um raio de sol repentino trouxe beleza ao lugar. No descuidado jardim da frente, uma mulher coberta pesadamente de preto estava em uma cadeira de varanda afagando um bebê. Georgie, daqui a sete meses. A porta da frente se abriu. Um garoto pequeno de boné e em um robe branco olhou por detrás dela, na metade da altura da porta. Talvez ela tenha um garoto.

— Seja bem-vindo, Sr. Brue — ele declarou em inglês e sorriu de orelha a orelha.

Da varanda, Brue entrou diretamente em uma sala de estar. Aos seus pés, três garotas pequenas vestidas de branco montavam uma fazenda de Lego enquanto uma televisão silenciosa exibia cúpulas douradas e minaretes. Ao pé da escada havia um jovem de barba vestido com uma longa camisa listrada e calças de algodão.

— Sr. Brue, sou Ismail, secretário particular do Dr. Abdullah. O senhor é muito bem-vindo — ele disse, e colocou a mão direita sobre o coração antes de estendê-la para que fosse apertada por Brue.

* * *

Se cinco por cento do Dr. Abdullah era mau, como Lantern insistira, então eram cinco por cento de muito pouco. Ele era muito pequeno, sorridente, paternal, careca e bondoso, com olhos brilhantes, sobrancelhas grossas e balançava ao caminhar. Saltando ao redor de sua mesa, agarrou a mão de Brue entre as suas e a manteve assim. Vestia um paletó preto, uma camisa branca com a gola fechada e tênis sem cadarço.

— O senhor é o grande Sr. Brue — ele piou, falando inglês muito rápido e bem. — Seu nome não nos é desconhecido, senhor. Seu banco já teve ligações árabes, nada boas, mas eram ligações. Talvez o senhor tenha esquecido. O senhor sabe, este é um dos grandes problemas do mundo moderno. Esquecimento. A vítima *nunca* se esquece. Pergunte a um irlandês o que os ingleses fizeram com ele em 1920 e ele lhe dirá o dia do mês, a hora e o nome de todos os homens mortos por eles. E o neto dele lhe dirá o mesmo. E quando ele tiver um neto, seu tataraneto também lhe dirá o mesmo. Mas pergunte a um inglês...? — ele levantou a mão, fingindo ignorância. — Se ele soube algum dia, já se esqueceu. *Sigam em frente!*, vocês nos dizem. *Sigam em frente! Esqueçam o que fizemos. Amanhã é outro dia!* Mas não é, Sr. Brue — ele ainda segurava a mão de Brue. — O *amanhã* foi criado ontem, veja bem. Esse é o ponto que eu estava mostrando ao senhor. E também *anteontem*. Ignorar a história é ignorar o lobo à sua porta. Por favor. Sente-se. Espero que tenha feito uma viagem segura?

— Ótima, muito boa, obrigado.

— Não foi ótima, estava chovendo. Agora, há pouco, tivemos sol. Na vida, precisamos encarar as realidades. Conheceu meu filho Ismail, meu secretário? Esta é Fatima, minha filha. Em outubro próximo, se Deus quiser, Fatima iniciará os estudos na Faculdade de Economia de Londres e Ismail, no momento adequado, seguirá os passos do pai até o Cairo e eu serei o homem mais solitário, mas orgulhoso. O senhor tem filhos?

— Uma filha.

— Então também é abençoado.

— Não tanto quanto o senhor, pelo visto! — Brue disse amavelmente.

Como o irmão, Fatima era uma cabeça mais alta do que o pai. Tinha um rosto grande e era linda. Seu *hijab* marrom caía sobre seus ombros como uma capa.

— Oi — ela disse e, abaixando os olhos, colocou a mão direita sobre o coração para saudá-lo.

— Os norte-americanos são piores do que vocês, ingleses, mas eles têm uma *desculpa* — o Dr. Abdullah prosseguiu no mesmo estilo alegre, conduzindo Brue para a única poltrona de visitas estofada luxuosamente, mas sem largar seu pulso. — A desculpa deles é a *ignorância*. Eles não sabem o que estão fazendo de errado. Mas vocês, ingleses, sabem muito bem. Sabem há muito tempo. E, ainda assim, continuam. Suponho que o senhor não se incomode com uma piada? O humor será minha perdição, é o que me dizem. Mas imploro para que não me confunda com um filósofo. Filosofia é para *vocês*, e não para mim. Sim, sou uma autoridade religiosa. Mas a filosofia é para os seculares e para quem não tem Deus. Nossa parte do mundo está em mau estado, não precisa me dizer. Eu me pergunto de quem seria a culpa. Há mil anos, tínhamos mais hospitais *per capita* em Córdoba do que os espanhóis atualmente. Nossos médicos faziam operações que ainda desafiam os médicos de hoje. O que deu errado, é o que nos perguntamos. Envolvimento estrangeiro? O imperialismo russo? Ou o secularismo? Mas nós, muçulmanos, também somos culpados. Alguns de nós haviam perdido a fé em nossa religião. Não éramos mais muçulmanos verdadeiros. Foi aí que paramos. Fatima, precisamos de chá, por favor. Passei um ano em Cambridge. Caius College. Espero que também saiba disso. Com a internet e a televisão, não existem mais segredos. Informação não é conhecimento, lembre-se disso. Informação é peso morto. Somente Deus pode transformar informação em conhecimento. E bolo, Fatima, o Sr. Brue veio dirigindo de Hamburgo na chuva. O senhor está com calor, ou com frio? Seja sincero. Somos hospitaleiros, tentando ao máximo cumprir os mandamentos de Deus. Desejamos que fique confortável. Se estiver nos trazendo dinheiro, desejamos que se sinta *muito* confortável! Quanto mais confortável, melhor, é o que dizemos! Por aqui, por favor, senhor. Permita-nos conduzi-lo à nossa sala de consultas! O senhor é um homem bom. O senhor tem uma boa *visage*, como costumamos dizer.

Como cinco por cento mau? Era o que Brue estava pensando com raiva em meio ao nervosismo. Lantern, quando Brue fizera a pergunta, recusara-se a entrar em detalhes: *Apenas aceite minha palavra, Tommy. Cinco por cento é tudo que você precisa saber.* Então, diga-me quem *não é* cinco por cento mau? Brue se perguntou enquanto, com toda a família presente, marchavam por um corredor estreito. O Brue Frères, com seus investimentos escusos, clientes escusos e as Lipizzaners? Além de um pouco de transações internas quando conseguimos nos safar? Eu nos daria algo em torno de 15 por cento. Quanto a nosso presidente galante e diretor administrativo, que sou eu, o que vemos aqui? Divorciou-se de uma boa esposa, deixou uma filha de lado, a quem está tentando aprender a amar tarde demais, pisou na bola e casou-se com uma vagabunda, que agora o está colocando para fora de casa: eu daria a mim mesmo algo mais próximo de cinquenta por cento mau em vez de cinco.

— E o que ele faz com os 95 por cento restantes? — ele perguntara a Lantern.

Bons trabalhos, fora a resposta evasiva.

O que faço com os meus? Que se fodam. Totalizem nós dois, vejam o resultado e começarão a se perguntar quais de nós são cinco por cento piores do que os outros.

* * *

— Portanto, senhor, faça a gentileza de começar. Fique à vontade, mas fale inglês, por favor. Para as crianças, é extremamente importante que aprendam inglês em todas as oportunidades. Por aqui, por favor, senhor. Obrigado.

Eles haviam se mudado para um humilde escritório de acadêmico, com vista para o jardim atrás da casa. Não havia livros, apenas textos escritos a mão. O Dr. Abdullah sentou-se a uma escrivaninha simples de madeira, inclinando-se para a frente sobre as mãos entrelaçadas. Fatima já deveria ter preparado o chá, pois chegou com ele logo em seguida, acompanhado por um prato de biscoitos doces. Correndo atrás dela veio o pequeno garoto que abrira a porta da frente para Brue, acompanhado pela mais corajosa das três irmãs mais novas. Ao subir as escadas atrás de Ismail, Brue sentira uma única gota de suor descer pelo lado direito de seu corpo como um inseto muito frio. Mas agora que estavam acomodados, sentia-se calmo e profissional. Havia entrado em seu elemento. Ele tinha as instruções de Lantern bem cnsaiadas em sua mente, e um trabalho a fazer. E, sempre em algum lugar distante à sua frente, Annabel.

— Dr. Abdullah, perdoe-me — ele começou, adotando um ar de autoridade.

- Mas, senhor, o que tenho para perdoar?

— Meu cliente, como mencionei ao telefone, insiste em manter um alto nível de confidencialidade. A situação dele é no mínimo delicada. Sinto que deveríamos conduzir nossos negócios a sós. Sinto muito.

— Mas o senhor nem propôs me dizer o nome dele, Sr. Brue! Como posso colocar seu estimado cliente em risco se não sei quem é?

Ele murmurou algumas palavras em árabe. Fatima levantou-se e, sem olhar para Brue, deixou a sala, seguida pelas crianças pequenas e, finalmente, por Ismail. Esperando até que a porta tivesse sido fechada, Brue retirou um envelope aberto do bolso e colocou-o sobre a mesa do Dr. Abdullah.

— O senhor veio até aqui para escrever para mim? — o Dr. Abdullah perguntou bem-humorado. Depois, vendo a expressão franca de Brue, pegou um par de óculos de leitura arranhados, abriu o envelope, desdobrou a folha de papel e estudou a coluna com os valores datilografados. Em seguida, retirou os óculos, passou a mão pelo rosto e os pôs de volta.

— Isto é uma piada, Sr. Brue?

— Uma piada muito cara, não concorda?

— Cara para o senhor?

— Para mim pessoalmente, não. Para meu banco, sim. Nenhum banco gosta de dizer adeus a valores tão altos.

Sem se convencer, o Dr. Abdullah leu novamente os valores.

— Tampouco estou acostumado a dizer *olá* para eles, Sr. Brue. O que devo fazer? Dizer *obrigado*? Dizer *não, obrigado*? Dizer *sim*? O senhor é um banqueiro. Sou um humilde mendigo em nome de Deus. As minhas preces estão sendo atendidas ou o senhor está me fazendo de bobo?

— Contudo, existem condições — Brue avisou com gravidade, preferindo ignorar a pergunta.

— Fico muito feliz em ouvir isso. Quanto mais condições, melhor. O senhor tem alguma ideia de quanto dinheiro todas as minhas instituições de caridade, juntas, arrecadam neste hemisfério em um ano?

— Não.

— Eu achava que os banqueiros soubessem tudo. Um terço deste valor, no máximo. Está mais para um quarto. Alá é piedoso.

Abdullah ainda estava olhando para a folha de papel sobre a mesa, com as mãos colocadas ao lado dela, como se fosse sua propriedade. Em uma longa vida como banqueiro, Brue tivera o privilégio de testemunhar homens e mulheres em todas as condições despertarem para a escala da riqueza recém-descoberta. Ele jamais tinha visto um quadro mais radiante de maravilhamento do que o bom doutor naquele momento.

— O senhor não pode conceber o que tal quantia significaria para meu povo — ele disse e, para o constrangimento de Brue, seus olhos se encheram de lágrimas, fazendo com que os fechasse e abaixasse a cabeça. Mas quando a levantou novamente, sua voz estava afiada e objetiva: — Tenho a permissão de perguntar a origem de tanto dinheiro... como ele foi obtido... como ele foi parar nas mãos de seu cliente?

— Boa parte do dinheiro esteve depositada em meu banco por uma década ou duas.

— Mas o dinheiro não *começou* em seu banco.

— Não, obviamente.

— Portanto, onde ele *começou*, Sr. Brue?

— O dinheiro é uma herança. Pela perspectiva de meu cliente, foi obtido desonradamente. Também houve a incidência de juros, o que acredito ser contrário à lei islâmica. Antes que meu cliente solicite formalmente o dinheiro, ele precisa ser assegurado de que estará agindo de acordo com sua fé.

— Você disse que havia condições, Sr. Brue.

— Ao pedir ao senhor que distribua sua riqueza entre suas instituições de caridade, meu cliente deseja que a Chechênia seja considerada prioridade.

— Seu cliente é checheno, Sr. Brue? — conforme o tom de voz dele se suavizou, seus olhos endureceram e pequenas rugas se formaram ao redor deles, como se estivessem enfrentando o sol do deserto.

— Meu cliente tem uma preocupação profunda com as condições do povo oprimido da Chechênia — Brue respondeu, novamente se abstendo de responder à pergunta. — A primeira prioridade seria fornecer a eles medicamentos e clínicas.

— Temos muitas instituições de caridade muçulmanas dedicadas a esse importante trabalho, Sr. Brue — os pequenos olhos escuros ainda fixos nos de Brue.

— Meu cliente espera ser médico algum dia. Para curar o mal feito aos chechenos.

— Somente Deus cura, Sr. Brue. O homem apenas auxilia. Quantos anos tem seu cliente, se é que posso perguntar? Estamos falando de um homem maduro? Um homem que talvez tenha construído a própria fortuna em uma esfera legítima?

— Seja qual for a idade e a posição social dele ou dela, meu cliente está determinado a estudar medicina e deseja ser o primeiro beneficiário da própria generosidade. Em vez de usar diretamente o dinheiro que considera impuro, ele pede que uma instituição de caridade muçulmana financie um curso completo de medicina para ele aqui na Europa. O custo seria insignificante se comparado à doação. Mas proporcionaria a ele a certeza de que estaria agindo eticamente. Quanto a todas essas questões, ele gostaria de receber pessoalmente sua orientação. Em Hamburgo, em um local e horário convenientes para ambos.

O olhar do Dr. Abdullah retornou para a folha de papel diante dele e depois se voltou para Brue.

— Posso apelar aos seus melhores instintos, Sr. Brue?

— É claro.

— O senhor é um homem honroso, isso está claro para mim. Bondoso e honroso. Não importa o que mais o senhor seja. Cristão, judeu, não me importo. Apenas que seja o que aparenta ser. O senhor é pai, como eu. Também é um homem do mundo.

— Gosto de pensar dessa forma.

— Então, por favor, aconselhe-me dizendo por que deveria confiar no senhor.

— Por que não deveria?

— Porque sinto um gosto ruim na boca em relação a essa proposta magnífica.

Você não está conduzindo ninguém ao matadouro, Lantern havia dito. Você está dando a ele uma chance para que siga em frente e faça o que é decente. Portanto, não há necessidade de entrar naquela coisa de mea culpa. Daqui a um ano, ele será grato a você.

* * *

— Se há um gosto ruim, não fui eu quem o criou, e tampouco é do meu cliente. Talvez tenha a ver com o modo pelo qual o dinheiro foi obtido.

— Foi o que o senhor disse.

— Meu cliente está plenamente consciente da origem infeliz do dinheiro. Ele discutiu isso extensamente com seu advogado, e o senhor é a solução que eles encontraram.

— Ele tem um advogado?

— Sim.

— Aqui na Alemanha?

As perguntas haviam tomado um curso mais incisivo, ao qual Brue estava grato de responder.

— Sim, aqui — ele disse cordialmente.

— Ele é bom?

— Presumo que sim, já que ele a escolheu.

— Então é uma mulher. Ouvi dizer que são as melhores. Seu cliente foi aconselhado na escolha dessa advogada?

— Presumo que sim.

— Ela é muçulmana?

— Você precisaria fazer essa pergunta pessoalmente.

— Seu cliente é um homem crédulo, assim como eu, Sr. Brue?

Isso é o que você diz a ele, e nada mais, Lantern havia dito. *Um vislumbre de um tornozelo, o bastante para seduzi-lo, e pare por aí.*

— Meu cliente é um homem com uma experiência trágica, Dr. Abdullah. Muitas injustiças foram cometidas contra ele. Ele aguentou. Ele resistiu. Mas deixaram-no com cicatrizes.

— Portanto?

— Portanto, ele instruiu meu banco, por meio de sua advogada, que as quantias contaminadas, pois é assim que ele as vê, sejam transferidas *diretamente* para as instituições de caridade em torno das quais vocês dois estejam de acordo. Na presença de ambos. Do Brue Frères para os recipientes. Ele não quer intermediários. Ele está ciente de sua eminência, estudou seus textos e deseja somente sua orientação. Mas ele precisa testemunhar as transações com os próprios olhos.

— Seu cliente fala árabe?

— Sinto muito.

— Alemão? Francês? Inglês? Se ele é checheno, deve falar russo. Ou talvez apenas checheno?

— Seja qual for a língua que ele fale, asseguro-lhe que um intérprete apropriado será fornecido.

O Dr. Abdullah tocou avidamente no papel diante dele e, voltando a fixar o olhar em Brue, caiu novamente em seus pensamentos.

— O senhor é engraçado — ele finalmente reclamou. — O senhor é como um homem que foi libertado. Por quê? Seu banco está dizendo adeus a uma fortuna e o senhor sorri, o que o torna paradoxal. Trata-se de seu sorriso inglês pérfido?

— Talvez meu sorriso inglês tenha uma razão.

— Então, talvez seja essa razão que esteja me perturbando.

— Meu cliente não é o único que considera a origem dessas quantias de mau gosto.

— Mas dinheiro não tem cheiro, é o que dizem. Com certeza, não para um banqueiro?

— Ainda assim, acho que posso dizer que meu banco está dando um pequeno suspiro de alívio.

— Então a moralidade de seu banco deve ser admirada. Diga-me outra coisa, por favor.

Se eu puder.

A única gota de suor havia retornado, agora no outro lado das costelas de Brue.

— Há uma *urgência* em tudo isso. Qual *é* essa urgência? Que motor estranho está nos conduzindo, exatamente? Vamos, senhor. Somos dois homens honestos. Estamos a sós.

— Meu cliente não tem muito tempo. A qualquer momento, ele pode deixar de estar na posição de autorizar as doações. O que preciso o quanto antes do senhor é uma lista das instituições de caridade que recomenda e uma descrição das causas às quais servem. Entregarei a lista à advogada dele, que a submeterá à aprovação de nosso cliente, e poderemos concluir o negócio.

Quando Brue se levantava para partir, o Dr. Abdullah retomou seu ar enérgico e travesso.

— Então não tenho nem tempo nem alternativa — ele reclamou em um tom acusatório, apertando a mão de Brue com as duas mãos e sorrindo para ele com os olhos cintilantes.

— Nem eu — Brue concordou com o mesmo bom humor e no mesmo tom de reclamação. — Até muito em breve, espero.

— Então desejo uma viagem muito segura até sua casa, senhor, para o seio de sua família, como costumamos dizer. Que Alá o acompanhe.

— E cuide-se também — Brue disse com o mesmo tom caloroso enquanto apertavam as mãos atrapalhadamente.

De volta ao carro, Brue descobriu que o suor havia encharcado sua camisa e transformado a gola de seu casaco em uma fita molhada. Quando se aproximava da autoestrada, os dois guarda-costas apareceram atrás dele, sorrindo como idiotas. Brue não sabia o que havia feito para que achassem graça. Nem quando havia odiado mais a si mesmo.

* * *

Desde a partida de Brue da casa de Abdullah, oito horas antes, Erna Frey e Günther Bachmann mal haviam se falado, apesar de estarem sentados a poucos centímetros de distância atrás dos monitores de Maximilian. Um dos monitores está ligado ao centro de sinais de inteligência, em Berlim, o outro a um satélite de vigilância e um terceiro a uma equipe motorizada de cinco observadores de Arni Mohr.

Às 15h48, em um silêncio sepulcral, eles ouviram com olhos semicerrados a conversa entre Brue e Abdullah, transmitida pelo microfone na caneta-tinteiro de Brue para os observadores de Lantern na garagem do outro lado da rua e encaminhada para os estábulos depois de encriptada. A única reação de Bachmann foi bater as palmas das mãos silenciosamente. Erna Frey não demonstrou reação.

Às 17h10, chegou a primeira de uma série de telefonemas interceptados originados da casa de Abdullah. Uma tradução simultânea do árabe para o alemão rolava pelo monitor do centro de sinais de inteligência. Para Bachmann, que falava árabe, a tradução era redundante. Mas esse não era o caso para Erna Frey e a maioria da equipe de Bachmann.

A cada telefonema, o nome da pessoa contatada aparecia na parte inferior do monitor. Um monitor paralelo fornecia particularidades pessoais e detalhes do rastreamento. As chamadas, seis no total, foram feitas exclusivamente para angariadores de fundos e oficiais de caridade muçulmanos. Nenhuma das personalidades contatadas, segundo comentários fornecidos pelos pesquisadores, estava sob investigação.

A mensagem para cada pessoa chamada era idêntica: estamos com fundos, irmãos, o piedoso Alá, em Sua generosidade infinita, considerou-nos dignos de um presente grande e histórico. Uma peculiaridade comum a todas as conversas era que o Dr. Abdullah fingiu — de modo não muito convincente — estar falando sobre um presente em forma de arroz norte-americano, e não em dólares. Nesse código simples, os milhões era transformados em toneladas.

O motivo dele para dissimular, segundo os comentários, era a precaução: ele não desejava despertar acidentalmente o apetite de qualquer empregado local que, por acaso, estivesse ouvindo a conversa. Houve pouca variação entre as conversas. Uma única transcrição teria servido para todas as seis:

— Doze *toneladas* e meia da melhor qualidade, meu amigo... *toneladas norte-americanas*... você entendeu... sim, é verdade, *toneladas*. Cada grão será distribuído para os fiéis. Sim, seu velho idiota! *Toneladas*. Será que Deus colocou Suas mãos piedosas sobre suas orelhas estúpidas? Existem condições, compreenda. Não muitas, mas são condições. Ainda está ouvindo? Nossos irmãos oprimidos na Chechênia recebem o primeiro depósito. Os famintos de lá serão os primeiros a ser alimentados. E treinaremos mais médicos, *inshallah*. Não é maravilhoso? Também na Europa. Já temos um candidato!

Esse telefonema específico foi feito para um certo Shaykh Rashid Hassan, amigo de longa data e antigo colega de Abdullah quando estudavam no Cairo, que agora morava na cidade inglesa de Weybridge, em Surrey. Talvez pelo mesmo motivo tenha sido a mais longa e íntima. Contudo, a conversa terminou misteriosamente, fato observado pelos pesquisadores:

Sem dúvida, nosso bom amigo telefonará para você posteriormente para discutir o que tiver de ser discutido, Abdullah prometeu. A resposta foi um grunhido desconfiado.

* * *

Às 19h42, apareceram as primeiras imagens ao vivo:

Imagem de SINAL emergindo de sua varanda, com aparência bastante europeia em um casaco de chuva claro da Burberry e um chapéu de campo em estilo inglês. Estava sozinho. Um sedã Volvo preto aguardava-o no portão principal com a porta traseira aberta para recebê-lo.

Observação dos pesquisadores: o Volvo está registrado em nome de uma locadora de automóveis de propriedade turca de Flensburg, a 150 quilômetros ao norte de Hamburgo. Não há nenhum registro contra a companhia ou seus proprietários.

SINAL entra na parte traseira do Volvo, ajudado pelo mais velho de seus dois guarda-costas, que se senta ao lado do motorista. A câmera de vigilância muda de perspectiva, posiciona-se atrás do Volvo e segue o carro. Homens devotos dirigem a contragosto, Bachmann reflete. Ele observa o guarda-costas no assento da frente, que está de olho nos retrovisores laterais e no central.

O Volvo chega à autoestrada e prossegue para o noroeste por 20, 40, 57 quilômetros. A noite está caindo. A câmera adquire o tom esverdeado e difuso de uma lente de visão noturna. Durante todo o percurso, a silhueta da cabeça do guarda-costas continuou a girar, alternando-se entre os retrovisores. Quando o Volvo se aproxima de um posto de gasolina, ele aumenta a vigilância.

O guarda-costas sai da frente do carro e urina enquanto aparenta estar checando o estacionamento em busca de qualquer presença que não seja bem-vinda. Ele olha para a câmera, presumivelmente checando o veículo de vigilância de Mohr estacionado a cerca de 50 metros atrás dele.

Retornando ao Volvo, o guarda-costas abre a porta traseira e fala para dentro do carro. SINAL surge e, segurando o chapéu por causa do vento, segue para uma cabine telefônica de vidro na extremidade leste do estacionamento. Ele entra na cabine e insere imediatamente um cartão telefônico que já estava em sua mão. *Idiota*, pensa Bachmann. Mas talvez o cartão, assim como o Volvo, não seja do próprio SINAL.

À medida que SINAL disca, um nome surge na parte inferior de um dos monitores de Maximilian. Trata-se do mesmo Shaykh Rashid Hassan de Weybridge, para quem SINAL telefonara de casa mais cedo naquela noite. Mas algo estranho aconteceu com a voz de SINAL no meio-tempo enquanto, com atraso, e um pouco fora de sincronia, o Centro de Sinais de Berlim capta a ligação.

Inicialmente, até Bachmann mal pode desembaralhar o que está ouvindo. Ele precisa ligar a tradução simultânea no monitor vizinho para obter ajuda. SINAL está realmente falando em árabe, mas em um dialeto egípcio pesado e coloquial, acreditando que, dessa forma, poderia se esquivar do ouvido de qualquer pessoa que, por acaso, estivesse ouvindo.

Se for esse o caso, ele está enganado. O tradutor simultâneo, quem quer que seja, deve ser um gênio. Ele não vacila:

SINAL: É Shaykh Rashid quem está falando?
RASHID: Sou Rashid.
SINAL: Sou Faisal, primo de seu distinto sogro.
RASHID: E?

SINAL: Tenho uma mensagem para ele. Você poderia transmiti-la para ele?

RASHID: (*demora a responder*) Posso. *Inshallah*.

SINAL: Houve um atraso relacionado à entrega de membros artificiais e de cadeiras de rodas para o hospital do irmão dele, em Mogadishu.

RASHID: O que aconteceu?

SINAL: O atraso será retificado imediatamente. Então ele estará livre para tirar férias em Chipre. Você pode transmitir essa mensagem a ele? Ele ficará feliz.

RASHID: Meu sogro será informado. *Inshallah*.

Shaykh Rashid desliga.

14

— Frau Elli — Brue começou, dando início ao procedimento familiar.

— Sr. Tommy — Frau Ellenberger respondeu, preparando-se para mais uma conversa ritualística. Ela estava enganada. Desta vez, Brue estava em modo executivo:

— Estou feliz em dizer que, hoje à noite, fecharemos a última das contas Lipizzaners, Frau Elli.

— Estou aliviada, Sr. Tommy. Não era sem tempo.

— Devo receber o solicitador hoje à noite, depois do horário bancário. Esse é seu desejo explícito.

— Não tenho compromissos hoje à noite. Ficarei feliz em ficar até mais tarde — Frau Elli respondeu com uma avidez misteriosa.

Será que ela estava fazendo pressão para ver o fim das Lipizzaners — ou seria para conhecer o filho bastardo do coronel Grigori Borisovich Karpov?

— Obrigado, mas não será necessário, Frau Elli. O cliente exige privacidade total. Contudo, eu ficaria agradecido se pudesse organizar os documentos apropriados e depois os colocar na minha mesa.

— Presumo que o solicitador tenha uma *chave*, Sr. Tommy?

— Segundo a advogada dele, ele possui uma chave muito apropriada. E nós temos *nossa* chave. Onde ela está?

— Na *oubliette*, Sr. Tommy. No cofre de parede. Guardada por uma combinação dupla.

— Atrás das caixas-fortes?

— Atrás das caixas-fortes.

— Sempre pensei que tivéssemos a política de manter as chaves das caixas-fortes o mais longe possível delas.

— Isso era no tempo do Sr. Edward. Em Hamburgo, adotou uma política menos vigorosa.

— Bem, talvez o senhor possa fazer a gentileza de me entregar a chave.

— Precisarei pedir ajuda à caixa-chefe.

— Por quê?

— A outra combinação fica com ela, Sr. Tommy.

— É claro. Você precisa dizer a ela do que se trata?

— Não, Sr. Tommy.

— Então faça a gentileza de não dizer. E fecharemos mais cedo hoje. Eu gostaria que todos deixassem o banco no máximo até às 15 horas.

— *Todos?*

— Todos, exceto eu, se não se importa.

— Muito bem, Sr. Tommy.

Mas a raiva no rosto dela deixara Brue desconcertado, principalmente porque ele não conseguia entendê-la. Às 15 horas o banco já estava vazio, de acordo com as instruções, e Brue telefonou para Lantern confirmando. Em poucos minutos, a campainha tocou. Sozinho no prédio, Brue caminhou cuidadosamente para o andar inferior e encontrou quatro homens em macacões azuis de pé na porta. Estacionada atrás deles, no jardim do banco, havia uma van branca que fingia pertencer à Companhia Elétrica Três Oceanos, de Lübeck. *No nosso meio, previsivelmente, chamamos eles de grampeadores*, Lantern havia confidenciado, preparando-o para a invasão.

O mais velho dos quatro tinha dois dentes de ouro, como um pirata.

— Sr. Brue? — ele perguntou com os dentes brilhando.

— O que você quer?

— Temos hora marcada para checar seu sistema, senhor — o homem disse em um inglês laborioso.

— Bem, entrem — Brue respondeu amargamente em alemão. — Façam o que quer que precisem fazer. Só não sujem o gesso, se não for um incômodo.

Ele repetira para Lantern até ficar roxo que o Frères era repleto de câmeras por dentro e por fora. Se os *grampeadores* de Lantern precisavam realmente instalar mais da mesma coisa, por que simplesmente não adaptavam os cabos existentes? Mas isso não era bom o bastante para as pessoas a quem Lantern se referia por "nossos amigos alemães". Durante a hora seguinte, Brue vagou impotente por seu escritório enquanto os homens trabalhavam: saguão, área de recepção, escada, a sala de computadores onde os caixas ficavam, a sala das secretárias, os banheiros e a *oubliette*, a qual Brue precisou destrancar com as próprias chaves.

— E agora, por favor, sua sala, Sr. Brue. Se o senhor nos permite — disse o homem com o sorriso dos dentes de ouro.

Brue ficou no andar inferior enquanto seu escritório era deflorado. Contudo, por mais que procurasse por estragos, não encontrou em lugar algum traços do trabalho feito por eles. E quando retomou a posse de suas dependências, elas também pareciam intocadas.

Com expressões de respeito sem significado, os homens partiram e Brue, novamente sozinho e sentindo repentinamente que se encontrava a sós, debruçou-se como um fardo sobre sua mesa, sem disposição até mesmo para esticar a mão na direção da pilha de documentos envelhecidos das Lipizzaners que Frau Ellenberger deixara ali para sua atenção.

Mas em pouco tempo um novo Brue se asseverou. Era irrelevante que fosse o Brue antigo ou uma nova versão. Era o Brue redescoberto. Caminhando pela sala com as mãos enfiadas nos bolsos, ele olhou atentamente para a árvore genealógica original da família Brue, feita a mão, a qual fora um lembrete diário de sua inadequação durante 35 anos. Será que nossos amigos alemães enfiaram um de seus grampos atrás dela? Será que o próprio grande fundador está espionando todos os meus movimentos?

Bem, deixe-o espionar. Dentro de poucas semanas ele estará espionando a partir de um latão de lixo verde.

Girando nos calcanhares, Brue olhou para a sala: *minha* sala, a mesa de *meus* sócios, *meu* maldito cabideiro de madeira da Randall's, de Glasgow, *minha* estante de livros: não de meu pai, não do pai *dele*, e não do pai *dele*. E os livros nela, mesmo jamais os tendo aberto: meus também. E estava na hora que soubessem disso, que ele próprio soubesse. Meus para que eu faça o que quiser. Queimá-los, vendê-los ou doá-los para os Desgraçados da Terra.

Então, que se fodam. Como *eu* acabo de *me foder*, ha ha.

E tendo pensado essa pequena obscenidade — e tendo ruminado sobre ela e a saboreado —, ele a repetiu em voz alta, de modo cortês e em bom inglês, primeiro por causa de Lantern, depois pelos amigos alemães de Lantern e, finalmente, por todos aqueles que o ouviam em todas as partes. Será que já estavam ligados? Foda-se isso também.

Então, depois de muita deliberação, ele começou a montar a cena: Issa senta-se aqui, Abdullah ali e eu ficarei aqui, atrás de minha mesa.

E Annabel?

Annabel *não* será relegada ao fundo da classe, obrigado. Não em minha casa. Ela está aqui como minha convidada e com certeza receberá o tratamento que *eu* disser que merece.

E pensando nisso, Brue viu a cadeira do avô espreitando do canto mais escuro da sala, para onde a encaminhara, a cadeira horrenda, excessivamente entalhada com o elmo dos Brue no topo e o padrão escocês dos Brue no estofamento desbotado. Arrastando-a da aposentadoria, Brue jogou duas almofadas sobre ela e recuou para admirar seu trabalho: é assim que ela gosta de ficar sentada, totalmente ereta, perturba-me por sua própria conta e risco.

Como toque final, Brue marchou para a geladeira na alcova, pegou duas garrafas de água mineral sem gás e colocou-as sobre a mesa de café para que estivessem na temperatura ambiente quando ela chegasse. Ele pensou em se servir um uísque enquanto pegava as garrafas, mas resistiu. Havia uma última transação vital de negócios a ser feita antes que a conferência noturna começasse, e ele estava realmente ansioso para realizá-la.

* * *

Brue insistira no Atlantic sem fornecer um motivo. Lantern, tendo feito um reconhecimento, aprovara humildemente a escolha. Eram 19 horas, exatamente a mesma hora em que Brue e Annabel se falaram pela primeira vez. Os mesmos odores permeavam o saguão. O mesmo Herr Schwarz estava trabalhando. O mesmo burburinho vinha do bar. O mesmo pianista pouco apreciado tocava canções de amor enquanto Brue tomou a mesma posição abaixo das mesmas pinturas mercantis e voltou o olhar para as mesmas portas de vaivém.

Apenas o clima era diferente. Um sol baixo de primavera batia na rua, libertando os passantes e tornando-os mais altos. Ou, pelo menos, era o que parecia para Brue, talvez porque ele próprio estivesse se sentindo mais livre e mais alto.

Ele chegara adiantado, mas Lantern e seus dois garotos haviam chegado ainda mais cedo e estavam sentados como três executivos médios entre o canto em que Brue costumava sentar e as portas de vaivém, presumivelmente para impedi-lo caso tentasse fugir correndo com o passaporte de Issa. Do outro lado da passagem entre as mesas e perto da entrada do salão onde ficavam os grelhados estavam sentadas as duas mulheres que haviam corrido para ajudar Annabel no Louise. Elas pareciam prontas para fazer tudo novamente: sem sorrir e metódicas enquanto travavam um diálogo nada convincente, debruçadas sobre um mapa da cidade.

Ela havia se livrado da mochila.

Foi a primeira coisa na qual Brue reparou em Annabel enquanto ela atravessava as portas de vaivém. Sem mochila, com o passo mais lento, sem bicicleta. Um Volvo cor de areia a trouxera até a porta, e não era um táxi, de modo que, provavelmente, fora trazida por seus manipuladores.

Em torno do pescoço, usava o mesmo lenço que vestira como um *hijab* na casa de Leyla. Inicialmente, a saia preta e austera de advogada, a blusa de manga comprida e a jaqueta foram uma surpresa moderada para Brue. Elas sugeriam uma advogada prestes a fazer uma aparição no tribunal ou que acabara de fazer uma, até que ele se lembrou de que também escolhera seu paletó mais escuro para o compromisso daquela noite com o Dr. Abdullah.

— Água? — ele sugeriu com cautela. — Sem lima? Na temperatura ambiente? O mesmo pedido de antes?

Ela disse "sim, por favor", mas não sorriu.

Brue pediu duas águas, uma para ele. Apertando a mão de Annabel, ele se permitiu apenas um olhar furtivo para seu rosto, temendo o que pudesse ver. Ela aparentava estar desgastada e sem dormir. Seus lábios estavam apertados um contra o outro em autocontrole.

— E imagino que tenha companhia, não é verdade? — ele disse no mesmo tom jovial. — Poderíamos mandar uma bebida para eles, se quiser. Uma garrafa de champanhe.

Ela deu de ombros do mesmo jeito que Georgie fazia.

Ele estava agindo deliberadamente com afetação. Estava fazendo o papel do inglês tolo. Estava usando a comédia de uma maneira que não deveria ser usada, mas era o único jeito que conhecia. Brue era um ator amador, preparando Annabel para sua grande cena e querendo mostrar a ela que a amava.

— Acredito que, na verdade, você esteja um pouco mal protegida, Annabel. Considerando o valor que parecemos ter para nossos manipuladores. Você só tem duas bestas, enquanto eu tenho três. Os meus estão ali, se quiser dar uma olhada — ele gesticulou na direção deles. — O cara jovem e pequeno de terno é o principal intelecto deles. Lantern, esse é seu nome. Ian Lantern, da Embaixada Britânica em Berlim, você pode conferir a respeito dele com o embaixador quando quiser. Os outros dois são... bem, um pouco *inferiores*, para ser franco. Não têm muita coisa entre as orelhas. Presumo que você também esteja usando um equipamento de escuta?

— Sim.

Teria ele visto o princípio de um sorriso? Brue acreditava que sim.

— Bom. Então temos certeza de que contamos com uma plateia decente. Ou você acha — como se tivesse sido acometido por uma ansiedade repentina —, ou você acha que suas bestas ouvem apenas *você* e que os meus ouvem somente a *mim*? Não, isso simplesmente *não pode* ser, ou pode? Não sou um mago da eletrônica, mas eles não podem estar em *frequências* diferentes. Ou será que podem? — ele olhou para a direita e para a esquerda por cima dos ombros dela, fingindo estar conferindo. — Na verdade, não devemos nos preocupar tanto com eles — Brue disse, abanando a cabeça em autorreprovação —, afinal de contas, hoje à noite *nós somos* as estrelas. Eles são apenas a plateia. Tudo que *eles* podem fazer é escutar — ele explicou, e foi recompensado com um sorriso tão tocante, tão completamente indefeso, que era como um mundo inteiramente novo no qual ele poderia se deleitar.

— O senhor está com o passaporte dele — Annabel disse, ainda sorrindo. — Disseram-me que estava sendo bom.

— Bem, não sei se fui bom, mas achei que você gostaria de vê-lo. Achei que *eu* também gostaria de dar uma olhada. Hoje em dia, simplesmente não temos ideia de com quem estamos lidando. Infelizmente, ainda não posso *dá-lo* a você. Posso apenas mostrá-lo e depois devo devolvê-lo para o jovem Sr. Lantern, que está à nossa direita, e que o entregará de volta para *seu* pessoal, os quais o *ativarão*, se essa for a expressão correta, quando nosso cliente tiver feito o que pretende fazer, que também é o que esperam dele.

Brue estava oferecendo o passaporte a Annabel. Sem dissimulação, simplesmente estava oferecendo a ela um passaporte sobre a mesa com tal ostentação que os dois grupos de observadores abandonaram todo o fingimento de estarem fazendo qualquer coisa que não fosse observá-los.

— Ou existem variantes em seu lado da casa? — ele prosseguiu com vivacidade. — Com essas pessoas, acho que é vital *comparar as versões*. Poderíamos dizer que não estão sobrecarregados de honestidade. Eis como descreveram para mim. Você leva nosso cliente para o banco, ele faz as prescrições legais e, em seguida, é levado... *diretamente*, fui assegurado... para um estabelecimento cujo endereço não tenho permissão para saber, onde preencherá alguns formulários em três vias e receberá o passaporte alemão. Exatamente este que temos aqui, o qual ganhará vida imediatamente. Está de acordo? Ou temos um problema?

— Estou de acordo — ela disse.

Ela pegou o passaporte das mãos de Brue e o examinou. Primeiro a fotografia e depois alguns carimbos inocentes de entrada e saída, nada muito recente. Depois, a data de expiração, marcada para dali a três anos e sete meses.

— Precisarei ir com ele para receber isto — Annabel disse, deliciando-o com sua antiga determinação.

— É claro que você irá. Como advogada dele, não terá escolha.

— Ele está doente. Precisa de um tempo.

— É claro que precisa. E, depois de hoje à noite, ele terá todo o tempo que quiser — Brue disse. — E tenho um pequeno documento para você, *pessoal* — Ele pegou o passaporte de volta e colocou um envelope não lacrado na mão dela, que o aguardava. — Não se incomode em vê-lo agora. Infelizmente não é uma joia constrangedora. É apenas um pedaço de papel. Mas ele também liberta *você*. Nada de processos vingativos ou coisa assim, desde que você não faça isso novamente, apesar de que, naturalmente, eu espere que faça. E ele agradece a você por subir *a bordo*, pode-se dizer. É o mais perto que eles chegam de uma proposta de casamento nesse negócio.

— Não me importo com que eu seja libertada.

— Bem, eu realmente acredito que você deveria — ele respondeu.

Mas, desta vez, Brue falou em russo, e não em alemão, o que, para seu prazer, gerou uma movimentação violenta nos dois campos em ambos os lados do corredor entre as mesas. Cabeças levantaram, cabeças consultaram as outras desesperadamente no corredor: alguém aí fala russo? Pelas expressões chocadas nos rostos deles, não.

* * *

— Bem, agora que estamos a sós por alguns minutos... pelo menos espero que estejamos — Brue continuou falando seu russo clássico aprendido em Paris —, existem dois assuntos altamente pessoais e confidenciais que eu gostaria de tratar com você. Posso?

Para a alegria de Brue, o rosto de Annabel iluminou-se magicamente.

— Pode, Sr. Brue.

— Você falou sobre meu banco. Meu banco de merda. Sem o banco, ele não estaria aqui. Bem, agora ele está aqui. E acreditamos que possa permanecer aqui. Você ainda gostaria que ele não tivesse vindo?

— Não.

— Fico aliviado. Também quero que saiba que tenho uma filha muito amada chamada Georgina. Para encurtar, chamo-a de Georgie. Ela é a filha de um casamento precoce que tive em um período de minha vida no qual não compreendia a natureza do casamento. Ou, no que diz respeito ao assunto, do amor. Eu não estava pronto para o casamento e tampouco para a paternidade. Mas esse não é mais o caso. Georgie terá um bebê e aprenderei a ser avô.

— Isso é maravilhoso.

— Obrigado. Eu estava esperando para contar a alguém, e agora que contei, estou satisfeito. Georgie é depressiva. Desconfio desse tipo de jargão, mas, no caso dela, estou convencido de que o diagnóstico é apropriado para sua condição. Ela precisa ser *equilibrada*. Acho que o termo é esse. Ela mora na Califórnia. Com um escritor. Também foi anoréxica durante algum tempo. Ficou como um passarinho morrendo de fome. Não havia nada que pudesse ser feito. Portanto, foi uma história ruim. O divórcio não ajudou. Sabiamente, ela foi para os Estados Unidos. Para a Califórnia. Onde está agora.

— Foi o que o senhor disse.

— Desculpe-me. Estou querendo dizer que ela foi para águas límpidas. Falei com ela há algumas noites. Às vezes, penso que quanto maior a distância ao telefone, mais fácil fica ouvir se ela está feliz. Ela já teve um filho, mas ele morreu. Este não morrerá, tenho certeza. Eu sei que não. Estou me desviando do que quero dizer. Peço desculpas. Pensei em tirar algum tempo para mim quando isso terminar e ir até lá para vê-la. Talvez eu fique algum tempo. Para ser sincero, o banco está morrendo. Não posso dizer que sentirei saudade. A vida de todas as coisas tem uma duração natural. Então, pensei: quando eu estiver lá, depois de algum tempo instalado, e com você também navegando em águas límpidas, você poderia gostar de se juntar a nós por alguns dias... por minha conta, obviamente... se quiser, traga alguém... e conheça Georgie um pouco, e também seu bebê. E o marido dela, o qual tenho certeza de que é pavoroso.

— Eu gostaria.

— Não precisa responder agora. Não é uma cantada. Apenas pense a respeito. É tudo o que eu queria dizer. Agora podemos voltar a falar em alemão antes que nossa plateia fique impaciente demais.

— Eu irei — ela disse, ainda em russo. — Eu gostaria. Não preciso pensar a respeito. Eu sei que gostaria.

— Excelente — ele prosseguiu, agora em alemão, olhando para o relógio como se estivesse determinando quanto tempo passara longe da mesa. — Tenho outro negócio a tratar, sobre a lista de recomendações do Dr. Abdullah para a Chechênia. Ele tem propostas gerais que dizem respeito à comunidade muçulmana em geral, mas trata-se de uma lista curta sobre as recomendações dele para a Chechênia. Ele achou que nosso cliente poderia gostar de dar uma olhada nela antes da conferência de hoje à noite. Talvez isso faça com que o tempo transcorra mais facilmente. Posso dizer que estou ansioso para ver vocês dois hoje à noite, às 22 horas?

— Pode — ela disse. — Você *pode* — e, acenando com a cabeça para enfatizar as palavras, virou-se e caminhou rigidamente na direção das portas de vaivém, onde seus acompanhantes já a esperavam.

— Nada sedicioso, Ian — Brue garantiu com leveza enquanto devolvia a Ian o passaporte de Issa. — Apenas levamos nosso livre-arbítrio para passear.

* * *

Eram 20h30 quando as mulheres que acompanhavam Annabel a deixaram diante do porto para que subisse sozinha a escada para seu apartamento pelo que ela considerava como a última vez em que Issa seria prisioneiro dela, e ela dele, a última vez em que ouviriam música russa diante das luzes do porto cintilando na janela em arco, a última vez em que ela o teria como sua criança, para alimentá-lo e satisfazê-lo, como seu amante intocável e como seu tutor de dor insuportável e esperança. Em uma hora, ela entregaria Issa a Brue e ao Dr. Abdullah. Em uma hora, Bachmann e Erna Frey conseguiriam o que desejavam. Com a ajuda de Issa, terão salvo mais vidas inocentes do que o Santuário seria capaz de salvar em toda uma vida — mas como se contam os que não foram mortos?

— Essas são as recomendações do Dr. Abdullah? — Issa indagou em um tom um pouco imperativo, de pé sob a luminária no centro da sala enquanto lia.

— Algumas delas. Ele colocou a Chechênia no topo da lista. Como você pediu.

— Ele é sábio. Esta instituição de caridade que ele cita aqui é bem conhecida na Chechênia. Já ouvi falar a respeito dela. Ela leva remédios e ataduras para nossos bravos combatentes nas montanhas, e também anestésicos. Nós apoiaremos esta instituição.

— Bom.

— Mas, antes de mais nada, devemos salvar as crianças de Grozny — ele disse à medida que seguia com a leitura. — E depois, as viúvas. Mulheres jovens que foram defloradas sem ser cúmplices não serão punidas, e sim acomodadas em hotéis especiais, com a vontade de Deus. Mesmo que a cumplicidade delas seja questionável, serão acomodadas. Isso é o que desejo.

— Bom.

— Ninguém será punido, nem mesmo pela própria família. Indicaremos especialistas para cuidar das mulheres — ele virou uma página. — Filhos de mártires serão favorecidos, essa é a vontade de Alá. Mas apenas se seus pais não tiverem matado inocentes. Se tiverem matado inocentes, o que não é permitido por Alá, ainda assim os acomodaremos. Você concorda com isso, Annabel?

— Parece ótimo. Um pouco confuso, mas ótimo — ela disse sorrindo.

— E também *esta* instituição de caridade, pela qual tenho admiração. Jamais ouvi nada a respeito dela, mas a admiro. A educação de nossas crianças tem sido negligenciada em nossa longa guerra pela independência.

— Por que não faz uma marca ao lado das instituições das quais gosta? Você tem um lápis?

— Gosto de todas. Também gosto de você, Annabel.

Ele dobrou a lista e enfiou-a no bolso.

Não diga isso, ela estava implorando a Issa de seu canto na extremidade mais distante do loft. Não me faça prometer. Não pinte um sonho impossível de ser vivido. Não sou forte o bastante para isso. *Pare!*

— Quando você tiver se convertido à fé de Deus, que é a religião de minha mãe e de meu povo, e eu for um médico importante com uma qualificação ocidental e um carro como o do Sr. Brue, dedicarei todo meu tempo não profissional a seu conforto. Asseguro isso a você, Annabel. Quando não estiver grávida demais, você será enfermeira em meu hospital. Percebi que tem muita compaixão quando não está sendo severa. Mas, primeiro, você precisa ser treinada. Uma qualificação legal não é suficiente para que seja enfermeira.

— Suponho que não.

— Você está ouvindo, Annabel? Por favor, concentre-se.

— Estou apenas olhando o relógio, é tudo. O Sr. Brue quer que estejamos lá antes do Dr. Abdullah. Primeiro, você precisa fazer o requerimento, mesmo que não queira aceitar o dinheiro.

— Estou ciente disso, Annabel. Estou familiarizado com as questões técnicas. É por isso que a limusine dele virá me pegar aqui em uma boa hora. Melik e Leyla estarão presentes na cerimônia?

— Não. Estão na Turquia.

— Então fico triste. Eles se confortariam com o que estou prestes a fazer. Fornecerei às nossas crianças uma educação ampla e variada. Não na Chechênia, infelizmente. É perigoso demais. Primeiro, estudarão o Alcorão. Depois, literatura e música. Elas aspirarão a dominar as Cinco Excelências. Se fracassarem, não serão punidas. Nós as amaremos e rezaremos muitas vezes com elas. Pessoalmente, não sou proficiente nos passos necessários para sua conversão. A tarefa deve ser realizada por um imã sábio. Quando eu tiver formado uma opinião pessoal a respeito desse Dr. Abdullah, cujos textos respeito, considerarei se ele é apropriado. Eu nunca insultei você, Annabel.

— Eu sei.

— E você não tentou me seduzir. Houve momentos nos quais temi que estivesse prestes a fazer isso. Mas você manteve o controle.

— Acho que deveríamos começar a nos aprontar, não acha?

— Tocaremos Rachmaninoff.

Atravessando o salão na direção da janela, Issa ligou o toca-discos. O volume estava alto, como gostava quando estava sozinho. Acordes gigantescos ressoaram pelas vigas. Issa virou-se para a janela e Annabel observou sua silhueta enquanto ele se vestia metodicamente para a viagem. O casaco de couro de Karsten não o interessava mais. Ele preferiu o velho sobretudo preto e o gorro de lã, além do alforje amarelo atravessado em seu ombro.

— Bem, Annabel. Siga-me, por favor. Protegerei você. Essa é a nossa tradição.

Mas ele estancou na porta e olhou para Annabel com uma franqueza tão nova que, por um momento, ela chegou a pensar que Issa estivesse prestes a fechar a porta novamente e a mantê-la dentro do apartamento com ele para que continuassem eternamente a vida que haviam compartilhado ali no alto, sozinhos no próprio mundo.

E ela talvez meio que esperasse que ele fizesse isso, mas naquela altura ele já estava descendo a escada e era tarde demais. Uma limusine preta e longa os aguardava. O motorista mantinha a porta traseira aberta. Era jovem e louro, um garoto em seu apogeu. Annabel entrou no carro. O motorista esperou até que Issa a seguisse, mas ele se recusou. O motorista abriu a porta do carona e Issa entrou.

* * *

Brue foi na frente até seu santuário, seguido por Issa e Annabel, que vestia o terno preto de advogada e o lenço na cabeça. Brue percebera de imediato que Issa era outra pessoa. O muçulmano devoto fugitivo tornara-se o filho milionário de um coronel do Exército Vermelho. Entrando no saguão, Issa olhou ao redor com desdém, como se as instalações nobres do banco não fossem exatamente aquilo com o que estivesse acostumado. Sem ser convidado, sentou-se na cadeira que Brue escolhera para Annabel, cruzou os braços e as pernas, esperando que se dirigissem a ele, relegando desta forma Annabel ao final da fila.

— Frau Richter, a senhora não quer ficar um pouco mais perto de nós? — Brue perguntou a ela em russo, que todos falavam.

— Obrigado, Sr. Brue, estou muito confortável — ela respondeu com seu sorriso recém-descoberto.

— Então, começarei — Brue anunciou, engolindo a decepção.

E começou, apesar da sensação curiosa de estar falando para um auditório lotado em vez de para duas pessoas sentadas a 2 metros dele. Em nome do Brue Frères, deu formalmente as boas-vindas a Issa como o filho de um cliente de longa data do banco — mas, com tato, absteve-se de oferecer condolências pelo falecimento do cliente.

Issa conteve-se, mas abanou a cabeça em reconhecimento. Brue limpou a garganta. Dadas as circunstâncias, disse, ele propunha reduzir os procedimentos formais ao mínimo. Ele fora informado pela advogada de Issa — inclinando-se levemente na direção de Annabel — que Issa propusera solicitar sua herança sob a condição de que ela fosse entregue imediatamente a organizações de caridade muçulmanas selecionadas:

— Fui também informado de que, para esse propósito, você será orientado pela eminente autoridade religiosa muçulmana, o Dr. Abdullah, a quem transmiti suas instruções. Ele está feliz em poder se juntar a nós em breve.

— Será a orientação de Alá — Issa corrigiu Brue com um grunhido aborrecido, dirigindo-se não a Brue, mas sim ao bracelete de ouro na forma do Alcorão, o qual apertava com a mão. — Será a vontade de Deus, senhor.

— Para isso — Brue continuou sem se deter —, em condições normais, eu exigiria que o solicitador se identificasse. Contudo, graças aos poderes de persuasão de Frau Richter — enfatizou —, posso abrir mão de tal formalidade e seguir sem mais delongas para o requerimento — dirigindo-se novamente a Annabel — se o cliente assim o desejar.

— Sim, senhor! Eu solicito — Issa gritou antes que ela pudesse responder. — Solicito por todos os muçulmanos! Solicito pela Chechênia!

— Bem, nesse caso, talvez queira me acompanhar — Brue disse e pegou uma pequena e brilhantemente projetada chave de sua bandeja de documentos.

* * *

A porta da *oubliette* rangeu ao ser aberta. Depois da partida dos técnicos, Brue ligara um de seus próprios sistemas. As caixas-fortes estavam empilhadas ao longo de uma parede, verde-escuras, duas fechaduras em cada. Edward Amadeus, que amava dar nomes bobos para as coisas, chamava o lugar de seu pombal. Brue sabia que algumas das caixas não tinham sido abertas em cinquenta anos. Agora, talvez jamais viessem a ser. Ele virou-se para Annabel e viu que o rosto dela estava iluminado e repleto de ansiedade cautelosa. Olhando-o fixamente, Annabel presenteou Brue com a carta de Issa enviada por Anatoly, a qual continha a referência da caixa escrita em números grandes. Brue sabia o número de cor. E sabia de cor qual era a caixa, mas não o que ela continha: mais desgastada do que as vizinhas, ela o lembrava uma caixa de munições russa. A inscrição em sua etiqueta — um cartão amarelado e manchado preso nos quatro cantos por uma garra de ferro em miniatura — estava escrita com a caligrafia pedante do próprio Edward Amadeus: LIP — um traço e o número, seguidos por uma legenda: *nenhuma ação sem consultar EAB*.

— Sua chave, por gentileza, senhor? — Brue pediu a Issa.

Recolocando o bracelete no pulso, Issa desabotoou o sobretudo e procurou dentro da camisa pela bolsa de camurça. Desobstruindo a garganta, retirou a chave e empurrou-a para Brue.

— Acho que isso é algo que *você* precisa fazer, Issa — Brue disse a ele com um sorriso paternal. — Veja, tenho a minha própria chave.

Brue segurou a chave do banco para que Issa a visse.

— Issa vai primeiro? — Annabel perguntou, com o prazer de uma criança brincando em uma festa.

— Acho que é o habitual, não concorda, Frau Richter?

— Issa, faça o que o Sr. Brue pediu, por favor. Coloque a chave na fechadura e gire-a.

Issa deu um passo à frente e enfiou a chave na fechadura da esquerda. Mas, quando tentou girar a chave, ela ficou presa. Frustrado, retirou a chave e tentou a fechadura da direita. A chave girou. Ele recuou. Brue deu um passo à frente e, com a chave do banco, destrancou a fechadura da esquerda. Depois, também recuou.

Lado a lado, Brue e Annabel observaram enquanto o filho do coronel Grigori Borisovich Karpov, em pura repulsa, tomou posse dos milhões obtidos ilicitamente pelo pai, guardados para ele pelo falecido Edward Amadeus OBE sob ordens da Inteligência Britânica. À primeira vista, o conteúdo da caixa não era muito: um grande envelope ensebado, sem lacre e sem destinatário.

As mãos magras de Issa estavam tremendo. Seu rosto, sob a luz do teto, era novamente um rosto de prisioneiro feito de sulcos e sombras, transformando-se em uma expressão de nojo. Com o indicador e o polegar, retirou fastidiosamente uma folha de papel em alto-relevo parecida com uma cédula grande. Colocando o envelope debaixo do braço para reutilizá-lo algum dia, desdobrou o documento e, com as costas viradas para Brue e Annabel, examinou-o: mas como um artefato, e não por qualquer informação que contivesse, pois o texto nele estava em alemão, e não em russo.

— Talvez Frau Richter queira fazer a tradução no andar de cima — Brue sugeriu suavemente, depois que um minuto ou mais se passara sem que Issa se movesse.

— Richter? — Issa repetiu, como se nunca tivesse ouvido o nome.

— Annabel. Frau Richter. Sua advogada. A mulher a quem você deve sua presença aqui hoje, e muito mais, se me permite dizer.

Retornando de onde quer que tivesse ido, Issa entregou o documento a Annabel, e depois o envelope.

— Isto é dinheiro, Annabel?

— Será — ela disse.

* * *

Novamente no andar superior, Brue esforçou-se para parecer superficial, temendo que Issa, confrontado com a realidade física da monstruosidade do pai, pudesse voltar atrás. Annabel, talvez compartilhando da ansiedade, agiu prontamente e tomou a iniciativa. Ela passou rapidamente a Issa os termos e condições do título ao portador e perguntou se ele tinha alguma dúvida, mas Issa apenas deu de ombros concordando vagamente. Ele não tinha perguntas. Havia um recibo para ele assinar, e Brue entregou-o a Annabel, convidando-a a explicar seu propósito ao cliente. Com calma e paciência, ela explicou a Issa o significado de *recibo*.

O recibo significava que o dinheiro era de Issa até que ele o repassasse adiante. Se, ao assinar o recibo, ele quisesse mudar de ideia e ficar com o dinheiro, ou procurar outro uso para ele, estaria livre para fazê-lo. E ocorreu a Brue que, ao dizer aquilo a Issa, Annabel estava colocando a lealdade ao cliente acima da lealdade a seus captores e manipuladores, o que, para ela, era tanto uma questão de princípio quanto um ato considerável de coragem, pois estava colocando em risco tudo o que fora trazida para fazer ali.

Mas Issa não tinha a menor intenção de mudar de ideia. Com a caneta balançando em sua mão direita, os dedos da mão esquerda fechados e pressionados contra a testa e a corrente de ouro despontando entre eles, Issa assinou o recibo em uma série de traços raivosos. Descuidando-se momentaneamente dos modos muçulmanos, Annabel esticou a mão para pegar a caneta, encostando sem querer sua mão na dele. Issa retraiu-se, mas ela pegou a caneta mesmo assim.

Um extrato financeiro havia sido preparado pelo gerente da fundação de Liechtenstein. Em virtude do título ao portador e do recibo assinado, Issa era o único proprietário da fundação. A soma total de todos os bens dele, como fora comunicado por Brue ao Dr. Abdullah, era 12,5 milhões de dólares — ou, como o Dr. Abdullah preferira descrever ao amigo em Weybridge, Surrey, 12,5 toneladas de arroz norte-americano.

— Issa — Annabel disse em um esforço para despertá-lo de seu transe.

Olhando para o título ao portador, Issa passou as palmas das mãos sobre suas bochechas profundas enquanto seus lábios se moviam silenciosamente em uma oração. E Brue, que conhecia há muito tempo todos os pequenos sinais da riqueza repentina — a luz suprimida de ganância, de triunfo, de alívio —, procurou em vão por eles em Issa, assim como os procurara em vão em Abdullah: ou, se é que os tinha visto, vira-os se transmitirem primeiro para Annabel, desaparecendo logo depois de terem surgido.

— Portanto — Brue disse com leveza —, presumindo que não tenhamos mais nenhuma questão a discutir, o que sugeri a Frau Richter que *fizéssemos*... E o que realmente *fizemos* provisoriamente sob sua aprovação, Issa... Foi colocar todo esse valor temporariamente em uma conta em nosso banco, de modo que possa ser transmitida *instantaneamente*, por meio eletrônico, aos beneficiários que você e o Dr. Abdullah, sob a luz de suas preocupações éticas e religiosas, escolherem — ele esticou um braço e olhou para seu relógio caro —, dentro de, bem, digamos, sete minutos. Menos, se eu não estiver enganado.

Ele não estava. Um carro estava estacionando diante do jardim. Em seguida, uma conversa abafada em árabe. O motorista e o passageiro estavam se despedindo. Brue ouviu um *inshallah* e reconheceu a voz do Dr. Abdullah. Como despedida, ouviu um *salaam*. O carro partiu e um único par de passos aproximou-se da porta.

— Com licença por um momento, por favor, Frau Richter — ele disse oficiosamente e desceu para o andar inferior para o ato seguinte.

* * *

Arni Mohr estava orgulhoso de sua nova van de vigilância e permitira que fosse utilizada somente sob a condição de que fosse posicionada fora da zona de exclusão que a polícia criara em torno do banco de Brue. Dentro da zona: observadores de rua de Arni e atiradores da polícia; fora da zona, a van, Bachmann, sua equipe de duas pessoas e um táxi bege vazio, com adesivos de propaganda. Aquele fora o acordo aprovado por Keller e Burgdorf, questionado sem sucesso por Axelrod e aceito por Bachmann sob protestos.

— Não tenho condições de combatê-los em todos os mínimos detalhes, Günther — Axelrod insistira com mais desespero na voz do que Bachmann gostaria. — Se eu precisar perder alguns peões para a rainha deles, por mim tudo bem — acrescentou, recordando dos jogos de xadrez que Bachmann e Axelrod costumavam jogar no abrigo antiaéreo sob a Embaixada Alemã em Beirute.

— Mas a rainha é nossa, certo? — Bachmann insistira ansioso.

— De acordo com termos descritos, sim. Se você conseguir levar SINAL a seu esconderijo, se conseguir convencê-lo dentro do que concordamos e se ele der sinais de que pretende cooperar, ele é nosso. Isso responde à sua pergunta?

Não. Não responde.

Isso me faz perguntar por que você precisa de três "se" para dizer sim.

Tampouco explica o que Martha estava fazendo na reunião, tampouco por que ela trouxera Newton, o degolador de Beirute.

Nem quem era a loura de feições acentuadas com ombros largos.

Ou por que ela precisou ser contrabandeada para a sala de reuniões como bens roubados depois que todos haviam se sentado, e depois novamente contrabandeada na saída, como uma prostituta em um hotel.

E por que Axelrod, que ressentia a presença dos Estados Unidos tanto quanto ele, fora incapaz de prevenir o ocorrido; e por que Burgdorf, aparentemente, estava de acordo.

A van, diferentemente das outras do tipo, não estava camuflada como um caminhão de mudanças, uma van de serviços ou um caminhão de carga, mas sim como o Leviatã cinzento de limpeza das ruas que um dia fora, completo e com os acessórios originais. Também era, Arni gostava de se gabar, invisível. Ninguém questionava a presença dela, muito menos tarde da noite, quando se arrastava pelo centro da cidade. Ela podia operar tão bem em movimento quanto estacionada. Era capaz de patrulhar uma rua a 3 quilômetros por hora e ninguém poderia dizer nada.

Para o local da van, Bachmann escolhera um acostamento entre a margem do Alsher e a rua principal, a somente 1 quilômetro do banco de Brue. Sob o brilho das luzes alaranjadas da rua, a equipe da van podia admirar os castanheiros pelo para-brisas e, pelas frestas ocultas na traseira, a estátua de bronze de duas meninas eternamente prestes a soltar suas pipas.

Ao contrário de Mohr, Bachmann mantivera seus números no mínimo e seu plano de jogo simples. Para monitorar o banco de telas de computador e de imagens geradas por satélites, ele recrutara, além de Maximilian, sua inseparável namorada, Niki, que falava russo e árabe fluentemente. Para ter cobertura no caso de uma emergência imprevista, ele posicionara dois observadores de ruas em um Audi incrementado à margem da zona de exclusão até que fossem chamados. Apenas Bachmann, enquanto permanecesse na van, cuidaria de todos os contatos com Arni Mohr e com Axelrod no Comitê, em Berlim. Ele implorara a Erna Frey para que o acompanhasse mas, mais uma vez, ela recusou-se com determinação.

— Aquela pobre criança já aguentou o que podia de mim, e muito mais do que ela própria sabe — fora sua resposta. E, consciente do olhar de Bachmann sobre ela, depois de um longo intervalo: — Menti para ela. Dissemos que jamais faríamos isso. Dissemos que jamais lhe contaríamos toda a verdade, mas que o que quer que contássemos seria verdade.

— E?

— E eu menti para ela.

— Foi o que você acabou de dizer. Sobre o quê?

— Melik e Leyla.

— E, por Deus, o que você disse a ela sobre Melik e Leyla que fosse mentira?

— Não me interrogue, Günther.

— Eu *estou* interrogando você.

— Você pode ter se esquecido de que tenho uma informante no grupo de Arni Mohr.

— A tenista ruim. Não me esqueci. O que a tenista ruim tem a ver com mentir para Annabel sobre Melik e Leyla?

— Annabel estava preocupada com eles. Era de madrugada. Ela veio a meu quarto e queria minha garantia de que Melik e Leyla não iriam sofrer por terem abrigado Issa. Por serem pessoas decentes que fizeram a coisa certa. Ela disse que estava sonhando com eles, mas acho que estava apenas deitada acordada, preocupando-se.

— E o que você disse?

— Que eles aproveitariam o casamento da filha de Leyla e retornariam descansados e felizes, que Melik derrotaria todos os adversários no ringue de boxe, que Leyla encontraria um novo marido e que depois tudo seria maravilhoso para eles. Mas era só um conto de fadas.

— Por que era um conto de fadas?

— Arni Mohr e o Dr. Keller, de Colônia, recomendaram que a permissão de residência deles fosse revogada tendo por base o fato de terem violado suas condições ao abrigar um criminoso islamita e encorajado a militância na comunidade turca. Eles sugerem que as autoridades em Ancara sejam informadas. Burgdorf está de acordo, desde que a detenção deles na Turquia não ocorra de modo a colocar em perigo a operação SINAL.

Com isso, Erna Frey desligou bruscamente seu computador, trancou seus papéis no armário de metal e recolheu-se ao esconderijo diante do porto para se preparar para a chegada de SINAL, o que aconteceria tarde da noite.

Sozinho e doente de raiva, Bachmann apelou novamente a Axelrod. A resposta foi tão ruim quanto temia:

— Por Deus, Günther! Quantas batalhas você quer que eu trave? Você quer que eu interrompa Burgdorf e diga a ele que temos espionado os protetores?

* * *

Ao longo das duas horas seguintes, informações operacionais de inteligência estavam fluindo para a van em um ritmo constante e tudo era bom:

O passeio de SINAL na noite anterior fora evidentemente uma aberração, pois de acordo com seu padrão de comportamento conhecido ele não usava telefones públicos. Tampouco tinha o hábito de deixar sua casa, a esposa e os filhos desprotegidos nas horas de escuridão. Na noite de hoje, ele propôs seguir sua prática costumeira de solicitar os serviços de um engenheiro civil aposentado, um amigo solícito e vizinho: um palestino chamado Fuad, cuja coisa preferida na vida era servir de chofer para o grande acadêmico religioso em suas saídas e debater questões profundas com ele. Na noite de ontem, Fuad estava assistindo a uma palestra no instituto cultural local. Hoje, estava livre, e os dois guarda-costas de SINAL puderam ficar de guarda em casa, onde era o lugar deles.

Mas onde SINAL passaria a noite em Hamburgo depois da conferência no banco? — ou onde *pensava* em ficar? Se tivesse amigos esperando por ele... se tivesse reservado um quarto de hotel... se propusesse ir de carro tarde e dormir na própria cama... as oito horas da licença que Bachmann tinha com ele poderiam ser reduzidas a três ou quatro.

Mas pelo menos nesse ponto os deuses sorriram para os planejadores. SINAL aceitara um convite para dormir na casa do cunhado de Fuad, um iraniano chamado Cyrus, onde costumava ficar, e Cyrus dera a chave de casa para Fuad pois estava com a família visitando amigos em Lübeck e não estaria de volta até a manhã seguinte.

Ainda melhor, SINAL iria sozinho para lá quando terminasse seus negócios no banco. Fuad implorara pela permissão para esperar por ele do lado de fora do banco, mas SINAL fora irredutível:

— Por favor, vá imediatamente para a casa de seu querido cunhado, que Deus o preserve, e fique em paz, Fuad — Abdullah ordenara a ele pelo telefone de casa. — Esse é meu comando para você, querido amigo. Seu coração é grande demais para seu peito. Se não for cuidadoso, Alá colherá você para Ele antes de sua hora. Pedirei um táxi diretamente do banco, não se preocupe.

O que explicava o táxi vazio estacionado ao lado da van.

O que explicava o retrato de Bachmann embrulhado em papel celofane na licença para táxis da cidade acima do painel do carro.

O que explicava o casaco humilde de Bachmann e o chapéu de marinheiro pendurado na porta que se abria para as entranhas da van. Se tudo corresse de acordo com o planejado, esse seria o traje que Bachmann vestiria quando levasse SINAL, sequestrado, ao esconderijo diante do porto para a sua conversão forçada ao caminho da retidão.

— Preciso que três desejos se realizem antes do amanhecer — Erna Frey dissera a ele antes de partir abruptamente. — Preciso de SINAL na bolsa. Preciso que FELIX e aquela pobre garota sejam libertados e preciso de você sentado em um trem com apenas uma passagem de ida para Berlim. Classe econômica.

— E para você?

— Minha pensão e meu iate transatlântico.

* * *

SINAL deveria estar no Brue Frères às 22 horas.

Às 20h30, segundo relatórios enviados pelos observadores de Mohr, Fuad dirigira até a porta da casa de SINAL em seu BMW 335i Coupé novo em folha, o orgulho de sua vida. A notícia de que pretendiam usar o carro chegou tarde demais para que pudessem grampeá-lo.

Saindo de casa, SINAL parecia bem-humorado. A instrução que dera à família, captada pelos microfones direcionais posicionados no outro lado da rua, fora para que permanecessem vigilantes e que louvassem a Deus. Os ouvintes alegaram ter detectado um "ar de prenúncio" em sua voz. Um disse "pressentimento", e outro que ele falara "como se estivesse partindo em uma longa viagem e não soubesse quando estaria de volta".

Às 21h14, vigilantes em um helicóptero informaram que o BMW chegara em segurança em um subúrbio no noroeste da cidade, onde parou em uma área de estacionamento com os propósitos presumidos de rezar e de matar tempo até a hora do compromisso de SINAL no banco. Contrariando os costumes árabes, SINAL era conhecido por ser obsessivamente pontual.

Às 21h16 — ou seja, dois minutos depois —, os observadores de rua de Bachmann sinalizaram que FELIX e Annabel haviam sido pegos em segurança para a transferência para o banco de Brue na limusine exigida por FELIX, a qual Arni Mohr ficara mais do que satisfeito em fornecer.

Da zona de exclusão, Mohr confirmou que os dois haviam chegado em segurança, o que era totalmente desnecessário, pois Bachmann assistira à chegada no monitor de Maximilian, mas Arni Mohr nunca tivera problemas com redundâncias.

Às 21h29, Bachmann foi informado pelo próprio Axelrod, que estava em Berlim, que Ian Lantern tramara entrar ardilosamente na zona de exclusão e estava estacionado em um beco sem saída com uma visão privilegiada do banco e um *passageiro não identificado* no assento dianteiro de seu Peugeot.

Chocado, mas agora que a operação se iniciara, Bachmann sabia que não adiantava gritar em ultraje. Em vez disso, perguntou tranquila e contidamente a Axelrod, pela linha encriptada, sob a autoridade de quem precisamente Lantern fora convidado para a festa.

— Ele tem tanto direito de estar aqui quanto você, Günther — Axelrod observou.

— Mais, aparentemente.

— Você tem sua garota com quem se preocupar, e ele tem o banqueiro.

Mas a explicação não fazia sentido para Bachmann. Ele reconhecia que Lantern era o controlador de Brue. Mas ele também estava de prontidão, aguardando para pegar a mão de Brue e ajudá-lo com suas falas caso ele as esquecesse? O único trabalho que restava para ele, pelo que Brue soubesse, era recolher seu homem assim que a reunião terminasse, enxugar o suor da testa dele, dar as instruções finais e dizer a ele o quanto era bom. E, para isso, *não* precisava ficar esperando no local como um pai grávido a apenas 100 metros do alvo. E quem, em nome de Deus, era o passageiro? Como ele ou ela participavam da ação?

Mas Axelrod havia desligado e Maximilian levantou o braço. Fuad, o engenheiro aposentado, havia deixado SINAL no Banco Brue Frères.

15

Dentro do santuário de Tommy Brue no andar superior do banco, os preparos feitos por ele estavam finalmente sendo compensados. Ao designar a cadeira do avô para Nossa Estimada Intérprete, como insistia em chamar Annabel, Brue fora capaz de colocá-la em uma posição central. Ela sentou-se exatamente como ele queria que fizesse, totalmente ereta sobre as almofadas. À esquerda dela estava Issa, e o Dr. Abdullah à direita, de frente para Brue, que estava do outro lado da mesa. Ao vê-lo, Issa transformara-se novamente em outra pessoa: indeciso, tímido e confuso ao descobrir que não havia uma língua em comum com a qual pudesse se dirigir a seu mentor recém-descoberto. Primeiro, o Dr. Abdullah cumprimentara-o em árabe, e depois fez o mesmo rapidamente em francês, em inglês e em alemão. Ele até encontrou algumas palavras em checheno para Issa, que se iluminou por um instante e depois olhou envergonhado para baixo quando sua fluência secou.

Aos olhos de Brue, o Dr. Abdullah também havia se tornado outro homem desde o dia anterior. Estando ele próprio nervoso, Brue não imaginara que Abdullah pudesse estar ainda mais nervoso. Aproximando-se cuidadosamente de Issa com os braços erguidos para o abraço árabe, ele parecera, até o último minuto, incerto quanto a ir em frente com o cumprimento. Quando se acomodou com o alemão e com a tradução de Annabel, seu jeito de falar demonstrava uma reverência contida, mas também era exploratório.

— Nosso bom amigo, o Sr. Brue, recusa-se corretamente a revelar seu nome a mim, senhor. E é o que deveria fazer. Você é o senhor X e não posso saber de onde vem. Mas não precisamos guardar segredos entre nós. Eu tenho minhas fontes. Você também. Do contrário não teria mandado seu banqueiro inglês me examinar. Bem, o que você ouviu a meu respeito é verdade, irmão Issa. Antes e acima de qualquer coisa, sou um homem de paz. Mas isso não quer dizer que eu fique à parte de nossa grande luta. Não sou amigo da violência, mas respeito aqueles que retornam do campo de batalha para nós. Eles viram a fumaça. Assim como eu. Eles foram torturados em nome do Profeta e de Deus. Foram espancados e aprisionados, assim como eu, mas não cederam. A violência não é criada por eles. Eles são suas vítimas.

Esperando uma resposta, Abdullah olhou para Issa, examinando com compaixão e curiosidade o impacto de suas palavras. Mas Issa, depois de ouvir a tradução de Annabel, apenas abaixou a cabeça.

— Portanto, preciso acreditar em você — Abdullah prosseguiu. — É meu dever diante de Deus. Se Deus deseja nos dar tais riquezas, quem sou eu, Seu humilde criado, para recusá-las?

Mas então, exatamente como Brue lembrava do dia anterior, a voz de Abdullah ficou mais firme:

— Portanto, diga-me, irmão, faça-me a gentileza. Por qual munificência de Alá, por quais meios engenhosos, você está em liberdade neste país? Como é que podemos nos sentar com você, falar com você e tocar em você quando, segundo certas informações que chegaram a mim pela internet e por outros meios, metade dos policiais do mundo gostaria de algemá-lo?

Issa virou-se para Annabel para ouvir a tradução e depois voltou-se novamente para Abdullah enquanto a própria Annabel fornecia a resposta que Brue suspeitava ter sido escrita previamente pelas pessoas que a manipulavam:

— A situação de meu cliente aqui na Alemanha é precária, Dr. Abdullah — ela disse primeiro em alemão e, depois, quase num murmúrio, fez um resumo em russo. — Pela lei alemã, ele não pode ser devolvido a um país que pratique tortura ou aplique a pena de morte. Infelizmente, essa é uma lei que as autoridades alemãs, do mesmo modo que as democracias ocidentais, ignoram com frequência. Ainda assim, faremos um pedido de asilo na Alemanha.

— *Faremos?* Há quanto tempo seu distinto cliente está na Alemanha?

— Ele esteve doente e só agora está se recuperando.

— E nesse meio-tempo?

— Enquanto isso, meu cliente foi perseguido, expatriado e correu um grande perigo.

— Mas, pela piedade de Deus, ele está aqui entre nós — o Dr. Abdullah discordou, sem se convencer.

— *Enquanto isso* — Annabel continuou com firmeza —, e até que recebamos garantias sólidas das autoridades alemãs de que meu cliente não será expulso, em nenhuma circunstância, para a Turquia ou para a Rússia, ele recusa-se a se colocar nas mãos delas.

— Em cujas mãos, então, ele colocou-se *agora*, que mal lhe pergunte? — insistiu o Dr. Abdullah, com os olhar saltando entre Annabel, Issa e Brue. — Ele é um truque? E vocês? Será que *todos vocês* são um truque? — incluindo Brue em seu olhar impetuoso. — Estou aqui a serviço de Alá. Não tenho escolha. Mas a serviço de quem *vocês* estão? Faço esta pergunta com o coração: vocês são pessoas boas, ou estão dispostas a me destruir? Vocês estão aqui, de alguma maneira que não compreendo, para fazer-me de tolo ou de idiota? Perdoem-me se minha pergunta os ofende. Vivemos em uma época terrível.

Determinado a saltar em defesa de Annabel, Brue ainda estava preparando sua resposta quando ela se antecipou e, desta vez, abriu mão da tradução.

— Dr. Abdullah — ela disse em uma voz que sugeria raiva ou desespero.

— Minha senhora?

— Meu cliente veio aqui esta noite correndo um grande risco para presentear suas instituições de caridade com uma grande quantia de dinheiro. Ele apenas pede que possa dar e que o senhor receba. Ele não pede nada em troca...

— Deus o recompensará.

— ...além da garantia de que seus estudos de medicina sejam pagos por uma das instituições de caridade que está apoiando. O senhor dará essa garantia a ele ou propõe continuar a questionar suas intenções?

— Com a vontade de Deus, os estudos de medicina dele serão custeados.

— Contudo, ele insiste em que o senhor mantenha silêncio absoluto em relação à sua identidade, sua situação aqui na Alemanha e a fonte do dinheiro que está prestes a entregar para suas instituições de caridade. Os termos são esses. Se o senhor os honrar, ele fará o mesmo.

O olhar do Dr. Abdullah retornou para Issa: os olhos assombrados, o rosto fatigado e faminto, esticado tensamente em dor e confusão, as mãos longas e emaciadas mantidas juntas, o sobretudo puído, o gorro de lã e a barba por fazer.

E conforme Abdullah olhava para ele, seu próprio olhar se suavizava.

— Issa, meu filho.

— Senhor.

— Estou correto ao acreditar que você não recebeu muitas instruções relativas à nossa grande religião?

— Está certo, senhor! — Issa ladrou, com a voz fugindo do controle em meio à impaciência.

Mas os olhos pequenos e brilhantes de Abdullah haviam se fixado no bracelete que Issa passava nervosamente pelos dedos.

— Isso é feito de ouro, Issa, o ornamento que está usando?

— É o melhor ouro que existe, senhor — com um olhar apreensivo para Annabel enquanto ela traduzia o que acabara de dizer.

— O pequeno livro preso a ele: trata-se de uma reprodução do Alcorão Sagrado?

Issa concordou com a cabeça muito antes de Annabel terminar de traduzir a pergunta.

— E o nome de Alá... essas são Suas palavras sagradas... está gravado em suas páginas?

Falando apenas para Annabel, e somente depois de uma longa pausa depois da tradução, veio o "sim, senhor" de Issa.

— E não chegou a seus ouvidos, Issa, que tais objetos, e tal ostentação, sendo meramente imitações pobres da prática cristã e judaica... por exemplo, a estrela de davi de ouro ou a cruz cristã... nos são proibidos?

O rosto de Issa ficou sombrio. Sua cabeça pendeu para a frente e ele olhou atentamente para baixo, para o bracelete em sua mão.

Annabel intercedeu para salvá-lo.

— Era da mãe dele — ela disse, sem nenhuma palavra de seu cliente para que o fizesse. — Era a tradição do povo dela e de sua tribo.

Ignorando a interjeição de Annabel como se jamais tivesse ocorrido, Abdullah continuou a refletir sobre a gravidade da ofensa de Issa.

— Coloque-o de volta em seu pulso, Issa — ele finalmente disse. — Cubra-o com sua manga para que eu não seja obrigado a olhar para ele — e, tendo ouvido a tradução de Annabel e depois de esperar até que o comando fosse obedecido, ele prosseguiu com a homilia. — Existem homens no mundo, Issa, que só se importam com a *dunya*. Isso significa dinheiro e status material na curta vida que vivemos aqui na terra. E existem homens no mundo que não dão a menor importância para a *dunya*, mas que se importam muito com a *akhira*, que significa a vida eterna que vivemos posteriormente, de acordo com nossos méritos e fracassos aos olhos de Deus. Nossa vida na *dunya* é o tempo que nos é dado para que plantemos. Na *akhira*, veremos qual será nossa colheita. Diga-me agora, Issa, a que *você* está renunciando, e em nome de quem?

Annabel mal terminara a tradução quando Issa se levantou e gritou:

— Senhor! Por favor! Estou renunciando aos pecados de meu pai em nome de Deus!

* * *

Agachado ao lado de Maximilian com os punhos presos à mesa de trabalho que ficava sob as fileiras de monitores, Bachmann observara cada inflexão e cada gesto trocado entre os quatro participantes. Nada que vira de Issa o surpreendera: ele sentia que o conhecia desde que chegara a Alemanha.

Uma primeira análise de SINAL também mostrara o que Bachmann espera-va ver, algo que tinha visto inúmeras vezes em reprises na televisão e em fotografias da imprensa acompanhadas por editoriais que louvavam a esper-teza, a moderação e a defesa da inclusão de um dos principais muçulmanos da Alemanha: um homem no final do primor da vida, ágil, carismático e inteligente, preso entre sua imagem cultivada de reclusão e seu amor pela autopromoção.

Contudo, para ele, o centro do palco era ocupado por Annabel. O mala-barismo criativo com o qual lidara com o interrogatório de Abdullah deixa-ra-o mudo de admiração, e ele não era o único. Maximilian estava sentado rigidamente com as mãos esticadas e paradas no ar sobre o teclado, enquan-to Niki observava o monitor com os dedos entreabertos sobre os olhos.

— Que os céus nos protejam dos advogados — Bachmann finalmente se manifestou, e todos gargalharam aliviados. — Eu não disse que ela era um talento nato?

E para si mesmo: Erna, você deveria ter visto sua pobre garota agora há pouco.

* * *

O clima no escritório de Brue continuava solene. Contudo, para Brue, esta-va mais para tedioso do que para tenso. Tendo descoberto as lacunas no aprendizado de Issa, o Dr. Abdullah estava discursando para ele sobre a na-tureza das instituições muçulmanas de caridade espalhadas pelos locais mais diversos, as quais defendia, e sobre o sistema que as financiava. Brue estava recostado em sua cadeira de couro de administrador de bancos, ouvindo o que Abdullah dizia com o que esperava que aparentasse ser um interesse profundo, enquanto admirava a tradução de Annabel.

A *zakat*, o Dr. Abdullah prosseguiu infatigavelmente, era definida pela lei muçulmana não como um *imposto*, e sim como um *ato de servidão a Deus*.

— Isso está muito correto, senhor — Issa murmurou depois da tradução de Annabel. Brue adotou uma expressão de consentimento devoto.

— A *zakat* é o *coração doador do Islã* — prosseguiu metodicamente o Dr. Abdullah, pausando para que Annabel fizesse a tradução. — A doação de uma parte da riqueza de um homem é determinada por Deus e pelo Profeta, que a paz esteja com Ele.

— Mas eu darei tudo! — Issa gritou, levantando-se novamente, antes mesmo de ouvir a tradução de Annabel. — Cada *kopeika*, senhor! O senhor verá! Darei cem por cento. Para todos os meus irmãos e irmãs na Chechênia!

— Mas também para a *Umma* como um todo, porque somos todos parte de uma grande família — o Dr. Abdullah lembrou a ele com paciência.

— Senhor! Por favor! Os chechenos são a minha família! — Issa gritou, interrompendo Annabel no meio da tradução. — A Chechênia é minha mãe!

— Contudo, como nesta noite estamos no Ocidente, Issa — o Dr. Abdullah prosseguiu com firmeza, como se não o tivesse ouvido —, permita-me informá-lo de que, hoje, muitos muçulmanos ocidentais, em vez de darem a *zakat* para amigos pessoais ou parentes, preferem doá-la para nossas muitas instituições islâmicas de caridade para que sejam distribuídas dentro da *Umma* de acordo com as necessidades. Entendo que esse também seja seu desejo pessoal.

Uma pausa para a tradução de Annabel. Outra pausa enquanto Issa digeria o que fora dito, com a cabeça baixa e o cenho franzido... e ele manifestou que estava de acordo.

— E, foi baseado nesse entendimento — Abdullah prosseguiu, finalmente chegando ao âmago da questão —, que preparei uma lista de instituições de caridade que considerei merecedoras de sua generosidade. Entendo que você recebeu a lista, Issa. E que fez certas escolhas a partir dela. É verdade?

Era verdade.

— Então você ficou satisfeito com a lista, Issa? Ou será que eu deveria explicar a você mais precisamente as funções das instituições de caridade que recomendei?

Mas, a esta altura, Issa já tinha ouvido o bastante.

— Senhor! — ele deixou escapar, levantando-se mais uma vez. — Dr. Abdullah! Meu irmão! Assegure-me apenas de uma coisa, por favor! Estamos dando esse dinheiro para Deus e para a Chechênia. Isso é tudo que preciso ouvir! Trata-se de dinheiro de ladrões, estupradores e assassinos. É um lucro ruim obtido por meio de *riba*! Ele é *haraam*! É o lucro de álcool, carne de porco e pornografia! Não é o dinheiro de Deus! É o dinheiro de Satã!

Tendo ouvido implacavelmente a tradução de Annabel, e a tendo ajudado com as palavras em árabe, Abdullah deu sua resposta ponderada:

— Você está dando o dinheiro para realizar a vontade de Deus, meu bom irmão Issa. Você é sábio e está certo em doá-lo, e, quando tiver feito isso, estará livre para estudar e para adorar Deus com modéstia e castidade Talvez seja verdade que o dinheiro tenha sido roubado, seja fruto de usura e tenha sido submetido a outros propósitos proibidos pelas leis de Deus. Mas, em pouco tempo, ele será somente de Deus, e Ele será piedoso com você no que quer que venha depois da vida terrena, pois ninguém além de Deus pode julgar como você será recompensado, seja no céu ou no inferno.

Foi quando Brue finalmente se sentiu à vontade para agir:

— Bem — ele disse animadamente, também se levantando, acompanhando Issa. — Posso sugerir que sigamos agora para o escritório do caixa e que completemos nosso negócio lá? Presumindo que Frau Richter aprove, é claro.

Frau Richter aprovou.

* * *

— Agora, senhor? — Maximilian perguntou a Bachmann enquanto os três observavam Brue e SINAL dirigirem-se para a porta, seguidos por Issa e Annabel.

Ele queria dizer: está na hora de você entrar em seu táxi e de que eu dê o sinal para que seus dois observadores o sigam no Audi?

Bachmann bateu com um polegar no monitor que ligava a van a Berlim.

— Ainda não temos o sinal verde — ele negou, e fez o máximo para dar um sorriso cru para os métodos incríveis daqueles burocratas de Berlim.

Nada de uma *merda* de sinal verde final, irrevogável, inegável e inqualificável. Nem de Burgdorf, ou de Axelrod, e tampouco do grupo de pessoas superinfladas que vestiam ternos e eram minuciosas, analíticas e motivadas por advogados do qual ambos faziam parte, era o que ele queria dizer. Será que o júri *ainda* estava deliberando? Será que o Comitê, *até agora*, estava procurando sob seus confortáveis sofás de couro por mais uma forma de dizer não? Estariam eles debatendo se cinco por cento mau seria realmente mau o bastante para justificar irritar as sensibilidades feridas de nossa comunidade muçulmana moderada?

Estou oferecendo a vocês uma saída, por Deus!, Bachmann gritou em sua mente para o grupo. Façam do meu jeito, ninguém ficará sabendo! Ou talvez eu deva desistir de tudo, pegar um helicóptero para Berlim e explicar a vocês, caros colegas, precisamente o que *cinco por cento mau* significa aqui fora no mundo real, do qual vocês estão tão diligentemente protegidos: sangue de matadouro correndo sobre as biqueiras de seus sapatos e os cem por cento mortos espalhados em pedacinhos de cinco por cento por um quilômetro quadrado na praça principal da cidade?

Mas o maior temor de Bachmann era algo que ele mal ousava expressar, nem mesmo para si próprio: medo de Martha e de sua espécie. Martha, que observa mas não participa, como se jamais pudesse aceitar tal papel. Martha, que gargalha alto para a operação FELIX, como se fosse um jogo chique europeu de festa elaborado por um monte de diletantes liberais alemães. Ele a imaginou agora em Berlim. Será que Newton, o degolador, estava ao lado dela? Não, ele permanecera em Hamburgo com a loura. Ele imaginou Martha na Sala de Operações do Comitê, dizendo a Burgdorf o que era bom para ele caso quisesse obter o cargo mais elevado. Dizendo a ele como Langley jamais se esquece dos amigos.

— Sem sinal verde, senhor — Maximilian confirmou. — Aguarde até receber instruções.

* * *

Ela era a advogada dele, mas não sabia nada além do que fora instruída.

E as instruções, impostas a ela pela situação desesperadora de Issa e empurradas por Erna Frey, eram levar seu cliente até a mesa, aguardar até que transferisse o dinheiro e pegar o passaporte que lhe daria a liberdade.

Ela não era uma juíza como a mãe, e tampouco um diplomata fanático como o pai. Ela era uma advogada e Issa era seu mandato, e se aquele sábio muçulmano estava certo ou errado e se era inocente ou culpado não fazia parte das instruções que recebera. Günther dissera que não tinha intenção de fazer mal a um fio de cabelo dele, e ela acreditara. Ou, pelo menos, era o que estava dizendo para si mesma enquanto os quatro desciam a bela escadaria de mármore do banco de Brue, com Brue à frente, seguido por Abdullah — por que ele tremia tanto de repente? —, com Issa e Annabel na retaguarda.

Issa estava inclinado para trás, arrastando o braço direito para que Annabel o segurasse, mas apenas no tecido da roupa, sempre apenas na roupa. Ela sentia o calor de Issa através do tecido e achava que podia sentir a pulsação dele, mas provavelmente era sua própria.

— O que Abdullah *fez*? — ela perguntara mais uma vez a Erna Frey na hora do almoço, esperando que a iminência da ação pudesse soltar a língua dela.

— Ele é uma parte ínfima de um barco grande e sujo, querida — Erna, a marinheira apaixonada, respondera enigmaticamente. — Parecido com um contrapino. E se você não conhecer o barco, difícil de ser encontrado. E mais ou menos igualmente fácil de ser perdido novamente.

Olhando além de Issa, Annabel podia ver o chapéu branco do Dr. Abdullah balançando para cima e para baixo seis degraus abaixo dela: uma parte pequena de um barco sujo.

A porta para o escritório do caixa estava aberta. Brue, pai de Georgina, estava diante do computador. Será que ele saberia utilizá-lo? Se precisar de minha ajuda, será atendido.

* * *

Na van, Bachmann e sua equipe de duas pessoas estavam dominados pelo mesmo silêncio que caíra sobre o grupo de quatro pessoas reunido no escritório do caixa. Uma câmera posicionada na parede no fundo do escritório do caixa proporcionava a visão completa com uma lente olho de peixe, uma segunda câmera fornecia um close-up de Brue sentado diante do teclado, digitando laboriosamente com dois dedos os códigos identificadores e os números das contas fornecidos por um impresso trazido por Abdullah e monitorado por uma terceira câmera, escondida nas luminárias no teto. Em outro monitor com informações transmitidas pelo Comitê, em Berlim, a mesma lista estava sendo reproduzida no ritmo vacilante da digitação de Brue. As instituições de caridade que não estavam incluídas no grupo que o Dr. Abdullah já havia submetido à aprovação de Issa estavam destacadas em vermelho.

— Por Deus, Michael — Bachmann implorou pela linha direta que o ligava a Axelrod. — Se não agora, quando?

— Não entre no táxi, Günther.

— Nós o pegamos, porra! O que estão esperando?

— Permaneça onde está. Não chegue mais perto do banco até que eu lhe diga para fazê-lo. Isso é uma ordem.

Não chegar mais perto do banco do que quem? Arni Mohr? Lantern e seu passageiro não identificado? Mas Axelrod havia desligado novamente. Bachmann olhou para os monitores, capturou os olhos de Niki e desviou o olhar. Uma ordem, ele dissera. Uma ordem de quem? Axelrod? Burgdorf? Burgdorf com Martha sussurrando em seu ouvido? Ou uma ordem consensual de um comitê que estava em guerra contra si mesmo em uma cápsula na qual o cheiro de sangue quente jamais penetrava?

O olhar de Bachmann retornou bruscamente para Niki. Um telefone preto incongruentemente antiquado que ficava em uma prateleira acima dos monitores estava tocando seu toque rústico. A expressão de Niki não se alterou. Ela não levantou as sobrancelhas para ele em questionamento, tampouco o exortou ou se juntou a ele em sua hesitação. Ela deixou que o telefone continuasse tocando e aguardou por um sinal dele. Bachmann acenou com a cabeça para ela: atenda. Ela inclinou a cabeça, aguardando que a ordem fosse dita.

— Atenda o telefone — ele disse em voz alta.

Ela pegou o fone e falou em uma voz animada, meio cantante, que foi retransmitida para o sistema de alto-falantes da van. "Hansa Taxis! Obrigado por sua ligação. Onde gostaria de ser buscado, por favor?"

Soando mais relaxado do que o haviam ouvido durante toda a noite, Brue deu o endereço do banco em ritmo de ditado.

— Telefone?

Brue deu o número.

— Um segundo, por favor! — Niki cantou e, fazendo uma pausa para indicar que estava consultando seu computador, colocou a mão sobre o bocal do telefone preto enquanto aguardava novamente pelas instruções de Bachmann. Ele deliberou durante mais um instante. Depois, levantando-se, pegou o chapéu de marinheiro do gancho na porta e colocou-o sobre a cabeça. Depois, o casaco de operário, uma manga depois da outra. Finalmente, um último puxão para acomodá-lo firmemente em seus ombros.

— Diga a ele que estou a caminho — ele disse.

Niki tirou a mão do bocal do telefone.

— Dez minutos, senhor — ela disse, e desligou.

Da porta, Bachmann olhou uma última vez para os monitores.

— Digam apenas *vá* — ele disse para Maximilian e Niki. — Se o sinal verde for dado, é tudo que precisam me dizer. *Vá*.

— E se não for? — Niki perguntou pelos dois.

— Não for o quê?

— Não for dado. Se o sinal verde não for dado.

— Então vocês não precisam dizer nada, não é mesmo?

* * *

Brue detestava até mesmo ver o escritório do caixa, com seus brinquedos de alta tecnologia de uma parede a outra, e não somente por causa da própria incompetência. Um dos momentos mais tristes de sua vida fora diante da fogueira em seu jardim em Viena com a primeira esposa, Sue, a seu lado e Georgie do outro, observando o lendário índice de cartões do Brue Frères virar fumaça. Outra batalha perdida. Outro passado destruído. A partir de agora, ele seria como todo o resto.

O Dr. Abdullah cheira a talco, Brue reparou enquanto digitava laboriosamente um conjunto de números. Na casa dele, Brue não havia percebido. Talvez tivesse aplicado uma dose dupla para a ocasião. Ele se perguntou se Annabel havia percebido: quando tudo tivesse acabado, perguntaria a ela.

A camisa e o chapéu brancos de Abdullah brilhavam intensamente sob a luz fria, e ele estava apoiado em Brue, empurrando-o com o ombro enquanto apontava amavelmente com o dedo indicador primeiro um código de identificação e depois o valor a ser transferido eletronicamente.

Honestamente, para o gosto de Brue, Abdullah estava invadindo um pouco demais seu espaço, levando em conta o contato físico, o talco e o calor dentro da sala. Mas Brue havia lido que homens árabes não ligavam para isso, perfeitamente felizes em caminhar pela rua ou em se sentar em cafés de mãos dadas, e podem ser os caras mais machões da vizinhança. Ainda assim, ele gostaria de que Abdullah aliviasse um pouco, pois estava atrapalhando o trabalho.

Ismail. Por que estava pensando tão repentinamente em Ismail? Talvez porque sempre desejasse ter sido capaz de dar um irmão a Georgie. Ele era um garoto e tanto. Se eu tivesse a aparência dele na mesma idade, teria feito bastante sucesso. É assim. Fatima, partindo para — onde mesmo? — Balliol? — Faculdade de Economia de Londres, era isso. Georgie jamais ascendera tanto. Brilhante, lê as pessoas na hora, Georgie não deixa nada passar, mas não é do tipo de mente que se possa educar. *Nascida* educada em muitos aspectos. Mas não uma aprendiz no sentido formal, não Georgie.

Outra lufada de talco. Abdullah estava se pressionando contra ele. Meu Deus, daqui a pouco, estará sentado no meu colo. E todos aqueles filhos — Três? Quatro? Mais um no jardim? Deve ser uma coisa extraordinária, reproduzir-se dessa forma. Reproduzir-se sem pensar, praticamente. Apenas mandando ver, realizando a vontade de Deus.

O indicador de Abdullah saltara umas duas linhas. Alguma transportadora marítima em Chipre. Que diabos *isso* tem a ver com qualquer coisa? Em um minuto, uma instituição de caridade de renome mundial sediada em Riad, e no seguinte uma transportadora marítima de fachada em Nicosia. Em parte para escapar da proximidade de Abdullah, e em parte para se reassegurar, Brue virou-se para Annabel.

— Estão de acordo com esta aqui? — ele perguntou em alemão. — Não parece estar marcada. Tudo que tenho é o valor. Cinquenta mil dólares. Companhia de Navegação Sete Amigos, Nicosia.

— Ah. Esta seria muito essencial para os aflitos do Iêmen — Abdullah explicou a Brue antes que Annabel pudesse fazer a pergunta a Issa. — Se seu cliente está interessado em distribuir alívio médico para toda a *Umma*, esse é um meio muito eficiente de atingir tal objetivo.

Com as mãos descansando ao lado do teclado, Brue ouviu a tradução de Annabel para o russo:

— O Dr. Abdullah diz que o povo do Iêmen é terrivelmente afligido pela pobreza. Esta transportadora marítima de confiança tem uma longa experiência em levar assistência até eles. Você quer esta, ou não?

Issa delibcrou, primeiro sim, depois não, e deu de ombros. Então, se iluminou:

— Na minha prisão na Turquia havia um iemenita que estava tão doente que morreu! Agora isso não acontecerá novamente. Faça, faça, Sr. Tommy!

Obedientemente, Brue digitou os dados da transportadora e, em sua imaginação, seguiu-os pelo ar: primeiro para o banco de liberação pelo qual o Frères era obrigado a fazer as transferências — nos dias que antecederam o computador, o nome Brue teria sido o suficiente —, depois para Ancara, seguindo para um banco turco-cipriota decrépito em Nicosia que provavelmente se parecia com um banheiro de quintal com um monte de cachorros sarnentos pegando sol na porta. Annabel estava batendo em seu ombro. Fora um aperto de mão, ela jamais havia tocado nele.

— Isto é um "e" comercial. Você colocou um traço.

— Coloquei? Onde? Por Deus, coloquei mesmo. Que burrice a minha. Obrigado.

Ele colocou um "e" comercial. Havia feito o trabalho. Quatorze bancos malditos e uma transportadora vagabunda. Tudo que precisava fazer agora era apertar a tecla ENTER.

— Então estamos terminados, Frau Richter? — ele perguntou jovialmente com a mão flutuando sobre o teclado e o indicador elevado.

— Issa? — ela perguntou.

Issa concordou distraidamente com a cabeça e retornou às suas reflexões.

— Dr. Abdullah, nenhuma preocupação?

— Obrigado. Naturalmente, estou muito satisfeito.

Todos os cem por cento de você?, Brue se perguntou.

Ainda olhando para a tecla ENTER, Brue deliberou que gesto deveria fazer e que humor seu rosto deveria expressar quando a apertasse.

Ele era um banqueiro feliz porque estava prestes a descarregar 12,5 milhões de dólares dos recursos de seu banco? Nem um pouco.

Ele era um banqueiro feliz por estar realizando um serviço ao filho e herdeiro de um cliente de longa data do banco?

Ou estaria ele mais feliz por estar salvando Annabel de um problema enorme e Issa do encarceramento eterno e de coisas ainda piores?

Na verdade, era a última opção. Mas, por segurança, Brue adotou seu rosto de diretor e em um alívio pelo qual havia aguardado, pressionou a tecla ENTER com mais força do que pretendia.

E lá se vai a última Lipizzaner. Adeus, Edward Amadeus OBE. E adeus, Ian Lantern, e que Deus ajude a todos que naveguem com você.

Ele só tinha mais uma tarefa a realizar.

— Dr. Abdullah, senhor. Permita-me chamar um táxi para o senhor por conta do banco.

E sem esperar pela resposta do bom doutor, discou o número que Lantern havia lhe dado para aquele momento.

* * *

Dirigindo pelos cones invisíveis da zona de exclusão de Mohr, passando por carros misteriosamente imunes nas esquinas e por pedestres corpulentos sem nada para fazer além de parecerem inocentes e por engenheiros com lanternas trabalhando pouco convincentemente em caixas de ligações, Bachmann estacionou o táxi diante do jardim à frente do banco, levantou a gola de seu casaco de operário e, como qualquer taxista à espera de um passageiro, acomodou-se para ouvir o rádio e olhar para o nada através do para-brisa — e menos vagamente para o painel de navegação via satélite que bruxuleava discretamente na parte inferior do painel do carro. Ele estava recebendo imagens, mas no último minuto os técnicos de Mohr fizeram alguma besteira e não conseguiram lhe transmitir o áudio.

Assim que parou o táxi, seus dois observadores pararam o Audi na rua meio quarteirão abaixo. Eles estavam ali para a eventualidade infeliz de que SINAL não aceitasse gentilmente ser sequestrado para um local desconhecido. A ordem que tinham recebido de Bachmann era a de permanecerem dentro do carro até que fossem chamados por ele. Nada de confusão com os homens de Mohr, sob pena de excomunhão.

Bachmann vistoriou sorrateiramente as casas ao longo da rua e ficou norrorizado ao discernir duas figuras sombrias em um telhado e outras duas na entrada de um beco sem saída na margem do Binnen Alster. As imagens silenciosas em seu painel de navegação mostravam Annabel e FELIX matando tempo no saguão enquanto Brue primeiro levou SINAL ao banheiro do andar de baixo e depois seguiu para o andar superior, presumivelmente com o mesmo objetivo, ou talvez precisasse de uma bebida rápida.

Na tela, Annabel e FELIX estão se olhando a 2 metros de distância e gargalhando com um pouco de tensão. É a primeira vez que Bachmann vê Annabel com um lenço na cabeça. É a primeira vez que a vê rir. FELIX abre os braços, levanta-os acima da cabeça e faz uma pequena dança. Bachmann presume que seja algum tipo de dança chechena. Annabel, de saia longa, junta-se a ele cuidadosamente. A dança termina antes mesmo de ter começado

Bachmann fechou os olhos e voltou a abri-los. Sim, ele ainda estava ali, ainda esperando pelo que positivamente seria o último sinal verde, ainda aguardando ordens diretas de Axelrod, mas Günther Bachmann era famoso por correr riscos e nada jamais mudaria isso. O homem no solo sabe o que é melhor: a Lei de Bachmann. Mas por quê, por que o atraso, e mais atraso, por quê, por quê? A menos que Berlim tivesse feito besteira — o que, reconhecidamente, era sempre inteiramente possível —, Abdullah estava comprometido até os fios de cabelo e a operação fora um triunfo. Sendo assim, por que a orquestra não estava tocando no volume máximo, e por que ele não recebia o sinal verde restando apenas poucos minutos?

O celular estava tocando. Niki, falando por Maximilian:

— É uma ordem por escrito. Acabou de chegar.

— Leia — Bachmann murmurou.

— "Projeto adiado. Evacuar a área agora e retornar para a Estação de Hamburgo."

— Quem a assinou, Niki?

— O Comitê Conjunto. Seu símbolo na parte superior e o do Comitê Conjunto na inferior.

— Nenhum nome?

— Nenhum nome — Niki confirmou.

Então era uma decisão consensual, o único tipo de decisão tomado pelo Comitê. Não importava quem estivesse no comando.

— E *projeto, certo? Projeto* adiado? Não *operação* adiada?

— Projeto está correto. Nenhuma referência a operação.

— E nada sobre FELIX?

— Nada.

— Ou SINAL?

— Nada sobre SINAL. Transmiti a mensagem toda a você.

Ele tentou ligar para o celular de Axelrod e foi atendido pela caixa postal. Tentou a linha direta para o Comitê Conjunto e deu ocupado. Tentou a telefonista mas não foi atendido. Na tela ao lado de seus joelhos, Brue está retornando do andar superior. Agora os três estavam de pé no saguão, esperando SINAL sair do lavatório.

Projeto adiado, foi o que disseram.

Por quanto tempo? Cinco minutos, ou para sempre?

Axelrod fora deixado de lado. Ele fora deixado de lado, mas deixaram que redigisse a ordem e ele obscureceu deliberadamente as palavras para que eu pudesse entender errado.

Nada de SINAL, nada de FELIX, nada de operação, apenas projeto. Axelrod está me dizendo para usar minha iniciativa. Se puder ir, vá, mas não diga que fui eu quem mandou, diga apenas que não entendeu a mensagem. Não, repito, sim.

Issa, Annabel e Brue ainda estavam esperando que SINAL saísse do banheiro, assim como Bachmann.

Que diabos ele está *fazendo* lá durante tanto tempo? Preparando-se para o martírio? Bachmann lembrou da expressão no rosto dele quando se aproximou de Issa para o primeiro abraço: estou abraçando um irmão ou minha própria morte? Ele tinha visto a mesma expressão nos rostos dos loucos em Beirute antes de saírem para que fossem mortos.

Ele saiu. SINAL finalmente voltou do banheiro. Estava vestindo um casaco de chuva castanho-amarelado da Burberry, mas tirou o chapéu. Será que o deixou no banheiro ou guardou-o em sua maleta? Ou será que está nos dizendo alguma coisa? Será que está dizendo o que tem pensado o tempo todo: peguem-me. Entrei conscientemente em sua armadilha com uma isca porque, do contrário, como poderia me reconciliar com Deus. Então me peguem?

SINAL parou diante de Issa e olhou para ele, adorando-o. Issa olha confuso para Abdullah. SINAL estende os braços e abraça Issa calorosamente, batendo em seus ombros: *meu filho*. SINAL acaricia o rosto de Issa, pega as mãos dele e as aperta ternamente contra o peito enquanto os dois ocidentais observam do outro lado do abismo cultural. Issa está agradecendo e honrando tardiamente seu guia e mentor. Annabel Richter está traduzindo. A despedida está sendo longa.

— Nada ainda, Niki?

— Está tudo morto. Nossos monitores, tudo.

Estou sozinho, como sempre. O homem no solo é quem sabe o que é melhor. Eles que se fodam.

Mas, milagrosamente, a tela de Bachmann ainda funciona, mesmo sem som. O saguão está vazio. Os quatro sumiram. Os técnicos de Mohr atacam novamente. Sem cobertura por vídeo da entrada do banco.

A porta da frente do banco se abre. Câmeras e telas tornam-se irrelevantes. Finalmente, o olho nu assume o papel delas. Luzes intrusas brilhantes demais iluminam os degraus e os pilares ao redor deles. SINAL é o primeiro a sair. Seu passo é incerto. Ele está morrendo de medo.

Issa também percebeu a fragilidade e caminha ao lado de Abdullah com uma mão sob o braço do mestre. Issa está sorrindo.

Atrás deles, Annabel também ri. Ar livre, finalmente. Estrelas. Até uma lua. Annabel e Brue seguindo na retaguarda. Todos, incluindo Brue, sorriem agora. Somente Abdullah parece infeliz, o que, por mim, está tudo bem. Primeiro direi a ele que seus piores temores se realizaram e, depois, que serei seu melhor e único amigo necessitado.

Estão seguindo em minha direção. Issa e Annabel estão conversando com ele e Abdullah, de algum jeito, sorri, mas treme como uma folha.

* * *

Bachmann levanta lentamente a cabeça coberta pelo chapéu e olha na direção do pequeno grupo que se aproxima do táxi, em uma atuação estudada. Sou um motorista de táxi sonolento de Hamburgo, mais uma corrida e termino por hoje.

Agora, Brue segue à frente. Brue, o cavalheiro inglês avançando à frente do grupo para guiar seu convidado que está prestes a partir.

Bachmann de chapéu e casaco puído — que apenas 15 segundos antes desligara o sistema de navegação por satélite — abaixa a janela e cumprimenta Brue do jeito não muito respeitoso que poderia ser o de qualquer motorista de táxi trabalhando tarde da noite.

— Táxi para Brue Frères? — Brue pergunta alegremente, inclinando-se para a janela aberta de Bachmann esticando uma mão para a maçaneta da porta traseira. — *Fantástico!* — e, virando-se para SINAL com o mesmo jeito animado — Estamos indo para onde hoje à noite, doutor, se não se importa que eu pergunte? Se for até sua casa, está tudo bem com o banco. Apenas gostaria que todos os nossos negócios pudessem ser conduzidos de modo tão amigável, senhor.

Mas Abdullah não teve tempo para responder ou, se teve, Bachmann jamais ouviu o que disse. Um micro-ônibus branco e alto avançara pelo jardim, atingindo o táxi de Bachmann, virando-o de lado, estilhaçando a janela lateral e amassando a porta do motorista. Coberto de estilhaços de vidro e caído sobre o assento do carona, Bachmann acompanhou em câmera lenta enquanto Brue saltava para a segurança com o paletó inflado como se flutuasse na água. Conseguindo ficar meio sentado, ele viu uma Mercedes de vidros pretos parar logo atrás do micro-ônibus e outra dando ré em alta velocidade e se posicionando diretamente à frente dele. Tonto por causa do impacto e dos faróis, Bachmann viu como se fosse de dia o rosto de traços marcados e os cabelos louros da mulher sentada ao lado de um motorista mascarado no para-brisa do primeiro Mercedes quando o carro freou guinchando atrás do micro-ônibus.

* * *

Primeiro Annabel sonhou e depois soube que era verdade. Ela deu um passo e descobriu que estava sozinha. Abdullah também havia parado completamente e estava de pé com os pés pequenos juntos e voltados para dentro enquanto olhava além dela rua abaixo. Se ele não fosse um grande acadêmico muçulmano, Annabel teria obedecido aos seus instintos e o teria agarrado pelo antebraço, pois ele começou a balançar e ela temeu que Abdullah estivesse sofrendo algum tipo de derrame e estivesse prestes a cair.

Mas ele não caiu.

Para o alívio de Annabel, ele se endireitou, apenas para continuar olhando rua abaixo com um ar de reconhecimento angustiado e de horror em seu rosto, o ar de um homem cujos piores temores chegaram para lhe fazer uma visita. Ela também percebeu que a cabeça magra de Abdullah havia afundado entre os ombros enquanto ele se encolhia em autoproteção, como se imaginasse que alguém já o estivesse espancando pelas costas, apesar de não haver ninguém atrás dele para fazer isso.

Nessa altura, Annabel estava olhando além de Abdullah para Issa, querendo capturar o olhar dele e transmitir a ele sua ansiedade. Contudo, em vez disso, ela se viu olhando na direção para a qual tanto Issa quanto Abdullah já estavam voltados, e finalmente viu o que eles tinham visto, apesar da visão não ter despertado imediatamente o terror dentro dela do mesmo modo que aterrorizara Abdullah.

Durante o tempo em que trabalhara no Santuário, ela ouvira relatos de homens que precisavam ser contidos fisicamente e de alguns poucos que precisavam ser espancados para que se submetessem a expulsão. E a memória de Magomed acenando da janela do avião a acompanharia até a morte.

Mas isso era o limite da experiência que tinha com tais questões, motivo pelo qual sua mente não foi suficientemente rápida para compreender o fato inimaginável mas inteiramente concreto: não apenas que o jardim havia se tornado o local de um acidente automobilístico complicado envolvendo um táxi bege estacionado e dois Mercedes descontrolados com janelas pretas, mas que o micro-ônibus branco que claramente causara o acidente estava de lado para ela com as portas totalmente abertas, e quatro — não — cinco homens em balaclavas, macacões e tênis pretos estavam desembarcando sem pressa.

E por ter sido tão lenta em compreender o que estava acontecendo, para eles foi como uma brincadeira de criança. Eles pegaram Abdullah, que estava a seu lado, tão eficientemente como se estivessem roubando sua bolsa de mão. Issa, por sua vez, sendo mais avançado na consciência da força bruta, agarrou-se a seu mentor como que para salvar a própria vida, envolvendo-o com os braços magros e ajoelhando-se com ele para oferecer maior proteção.

Mas isso foi somente até que os quatro ou cinco homens mascarados formaram um círculo ao redor deles — uma espécie de formação de tartaruga, como chamado pelos romanos nas aulas de história de Annabel —, arrastaram e carregaram os dois até o micro-ônibus, jogaram-nos dentro do veículo e embarcaram atrás deles, batendo as portas para que tivessem privacidade.

Annabel viu Brue correndo a seu lado e o ouviu gritar com toda a força em inglês para os homens mascarados e perguntou-se por que ele gritara em inglês. Então ela se lembrou de que os homens mascarados haviam falado palavrões curtos entre si em inglês norte-americano, o que poderia explicar por que Brue escolhera o inglês para gritar para eles, apesar de que poderia muito bem ter poupado fôlego, pois não deram a menor atenção a ele.

E foi provavelmente a presença de Brue ao lado dela que a fez recobrar a razão e a libertou para que corresse a toda velocidade atrás do micro-ônibus à medida que ele se afastava, com a intenção de se colocar à frente dele, se ao menos conseguisse passar entre o capô amassado de um Mercedes que recuara de encontro a ele.

* * *

Arrastando-se para fora pela porta do carona com o braço direito, Bachmann meio que correu e meio que mancou ao lado do micro-ônibus, socando com o punho bom a lateral branca do veículo. Pulando sobre o capô do Mercedes que seguia na dianteira, ele saltou com os pés para a frente sobre ele, para a indiferença dos dois homens de balaclava sentados na dianteira. O micro-ônibus estava partindo e suas portas laterais estavam se fechando, mas não antes de Bachmann ver homens de pé com balaclavas pretas e macacões e dois corpos inertes estirados de bruços no chão aos pés deles, um deles vestindo um longo sobretudo negro e o outro um Burberry castanho-amarelado. Ele ouviu gritos, percebeu que eram de Annabel e viu que ela havia agarrado a maçaneta de uma porta lateral e estava se deixando ser arrastada enquanto gritava sem parar em inglês "abram a porta, abram a porta, abram a porta".

O Mercedes que seguia a van, no qual estavam o motorista mascarado e a loura com o rosto de traços acentuados no assento do carona, havia emparelhado com o micro-ônibus e estava tentando afastar Annabel enquanto o micro-ônibus acelerava, mas ela continuou segurando firme, gritando "desgraçados, desgraçados", também em inglês. Então ele a ouviu gritar novamente: *Eu recuperarei você!* — mas em russo, e percebeu que desta vez estava se dirigindo a Issa, e não aos sequestradores. *Recuperarei você nem que seja a última* — e presumivelmente iria dizer nem que fosse a última coisa que fizesse na vida, mas naquela altura ela estava literalmente socando o ar, pois Brue a agarrara e fizera com que largasse a maçaneta. Mesmo quando ele a colocou de pé, os braços dela continuaram esticados em direção ao micro-ônibus em um esforço para trazê-lo de volta.

Bachmann chegou ao caminho do jardim que dava na rua principal, onde seus dois observadores estavam sentados imóveis no Audi, ainda esperando seu chamado. Seguindo pela calçada, ele continuou a andar da melhor maneira que podia até chegar ao beco sem saída onde vira o carro de controle de Arni Mohr. Ele havia partido, mas Arni Mohr estava na calçada sob um poste de luz, conversando com Newton, seu colega dos tempos de Beirute. Ao lado deles, aguardando para que fosse inserido na conversa, estava o pequeno Ian Lantern, sorrindo como de costume, de modo que Bachmann presumiu que Newton fosse o passageiro não identificado no carro de Lantern.

Com a aproximação de Bachmann, Arni Mohr adotou uma expressão de distanciamento estudado e precisou fazer um telefonema que exigia que caminhasse rua abaixo, mas Newton, com seu novo tufo de barba negra, avançou afavelmente para cumprimentar o antigo colega.

— Bem, *Günther Bachmann*, por Cristo! Como é que *você* passou pelo bloqueio? Pensamos que fosse o garotinho de Mike Axelrod. Será que o Irmão Burgdorf lhe ofereceu um assento ao lado do ringue, no final das contas?

Mas à medida que Newton se aproximou de Bachmann e viu seu braço quebrado e seu estado desgrenhado, além do olhar acusatório em seus olhos, ele percebeu que havia se confundido a respeito daquele homem, e parou rapidamente.

— Escute. Desculpe-me pelo táxi, certo? Aqueles caipiras dirigem muito mal. Agora vá cuidar desse braço. Ian levará você para um hospital. Agora. Sim, Ian? Ele disse que sim. Vá agora.

— Para onde vocês o levaram? — Bachmann perguntou.

— Abdullah? Quem se importa? Para algum buraco no deserto, pelo que sei. A *justiça foi feita, cara. Todos podemos ir para casa.*

Ele falou as últimas palavras em inglês, mas Bachmann, atordoado, não conseguiu entender.

— *Feita?* — ele repetiu estupidamente — O que foi feito? De que justiça está falando?

— Justiça *norte-americana*, seu babaca. De quem você acha? Justiça imediata, cara. Justiça sem baboseiras, *esse* tipo de justiça! Justiça sem malditos advogados ao redor para perverter o curso. Você nunca ouviu falar em *rendição extraordinária?* Está na hora de vocês, chucrutes, arrumarem uma palavra para isso. Você desistiu de falar, ou o quê?

Mas, ainda assim, Bachmann não disse nada, de modo que Newton continuou:

— Olho por maldito olho, Günther. Justiça como forma de retribuição, certo? Abdullah estava matando *norte-americanos*. Chamamos isso de pecado original. Você quer fazer brincadeirinhas de espião? Vá encontrar alguns pigmeus europeus.

— Eu estava perguntando sobre Issa — Bachmann disse.

— Issa era *ar*, cara — Newton retrucou, agora seriamente enraivecido. — De quem era a porra do dinheiro, afinal de contas? Issa Karpov financia o terror, ponto. Issa Karpov manda dinheiro para homens muito maus. Ele acaba de fazer isso. Foda-se *você*, Günther. Entendeu? — Mas ele parecia sentir que não havia sido claro o bastante: — E que tal aqueles militantes chechenos com quem ele andava? Hein? Você está me dizendo que eram um bando de gatinhos?

— Ele é inocente.

— Besteira. Issa Karpov era cem por cento cúmplice, e daqui a duas semanas, se durar tanto, ele admitirá. Agora saia da minha frente antes que eu o tire daqui.

Flutuando na sombra do norte-americano alto, Lantern parecia concordar.

Um vento noturno fresco vinha do lago, trazendo o cheiro de óleo do porto. Annabel estava de pé no centro do jardim, olhando para a rua vazia em busca do micro-ônibus que havia partido. Brue estava ao lado dela. O lenço de Annabel havia caído ao redor de seu pescoço. Distraidamente, ela recolocou-o sobre a cabeça e amarrou-o novamente sob o queixo. Ouvindo um passo, Brue deu meia-volta e viu o motorista do táxi acidentado mancando na direção deles. Então Annabel também se virou e reconheceu o motorista como Günther Bachmann, o homem que fazia o clima, a 10 metros dela, sem ousar chegar mais perto. Ela o examinou, abanou a cabeça e começou a tremer. Brue colocou o braço ao redor dos ombros de Annabel, onde sempre o quisera colocar, mas duvidava que ela soubesse que ele estava ali.

O AUTOR GOSTARIA DE AGRADECER:

A Yassim Musharbash da Spiegel Online, por suas pesquisas cuidadosas e incansáveis; a Clive Stafford Smith, Saadiya Chaudary e Alexandra Zernova da organização de caridade britânica 'Reprieve',[1] e Bernhard Docke[2] em Bremen, por seus conhecimentos jurídicos; ao escritor e jornalista Michael Jürgs de Hamburgo, por suas observações valiosas e pela leitura cuidadosa dos primeiros rascunhos; a Helmuth Landwehr, ex-banqueiro, por me demonstrar os caminhos de seus menos escrupulosos ex-colegas; a Anne Harms e Annette Heise da fluncht * punkt,[3] de Hamburgo, por me permitirem criar o Santuário Norte como uma organização-irmã fictícia, com funcionários e clientes fictícios; e ao escritor e especialista em Oriente Médio Said Aburish, por sua sábia assistência. E a Carla Hornstein, que, por coincidência, me iniciou nessa jornada e me forneceu observações e conselhos valiosos.

---

[1] A organização Reprieve usa a lei para fazer justiça e salvar vidas, do corredor da morte à baía Guantánamo.
[2] Bernhard Docke é o representante legal *pro bono* de Murat Kurnaz, o muçulmano turco-alemão preso injustamente em Guantánamo durante quatro anos e meio.
[3] A flucht * punkt oferece assistência jurídica para pessoas que buscam asilo e pessoas sem Estado na região de Hamburgo. E são registradas como organizações de caridade.

Este livro foi composto na tipologia Electra LH Regular,
em corpo 11/16, e impresso em papel off-white
no Sistema Cameron da Divisão Gráfica
da Distribuidora Record.